FM

Une femme en fuite

Un jour, on se reverra

NORA ROBERTS

FM

Une femme en fuite

BLACK *ROSE*

éditions HARLEQUIN

Collection : BLACK ROSE

Titre original : HIDDEN STAR

Traduction française de PATRICIA RADISSON

Ce roman a déjà été publié en 2001, 2004, 2007, 2012

HARLEQUIN®
est une marque déposée par le Groupe Harlequin

BLACK ROSE®
est une marque déposée par Harlequin S.A.

ÉDITIONS HARLEQUIN

83-85, boulevard Vincent Auriol, 75646 PARIS CEDEX 13.

Service Lectrices — Tél. : 01 45 82 47 47
www.harlequin.fr

ISBN 978-2-2803-0802-1 — ISSN 1950-2753

1

Le jour où l'inconnue débarqua dans son bureau, Cade Parris sut d'instinct qu'elle serait la femme de sa vie.

Manque de chance, il n'était pas au mieux de sa forme, ce jour-là… D'abord, sa secrétaire avait démissionné la veille. Certes, ce n'était pas une grande perte puisqu'elle s'était toujours davantage intéressée au vernis de ses ongles qu'à son travail. N'empêche que Cade ne pouvait pas, seul, tenir à jour ses dossiers et mettre un peu d'ordre ! Voilà pourquoi il avait offert à cette incapable une augmentation mirobolante supposée la retenir ! En vain ! Cade n'avait pu détourner sa secrétaire d'une soudaine vocation de chanteuse de country music… A l'heure actuelle, elle devait donc rouler en direction de Nashville dans sa guimbarde d'occasion. Bon vent ! Et que son parcours soit aussi apocalyptique que l'état dans lequel elle avait laissé le bureau en partant ! C'était tout le bien qu'il lui souhaitait.

Malgré le pétrin dans lequel il se retrouvait, il ne gaspilla pas son temps à fulminer, pas plus qu'il ne le gâcha à décrocher le téléphone qui sonnait sans trêve dans le bureau désert de son ex-secrétaire. Il devait taper des rapports, et comme la dactylographie ne faisait pas partie de ses talents, il était urgent qu'il s'y attelle. Faute de quoi, Parris Investigations ne survivrait pas à la désertion de sa pop-star de secrétaire…

Parris Investigations n'était pas à proprement parler une entreprise florissante, mais c'était *son* agence et il y tenait. Elle lui convenait, comme lui convenait son bureau, simplement constitué de deux petites pièces perchées au dernier étage d'un immeuble en briques du District of Columbia.

Pas le grand luxe… Justement, il se passait très bien des moquettes épaisses, des meubles polis… ! La prétention et la pompe des intérieurs bourgeois, il avait grandi dedans jusqu'à ce que, à l'issue de son adolescence, il en ait sa dose. A présent, à trente ans, après un mariage raté et enterré, et malgré sa famille toujours aussi prompte à critiquer le moindre de ses choix, il était globalement content de son sort.

Pourquoi ne l'aurait-il pas été ? Il possédait sa licence de détective privé, avait la réputation de faire du bon boulot, et gagnait suffisamment d'argent pour maintenir son entreprise à flot.

Bien que, à dire vrai, l'argent constituât un problème, en ce moment. On pouvait même dire que — dactylographie mise à part — il traversait une période de calme plat. La plupart des dossiers qu'il avait à traiter se rapportaient à des problèmes d'assurance ou des règlements de comptes matrimoniaux. Beaucoup moins excitant que ce qu'il avait imaginé en choisissant le métier de détective, et peu rémunérateur. Il venait juste de régler sans effort deux cas mineurs de fraude à l'assurance, et, pour l'instant, il n'avait rien d'autre en vue. Par malchance, sa sangsue de propriétaire choisissait ce moment pour augmenter le loyer, sa voiture cliquetait très bizarrement ces temps-ci, et la climatisation de son bureau venait de tomber en panne. Quant au toit, il laissait de nouveau passer la pluie.

Il en était là de ses réflexions quand il entendit une voix sur son répondeur. La voix de sa mère. Mon Dieu ! échappe-t-on jamais à sa mère ?

— « Cade chéri, j'espère que tu n'as pas oublié le bal de l'ambassade ? Tu sais que tu y accompagnes Pamela Lovett. J'ai déjeuné avec sa tante hier. Selon elle, sa nièce est revenue radieuse de son petit séjour à Monaco. »

Les yeux rivés à l'écran de son ordinateur, Cade bougonna.

Sale machine ! Lui et ces engins entretenaient un rapport conflictuel, de toute façon, et où la confiance occupait peu de place.

Intarissable, sa mère poursuivait :

— « As-tu porté ton smoking à nettoyer ? Et prends le temps d'aller chez le coiffeur. La dernière fois que je t'ai vu, tu avais le cheveu en bataille. »

« Et pense aussi à te laver les oreilles ! » acheva intérieurement Cade en coupant le son du répondeur. Sa mère n'accepterait-elle donc jamais que le style de vie des Parris ne soit pas son mode de vie à *lui* ? Il ne voulait tout simplement *pas* déjeuner au club ; ni chaperonner d'anciennes débutantes lorsqu'elles visitaient Washington. Et toute la persuasion de sa mère n'y changerait rien.

Ce qu'il recherchait, c'était l'aventure. Et même si lutter pour taper un rapport au sujet d'une arnaque à l'assurance ne rappelait en rien les exploits de Sam Spade, son détective fétiche du *Faucon maltais*, Cade considérait que c'était déjà mettre le pied à l'étrier.

En tout cas, il ne se sentait ni inutile ni déplacé, et ne s'ennuyait pas. Il aimait la rumeur de la circulation qui lui parvenait par la fenêtre — même si la fenêtre n'était ouverte que parce que son propriétaire véreux ne réparait pas la climatisation. De toute façon, fenêtres fermées, son bureau aurait été étouffant, et aussi confiné qu'une tombe.

Cependant, aujourd'hui, la chaleur était particulièrement étouffante, on pressentait l'arrivée de la pluie et la clim eût été bienvenue. La sueur coulait le long du dos de Cade, le rendant nerveux et irritable. Il n'avait gardé pour tout vêtement qu'un jean et un T-shirt, et ses doigts moites glissaient sur le clavier. Plusieurs fois, il dut repousser une mèche de cheveux qui lui tombait sur le front. Finalement, sa mère n'avait pas tort, songea-t-il : une séance chez le coiffeur s'imposait.

Quand la mèche retomba sur son front, il l'ignora, comme il ignorait la transpiration, la chaleur, le bourdonnement de la circulation et le goutte-à-goutte indésirable en provenance du plafond. Assis, il tapait méthodiquement — avec un doigt pour ne plus riper.

Il croisa son reflet dans la glace poussiéreuse du mur de droite. On disait de lui qu'il était un homme d'une « étonnante beauté », même avec la mine renfrognée des mauvais jours. En fait, il s'était contenté d'hériter du physique de la famille, songea-t-il. Les yeux verts intelligents — au regard aigu ou doux selon les circonstances et les états d'âme. Des cheveux souples. Le nez droit, aristocratique, un peu long… Le dessin ferme de sa bouche se prêtait au sourire lorsque quelque chose l'amusait, à l'ironie dans le cas contraire.

Son visage, tout en ayant perdu l'embarrassant côté « chérubin » de son adolescence, était encore marqué de fossettes séduisantes. Certains hommes craignent de vieillir ; Cade Parris, au contraire, aspirait à la maturité, qui, avec un peu de chance, lui donnerait les rides viriles qui lui manquaient.

Car il aurait aimé un visage taillé à la serpe… ! Raté ! On lui avait collé l'allure d'une gravure de mode. D'ailleurs, à vingt ans, il avait pu poser pour une revue — pas par goût, cependant ; par provocation, histoire de réagir aux pressions familiales.

Le téléphone sonna de nouveau. Cette fois, Cade entendit la voix de sa sœur : elle lui reprochait de ne pas avoir assisté au cocktail donné en l'honneur d'un quelconque sénateur auquel elle apportait son soutien. Alors, un instant il eut la tentation de débrancher le maudit répondeur, et de le jeter par la fenêtre, ce qui le débarrasserait de la voix nasillarde de sa sœur, par la même occasion !

Comme si ce désagréable sermon n'avait pas suffi, la pluie qui ajoutait à la chaleur humide de la pièce se mit à tomber, accentuant le goutte-à-goutte en provenance du plafond. Là, pour une raison indéterminée — si ce n'est méchanceté pure et simple du destin —, l'écran de l'ordinateur s'éteignit. Pour couronner le tout, la bouilloire se mit à siffler.

D'un bond, Cade se leva. Comme tous ceux qui font du zèle en pareille circonstance, il se brûla la main sur l'anse de la bouilloire. Il lança alors une bordée de jurons et lâcha le récipient qui s'écrasa par terre. Mille éclats de verre s'éparpillèrent. Cade ouvrit alors un tiroir, attrapa des serviettes en papier à l'aveugle, et se coupa le doigt sur un bout de verre en épongeant le café.

Il n'y avait qu'une explication à cette avalanche de contrariétés, conclut-il : ce n'était pas son jour.

La réalité le démentit.

Une femme venait d'entrer, alors qu'il jurait encore comme un enragé et ne songeait même pas à lever la tête.

Elle se tenait debout, trempée de pluie, le visage pâle comme la mort, les yeux hagards, et pourtant… divine.

— Excusez-moi… j'ai dû me tromper de bureau…

Sa voix était rauque, comme si elle n'avait pas parlé depuis longtemps. Tandis qu'elle reculait d'un pas, ses grands yeux bruns se posèrent sur la plaque de l'agence.

— Vous êtes monsieur Parris ?

L'espace d'un instant, frappé par la foudre, Cade se trouva incapable de parler. Il avait bien conscience de fixer éhontément cette femme, mais n'y pouvait rien changer. Son cœur allait sans doute s'arrêter. Il se sentait faible. Et une seule pensée lui vint à l'esprit : « Vous, enfin. Pourquoi avoir autant tardé ? »

Parce que cette pensée lui sembla ridicule, il se composa — plutôt à grand-peine — l'expression cynique et détachée du détective type.

— Ouais, bougonna-t-il. Je suis Cade Parris. Et je viens d'avoir un petit pépin.

Il se souvint du mouchoir, fourré dans sa poche, et enveloppa son pouce qui saignait abondamment.

— Je vois, dit l'inconnue d'un air absent. J'arrive au mauvais moment. Je n'ai pas de rendez-vous, mais je pensais que…

— Mon calendrier n'est pas surchargé.

Pourquoi évoquait-il le calendrier ? A la vérité, il voulait coûte que coûte retenir cette femme. D'abord, elle pouvait le faire travailler. Car, en dépit de la réaction instinctive, absurde et sans précédent qu'il avait éprouvée en la découvrant, Cade ne perdait pas de vue qu'il était un pro et elle une possible cliente, bienvenue dans une petite agence en mal de dossiers comme Parris Investigations. Mais, surtout, jamais une femme aussi ravissante n'avait franchi le seuil de l'agence du grand Sam Spade lui-même.

Elle était blonde, belle… et perplexe. Ses cheveux mouillés tombaient tout raides sur ses épaules. Ses yeux avaient la couleur du bourbon, dans un visage aux traits délicats de fée. Un visage en forme de cœur, avec des joues douces et une bouche pleine, grave et sans maquillage.

La pluie avait abîmé son tailleur et ses chaussures. Cade jugea l'ensemble d'excellente qualité — la touche exclusive et discrète des grands faiseurs. Si bien que, contre le chemisier de soie bleu trempé, l'ordinaire sac de toile qu'elle portait paraissait curieusement déplacé.

Une demoiselle en détresse, se réjouit Cade. Exactement ce qu'il lui fallait ! Ses lèvres s'en seraient retroussées de plaisir !

— Pourquoi ne pas entrer, mademoiselle… ?

La jeune femme serra son sac contre sa poitrine et Cade aurait juré que son cœur battait à grands coups tant elle semblait affolée.

— Vous êtes bien détective privé ?

— C'est ce que dit ma plaque.

Il sourit, usant sans remords du charme de ses fossettes tandis qu'il observait la jeune femme qui se mordillait nerveusement la lèvre. Splendide… Il aurait aimé mordiller lui-même cette bouche, songea-t-il.

Cette réaction-là — physique, sensuelle — l'étonna beaucoup

moins que son hébétude ridicule des premières secondes de leur rencontre. En fait, il se sentit même soulagé de renouer avec des sensations familières. Le désir, voilà une émotion qu'il comprenait !

— Rendons-nous dans mon bureau, proposa-t-il.

D'un coup d'œil, il embrassa l'étendue des dégâts : verre cassé, mare de café…

Elle inspira profondément. Puis elle fit quelques pas, et referma la porte derrière elle. Elle devait commencer son récit quelque part. Mais comment s'y prendre ?

Enjambant les débris, elle suivit le détective dans la pièce attenante. Les meubles consistaient pour l'essentiel en un bureau et deux chaises achetées au rayon affaires d'une grande surface. Rien de brillant, songea-t-elle, rien de rassurant non plus. Mais elle ne pouvait se permettre de faire la fine bouche. Elle attendit donc que le privé se soit assis derrière son bureau, et lui ait adressé un sourire qui visait sans doute à la rassurer.

Alors elle ferma les yeux, et se concentra.

— Avez-vous… Pouvez-vous me montrer vos… références ?

Intrigué, Cade sortit sa licence et la tendit à l'inconnue. Pendant qu'elle examinait le document comme si elle en pesait chaque mot, Cade l'observa. Elle portait deux belles bagues, une à chaque main, remarqua-t-il. L'une d'elles était une citrine sertie à l'ancienne, l'autre un ensemble de trois pierres. A la faveur du geste par lequel elle arrangea ses cheveux, il nota aussi que ses boucles d'oreilles étaient assorties à la seconde bague.

— Voulez-vous m'expliquer le problème, mademoiselle… ?

— Je crois…

Elle lui rendit sa licence, et l'étudia à son tour de ses yeux intenses et pénétrants — aussi sérieusement qu'elle avait étudié ses références.

— Je crois que j'aimerais utiliser vos services. Vous recherchez les personnes disparues, n'est-ce pas ?

« Qui as-tu perdu, mon cœur ? » se demanda Cade. Il espérait, pour elle comme pour les fantasmes qui naissaient dans sa propre tête, qu'elle n'avait pas perdu un mari, ni même un amant...

— Bien sûr, répondit-il.

— Quels sont vos honoraires ?

— Deux dollars cinquante par jour, plus les frais.

Comme elle opinait, il saisit un bloc et un stylo.

— Qui dois-je rechercher ?

Elle soupira, frissonna.

— Moi. Vous devez me chercher moi. Et me trouver.

Les yeux fixés sur elle, Cade tapota la table de son stylo.

— C'est déjà fait, on dirait. Je vous envoie ma note ou vous payez tout de suite ?

Elle allait s'effondrer. Elle tenait le coup depuis si longtemps — du moins le temps lui avait-il semblé long. Mais, à présent, la branche à laquelle elle s'était raccrochée quand le monde s'était écroulé autour d'elle commençait à craquer.

Alors, pour ne pas donner aux sanglots la possibilité de l'empêcher de parler, elle se dépêcha d'avouer :

— Je ne me rappelle rien. Absolument rien.

Sa voix vacilla. Elle lâcha son sac et pressa les mains contre son visage.

— Je ne sais pas qui je suis. Je ne sais pas qui je suis.

Les mots mêlés de pleurs bruissaient entre ses doigts.

— Je ne sais pas qui je suis, répéta-t-elle.

Cade en connaissait un rayon en matière d'hystérie féminine. Il avait grandi parmi des femmes qui usaient de flots de larmes et de sanglots en réponse à n'importe quel problème, qu'il s'agît d'un ongle cassé ou d'un divorce. Il se leva donc, s'arma d'une boîte de mouchoirs en papier, et s'accroupit devant la jeune femme.

— Allons, allons, mon chou, ça va passer.

Avec savoir-faire, il lui essuyait le visage tout en parlant. Il lui tapotait la main, lui caressait les cheveux, cherchait à capturer son regard noyé de larmes.

— Désolée. Je ne peux pas…

— Pleurez tout votre soûl. Ça ira mieux après.

Il se leva et revint des lavabos avec un gobelet en carton.

Quand les mouchoirs mouillés se furent entassés sur ses genoux, l'inconnue recrouvra un peu de calme, et reprit son souffle.

— Merci. Je me sens mieux.

Ses joues rosirent d'embarras tandis qu'elle rassemblait les mouchoirs. Cade les lui prit des mains, les jeta dans la poubelle, et s'appuya contre son bureau.

— Racontez-moi tout, suggéra-t-il.

Elle hocha la tête, et se tordit nerveusement les mains.

— Il n'y a pas grand-chose à raconter. Je ne me rappelle rien. Qui je suis, d'où je viens, qui sont mes amis, ma famille. Rien.

Une femme divinement belle et privée de passé, poussée par la pluie jusqu'à son agence…, songea Cade. Autrement dit, un rêve en pleine réalité ! Il y avait forcément un os… Il regarda du côté du sac qu'elle tenait toujours sur ses genoux. L'os était-il caché là ? Ils y viendraient plus tard.

— Pourquoi ne me diriez-vous pas le premier souvenir que vous ayez ?

— Je me suis réveillée dans une chambre d'un petit hôtel de la 16e Rue.

Elle cala sa tête contre le dossier de son siège et, fermant les yeux, elle essaya de se concentrer.

— Même cela, ce n'est pas clair. J'étais roulée en boule sur le lit. Une chaise coinçait le bouton de la porte. Il pleuvait. J'étais groggy et désorientée, mon cœur battait fort comme si je m'éveillais d'un cauchemar. Je portais encore mes chaussures — je me souviens m'être demandé pourquoi je m'étais couchée avec mes souliers. La chambre était obscure et étouffante. Toutes les fenêtres étaient closes. J'étais épuisée. Aussi suis-je allée dans la salle de bains m'asperger le visage.

Elle ouvrit les yeux et plongea son regard dans celui de Cade.

— J'ai vu mon visage dans le miroir. Un vilain petit miroir tout piqué. Et mon visage m'a semblé inconnu.

Levant une main, elle la passa sur sa joue, puis le long de sa mâchoire.

— Je ne pouvais pas mettre un nom sur ce visage, ni le relier à aucune pensée, aucun projet. Pas davantage au passé. Je ne savais pas comment j'avais abouti dans cette chambre sordide. J'ai regardé dans les tiroirs et la penderie : ils étaient vides. Pas de vêtements. J'avais peur de rester là, mais ne savais où aller.

— Le sac… c'est tout ce que vous aviez avec vous ?

— Oui.

De nouveau ses mains s'agrippèrent à la bandoulière du sac de toile.

— Pas de sac à main, pas de portefeuille, aucune clé. J'ai juste trouvé ça dans ma poche.

Et, de la poche de sa veste, elle sortit un petit bout de papier. Cade le lui prit et y jeta un rapide coup d'œil.

« Virginia, samedi 7 heures, d'accord ? S. »

— Je ne sais pas ce que cela veut dire. J'ai lu les journaux. Aujourd'hui, nous sommes vendredi.

Cade lui tendit un bloc-notes et un stylo.

— Recopiez le message, demanda-t-il.

Elle s'exécuta.

Afin de comparer les deux écritures, Cade plaça les deux bouts de papier côte à côte.

— Eh bien ! Puisque vous n'êtes pas S., je dirais que vous êtes Virginia.

Elle cligna des yeux.

— Pardon ?

— Si j'en juge par son écriture, S. est gaucher ou gauchère. Vous êtes droitière. Votre écriture est nette, simple. Celle de S. est un gribouillis impatient. Le papier se trouvait dans *votre* poche. Je conclus de tout cela qu'il y a de fortes chances que vous soyez Virginia.

— Virginia..., répéta-t-elle.

Elle essaya de s'approprier le nom — l'espoir qu'il faisait naître, la sensation et le goût de l'identité. Mais « Virginia » demeurait sec et étranger.

— Ça ne signifie rien pour moi.

— Ça signifie au moins que nous pouvons associer un prénom à votre personne. C'est un point de départ. Dites-moi ce que vous avez fait ensuite.

Déconcertée, elle le regarda sans comprendre.

— Oh, je... il y avait un annuaire dans la chambre. J'ai cherché les agences de détectives.

— Pourquoi avoir choisi la mienne ?

— A cause du nom. Il sonnait solide.

Elle sourit pour la première fois. Un pâle sourire, sans doute, mais un sourire.

— J'ai commencé à appeler. Pourtant la peur de ne pas être comprise m'a retenue. J'ai préféré me présenter en personne... J'ai donc attendu dans la chambre l'ouverture des bureaux, j'ai marché un petit moment dans les rues, et j'ai pris un taxi jusqu'ici.

— Pourquoi ne pas être allée à l'hôpital ? Ne pas avoir appelé un médecin ?

Les yeux fixés sur ses mains, elle répondit :

— J'y ai pensé... mais je ne l'ai pas fait.

« Elle laisse des pans entiers dans l'ombre », songea Cade. Contournant son bureau, il ouvrit un tiroir et en tira une barre chocolatée.

— Vous ne m'avez pas parlé de petit déjeuner, remarqua-t-il.

Il la regarda étudier la sucrerie avec ce qui lui parut de la curiosité mêlée d'amusement.

— Cela vous aidera à tenir…
— Merci.
Avec des mouvements net et précis, elle défit l'enveloppe de la confiserie.
— Il se peut que des gens s'inquiètent pour moi, dit-elle. La famille, les amis. Peut-être ai-je un enfant ?
Ses yeux s'assombrirent tandis que son regard se perdait dans le vague.
— J'en doute, car j'imagine mal une mère gommer de sa mémoire sa propre progéniture, continua-t-elle. Mais il peut exister des gens qui se demandent ce que je suis devenue. Pourquoi je ne suis pas rentrée la nuit dernière.
— Vous auriez pu vous rendre à la police.
Cette fois, sa voix se fit sèche, tranchante.
— Je ne souhaitais pas aller à la police. Pas avant… Non, je ne veux pas mêler la police à tout cela.
Elle s'essuya les mains avec un mouchoir en papier qu'elle se mit à déchiqueter, méthodiquement, en fines lanières.
— Peut-être quelqu'un me recherche-t-il ? Quelqu'un qui n'est ni un ami ni de la famille, et ne me veut pas du bien. J'ignore pourquoi, mais j'ai cette intuition. Tout ce que je sais, c'est que j'ai peur. C'est plus que le simple inconfort de ne pas se souvenir.
Peut-être étaient-ce ces grands yeux humides posés sur lui ? Ou ses mains fines, nerveuses ? Toujours est-il que Cade ne résista pas au désir de frimer.
— Je peux déjà vous en dire un peu sur vous-même. Vous êtes une femme intelligente, entre vingt et vingt-cinq ans. Vous possédez un sens de la couleur et du style, et votre carnet de chèques est assez confortable pour que vous vous offriez des chaussures italiennes et des tailleurs de soie. Vous vous habillez bien, vos mains sont soignées, votre vernis à ongles discret. Vos bijoux sont des pièces uniques, très belles et sobres. Vous êtes sans doute organisée. Et vous aimez le chocolat.

Elle froissa l'enveloppe du chocolat entre ses mains.

— Qu'est-ce qui vous fait dire tout cela ?

— Vous parlez bien, même quand vous avez peur, poursuivit-il sans répondre à la question. Vous avez envisagé la situation pas à pas, avec logique. Vos préférences vont aux choses suggérées plutôt qu'aux affirmations péremptoires. De même que vous éludez mal certains points, vous ne savez pas mentir. Vous avez la tête sur les épaules, et ne paniquez pas facilement. Et vous ne me dites pas tout, parce que vous ne savez pas encore si vous pouvez me faire confiance.

— Devrais-je vous faire confiance ?

— Je ne vous ai pas forcée à vous adresser à moi.

Acquiesçant d'un signe de tête, elle se leva et se dirigea vers la fenêtre. La pluie tambourinait, maintenant, et elle porta la main à son front, comme si un vague mal de tête la tenaillait.

— Je ne reconnais pas la ville, murmura-t-elle. Et pourtant, je sens que je devrais. Je sais où je suis, parce que j'ai lu le *Washington Post*, ce matin : je sais à quoi ressemblent la Maison Blanche et le Capitole. Peut-être parce que je les ai vus à la télévision, ou dans un livre ?

Bien qu'il soit humide de pluie, elle s'accouda au bord de la fenêtre et parut en apprécier la fraîcheur.

— J'ai l'impression d'avoir atterri dans cette horrible chambre d'hôtel et de ne venir de nulle part. Et pourtant, je sais lire et écrire, marcher et parler. Le chauffeur de taxi écoutait la radio, et j'ai reconnu la musique. J'ai identifié l'odeur du café en pénétrant dans votre bureau, et elle m'était familière. Et quand la pluie s'arrêtera, je m'attends que le ciel soit bleu.

Elle poussa un soupir.

— En somme, je ne viens pas de nulle part. Il y a des choses que je connais, dont je suis sûre. Mais c'est mon visage qui ne me dit rien. Comme ce qu'il cache.

Peut-être suis-je égoïste et calculatrice ? Cruelle même ? Il se peut que j'aie fait du mal à quelqu'un. Un mari que je trompe, des voisins que je me suis aliénés…

Quand elle se retourna, son visage exprimait tout à la fois de la détermination et de la fragilité.

— Je ne sais pas si je vais aimer la personne que vous allez m'aider à découvrir, mais je dois savoir qui je suis.

Elle posa son sac sur le bureau, hésita brièvement puis l'ouvrit.

— Quant à vos honoraires… je pense en effet avoir de quoi les régler.

Cade appartenait à un milieu fortuné, où l'argent vieillit, prospère et se transmet de génération en génération. Pourtant, jamais il n'en avait vu autant à la fois. Car le sac de toile était plein de liasses de billets de dix dollars. Tous craquants et propres. Fasciné, il saisit une liasse et la fit glisser entre ses doigts. Pas de doute, sur chaque billet s'étalait bien le visage familier et digne de Ben Franklin.

— Il doit y avoir un million de dollars, murmura-t-il.

— Un million deux cent mille, confirma-t-elle en frissonnant. J'ai compté. Je ne sais pas d'où provient cet argent. Je l'ai peut-être volé.

Les larmes coulèrent de nouveau et elle se détourna.

— C'est peut-être une rançon. J'aurais kidnappé un enfant, qui serait retenu quelque part, en ce moment, alors que je viens de toucher l'argent…

— Ajoutons une imagination débordante au portrait que j'ai brossé de vous, répondit Cade avec calme et amusement.

La jeune femme réagit.

— Il y a une fortune dans ce sac ! objecta-t-elle, comme pour souligner la gravité du fait.

— Désolé, Virginia, mais vous n'avez rien du kidnappeur froid et calculateur.

— Pourriez-vous vérifier discrètement s'il y a eu un rapt ces jours-ci ?

— Bien sûr. Si la police a été prévenue, je peux obtenir quelques informations.

Luttant visiblement pour demeurer calme, elle plongea de nouveau la main dans son sac de toile. Cette fois-ci, elle en extirpa un.38.

— Et s'il y a eu meurtre ?

Prudent, Cade détourna le barillet et prit l'arme. C'était un Smith et Wesson dans lequel — il eut tôt fait de le vérifier — il ne manquait pas une balle.

— Qu'avez-vous ressenti en le tenant entre vos mains ? demanda-t-il. Le poids, la forme ?

La question parut la dérouter, mais elle fit de son mieux pour y répondre.

— Pas aussi lourd que j'aurais cru. Je m'attendais à davantage de substance. Ça me gênait d'avoir ça entre les mains.

— Alors que le stylo vous a paru naturel.

Cette fois-ci, elle passa ses deux mains dans ses cheveux.

— Où voulez-vous en venir ? Je vous sors plus d'un million de dollars, et vous me parlez de stylo !

— Lorsque je vous ai tendu un stylo, cela ne vous a pas posé de problème. Vous l'avez pris et utilisé très naturellement.

Il eut un petit sourire, et glissa le revolver dans sa poche au lieu de le replacer dans le sac.

— J'en déduis que vous êtes plus à l'aise avec un stylo qu'avec un.38.

La simple logique de ce raisonnement soulagea manifestement l'inconnue. Mais sans dissiper tous les nuages.

— Vous avez peut-être raison. Mais ça ne veut pas dire que je ne m'en suis pas servie, répondit-elle.

— En effet. Et puisque vous l'avez touché, on ne peut pas prouver que vous ne l'avez pas utilisé. Je vérifierai s'il est enregistré, et au nom de qui.

Les yeux de la jeune femme s'éclairèrent d'espoir. Elle tendit la main, saisit celle de Cade et la pressa dans un geste spontané.

— Il se peut qu'il m'appartienne. Dans ce cas, nous aurions un nom. Le mien. Je n'avais pas conscience que ça pouvait être aussi simple.

— Ça peut être simple. Ou pas.

Elle libéra la main de Cade et se mit à arpenter la pièce. Ses mouvements étaient nets, maîtrisés, nota-t-il.

— Vous avez raison. Je m'emballe. Mais ça aide tellement de pouvoir parler à quelqu'un ! Quelqu'un qui sait résoudre les problèmes. Je ne semble pas capable de recomposer seule le puzzle, monsieur Parris.

— Appelez-moi Cade.

Elle prit une profonde inspiration.

— Cade. C'est bon d'appeler quelqu'un par son prénom. Vous êtes la seule personne que je connaisse. La seule avec laquelle je me rappelle avoir conversé. C'est à la fois bizarre et réconfortant.

— Et si je devenais la première personne avec laquelle vous vous souveniez avoir déjeuné ? Vous avez l'air épuisée, Virginia.

Comme il était étrange d'entendre le détective utiliser ce nom pour s'adresser à elle. Parce que c'était tout ce qu'elle possédait, elle s'efforça de se convaincre qu'il s'agissait bien du sien.

— Je suis fatiguée. Je n'ai pas le sentiment d'avoir beaucoup dormi. Et je ne sais pas quand j'ai mangé pour la dernière fois.

— Que diriez-vous d'œufs brouillés ?

Un sourire fugace dansa sur les lèvres de Virginia.

— Jamais entendu parler.

— Nous allons découvrir ça ensemble.

Cade souleva le sac. La main de la jeune femme se posa sur la sienne.

— Il y a autre chose, dit-elle.

Elle observa un moment de silence, pendant lequel elle fixa Cade d'un long regard pénétrant. Elle fouillait, évaluait, décidait, apparemment. Mais elle semblait aussi savoir qu'il n'y avait pas d'alternative : il était sa seule chance.

— J'ai besoin d'une promesse de votre part. Même si ce que je vous demande n'est pas tout à fait réglementaire… Si, au cours de votre enquête, vous découvrez que j'ai commis un crime, promettez-moi de ne pas me livrer à la police avant d'avoir élucidé tous les faits, y compris les circonstances exactes du crime.

Cade inclina la tête.

— Vous semblez croire que je vous dénoncerai ?

— Si j'ai enfreint la loi, je trouve normal que vous me livriez à la police. Mais d'abord, je veux connaître les tenants et les aboutissants. Ai-je votre parole ?

— Bien sûr, dit-il en lui prenant la main.

Une main délicate, mais ferme. Quant à la femme elle-même, pensa-t-il, elle était un fascinant mélange de fragilité et d'intransigeance.

— Pas de flic avant que toute l'affaire soit élucidée, confirma-t-il. Vous pouvez me faire confiance.

Cette fois, dans un élan aussi naturel que la couleur de ses yeux, elle l'embrassa sur la joue.

— Vous êtes très gentil… Une dernière chose. La plus importante, je pense.

Elle enfouit la main dans son sac de toile, chercha à tâtons, et sortit une pochette d'épais velours, apparemment lourde comme une bourse miniature. Avec d'infinies précautions et une sorte de révérence inquiète, elle défit le cordon de la pochette et en fit glisser le contenu dans le creux de sa main.

L'argent avait surpris Cade. Le revolver l'avait inquiété. Mais ce qu'il vit alors le stupéfia : une pierre énorme explosait en mille éclats de feu dans la paume de Virginia. Sa pureté irradiait, éblouissante, somptueuse. On eût dit qu'elle possédait des pouvoirs tant elle était impressionnante par la taille et la couleur. De ses angles aigus, elle capturait la moindre particule de lumière pour la réfléchir comme on jetterait une lance aussi affutée qu'étincelante. Cette pierre était digne de la couronne d'une reine, du sein d'une déesse.

— Je n'ai jamais vu de saphir aussi gros.

— Ce n'est pas un saphir. C'est un diamant bleu d'environ cent carats. De taille brillant. Il vient très probablement d'Asie Mineure. Pas d'inclusions visibles à l'œil nu. C'est une rareté aussi bien par la couleur que par le poids. J'estime sa valeur à au moins trois fois la somme d'argent qui se trouve dans mon sac.

Cade ne regardait plus le diamant, mais la jeune femme : comment cette amnésique pouvait-elle détailler les caractéristiques de cette pierre dans le jargon technique d'un véritable gemmologiste ? Elle dut deviner ses interrogations, car elle leva les yeux vers lui et déclara :

— J'ignore comment, mais je le sais. De même que je suis sûre qu'il… qu'il n'est pas… pas tout à fait *complet.*

— Que voulez-vous dire ?

— Si seulement je le savais… C'est un sentiment très fort. Une quasi-certitude. Cette pierre *doit* faire partie d'un ensemble. De même, j'ai la conviction qu'elle ne peut m'appartenir. Elle n'appartient à personne. Per-so-nne, répéta-t-elle en séparant les syllabes. L'aurais-je volée ?

Elle serra les lèvres, releva le menton, puis murmura :

— J'ai peut-être tué quelqu'un, pour cette pierre.

2

Cade la conduisit chez lui. La meilleure option lui paraissait en effet de la cacher. Et, surtout, il voulait de toute urgence mettre le sac de toile et son contenu à l'abri dans son coffre-fort. Simplement, il se demandait comment elle allait réagir…

Elle ne réagit pas.

Virginia n'avait pas protesté lorsqu'ils avaient quitté l'immeuble, n'avait fait aucun commentaire lorsqu'il lui avait ouvert la portière de la petite Jaguar rutilante garée sur le parking attenant au bâtiment. En général, il prenait sa discrète berline pour travailler, mais puisqu'elle se trouvait chez le garagiste, il en était réduit à utiliser sa voiture de sport.

De même, Virginia ne pipa mot quand ils s'engagèrent dans le joli quartier résidentiel, ombragé d'arbres gracieux, orné de gazons bien entretenus, pour s'arrêter dans l'allée d'une belle maison de style fédéral. Cade s'était préparé à lui expliquer qu'il en avait hérité d'une vieille tante qui avait un faible pour lui. Et qu'il vivait là pour le calme et le côté pratique de ce quartier chic au cœur de Washington.

Mais elle ne posa aucune question.

En fait, Virginia semblait épuisée. L'énergie qui l'avait poussée à sortir sous la pluie pour se rendre jusqu'à son agence s'était tarie, apparemment, la laissant sans ressort.

Et fragile.

Alors, il dut faire un effort pour résister à l'instinct de la prendre dans ses bras pour la transporter jusqu'à la maison. Il voyait la scène clairement. Le preux chevalier, le champion de sa dame, l'emportant dans ses bras jusqu'à la sécurité du château, hors de portée des dragons qui la menaçaient ! Au lieu de cela, il souleva le sac de toile, prit Virginia par la main et la conduisit jusqu'à sa cuisine.

— C'est parti pour les œufs brouillés ! annonça-t-il en installant la jeune femme sur une chaise près de la table.

Vidée, l'esprit vague, Virginia se sentait extrêmement reconnaissante. Le détective ne la harcelait pas de questions, et n'avait paru ni choqué ni épouvanté par son histoire. Peut-être cela tenait-il à la nature même de sa profession ? Quelle qu'en soit la raison, elle lui savait gré de lui offrir l'occasion de se ressaisir. Il prenait soin d'elle, et elle le laissait faire.

Virginia ferma les yeux. Etait-elle du genre à se faire dorloter par un homme ? A jouir du rôle de la femme enfant ? De toutes ses forces elle espéra que non. Puis se demanda pourquoi un détail si mineur lui importait tant — au moins autant que de savoir si elle avait tué ou volé.

Plus tard, elle se surprit à étudier ses mains, ses ongles courts, limés en arrondi, couverts d'un vernis clair. Trahissaient-ils sa personnalité ? Les mains étaient douces, mais pas manucurées avec le soin d'une femme qui ne les utilise jamais. Etait-elle du genre pratique, active ? Il paraissait cependant peu probable qu'elle exerce un métier manuel.

Les bagues..., songea-t-elle alors. Très jolies. Pas forcément originales mais certainement des pièces uniques. Et elle savait le nom des pierres. Grenat, citrine, améthyste. Comment connaissait-elle le nom de ces gemmes, alors qu'elle ne se souvenait pas même du visage de sa meilleure amie ?

D'ailleurs, avait-elle des amis ?

Etait-elle une femme généreuse ou une garce ? Une personne compatissante ou chicanière ? Riait-elle et pleurait-elle facilement au cinéma ? Aimait-elle un homme et en était-elle aimée ? Avait-elle vraiment volé plus d'un million de dollars, et s'était-elle vraiment servie de ce revolver ?

Elle sursauta quand Cade plaça une assiette en face d'elle, puis s'apaisa dès qu'il posa la main sur son épaule.

— Vous avez besoin de vous restaurer.

— Merci, murmura-t-elle.

Prenant sa fourchette, elle porta une bouchée jusqu'à ses lèvres et goûta.

— J'aime ça…

Le sourire hésitant, timide qu'elle lui décocha toucha Cade en plein cœur. Il s'assit, une chope de café à la main, et plaisanta pour dissiper l'émotion.

— Je suis connu dans le monde civilisé pour mes œufs brouillés, dit-il.

Le sourire de Virginia s'épanouit.

— Ça ne m'étonne pas. La pointe d'aneth et de paprika est très bien venue.

Elle continua à manger, réconfortée par l'intimité chaleureuse qui s'établissait entre eux.

— Vous cuisinez beaucoup ?

Du regard, elle fit le tour de la cuisine. Des éléments gris clair, du bois chaud, une fenêtre sans rideaux au-dessus d'un double évier blanc. Une machine à café, un grille-pain, des journaux ouverts sur le comptoir de bois. Une pièce nette, mais pas d'une hygiène d'obsessionnel. En contraste complet avec le désordre oppressant de l'agence, cependant.

— Vous êtes marié ? demanda-t-elle.

— Divorcé. Et je cuisine quand je suis lassé de manger au restaurant.

Appuyé au dossier de sa chaise, Cade sirota son café tout en étudiant le visage de Virginia.

— Vous êtes belle.

Effarouchée, Virginia leva vers lui un regard méfiant.

— C'est une simple remarque, précisa-t-il pour la rassurer. Et un indice. Rappelez-vous que je travaille avec le peu que j'ai à me mettre sous la dent. Donc, disais-je, vous êtes belle, mais d'une beauté discrète. Vous ne cherchez pas à attirer l'œil, et vous ne prenez pas les compliments avec désinvolture. En fait, je viens même de vous rendre très nerveuse.

Virginia prit sa tasse entre ses deux mains et la porta à ses lèvres.

— C'est votre but ?

— Non. N'empêche qu'il est intéressant et plaisant de constater que vous rougissez et éprouvez de la suspicion au même moment. Détendez-vous. Je ne suis pas en train de vous faire la cour.

« Bien que l'idée en soit fascinante et excitante », admit-il *in petto.*

— Vous n'êtes pas non plus une femme facile, poursuivit-il. Je crains qu'un homme n'aille pas très loin avec vous en vous assurant que vous avez de beaux yeux. Pas davantage en vous disant que la pureté de votre regard combinée au charme rauque de votre voix est très érotique. De même que votre raffinement.

Bien que l'effort lui coûtât, Virginia ne baissa pas les yeux.

— On dirait bel et bien que vous cherchez à me séduire...

Les fossettes de Cade se creusèrent en un sourire craquant.

— Vous voyez, vous n'êtes pas une femme facile à conquérir. En revanche, vous êtes très polie, bien élevée. On sent la Nouvelle-Angleterre, dans votre voix.

Virginia dévisagea Cade sans comprendre.

— Votre accent trahit votre origine : le Connecticut ou le Massachusetts, je ne suis pas sûr. Mais il y a de l'éducation yankee, chez vous, dans vos intonations, surtout quand vous devenez froide.

— La Nouvelle-Angleterre ? J'ai beau chercher, je ne vois pas...

— Pour moi, c'est une pièce du puzzle. Vous respirez la classe. Innée ou acquise, je ne sais pas.

Se levant, Cade prit l'assiette vide de Virginia.

— Et pour le moment, vous avez besoin de dormir.

L'idée de retrouver sa chambre d'hôtel sordide fit frissonner Virginia.

— Voici le numéro de téléphone et l'adresse de l'hôtel

où je me trouve, dit-elle. Appelez-moi si vous découvrez quoi que ce soit.

— Vous n'y retournez pas.

Cade prit Virginia par la main et l'aida à se lever. Puis il la guida hors de la cuisine.

— Vous restez chez moi. J'ai plein de place.

— Ici ?

— Il vaut mieux que je puisse vous avoir à l'œil.

Parvenus dans le hall, ils s'engagèrent dans l'escalier.

— Le quartier est calme et sûr. Mais tant que nous ne savons pas comment vous vous êtes trouvée en possession d'un million de dollars et d'un diamant gros comme le poing, je ne veux pas que vous vous baladiez dans les rues.

— Vous ne *voulez* pas ? Vous *voulez* pour quelqu'un que vous ne connaissez même pas !

— Vous non plus ne me connaissez pas ! Encore une chose sur laquelle nous devrons travailler.

Il ouvrit la porte d'une chambre où la lumière tamisée filtrait à travers les rideaux de dentelle et jouait sur le parquet de chêne. De petits fauteuils tapissier et une table basse étaient disposés autour de la cheminée. Sur le lit confortable s'étalaient un quilt traditionnel et des coussins ventrus.

— Reposez-vous, conseilla-t-il. La salle de bains est attenante. Je vais vous trouver des vêtements de rechange.

Virginia sentit les larmes lui nouer la gorge. Des larmes de peur, de gratitude et de fatigue.

— Vous invitez toujours vos clientes chez vous ?

Cade caressa la joue de Virginia, et comme montait en lui le désir de la tenir dans ses bras, de sentir sur son épaule le poids de sa tête, il laissa retomber sa main.

— Seulement celles qui en ont besoin. Je serai en bas. J'ai des choses à faire.

Tendant les mains, Virginia prit celle de Cade et la garda un moment entre les siennes.

— Merci pour tout. On dirait que je ne me suis pas trompée en choisissant votre nom dans l'annuaire.

— Dormez. Laissez-moi prendre en charge vos soucis, pour l'instant.

— D'accord. Ne fermez pas la porte, demanda-t-elle précipitamment alors qu'il quittait la pièce.

Se retournant, Cade étudia la silhouette si délicate de cette femme perdue dans la pénombre. Puis il sortit, laissant la porte grande ouverte.

Virginia écouta le bruit de ses pas s'éloigner avant de s'asseoir sur le banc rembourré au pied du lit. Sans doute était-elle folle de faire confiance à cet homme, de remettre sa vie entre des mains étrangères aussi complètement qu'elle venait de le faire. Cependant, Cade Parris lui faisait vraiment impression. Pas seulement parce que, pour l'instant, son monde d'amnésique se réduisait à lui et à ce qu'elle lui avait confié, mais parce que son instinct de femme, d'être humain, l'y poussait. Peut-être était-ce foi aveugle et espoir insensé, mais il semblait impossible à Virginia de survivre un instant de plus sans cette foi et cet espoir. De sorte que son avenir dépendait maintenant de Cade Parris, de sa capacité à organiser son présent, et à déchiffrer son passé.

Elle enleva ses chaussures, ôta sa veste, qu'elle plia sur le banc. Etourdie de fatigue, elle s'allongea sur le lit et s'endormit dès que sa joue toucha l'oreiller.

Au rez-de-chaussée, Cade releva les empreintes digitales de Virginia sur sa tasse. Il savait où les faire analyser vite et en toute discrétion. Si elle avait un casier judiciaire ou avait travaillé un jour ou l'autre pour le gouvernement, elle serait rapidement identifiée.

Il consulterait la liste des personnes disparues. Cela non plus ne posait pas de problème. L'argent et le diamant le lançaient sur une autre piste. Le vol d'une pierre de cette taille ne passait pas inaperçu. Il fallait en outre vérifier les informations que Virginia lui avait fournies sur le diamant, puis faire quelques recherches. Vérifier le numéro d'enregistrement du revolver. Vérifier ses sources concernant les homicides récents avec un.38.

Toutes ces démarches auraient gagné en efficacité s'il avait pu les accomplir en personne plutôt que par téléphone ou à l'aide de l'ordinateur. Cependant, il ne voulait pas laisser Virginia seule pour le moment. Elle pourrait paniquer et se volatiliser. Pas question de prendre le risque. Il était tout à fait possible qu'elle se réveille, se souvienne de son identité, et reprenne le cours normal de sa vie avant même qu'il ait eu le temps de la sauver.

Or il tenait à la sauver.

Tandis qu'il enfermait le sac de toile dans son coffre-fort, allumait son ordinateur, gribouillait quelques notes, une pensée lui vint à l'esprit : Virginia avait peut-être un mari, des enfants, des amants jaloux ou un casier judiciaire bourré à craquer. Mais il s'en moquait éperdument. Elle était sa dame en détresse envoyée par le destin, ou le hasard, ou qu'importe ; elle était la femme qu'il attendait depuis toujours et, bon sang, il la protégerait !

Il passa plusieurs coups de téléphone, puis s'arrangea pour faire parvenir les empreintes à son contact au commissariat. Cette petite faveur lui coûterait une bouteille de whisky, mais dans la vie, rien n'est gratuit, n'est-ce pas ?

— Au fait, Mick, tu as entendu parler d'un casse dans une joaillerie ?

A l'autre bout du fil, il imaginait très bien l'inspecteur Mick Marshall, le combiné coincé entre l'oreille et l'épaule, un stylo à la main, ses cheveux roux dressés en brosse sur la tête.

— Tu es sur un coup, Parris ?

— Une rumeur. S'il se passe quelque chose d'important,

j'aurais besoin qu'on m'introduise auprès de l'assureur. Il faut bien que je paie mon loyer, vieux.

— Bon sang ! Pourquoi n'achètes-tu pas l'immeuble ? Tu es suffisamment riche pour ça !

— Je suis un excentrique. C'est ainsi qu'on appelle les riches de mon espèce qui fricotent avec des types comme toi ! Alors, qu'est-ce que tu sais ?

— Rien.

— Bon. J'ai un Smith et Wesson.38 spécial. Tu peux le vérifier pour moi ?

— Deux bouteilles de scotch.

— Ben voyons ! Comment va Doreen ?

— Insolente comme jamais. Depuis que tu lui as apporté ces maudites tulipes, j'en entends parler tous les jours ! Selon elle, j'ai largement le temps de lui acheter des fleurs avant de rentrer le soir à la maison. C'est *trois* bouteilles que je devrais exiger de toi.

— Si tu entends parler du vol d'un énorme diamant, tu auras une caisse entière de whisky. A bientôt.

Après avoir raccroché, Cade jeta à son ordinateur un regard hargneux. Il importait de trouver un moyen terme avec lui pour entreprendre la recherche suivante.

Il lui fallut trois fois plus de temps qu'à un enfant de six ans pour insérer son CD-Rom, lancer la recherche et trouver ce qui l'intéressait.

L'amnésie.

Il but un café et, en quelques minutes, il en apprit bientôt plus sur le cerveau humain que pendant toute son existence. L'espace d'une poignée d'instants désagréables, il craignit le pire : Virginia avait une tumeur au cerveau. Il envisagea également l'horrible perspective d'en avoir une lui-même. Le corps humain, avec ses ruses et ses bombes à retardement, était décidément par trop effrayant, conclut-il. Il préférait de loin affronter un revolver chargé plutôt que les caprices de ses propres organes internes !

Il en arriva finalement à la conclusion rassurante que Virginia n'était pas atteinte d'une tumeur. Son cas relevait plutôt de l'amnésie hystérique, qui se résolvait en général dans les heures qui suivaient le traumatisme, mais pouvait aussi prendre des semaines. Des mois. Des années. Ce qui le renvoyait à la case départ. Le CD médical indiquait que l'amnésie était un symptôme plutôt qu'une maladie. Le traitement impliquait la découverte de la cause de l'amnésie, et la suppression de cette cause.

C'est là qu'il intervenait. Car, à ses yeux, un détective privé était tout aussi qualifié qu'un médecin pour régler le problème de Virginia.

Alors, il tapa laborieusement ses notes sur l'ordinateur. Une espèce de première esquisse du « Portrait de Virginia »

Tout paraissait familier, si étrangement familier…

La pièce sombre, la lumière dure en provenance de la lampe posée sur le bureau. L'éléphant.

Comme c'était étrange. L'éléphant semblait lui sourire, ses yeux brillaient d'un secret amusement.

Un rire de femme… Lui aussi familier, et tellement réconfortant. Un rire amical, intime, et une voix qui disait :

« Il faut que tu ailles à Paris, Virginia. On ne va pas encore passer deux semaines à te regarder creuser la terre ! Tu as besoin de romance, de passion, de sexe. Ce qu'il te faut, c'est Paris ! »

Un triangle d'or scintillant.

Une pièce emplie d'une vive clarté, aveuglante.

Un homme qui n'est pas un homme, avec un visage si bon, si avisé, si généreux que l'âme vibre à son contact. Et le triangle doré qu'il tient entre ses mains, qu'il offre. Le pouvoir stupéfiant de ce triangle, l'impact d'un bleu riche des pierres nichées à chaque angle. Et les pierres brillent et semblent palpiter comme un cœur, et semblent bondir dans l'air comme des étoiles filantes qui éparpillent la lumière.

Leur beauté brûle les yeux.

Virginia les tient entre ses mains, elles tremblent. Colère. Terrible. Qui bouillonne en elle. Et la peur, la panique, la fureur. Les pierres jaillissent de ses mains, d'abord une, puis deux. Elles s'envolent, tels des oiseaux. Sa main ouverte, protectrice, en garde une — la troisième — pressée contre son cœur.

Des éclairs d'argent surgissent de toutes parts. Le roulement de tambours fait trembler le sol. Du sang ! Du sang, partout, s'écoule en une rivière hideuse.

Mon Dieu ! Que c'est gluant. Démoniaque. Elle court, trébuche, le cœur battant à se rompre.

Obscurité. La lumière a disparu, les étoiles ont disparu. Elle court le long d'un corridor, et ses talons hauts résonnent. « Lui », il la suit, la pourchasse dans le noir tandis que les murs se resserrent autour d'elle !

Elle entend l'éléphant barrir. Elle rampe et se cache comme un animal, frissonnant et poussant de petits cris de bête tandis que l'éclair la dépasse…

… — Réveillez-vous, mon cœur. Ce n'est qu'un mauvais rêve.

Elle se hissa hors du noir en direction de la voix calme et ferme, et enfouit son visage moite au creux de l'épaule solide et large.

— Du sang. Tout ce sang… Frappée par l'éclair… Il vient. Il est tout près !

— Il est parti, à présent. Vous êtes en sécurité.

Cade pressait ses lèvres contre les cheveux de Virginia, la berçait. Quand il s'était glissé dans la pièce pour lui apporter une robe de chambre, elle pleurait dans son sommeil. Maintenant, elle se cramponnait à lui, tremblante. Il lui souleva la tête et la plaça sur ses genoux, comme on le fait pour un enfant.

Ballottée entre rêve et réalité, elle s'agitait sans trêve.

— Les étoiles. Trois étoiles. Je dois me rendre à Paris.

— C'est fait ! s'amusa-t-il. Je suis là.

L'embrassant de nouveau sur la tempe, il attendit que ses yeux s'éclaircissent, retrouvent leur netteté.

Elle se redressa et appuya la tête sur son épaule, juste comme il l'avait imaginé un peu plus tôt.

— Ne partez pas, supplia-t-elle avec un frisson.

L'impact de ces mots sur Cade fut immédiat et dévastateur. Le coup de foudre devait ressembler à cela, songea-t-il en même temps qu'il se surprenait à dire :

— Je vais prendre soin de vous.

Oui, le coup de foudre devait ressembler à l'émotion violente qu'il éprouvait, et avoir un pouvoir très spécial. Car les simples mots que Cade venait de prononcer apaisèrent aussitôt les tremblements de Virginia. Elle se détendit, lovée contre lui, et garda les yeux fermés.

— Mon rêve était si embrouillé, si effrayant que je n'y comprends rien.

— Racontez-le-moi.

Il l'écouta attentivement tandis qu'elle luttait pour se rappeler les détails, les mettait en ordre.

— Je ressentais des émotions contradictoires. La colère, le choc, le sentiment d'être trahie, la peur. Et puis la terreur pure et simple.

— Ça expliquerait l'amnésie. Vous n'êtes pas prête à affronter tous ces événements, alors vous les supprimez. C'est une sorte d'hystérie.

Virginia ouvrit de grands yeux.

— Hystérique, moi ?

D'une main distraite, Cade lui caressa la joue.

— Façon de parler.

D'un geste ferme et délibéré, Virginia le repoussa.

— Le terme ne me convient pas.

— Je l'emploie au sens strictement médical, assura Cade. Vous n'avez pas reçu un coup sur la tête, par hasard ?

Virginia devint glaciale.

— Pas que je me souvienne. Mais je suis hystérique, après tout.

— Ne vous vexez pas ! Mon CD-Rom médical dit que l'amnésie peut résulter d'un coup. Elle peut aussi provenir d'un désordre nerveux fonctionnel appelé hystérie, si vous me passez le terme.

— Je ne suis pas hystérique ! Bien que je puisse le devenir, s'il vous faut une démonstration.

— Des démonstrations d'hystérie, j'en ai eu des tonnes. J'ai des sœurs, vous savez.

Cade fit une coupe de ses mains autour du visage de Virginia — de façon si désarmante que les prunelles de la jeune femme s'embuèrent.

— Vous avez des ennuis, poursuivit-il, et nous allons les régler.

— En me retenant sur vos genoux ?

— C'est un petit à-côté.

Le sourire pâlit sur les lèvres de Virginia. Quand elle fit mine de se détourner, Cade resserra son étreinte.

— Un à-côté qui me plaît beaucoup, ajouta-t-il.

Virginia lut alors dans les yeux de Cade davantage que de l'amusement, quelque chose qui accéléra son pouls.

— Ce n'est pas raisonnable de votre part de flirter avec une femme qui ne sait pas qui elle est.

— Peut-être pas raisonnable, mais c'est drôle. Et ça détourne vos pensées de vos problèmes.

Charmée… En fait, Virginia se sentait charmée par la façon de parler de ce détective, par sa manière d'aborder les choses et par ces fossettes qui se creusaient à chaque sourire en coin. Quelle bouche… Une bouche faite pour donner des baisers et en inspirer aux femmes, mobile, virile, gourmande. Virginia n'imaginait que trop bien avec quelle fougue cette bouche se marierait à la sienne.

Peut-être parce qu'elle ne se souvenait d'aucun baiser,

d'aucun homme, d'aucun amant. Quel goût avait la bouche d'un homme ? Elle n'en savait rien. En fait, Cade Parris serait le premier.

A cette pensée, elle sentit monter le long de sa colonne vertébrale un frisson d'excitation.

Quant à Cade, il laissa son regard glisser lentement des yeux de Virginia jusqu'à ses lèvres, avant de revenir à ses yeux. Il imaginait parfaitement, de son côté aussi, ce que serait un baiser, avec elle, ainsi que le tonnerre et les éclairs qui accompagneraient très probablement cette première rencontre intime.

— On essaie ? demanda-t-il, comme si cette simple allusion suffisait à ce qu'ils se comprennent.

Un désir, riche, violent, choquant, envahit Virginia, lui aiguisa les nerfs, ôtant toute force de résistance à son corps conquis. Elle était seule avec lui, Cade Parris, cet étranger entre les mains de qui elle avait placé sa vie. Cet homme dont elle savait plus de choses que d'elle-même. Allait-elle succomber ?

— Je ne peux pas.

Elle posa la main sur le torse de Cade, surprise de constater que, en dépit du calme de sa voix, il était ému au point que son cœur batte très fort. Alors, cela lui donna le courage d'être honnête.

— J'ai peur de le faire.

— Selon mon expérience, embrasser quelqu'un n'a rien d'effrayant. Sauf s'il s'agit d'un baiser de ma grand-mère Parris.

De nouveau, Virginia sourit, et cette fois-ci, lorsqu'elle se détourna en évitant le regard de Cade, le détective la laissa lui échapper.

— Ne compliquons pas davantage les choses, conclut-elle. Maintenant, j'aimerais prendre une douche, si vous n'y voyez pas d'inconvénient.

— Bien sûr. Je vous ai apporté une sortie de bain, et un

de mes jeans. Il suffira de rouler un genre de revers, en bas, pour qu'il soit à votre taille. En guise de ceinture, je n'ai trouvé que la corde à linge. Vous lancez une mode !

— Vous êtes adorable.

— C'est ce qu'elles disent toutes.

Sur ce, Cade se ferma au désir qui couvait en lui et se leva.

— Pouvez-vous rester seule une heure ? demanda-t-il. J'ai encore deux ou trois choses à régler.

— Ne vous inquiétez pas. Je me débrouillerai très bien.

— Promettez-moi de ne pas quitter la maison.

Virginia leva les mains en signe d'impuissance.

— Où irais-je ?

— Promettez.

— Entendu. C'est promis.

Parvenu à la porte, Cade fit une pause.

— Virginia ? Songez-y tout de même…

Elle n'eut pas besoin de le faire préciser sa pensée. Elle saisit au vol le sourire prometteur, la lueur provocante dans le regard, et comprit. Et quand elle s'approcha de la fenêtre pour le regarder prendre sa voiture et s'éloigner, elle pensait déjà. A lui. A leur baiser.

Quelqu'un d'autre pensait. Mais à elle. Des pensées sombres, empreintes de vengeance. Elle lui avait glissé entre les doigts, et avec elle la récompense et le pouvoir qu'il convoitait.

Il avait déjà fait payer au responsable le prix de l'incompétence, mais cela ne suffisait pas. On la trouverait, elle, et elle paierait. De sa vie, bien entendu, mais de bien davantage aussi.

Elle souffrirait d'abord. Connaîtrait la peur. Seul cela le satisferait.

L'argent qu'il avait perdu n'était rien, presque aussi insignifiant que la vie d'une femme sotte. Mais elle avait entre ses mains ce qu'il convoitait, ce qu'il était destiné à posséder. Il reprendrait son dû.

Il y en avait trois. Individuellement, elles valaient une

fortune. Mais, ensemble, leur valeur atteignait des sommes inimaginables. Il avait déjà pris des mesures pour récupérer les deux qu'elle avait sottement essayé de lui cacher.

Cela demanderait du temps, évidemment. Mais il les récupérerait. Il convenait d'être prudent, de n'agir qu'à coup sûr, de rester à l'écart de la violence dont il faudrait éventuellement user.

Sous peu, deux éléments du triangle lui appartiendraient, deux étoiles bleues, de pures beautés, de pures lumières et de pures puissances.

Il était assis dans la pièce qu'il avait fait construire pour ses trésors, ceux qu'il avait acquis, volés ou obtenus de manière sanglante. Bijoux, tableaux, statues et fourrures de prix… Une caverne d'Aladin.

Hélas, l'autel qu'il avait conçu pour accueillir sa possession la plus convoitée demeurait vide.

Mais bientôt…

Il aurait les deux, et lorsqu'il aurait mis la main sur la dernière, il serait immortel.

La femme, elle, serait morte.

3

« C'est mon corps », songea Virginia en s'examinant dans le miroir de la salle de bains, et il faudrait bien qu'elle s'y habitue. Dans la glace embuée, sa peau apparaissait ivoire, lisse, sans aucune marque de maillot. Pas de séances d'UV ni de bronzage sur la plage, donc. D'un geste pudique, elle posa une main sur sa poitrine. Des doigts longs. Des seins plutôt petits. Les bras étaient un peu minces, jugea-t-elle avec un froncement de sourcils. Pas de gras à la taille ni aux cuisses, des hanches fermes. Ce qui signifiait qu'elle faisait sans doute de l'exercice.

Combien mesurait-elle ? Un mètre soixante-cinq, à peu près. Dommage qu'elle ne soit pas plus grande. Quand une femme est contrainte de repartir de rien à vingt ans largement passés, songea Virginia, elle devrait au moins pouvoir, en compensation, choisir son corps. Des seins plus généreux, des jambes plus longues auraient été à son goût.

Toute à son examen, Virginia se tourna pour s'étudier de dos. La surprise la laissa bouche bée : elle portait un tatouage sur la fesse ! Une licorne ! Comment en était-elle arrivée à décorer ainsi son corps et, surtout, à accepter d'exposer une partie intime de son anatomie à l'artiste qui avait réalisé ce tatouage ?

Embarrassée, elle s'entoura d'une serviette et quitta la salle de bains.

Elle passa quelque temps à ajuster le jean et la chemise que Cade lui avait prêtés, suspendit son tailleur, lissa le couvre-lit. Puis elle poussa un profond soupir et passa une main dans ses cheveux mouillés. Si elle ne trouvait pas une distraction, elle se tourmenterait de nouveau, à penser à son sac plein de millions, à de gros diamants bleus, à des meurtres et à des tatouages.

Cade lui avait demandé de ne pas quitter la maison, mais ne lui avait pas intimé de rester dans la chambre. Alors, sortant de la chambre à pas lents, elle prit conscience de l'aisance avec laquelle elle évoluait seule dans la demeure. Cela venait de ses sentiments envers Cade, supposa-t-elle. Depuis le premier instant ou presque, elle lui avait accordé sa confiance. Probablement parce qu'elle ne pouvait se confier à personne d'autre. Mais aussi parce qu'il lui semblait gentil, attentionné. Intelligent et logique aussi. Et puis, il possédait un sourire magnifique, malicieux et sensuel, et un regard pénétrant. Ses épaules étaient solides, et il ne manquait pas de caractère. Avec ça, il avait des fossettes qui la faisaient fondre de tendresse.

Virginia hésita, puis se posta sur le seuil de la chambre de Cade. L'envie d'entrer la démangeait. Seulement, mettre son nez dans les affaires des autres lui semblait une indélicatesse. Etait-elle grossière, insouciante des sentiments et de l'intimité d'autrui ? Peut-être. De toute façon, elle ne pouvait pas résister à son besoin désespéré de remplir tous les blancs de sa vie et donc de fouiller. Or, Cadc avait laissé sa porte ouverte.

Elle en franchit le seuil.

C'était une très belle pièce, pleine de lui. Un jean jeté sur le dossier d'un fauteuil, des chaussettes par terre. De la menue monnaie et des boutons de manchettes sur une table. Une magnifique commode ancienne, qui contenait sans doute beaucoup de choses lui appartenant. L'envie d'ouvrir les tiroirs la traversa, mais elle se retint de passer à l'acte. Elle considéra le lit : large, défait, tendu de draps froissés bleu marine qu'elle effleura de la main et tout imprégnés de l'odeur de Cade — un léger parfum mentholé.

Dormait-il nu ? En même temps que l'insolite pensée surgissait dans son esprit, Virginia se surprit à rougir. Alors, elle se détourna pour reprendre son inventaire de la pièce. Il y avait là une charmante cheminée en brique, surmontée d'un manteau en pin ciré. Des livres s'entassaient en vrac sur une étagère. Virginia en parcourut les titres, se demandant si elle avait lu ces ouvrages. Les goûts du détective allaient de toute évidence aux romans policiers et aux récits de faits divers tragiques. Certains auteurs sonnaient familièrement à l'esprit de Virginia. Cela la soulagea.

D'un geste automatique, elle ramassa une tasse sale et une canette de bière vide, et les descendit dans la cuisine. Elle n'avait pas prêté attention à la maison en y pénétrant, plus tôt dans l'après-midi, mais maintenant, elle en remarquait avec admiration les lignes simples et élégantes, les jolies fenêtres avec leurs voilages classiques, les meubles bien cirés.

Elle rinça la tasse dans l'évier, puis continua son tour de la maison. Et là, moins de dix minutes lui suffirent pour parvenir à la conclusion qui ne cherchait qu'à s'imposer, désormais : à savoir que, en dépit du misérable bureau qui lui servait d'agence, Cade Parris croulait sous l'argent.

En fait, la maison regorgeait de trésors. Peut-être Virginia ne comprenait-elle pas le sens de la licorne qui ornait sa fesse, mais elle connaissait — comment ? mystère… — la valeur d'un dessus de bureau en cerisier marqueté de style fédéral. Elle n'aurait su dire où elle avait acquis cette expertise, et cependant elle reconnut aussi des vases de Waterford, de l'argenterie géorgienne, de la porcelaine de Limoges. Quant au paysage de Turner, accroché au mur, elle doutait fort que ce fût un faux.

Elle regarda dehors par une fenêtre. Une pelouse bien entretenue, de vieux arbres majestueux, des roses en pleine floraison…

L'inévitable question se posa à elle : pourquoi un homme

qui vivait dans une telle harmonie avait-il choisi pour lieu de travail un placard étouffant et exigu ?

Ses réflexions lui tirèrent un sourire. Dans le fond, Cade Parris était une sorte d'énigme, au même titre qu'elle ! Cela lui apportait un certain réconfort. Une espèce de soulagement.

De retour dans la cuisine, elle sursauta comme un chat qu'on arrose : le répondeur venait de se mettre en route.

Une voix féminine exprimait une grande impatience.

— « J'ai laissé une demi-douzaine de messages à ton bureau, ce matin. Le moins que tu puisses faire est de me rappeler. Je doute que ceux que tu présentes pompeusement comme tes “clients” t'occupent au point de ne pouvoir téléphoner à ta propre mère ! »

Après un long soupir douloureux, la voix reprit :

— « Je sais que tu n'as pas contacté Pamela pour ce soir. Tu me mets dans une situation très embarrassante. Je pars jouer au bridge chez Dodie. Tu peux m'y joindre jusqu'à 4 heures. A propos, Muffy est furieuse contre toi. »

Fin du message.

Virginia resta perplexe. Bizarrement, il lui semblait avoir reçu pour son propre compte cette réprimande maternelle. Alors, avait-elle une mère qui harcelait, elle aussi, qui exigeait obéissance ? Qui s'inquiétait à son sujet ?

Perdue dans ses pensées, elle remplit une bouilloire, la mit sur le feu, et chercha les sachets de thé. Le téléphone sonna de nouveau.

— « Cade, c'est Muffy. Tu évites de répondre à nos appels, parce que tu es incapable d'affronter ta propre inconduite. Tu sais très bien que le récital de piano de Camilla avait lieu hier soir. Tu aurais tout de même pu te montrer, pour l'occasion, et faire preuve d'un peu de solidarité familiale ! J'espère que tu auras la décence d'appeler ta nièce et de t'excuser. De toute façon, je refuse de te parler avant que tu l'aies fait. »

Clic.

Pas faciles, semblait-il, les relations familiales. Sans doute toutes les familles étaient-elles aussi complexes. De nouveau, des pensées liées à sa vie passée assaillirent Virginia : si elle avait un frère, le traitait-elle de façon rosse, comme Muffy ? Impossible de répondre…

Elle mit le thé à infuser, ouvrit la porte du frigo et y prit une tomate. Elle hésita sur le choix d'un condiment, se demanda si elle aimait le thé sucré ou non. Chaque petit détail était comme une brique dans la reconstruction de sa personnalité.

Comme elle coupait avec soin des rondelles de tomate, elle entendit la porte d'entrée claquer, et, soudain, son humeur s'égaya à l'idée de retrouver Cade. Juste avant que sa gorge ne se serre d'angoisse. Qu'est-ce qui l'assurait que c'était bien Cade, qui venait d'entrer ?…

Soudain, elle se sentit muette de peur. Sa main se crispa sur le manche du couteau, et elle se dirigea vers la porte de la cuisine. Une terreur profonde, incontrôlable, fit perler la sueur à son front. Son cœur cognait. Courir, fuir cette lumière aveuglante. Dans l'obscurité, avec sa propre respiration comme une forge dans sa tête. Du sang partout.

Ses doigts enserrèrent le bouton de la porte, puis le tournèrent tandis qu'elle s'apprêtait à fuir ou à se battre.

… Mais ce n'était que Cade.

Un sanglot soulagé s'échappa alors des lèvres de Virginia. Le couteau roula par terre, et la jeune femme se jeta dans les bras de son ange gardien.

— C'est vous. Vous.

La culpabilité aurait dû envahir Cade : il était cause d'une grande frayeur, manifestement… Cependant, il ne se sentait pas fautif. Surtout pas de la tenir ainsi dans ses bras, d'ailleurs. De profiter — un peu — de la situation. Il n'était qu'un homme, après tout, et Virginia sentait fabuleusement bon.

— Vous êtes en sécurité, ici.

— Je sais… mais lorsque j'ai entendu la porte, la panique m'a saisie.

Elle s'accrochait à lui, violemment reconnaissante. Rejetant la tête en arrière, elle le regarda dans les yeux.

— J'ai cru que c'était un autre. Je déteste ma couardise.

Virginia sentit les mots mourir sur ses lèvres, et une sorte d'hypnose la retenir au regard de Cade. Cade qui lui effleurait la joue tout en la désirant du regard. Cade qui, maintenant, lui caressait les cheveux, nichait la main au creux de sa nuque, lui massait divinement la base du cou.

Cade attendait, songea-t-elle. Il guettait la transformation en train de s'accomplir. Et soudain, il sourit, et l'embrassa très légèrement. « Oh, délicieux… » Telle fut la première pensée qui la traversa. Elle adorait être tenue aussi fermement et tendrement à la fois. C'était donc cela, un baiser, cette douce rencontre faisant fondre le corps et soupirer l'âme… Quand la langue de Cade dessina le contour de ses lèvres, elle frissonna de plaisir, et s'ouvrit à lui aussi naturellement qu'une rose s'ouvre au soleil.

Il le savait. Oui, quelque part, Cade avait su dès le début qu'elle serait à la fois timide et généreuse, que ses lèvres sous les siennes seraient fraîches, son parfum subtil. Il lui semblait connaître depuis toujours la femme qu'il tenait entre ses bras.

Savoir qu'elle se souviendrait de ce baiser comme du premier excitait l'homme un peu orgueilleux qu'il était, l'enivrait, même. Dans la mémoire de Virginia, et donc dans son cœur, songeait-il, il serait le premier homme à l'avoir tenue ainsi enlacée. Le premier à la faire trembler de désir.

De son côté, quand elle murmura son nom, il eut la senstion que toutes les femmes qu'il avait connues auparavant s'évanouissaient de sa mémoire. Virginia était la première pour lui aussi.

Il approfondit graduellement son baiser, conscient du risque de la meurtrir ou de l'effrayer. Mais elle se révéla vibrante entre ses bras, réceptive, la bouche avide et brûlante, le corps tendu et palpitant.

Virginia se sentait vivante jusqu'au bout de ses doigts, attentive à chacun des coups précipités de son cœur. Elle avait enfoui les mains dans les cheveux de Cade et l'attirait comme pour ne faire qu'un avec lui. Il remplissait tous les vides, ces vides effrayants. Ce qu'elle était en train de vivre, c'était la vie. C'était réel. Cela comptait.

— Arrêtons…

Les mots franchirent avec peine les lèvres de Cade. Il aurait souhaité, ardemment, ne pas se sentir forcé de les prononcer. Il tremblait autant que Virginia. S'il ne reculait pas, s'il ne reprenait pas le contrôle de lui-même, il allait lui faire l'amour, là, maintenant, à l'endroit où ils se trouvaient.

Il pressa la tête de la jeune femme contre son épaule pour ne pas être tenté de dévorer plus longtemps sa bouche pulpeuse et consentante.

Elle vibrait contre lui, toute de nerfs à vif et de besoin dévorant, le corps traversé de sensations fortes.

— Je ne sais pas si j'ai déjà vécu cela, murmura-t-elle.

Elle ne savait rien d'elle-même, en effet, songea Cade ; en revanche, lui se connaissait : cela n'avait jamais été comme ça entre lui et une femme ; jamais si intense… Et il commençait à se demander s'il devait se réjouir de la fulgurance avec laquelle il nouait son destin à celui de Virginia, cette inconnue sur le point de bouleverser sa vie.

S'éloignant un peu d'elle, il lui effleura les épaules de la paume des mains.

— Ce qui vient de se passer entre nous n'est pas ordinaire, je vous l'assure, dit-il. Cela devrait nous suffire pour le moment.

— Mais…

Virginia se mordit la lèvre inférieure quand Cade se détourna. Elle le vit ouvrir le réfrigérateur.

— J'avais préparé du thé, fit-elle timidement remarquer.

— C'est de l'alcool qu'il me faut. Une bière.

La brusquerie du ton la fit frémir.

— Vous êtes en colère…

La canette débouchée, Cade avala trois longues gorgées.

— Un peu. Contre moi-même. Après tout, c'est moi qui ai déclenché tout cela.

Elle se tenait là dans son jean trop grand pour elle, les bras croisés comme pour se protéger, décoiffée et démunie. L'air absolument sans défense.

— Tirons cela au clair une fois pour toutes, déclara alors Cade en gardant ses distances. J'ai senti un déclic en moi dès que je vous ai aperçue sur le seuil de mon bureau. Au début, j'ai cru que c'était parce que vous étiez en quête de soutien. J'ai un faible pour les gens dans le pétrin. Surtout les belles femmes.

Il avala une autre gorgée, sous le regard attentif de Virginia.

— Mais ce n'est pas que cela. Bien sûr, je veux vous aider. Mais je suis aussi très attiré par vous. Je vous désire incroyablement… Je voudrais pouvoir vous faire l'amour tout de suite, lentement, pour que chaque seconde dure une heure. Et quand nous aurions fini, que vous seriez nue et sans force contre moi, je recommencerais.

Virginia avait porté la main à sa gorge, comme si elle se sentait oppressée ou trop émue.

— Et c'est exactement ce que je ferai, reprit-il, dès que vous irez mieux.

— Cade…, murmura-t-elle, le souffle court.

Puis elle ajouta :

— Je suis peut-être une criminelle.

Son calme recouvré, Cade dédaigna la remarque.

— On déjeune ? suggéra-t-il.

Les yeux de Virginia s'étrécirent. Drôle de réaction de la part d'un homme qui assure vouloir faire l'amour avec vous jusqu'à épuisement. Se moquait-il d'avoir une meurtrière pour maîtresse ?

— J'ai peut-être volé beaucoup d'argent, insista-t-elle, tué quelqu'un, kidnappé un enfant innocent…

Cade empilait du jambon sur du pain de mie.

— Une vraie desperado ! Avec en plus une lueur calculatrice dans le regard !

Puis il se tourna vers elle pour se moquer.

— Regardez-vous, que diable ! Vous êtes une femme polie, soignée, avec une conscience irréprochable. Pas même capable du plus petit larcin ! Quant au kidnapping… je vous ai déjà dit ce que j'en pensais.

Virginia fut piquée au vif. Elle n'aurait su dire pourquoi, mais cette description fade et lisse de sa personnalité la fit se dresser sur ses ergots.

— Je porte un tatouage au creux des reins. Plus bas, en fait. Je crois que cela devrait vous faire revoir votre opinion sur moi.

— Pardon ?

Une flamme guerrière dans les yeux, elle répéta :

— Un tatouage sur la fesse.

— Vraiment ?

L'impatience de le découvrir venait de déstabiliser Cade, mais il fit en sorte que son trouble ne transparaisse pas. Manifestement agacée, Virginia fronça les sourcils.

— En colère ? s'amusa Cade. C'est bon signe. Virginia n'est pas une femme docile. Par ailleurs, je note qu'elle aime les œufs brouillés au paprika et à l'aneth, sait faire le thé et les nœuds marins.

— Quoi ?

— Votre ceinture improvisée, expliqua Cade négligemment. Virginia a probablement été scout dans son enfance. Ou alors, elle aime la voile. Sa voix devient glaciale lorsqu'on l'agace, elle se mord la lèvre inférieure au moindre souci. Ce qui, soit dit en passant, instille en moi un désir pressant.

Les fossettes de Cade se creusèrent lorsque Virginia cessa brusquement de se mordiller la lèvre.

— Ses ongles sont d'une longueur raisonnable, et ses baisers ensorcelants. Une femme intéressante, notre Virginia.

Cade caressa chastement les cheveux de Virginia.

— Et maintenant, déjeunons, et je vous apprendrai ce que j'ai découvert.

Boudant encore, Virginia se laissa tomber sur une chaise, et tartina son pain de moutarde.

— Alors, ce tatouage, de quoi s'agit-il ? Un papillon ? Un bouton de rose ? A moins que vous ne soyez une motarde déguisée en femme du monde, avec une tête de mort sur le derrière ?

Gênée, cette fois, Virginia posa une tranche de jambon sur son pain de mie.

— Une licorne, murmura-t-elle.

— Hum… charmant.

Elle dévia la conversation.

— Vous deviez m'annoncer ce que vous avez découvert…

Abandonnant ses rêves de licorne, Cade accepta la diversion. Il regarda Virginia découper son sandwich en petits triangles nets et précis, mais s'abstint de tout commentaire.

— Eh bien…, dit-il, le revolver était chargé à plein, ce qui signifie qu'on ne s'en est pas servi récemment. Ou bien qu'on l'a rechargé.

Un intense soulagement poussa Virginia à fermer les yeux.

— Je ne m'en suis donc peut-être pas servie du tout…

— Assez improbable, en effet. Si j'en juge par mes observations, je vous imagine mal en possession d'un revolver non enregistré. Mais avec de la chance, nous retrouverons l'histoire de ce revolver, et cela nous éclairera.

— Vous en avez déjà tant appris…

Cade aurait aimé se lover dans cette admiration chaleureuse, mais il haussa les épaules et mordit dans son sandwich.

— Des renseignements négatifs pour la plupart. Rien au sujet d'un cambriolage mettant en cause un diamant de cette taille et de ce prix. Pas de kidnapping ou de prise d'otage dont la police soit avertie. Aucun homicide impliquant l'usage d'une arme telle que la vôtre au cours de la semaine écoulée.

Il avala une gorgée de bière.

— On ne signale pas non plus la disparition d'une femme vous ressemblant.

Reposant son sandwich, Virginia lança à Cade un regard d'incompréhension.

— Comment est-ce possible ? Pourtant, j'ai le diamant, j'ai l'argent, et j'ai bel et bien disparu.

Le regard de Cade se riva aux yeux de Virginia.

— Quelqu'un bloque peut-être l'information. Vous avez suggéré que le diamant faisait partie d'un ensemble. Et quand vous vous êtes réveillée de votre cauchemar, vous parliez de trois étoiles. Etoiles, diamants : il pourrait s'agir de la même chose. Pensez-vous qu'il y ait trois pierres ?

Virginia pressa ses doigts sur ses tempes battantes.

— J'ai parlé d'étoiles ? Je ne me souviens pas.

Parce que penser à tout cela lui faisait mal, Virginia se concentra sur l'aspect matériel de la question.

— Trois pierres de cette taille et de cette qualité, ce serait une extrême rareté. Et d'un prix inabordable. On ne peut estimer…

L'air lui manqua soudain, elle se mit à haleter avec peine, à la recherche d'un souffle.

Cade bondit, la contourna et lui massa doucement le dos.

— Ça suffit pour l'instant. Relaxez-vous. Ne forcez rien.

Tout en poursuivant son massage, il réfléchissait. Qu'avait-elle vu qui lui emplisse les yeux d'une telle terreur ? Quel mot avait-elle prononcé qui fasse surgir de son subconscient une émotion si vive ?

— Désolée, finit-elle par articuler. Je désire sincèrement vous aider.

— Ça viendra. Vous m'avez déjà beaucoup aidé. Nous n'en sommes qu'au début !

Virginia rejeta ses cheveux en arrière, dégageant ses joues pâles. Comme Cade ne lui donnait pas honte de sa faiblesse, elle prit une profonde inspiration qui lui fit du bien.

— Quand j'ai essayé de penser à votre question, j'ai eu un accès de panique. La culpabilité, l'horreur, la peur, tout mélangé. Ma tête bourdonnait, mon cœur battait trop vite. Je cherchais l'air.

— Allons-y doucement. Parler de la pierre en votre possession ne vous panique pas autant, semble-t-il ?

Virginia ferma les yeux, et forma avec précaution l'image mentale de la pierre. Une pierre si belle. Extraordinaire. Elle ressentait de l'intérêt et du souci, oui. De la peur aussi, mais ses émotions étaient plus cohérentes, moins débilitantes.

— Non, conclut-elle en secouant la tête, ce n'est pas la même réaction. Je ne sais pas pourquoi, acheva-t-elle en rouvrant les yeux.

— Nous en reparlerons. Pour l'instant, mangez. J'ai un plan, il va vous falloir de l'énergie.

— Quel plan ?

— Je suis passé à la bibliothèque, tout à l'heure. Il existe des livres sur les pierres précieuses rares…

— Nous pourrions y trouver celle que je possède…

La perspective réjouit Virginia au point qu'elle entama son sandwich — même si c'était du bout des dents.

— Si nous identifions la pierre, poursuivit-elle, nous retrouverons la trace du propriétaire, et ensuite… Au fait ! Vous ne pouvez pas travailler ce soir. Vous devez aller quelque part avec Pamela.

— Bon sang ! J'ai oublié ! s'exclama Cade.

— Et moi, j'ai omis de vous en parler. Votre mère a appelé, j'ai entendu le message. Elle sera chez Dodie jusqu'à 4 heures. Et puis Muffy semblait agacée contre vous parce que vous avez manqué le récital de Camilla. Elle ne vous parlera pas avant que vous ne lui ayez présenté des excuses.

— Je n'aurai pas cette chance ! marmonna Cade. Vous venez de me faire un rapport très concis. Vous ne voulez pas devenir ma secrétaire, par hasard ? Vous êtes bien mieux organisée que ma dernière assistante.

Virginia sourit.

— Je ne me souviens même pas si je sais taper à la machine !

— Pour ma part, je sais que je ne sais pas ! Vous pouvez répondre au téléphone, n'est-ce pas ?

— Evidemment, mais…

Les arguments se bousculaient dans la tête de Cade. Prendre Virginia comme secrétaire était le moyen idéal pour la garder à proximité de lui tout en lui offrant une diversion à ses soucis.

— Vous me feriez une grande faveur, expliqua-t-il dans l'intention de la convaincre. Cela m'éviterait de rechercher et former une secrétaire en ce moment. Quelques heures par jour me seraient très précieuses.

Virginia repensa au bureau de Cade. Plus que d'une secrétaire, il aurait eu besoin d'un bulldozer ! Ou d'un bataillon de femmes de ménage… Cela dit, peut-être pouvait-elle se montrer utile, après tout. Et, de toute façon, qu'avait-elle d'autre à faire ? Sa vie n'était plus qu'un néant et un gouffre de désœuvrement à remplir.

— Je serai heureuse de vous rendre service, s'entendit-elle répondre.

— Merci. Bon ! Je vous ai acheté quelques vêtements pendant que j'y étais.

Elle le dévisagea tandis qu'il se levait et débarrassait la table.

— Des vêtements ?

— Rien d'extraordinaire. Je crois que j'ai un bon œil pour les tailles.

Devant les sourcils froncés de Virginia, Cade soupira.

— Très peu de chose, ne vous en faites pas. Même si vous êtes ravissante dans mes habits, il vous faut un minimum, on est bien d'accord ?

— Je suppose, murmura-t-elle. Merci.

— Il ne pleut plus. Allons faire un tour, ça vous éclaircira les idées.

— Je n'ai pas de chaussures.

Elle emporta les verres et les rangea dans le lave-vaisselle.

— J'ai acheté des tennis. Vous faites du trente-sept, non ?

Avec un petit rire, Virginia replaça le jambon dans le réfrigérateur.

— Pas la moindre idée !

— Essayez-les !

— Cade, appelez votre mère. Elle était fâchée contre vous.

— Elle l'est toujours. Je suis le mouton noir de la famille.

Avec méthode, Virginia passa un coup d'éponge sur la table, et rétorqua :

— Peut-être, mais c'est votre mère, et elle attend votre appel.

— Non, elle attend de pouvoir me contraindre à faire quelque chose que je refuse. Pour fustiger ma personnalité en compagnie de ma sœur.

— Ce ne sont pas des façons de parler de sa famille ! En plus, vous avez blessé la fille de votre sœur.

— Muffy n'a pas d'enfants mais des créatures. Et ma nièce est une mutante pleurnicharde.

Virginia se refusa à sourire.

— Quelle façon déplorable de parler de votre nièce, même si vous n'aimez pas les enfants !

— Je les adore, au contraire. Mais Camilla n'est pas humaine. En revanche, mon autre sœur, Doro, a un fils qui a échappé à la malédiction des Parris. C'est un gosse super, qui aime le base-ball et les insectes. Eh bien, Doro pense qu'il a besoin d'une psychothérapie !

Un gloussement échappa à Virginia avant qu'elle puisse l'étouffer.

— Vous inventez !

— Rien de ce que je pourrais inventer n'approcherait la triste vérité. Les Parris sont égoïstes, sûrs d'eux et arrogants.

Bouche bée, Virginia écoutait Cade dénigrer ses proches lorsque le téléphone sonna.

La prenant par la main, il l'entraîna hors de la cuisine.

— Non, dit-il préventivement, je ne réponds pas.

— Quelle honte !

— C'est de l'autoprotection, tout simplement. De toute façon, je n'ai jamais donné mon accord pour cette soirée avec Pamela.

— Je ne veux pas que vous vous mettiez mal avec votre famille à cause de moi…

— C'est ma mère qui a manigancé tout ça ! Evidemment, je vais utiliser votre présence comme excuse, et je vous en suis reconnaissant ! Pour vous remercier, regardons les chaussures que je vous ai choisies.

Virginia abandonna la discussion, s'assit au pied de l'escalier et ouvrit la boîte. Elle leva un sourcil.

— Des tennis rouges ?

— Elles m'ont plu. Je les trouve sexy.

Comme elle défaisait les lacets, Virginia s'étonna silencieusement. Comment pouvait-elle être dans le pétrin jusqu'au cou et se sentir en même temps ravie à la vue d'une paire de tennis rouges ? Son pied glissa dans la chaussure aussi facilement que si elle avait été conçue pour elle. Elle eut envie de rire et de pleurer à la fois.

— Elles me vont !

Il lui tendit les mains pour l'aider à se relever.

— Très sexy, je l'avais dit…, assura-t-il.

Virginia s'apprêtait à se dresser sur la pointe des pieds pour embrasser Cade sur la joue, mais elle se ravisa au dernier moment.

— Froussarde ! railla-t-il.

— Peut-être… En tout cas, j'ai envie de faire cette promenade, commenta-t-elle en franchissant le seuil de la maison.

Puis une question lui vint à l'esprit :

— Pamela est-elle jolie ?

Cade réfléchit quelques secondes. La vérité pouvait tourner à son avantage. Alors, il la livra à Virginia, espérant qu'elle serait, sinon jalouse, du moins agacée par la perspective d'être en compétition avec une autre.

— Ravissante ! s'exclama-t-il, l'œil délibérément rêveur. Et en plus, elle veut absolument m'épouser. Dois-je céder, d'après vous ?

Refermant la porte derrière lui, il passa un bras autour de la taille de Virginia, en éclatant de rire.

Et le sourire complice que la jeune femme lui offrit fit monter en lui une satisfaction parfaitement exquise.

4

Les puzzles le fascinaient. Mélanger les pièces, en choisir une, essayer différentes places avant que la pièce ne glisse d'elle-même pour s'emboîter parfaitement dans l'ensemble… tout cela représentait un défi qui l'avait toujours réjoui. C'était même ce goût du défi en général qui l'avait incité à rejeter les traditions familiales pour choisir sa propre voie.

Rebelle comme il l'était, il aurait pu se lancer dans n'importe quelle direction ; l'essentiel consistait pour lui à se démarquer de sa famille et à mener sa propre barque. Mais ouvrir une agence d'investigations présentait des avantages particuliers par rapport à d'autres choix possibles : celui de s'amuser en décryptant des énigmes et celui de redresser quelques torts au passage.

Car Cade avait une idée bien arrêtée du bien et du mal. Il considérait qu'il y avait les bons et les méchants — même si certains trouvaient ce partage simpliste. D'un côté la loi, de l'autre le crime. Et ces repères stricts ne l'avaient jamais empêché de tenir compte des nuances, au contraire. Lorsqu'on sait quelles bornes ne pas dépasser, on est d'autant plus souple à l'intérieur du cadre, pensait-il.

Et puis, l'esprit logique ne l'empêchait pas non plus de s'évader — s'égarer ? — dans l'imaginaire. Par exemple, d'éclaircir certaines situations en rêvassant, voire en fantasmant, jusqu'à ce que, dans un flash inattendu, le déclic lui soit donné par le libre vagabondage de ses pensées.

Enfin, il adorait fouiller, chercher… Ce matin, quand il avait laissé Virginia chez lui, il avait fait un tour à la bibliothèque, et passé un bon moment à consulter des quantités de microfiches, à la recherche du moindre entrefilet sur un diamant bleu volé. Il n'avait pas eu le cœur de s'appesantir devant Virginia sur le fait que ni lui ni elle n'avaient la moindre idée de sa provenance, hélas… Virginia et sa pierre avaient abouti dans le District of Columbia sans qu'on sache d'où elles étaient parties. Qu'elles se trouvent ici ne signifiait nullement qu'elles soient de la région.

Sur l'amnésie aussi, il avait approfondi ses recherches — sans rien trouver de particulièrement utile. Apparemment, n'importe quel événement pouvait débloquer la mémoire. Mais cette même mémoire pouvait également demeurer verrouillée. Dans ce cas, la nouvelle vie de Virginia avait commencé très peu de temps avant que leurs chemins ne se croisent.

Que s'était-il passé, ces derniers mois, dans l'existence de la jeune femme ? Pas un instant Cade ne doutait que Virginia ait vécu ou assisté à quelque chose de traumatisant. Et puis, il était sûr d'une chose : avec ces yeux-là, une femme ne pouvait être une criminelle… Alors, quelles que soient les zones d'ombre de son histoire, il allait protéger cette femme. Aucun argument en sa défaveur ne pouvait résister au fait que Cade était tombé amoureux d'elle au premier regard. Il l'acceptait. Le moyen de faire autrement ? Virginia était la femme qu'il attendait depuis toujours. De sorte que, déterminé à la protéger, il entendait aussi la garder.

Forcément, il compara son histoire toute neuve avec Virginia au mariage enterré jadis. Il avait choisi sa première femme pour toutes les « bonnes » raisons. Ou plutôt, rectifia-t-il, sa belle-famille et sa propre famille l'avaient manipulé. Résultat : ce mariage sans âme s'était révélé un désastre ! Depuis le divorce — qui avait froissé les plumes de tout le monde, sauf des époux unis de force —, il avait fui tout engagement avec l'art d'une anguille.

Et maintenant — c'était en tout cas son intime conviction —

la récompense de la dure lutte contre les pressions familiales se trouvait assise en tailleur sur le tapis, divine, lumineuse, et plongée dans un livre sur les pierres précieuses qu'elle consultait de cet air embrumé qu'ont les myopes.

« Myope », se dit-il alors. Un élément venait de s'ajouter au « Portrait de Virginia ».

— Virginia, vous avez besoin de lunettes.

Virginia ne répondit pas.

— A mon avis, vous portez des lunettes pour lire, s'entêta Cade.

Cette fois-ci, Virginia leva la tête, cligna des yeux et les massa.

— Ce livre est écrit en petits caractères, c'est tout…

— Nous nous occuperons de cela demain. Voilà deux heures que nous travaillons. Si nous buvions un verre de vin ?

— D'accord.

Mais Virginia reprit sa lecture.

— Le Cullinan 1 est le plus gros diamant taille diamant connu, déclara-t-elle. 530.2 carats.

Cade déboucha la bouteille de sancerre qu'il gardait pour la bonne occasion.

— Il orne le sceptre d'Edouard VII d'Angleterre, et se trouve à la Tour de Londres… Il est trop gros pour être le nôtre, et en plus il n'est pas bleu… Donc, jusqu'à présent, je n'ai rien lu qui corresponde à notre pierre. Si seulement j'avais un réfractomètre !

— Un quoi ?

— C'est un instrument qui mesure les propriétés caractéristiques d'une pierre. Sa réfringence.

Elle se figea soudain sous le regard de Cade.

— Comment est-ce que je sais ça ?

Deux verres à la main, Cade s'assit à côté d'elle sur le tapis.

— Qu'est-ce que la réfringence ?

— C'est la capacité à réfracter la lumière. Où ai-je bien pu apprendre… ?

Cade prit la pierre, posée sur les notes de la jeune femme à la façon d'un vulgaire presse-papiers.

— Etes-vous sûre qu'il s'agisse d'un diamant ? Franchement, on dirait un saphir.

— Sûre, affirma-t-elle. Les saphirs sont biréfringents, alors que les diamants sont monoréfringents.

Virginia frissonna.

— Je suis une voleuse de bijoux ! C'est comme ça que je *sais*.

— A moins que vous ne *vendiez* des bijoux, ou que vous soyez experte, gemmologiste… ou héritière et amatrice de babioles ! Ne tirez pas de conclusions trop hâtives, ma belle. Cela empêche de voir les détails, acheva Cade en lui tendant un verre.

— Vous avez raison, soupira-t-elle.

Elle but une longue gorgée avant de reprendre :

— Si seulement je comprenais pourquoi je me rappelle certaines choses. Réfractomètres… *Le Faucon maltais*…

— Le Faucon maltais ?

— Le film. Bogart, Mary Astor. Vous avez le livre dans votre chambre et, en le voyant, c'est le film qui m'est immédiatement venu à l'esprit. Et les roses ! Je connais leur odeur, alors que j'ignore quelle est la marque de mon parfum préféré. Je reconnais une licorne, mais ne sais pas pourquoi je suis tatouée.

Les lèvres de Cade s'incurvèrent, ses fossettes se creusèrent :

— Symbole d'innocence…

Virginia haussa les épaules et finit son verre d'un trait. Cade lui donna simplement le sien, et se leva pour se resservir.

— Et puis il y a l'air que je chantonnais sous la douche, poursuivit la jeune femme, plus agitée, plus nerveuse. Sans savoir ce que c'était, je ne pouvais m'en débarrasser.

Elle but une gorgée, se concentra, puis se mit à fredonner tout aussi nerveusement.

— *L'Hymne à la joie*, de Beethoven, dit Cade. Eh bien !

Un animal mythique sur la fesse, Bogart plein les yeux, et Beethoven dans la tête ! Vous me fascinez de plus en plus !

Puis il ajouta :

— Dites-m'en davantage au sujet des diamants.

— Ce sont les meilleurs amis d'une femme. Marilyn Monroe.

Elle rit. Trop fort. Sans joie. Alors, avec douceur, Cade la débarrassa du verre qu'elle tenait. Dans le même temps, il s'ordonna de penser à noter sur son carnet : « Virginia s'enivre d'un seul verre. »

— Parlez-moi encore des diamants, répéta-t-il.

— Ils brillent et étincellent. Ils sont froids au regard et au toucher. C'est comme ça qu'on les distingue du verre. Le verre est chaud, le diamant froid. Il est un excellent conducteur de chaleur. Un feu glacé.

Allongée sur le dos, à présent, elle ferma les yeux et s'étira comme une chatte, ce qui fit s'enfiévrer Cade.

— C'est la substance connue la plus dure, continua-t-elle. Classée 10 sur l'échelle de dureté de Mohs. Les plus beaux diamants sont blancs. Une nuance jaune ou brune est considérée comme une imperfection.

Elle parlait comme dans un rêve, comme sous hypnose, vite et mécaniquement ; et l'alcool n'y était sans doute pas pour rien.

— Les diamants bleus, verts ou rouges sont très rares et très prisés. Leur couleur provient de la présence d'éléments mineurs autres que le carbone pur.

Cade étudia le visage de Virginia, ses lèvres, ses yeux clos. Elle aimait les pierres. Cela se sentait. Oui, en dépit du débit artificiel qui était le sien, pour l'instant, il aurait juré sans hésiter qu'elle aimait vraiment les pierres. Et elle les connaissait *intimement*, comme si elle les fréquentait, vivait au milieu d'elles, en avait fait sa vie.

— En gravité spécifique, les diamants se classent de 3.15 à 3.53. Les cristaux les plus purs atteignent presque toujours 3.52. Il faut de l'éclat, du feu, murmura-t-elle en s'étirant encore.

Elle était démoniaquement belle. Malgré les résolutions qu'il avait prises, Cade dériva, et il contempla le cou, les seins menus et fermes qui pointaient sous le tissu de la chemise.

— Je n'en doute pas, murmura-t-il tandis que les derniers mots de Virginia résonnaient en lui…

De l'éclat… du feu… du feu.

— Les diamants bruts ont un lustre voilé, mais lorsqu'ils sont taillés, ils brillent d'un éclat remarquable.

Elle roula sur le ventre, joua des jambes. Et quelles jambes !

— Le mot diamant vient du grec *adamas*, indomptable. Il y a tant de beauté dans la force…

A cet instant, elle ouvrit les yeux, et son regard était lourd, embué. Elle changea brusquement de position, et se retrouva la tête nichée sur les genoux de Cade.

— Vous êtes si fort, Cade. Et tellement séduisant. Quand vous m'avez embrassée, j'avais le sentiment que vous alliez m'absorber en vous, tout entière.

Soupirant, elle chercha une position plus confortable encore, puis confia :

— Ça m'a plu.

Dans le sang de Cade, le feu commença son lent trajet de la tête vers les reins.

— J'aurais mieux fait de vous proposer du café que de l'alcool, murmura-t-il.

— Embrassez-moi encore…

La bouche de Virginia, charnue et consentante, constituait une tentation que Cade eut du mal à repousser.

— Soyons sérieux, suggéra-t-il pourtant d'une voix rauque.

Mais Virginia n'entendit pas. Elle ne voulut pas entendre. Adroite et souple, elle entoura de ses jambes les hanches de Cade. Il essaya encore de plaider sa cause.

— Je ne pense pas que ce soit raisonnable… Ecoutez…

Pour une femme en détresse, elle faisait montre d'une

audace étonnante, songea-t-il alors. Puis il lui saisit les mains avant qu'elle ne les glisse sous sa chemise. Il allait devoir se montrer plus raisonnable qu'elle.

— Arrêtez ! exigea-t-il. Je pense vraiment ce que je dis.

Il n'en revenait pas lui-même, de refuser pareille invitation ! Devenait-il fou ? Sans doute. Il crut même l'être déjà lorsque Virginia lui demanda :

— Croyez-vous que je serai une maîtresse à la hauteur de vos attentes ?

Elle posa sa tête sur l'épaule de Cade et murmura :

— J'ai peur… J'ai peur de ne pas aimer faire l'amour. De ne rien éprouver.

— Je ne crois pas que vous ayez de souci à vous faire à ce sujet…, répondit-il dans un sourire.

Mais, l'instant d'après, son sourire s'envolait en même temps que sa tension artérielle grimpait dangereusement. Dans le creux de son cou, il sentait la langue mœlleuse de Virginia tracer son chemin, venir se nicher dans son oreille qu'elle mordilla du bout des dents.

— Votre peau est exquise, chuchota-t-elle en laissant courir ses lèvres. Je suis très excitée. Pas vous ?

Cade jura. Il n'y avait plus d'issue, pour lui. Aucune échappatoire. Alors, pour répondre à Virginia, il s'empara de sa bouche et la dévora littéralement.

Elle était riche de fragrances délicates, palpitante et douce. Il se noya dans cette bouche délicieuse. Entre ses bras, Virginia s'abandonnait sans réserve. Lorsqu'elle rejeta la tête en arrière, offrant sa gorge, nul saint n'aurait résisté. Il lécha cette chair si tentante, s'enivra du corps qui ondulait contre le sien dans un gémissement lascif.

Il aurait pu lui faire l'amour sur-le-champ, l'allonger sur le dos au milieu des livres, des papiers, s'enfouir en elle. Dans ses reins, il sentait déjà battre le rythme qui serait le leur. *Leur* rythme…

Cependant, quelque chose l'empêchait d'aller plus loin.

— Je n'ai jamais désiré une femme autant que vous, reconnut-il à haute voix… mais je vous en prie, regardez-moi !

Elle le regarda. Il sembla même à Cade qu'elle ne voyait que lui. Ne voulait que lui. Son corps était dense de désir, totalement absent à tout ce qui n'était pas *lui*.

— Embrassez-moi, supplia-t-elle. Vos baisers ressemblent à des miracles.

Un miracle, il en faudrait un pour qu'il recouvre sa volonté. Priant afin que l'impossible s'accomplisse, Cade commença par reprendre le contrôle de sa respiration.

— On arrête. Mais je vous jure que la prochaine fois que je vous embrasserai ce sera pour de bon, et que vous vous en souviendrez toute votre vie.

Il se mit debout, et aida Virginia à se relever.

— Ça tourne, murmura-t-elle en laissant sa tête retomber sur l'épaule de Cade.

Avec une maîtrise de soi qu'il jugea héroïque, Cade allongea Virginia sur le canapé.

— Reposez-vous, conseilla-t-il.

Obéissante, elle ferma les yeux.

— Restez près de moi. Je me sens en sécurité avec vous.

— Je suis là.

Il se pencha au-dessus d'elle, et la regarda s'enfoncer dans l'inconscience. Un jour, ils riraient ensemble de cet épisode, songea-t-il. Quand ils auraient des petits-enfants, peut-être ?

Sur ce, il la laissa dormir, et se remit à travailler.

… Elle creusait la terre. Le soleil ressemblait à une torche dans un ciel bleu saphir. Autour d'elle, le sol était jonché de pierres, la terre, grillée par la chaleur, passait par toutes les nuances de bruns, rouges et lavande. Forte et tonique, l'odeur de la sauge s'élevait des crevasses. Munie d'une pelle et d'un marteau, elle travaillait avec bonheur.

Non loin de là, à l'abri d'un rocher, deux femmes l'observaient. Son sentiment de bonheur augmentait quand elle levait la tête et leur souriait. Les cheveux courts de l'une des femmes formaient un joli casque roux autour de son visage si expressif. Et même si elle abritait ses yeux derrière des lunettes de soleil, Virginia les savait verts. D'un vert profond. L'autre femme avait les cheveux noirs. Pour le moment, ils étaient retenus sous un ample chapeau de paille. Libres, ils lui tomberaient jusqu'au milieu du dos, en lourdes ondulations. Ils soulignaient à merveille la magie de son visage, la peau crémeuse, les yeux d'un bleu rare.

La simple vue de ces deux femmes la gonflait d'amour. Elle ressentait profondément le lien de confiance qui l'unissait à elles, le sens d'une vie partagée. Leurs voix ressemblaient à une musique, chant lointain dont elle ne percevait que des bribes.

Je boirais volontiers une bière fraîche.
N'importe quoi de frais.
Combien de temps va-t-elle y consacrer ?
Toute notre vie. Paris l'été prochain. Sans discussion.
Ça la tiendra éloignée des pierres pendant quelque temps.
Et des crapules.
Tout à fait d'accord.

Le fait que les deux femmes parlent d'elle la fit sourire. Bien sûr, elle irait à Paris en leur compagnie. Mais, pour le moment, elle creusait une formation intéressante, dans l'espoir d'y trouver quelque chose qui vaille la peine. Quelque chose qu'elle emporterait pour l'étudier, et transformerait en bijoux à offrir à ses amies. Il y fallait de la patience, et un bon œil. De toute façon, quoi qu'elle trouve aujourd'hui, elle le partagerait en trois.

Soudain, les pierres bleues dégringolèrent dans sa main. Trois diamants bleus parfaits, d'une taille et d'un lustre spectaculaires. Plutôt qu'un choc, elle ressentit un plaisir intense à les examiner, les retourner dans sa paume. Puis le triomphe du pouvoir chanta dans son corps.

A présent, l'orage grondait, rapide et menaçant, obstruant

la clarté du soleil, jetant sur le sol de longues ombres qui avalaient le paysage. Panique, nécessité de fuir. Vite. Vite. Une pierre pour chacune d'elles, avant qu'il ne soit trop tard. Avant que l'éclair ne frappe.

Mais il était déjà trop tard. L'éclair frappait la peau de plein fouet, aussi tranchant qu'un couteau, et elle courait, courait à l'aveugle. Seule et terrifiée, l'éclair à ses trousses…

Le souffle court, Virginia se réveilla et se dressa sur le canapé. Qu'avait-elle fait, dans sa vie passée ? Les mains pressées contre sa bouche, elle attendit que les frissons disparaissent. La pièce était calme. Pas d'orage ni d'éclair à ses trousses. Et elle ne se trouvait pas seule. A l'autre bout de la pièce, sous le faisceau de lumière d'une lampe globe, Cade sommeillait sur une chaise, un livre ouvert sur ses genoux.

Le simple fait de le voir, ses papiers éparpillés à ses pieds, calma Virginia. Même endormi, il avait l'air fort, digne de confiance. Il ne l'avait pas laissée seule. Elle dut résister au désir de se nicher contre lui, et de se rendormir. Il l'attirait au plus haut point. Le fait qu'elle le connût depuis si peu de temps n'avait aucune importance. Après tout, elle ne se connaissait elle-même que depuis à peine un peu plus de temps.

Repoussant ses cheveux, elle jeta un coup d'œil à sa montre. Presque 3 heures. Heure vulnérable. Elle s'allongea sur le canapé, cala sa tête sur un bras, et observa Cade.

Le souvenir de l'après-midi écoulé lui revint, intact. Elle s'était jetée à la tête de cet homme ! Cela l'embarrassait et l'étonnait à la fois. En tout cas, il avait eu raison de s'arrêter avant que les choses n'aillent trop loin. Pourtant, au fond de son être, elle regrettait qu'il ne l'ait pas prise, là, sur le tapis, avant qu'elle ait le temps de réfléchir, de peser le pour et le contre, d'évaluer les conséquences. S'il l'avait fait, un peu du vide en elle serait comblé, un peu de ses besoins indéfinissables exaucé.

Elle roula sur le dos en soupirant et fixa le plafond.

Maintenant, il convenait de réfléchir. Elle ferma les yeux, non pour chercher l'oubli, mais pour accueillir la mémoire. Qui étaient les femmes dont elle venait de rêver ? Où se trouvaient-elles, à présent ? Malgré elle, ses pensées dérivèrent, et elle se laissa gagner par le sommeil.

Le lendemain matin, Cade se réveilla tout ankylosé. Dès qu'il ouvrit les yeux, il regarda à l'autre bout de la pièce. Le canapé était vide.

S'il n'y avait eu les livres et les papiers entassés sur le tapis, il aurait pu croire avoir rêvé. Cette histoire semblait le fruit de son imagination : la belle femme sans passé qui faisait irruption dans sa vie en même temps que dans son cœur. A la lumière d'une journée nouvelle, une pensée l'envahit : n'avait-il pas romancé à outrance leur rencontre ? Le coup de foudre n'était-il pas la notion romantique par excellence ?

Roulant de la tête avec précaution, pour ne pas augmenter un torticolis naissant, Cade se réprimanda. Ce dont Virginia avait besoin, ce n'était pas les musarderies d'un détective sentimental. Elle avait besoin d'idées claires. Et rêvasser à la façon dont elle avait enserré ses jambes autour de sa taille la veille n'était pas propice à la réflexion objective. Non, ce qu'il lui fallait, c'était un café.

Il se leva et se rendit dans la cuisine où il trouva Virginia. Jolie comme une image, nette comme un sou neuf. Ses cheveux blonds bien brossés étaient retenus par un chouchou tout simple. Elle portait le pantalon rayé bleu et blanc et le T-shirt blanc qu'il lui avait achetés. Une main posée sur le comptoir, tenant dans l'autre sa tasse de café fumant, elle contemplait par la fenêtre le hamac tendu entre deux érables.

— Vous êtes une lève-tôt !

La main de Virginia trembla au son de la voix de Cade, puis elle se retourna, le cœur battant un peu trop vite, et lui sourit.

— J'ai fait du café… je sais le faire, apparemment. Certaines choses semblent venir naturellement.

— Il sent bon, remarqua Cade en s'en versant une tasse.

— Merci. Je ne savais pas si je devais vous réveiller. Je n'étais pas sûre de l'heure à laquelle vous ouvrez votre agence.

— Nous sommes samedi. En plus, c'est le long week-end du 4-Juillet. Vous vous souvenez ? Ce jour-là, on mange des pommes de terre en salade, on fait des feux d'artifice, on écoute des fanfares dans les rues.

Une image traversa le cerveau dc Virginia : une petite fille assise sur les genoux de sa mère, tandis que les lumières explosent dans le ciel et trouent le noir.

— Oh !… vous devez avoir des projets pour ces trois jours…

— En effet ! Vers 11 heures, nous irons tranquillement au bureau. Je vous montrerai le travail le plus urgent. Pas question d'accomplir du travail légal, puisque tout sera fermé. Mais nous pouvons commencer à mettre de l'ordre.

— Ne sacrifiez pas votre week-end pour moi. Je peux très bien ranger votre bureau, pendant que vous…

— Nous faisons les choses ensemble, Virginia.

Elle posa sa tasse et croisa les mains.

— Pourquoi ? demanda-t-elle.

Les yeux vert océan de Cade parcoururent le visage de Virginia.

— J'aime à penser que vous n'avez pas frappé à ma porte par hasard.

— Bizarre que vous pensiez cela, malgré ma conduite d'hier soir. Selon toute apparence, je suis du genre à faire les bars la nuit, et à lever le premier venu.

Cade rit, puis avala une gorgée de café.

— A voir comment un seul verre vous tourne la tête, je doute que vous passiez beaucoup de temps dans les bars ! Croyez-moi, vous étiez vraiment partie !

La voix de Virginia prit une intonation glaciale :

— Pas de quoi se vanter…

La remarque fit sourire Cade.

— Pas de quoi avoir honte non plus. Et puis, je ne suis pas le premier venu.

La lueur d'amusement disparut du regard de Cade quand il ajouta :

— Vous et moi savons qu'il se passe quelque chose entre nous, reprit-il. Alcool ou pas.

— Dans ce cas, pourquoi ne pas en avoir… profité ?

— Avoir la possibilité est une chose, en profiter ne m'intéresse pas. On déjeune ?

Virginia opina.

— J'apprécie votre retenue, dit-elle en guise de merci.

— Vraiment ?

— Non, pas vraiment…

L'ego de Cade fut flatté.

— Ensuite, poursuivit-il tandis qu'il sortait le lait du réfrigérateur et mordait dans un toast, nous pourrions flâner en ville. Peut-être verrez-vous quelque chose qui stimulera votre mémoire.

Virginia s'assit sur une chaise, et, après une hésitation…

— Vous prenez toutes vos enquêtes avec autant de cœur ?

— J'aime les mystères. En plus, vous êtes mon premier cas d'amnésie. D'habitude, je m'occupe de problèmes d'assurance ou de problèmes matrimoniaux.

— Vous faites des enquêtes depuis longtemps ?

— Quatre ans. Cinq, si on compte mon année de stage chez Guardian, une grosse société de surveillance du District of Columbia. Du beau linge. Mais je préfère travailler pour mon compte.

— Vous avez déjà… tiré sur quelqu'un ?

— Non. Dommage, parce que je suis un très bon tireur.

Comme Virginia se mordait la lèvre inférieure, Cade la rassura.

— Détendez-vous ! Les flics et les détectives privés

attrapent presque toujours les méchants sans avoir besoin de tirer une seule balle. J'ai reçu des coups, j'en ai donné quelques-uns, mais la plupart du temps mon activité se résume à me rendre sur le terrain, à effectuer des tâches répétitives et à passer beaucoup d'appels téléphoniques. Votre problème n'est qu'un puzzle de plus. Il suffit de trouver les pièces et de les assembler.

Si seulement il avait raison, songea Virginia, si les choses pouvaient se révéler simples, ordinaires et logiques.

— J'ai fait un autre rêve, déclara-t-elle. Il y avait deux femmes, que je connaissais.

Cade prit une chaise et s'assit en face de Virginia…

Lorsqu'elle lui eut tout raconté, il remarqua :

— Vous sembliez être dans un désert. L'Arizona ou le Nouveau-Mexique, peut-être ?

— En tout cas, je n'avais pas peur. Au contraire, j'étais heureuse. Jusqu'à ce que survienne l'orage.

— Vous êtes sûre qu'il y avait trois pierres ?

— Certaine. Pas tout à fait identiques. Belles. Extraordinaires, même. Mais je ne pouvais pas les garder ensemble. Ça semblait très important.

Avec un soupir, elle ajouta :

— Je ne sais quelle est la part de vérité, et la part symbolique, comme dans tout rêve.

— Si nous sommes sûrs de l'existence d'une pierre, il se peut que les deux autres existent aussi. Si une femme est réelle, il y en a peut-être deux autres. A nous de les trouver.

Vers 10 h 30, ils pénétrèrent dans l'agence de Cade. Virginia écouta avec attention ses directives concernant la frappe de ses notes sur ordinateur, le classement des dossiers, le téléphone et l'intercom.

Quand il s'enferma dans son propre bureau, Virginia jeta

un regard circulaire au désordre ambiant. Le philodendron penchait sur le côté, triste et sale. Il y avait des éclats de verre partout, ainsi que des taches de café qui collaient sous la semelle. Et on aurait ramassé la poussière à la pelle. La dactylographie attendrait, décida-t-elle. On ne pouvait décemment se concentrer au milieu d'une telle confusion.

Depuis sa table de travail, Cade entama son enquête de terrain. Il appela son agence de voyages, et, sous le prétexte d'une nouvelle passion pour les pierres précieuses, lui demanda de s'enquérir sur tout désert où la recherche de pierres était autorisée.

Ses démarches de la veille lui en avaient appris beaucoup au sujet des gens qui cherchent des cristaux et des gemmes dans la nature. D'après le rêve de Virginia, conclut-il, c'était bien ce qu'elle était en train de faire dans ce désert. Peut-être vivait-elle dans l'Ouest ? A moins qu'elle ne s'y soit rendue pour l'occasion ? Une voie à explorer, de toute façon.

Il envisagea de téléphoner à un expert en pierres précieuses, mais se ravisa : Virginia avait peut-être acquis cette gemme par des procédés illégaux, et il ne voulait pas prendre de risques. Au lieu de cela, il étala sur la table les instantanés qu'il avait pris du diamant la veille. Que déduirait un gemmologiste devant de telles images ? Cela valait la peine d'essayer. Mardi, quand le travail reprendrait.

Pour l'instant, il avait d'autres idées en tête. Il prit son téléphone et, après quelques appels, trouva l'inspecteur Mick Marshall chez lui. Celui-ci protesta vigoureusement :

— Bon sang ! J'ai vingt bouches à nourrir dans le jardin !

— Tu fais des fêtes sans m'inviter, maintenant ?

— Je n'invite pas chez moi des flics d'opérette !

— Bon, maintenant, je suis vexé pour de bon. Tu as gagné ton whisky ?

— Les empreintes que tu m'as filées n'appartiennent à personne qui soit fiché par nos services.

Le soulagement envahit Cade, tandis qu'une touche de frustration s'insinuait en lui.

— Toujours rien sur un diamant volé ?

— Moins que rien. Il n'est pas dans ta tête, ce diamant ?

Cade raccrocha et se mit à réfléchir. Dans les rêves de Virginia revenaient toujours des éclairs, et elle mentionnait souvent l'obscurité. Or, la veille du jour où elle était apparue dans son agence, il y avait eu un orage, et des coupures de courant. Existait-il un lien entre réalité et songes ? Le noir était-il réel ou symbolique ? Selon toute probabilité, le traumatisme s'était produit à l'intérieur d'un bâtiment. A aucun moment elle ne mentionnait la pluie. Se trouvait-elle dans une maison ? Dans un bureau ? Si les événements avaient eu lieu la nuit précédant leur rencontre, ils s'étaient presque obligatoirement produits dans le District of Columbia.

Et pourtant, on ne signalait la disparition d'aucune pierre précieuse de grande valeur. D'autre part, dans ses rêves existaient trois pierres. Trois diamants. Trois femmes. Un triangle. Tout cela était-il symbolique ou réel ?

Cade traça deux colonnes sur une feuille. Dans l'une d'elles, il fit la liste des souvenirs de Virginia, pris dans leur sens littéral. Dans l'autre colonne, il en explora le symbolisme. Au fur et à mesure de sa réflexion, une évidence s'imposait : la vérité était une combinaison des deux.

Prenant son courage à deux mains, Cade composa un dernier numéro de téléphone. Par son mariage, sa sœur Muffy était entrée dans l'une des plus anciennes familles de la côte Est. Des joailliers renommés de Westlake.

Lorsqu'il sortit de son bureau, ses oreilles bourdonnaient, et il avait les nerfs à vif. Résultat habituel de ses conversations avec sa sœur. Mais puisqu'il avait obtenu ce qu'il désirait, il eut moins de mal à se maîtriser.

Le choc fut grand de pénétrer dans un espace propre et rangé, et de voir Virginia taper sur le clavier de l'ordinateur avec une grande dextérité.

— Vous êtes une fée, dit-il en déposant un baiser sur la tempe de la jeune femme. Et vous êtes experte en informatique.

— On dirait ! Cela ne m'a donné aucun mal. En revanche, ranger vos dossiers risque de me prendre du temps… !

Il se contenta de sourire à la remarque et proposa :

— On sort prendre une glace ?

Virginia acquiesça et quitta son ordinateur avec le naturel d'une femme qui navigue quotidiennement dans l'univers des logiciels…

— Ensuite, annonça Cade, nous aurons une tâche de la plus haute importance à accomplir.

— Quoi au juste ?

— Je vous ai trouvé un réfractomètre.

5

— Votre beau-frère est propriétaire de *Westlake Jewellers* ? demanda Virginia.

— Pas en propre. C'est une affaire familiale.

La tête de Virginia tournait. En l'espace de quelques heures, elle était passée du nettoyage d'un bureau crasseux et désordonné à la dégustation d'une glace au pied du mémorial Lincoln. Etant donné la situation, cela représentait déjà pour elle un exploit. Mais la façon qu'avait Cade de se faufiler entre les voitures, de traverser les rues en courant au feu orange avait fini de la désorienter et de l'étourdir.

— Ils ont des succursales dans tout le pays, poursuivit Cade, mais la maison mère se trouve ici. Muffy a rencontré Ronald à un tournoi de tennis. Romantique en diable, non ?

— Et votre beau-frère est d'accord pour que nous utilisions son matériel ?

— Muffy l'est. Ronald fait ses quatre volontés, comme un toutou.

Tout en léchant son cône qui dégoulinait de glace à la fraise, Virginia observait les touristes — des familles pour la plupart — qui grimpaient et descendaient les marches du mémorial.

— Je croyais votre sœur fâchée avec vous ?

— Nous sommes arrivés à un compromis au téléphone. Camilla danse aussi dans un ballet le mois prochain. Je me suis engagé à aller admirer la mutante.

Virginia étouffa un rire.

— Que vous êtes rosse avec votre famille !

— On voit que vous n'avez jamais enduré le spectacle de Camilla en tutu ! Et puis, ma sœur a aussi un fils. Celui-ci joue du piccolo.

— Vous inventez !

— Pas du tout ! Mon imagination a des limites. Dans quinze jours, je suis censé m'asseoir au premier rang, et m'extasier devant l'orchestre dans lequel il joue. Je vais acheter des boules Quiès !

Ils s'installèrent sur les marches lisses au pied du président sage et mélancolique. Une légère brise agitait mollement l'air dense. Mais cela n'atténuait pas la chaleur moite qui montait de l'asphalte. Virginia apercevait des mirages dans l'air, comme dans le désert. Quelque chose lui paraissait étrangement familier dans le spectacle qui l'entourait. La foule des passants, le cliquetis des appareils photo, le mélange des voix et des accents, les odeurs de transpiration et de fatigue, mêlées au parfum des fleurs.

— Je suis sûrement déjà venue ici, murmura-t-elle. Mais c'est comme si je vivais le rêve de quelqu'un d'autre.

— La mémoire va vous revenir, assura Cade. Nous avons quelques pièces en main : vous savez faire le café, vous servir d'un ordinateur, organiser un bureau.

— Peut-être suis-je secrétaire ?

Cade en doutait. La manière dont elle parlait des pierres précieuses l'avait lancé sur une autre piste. Mais il souhaitait réfléchir davantage avant de partager son hypothèse avec Virginia.

Il se mit sur ses pieds et offrit sa main à Virginia pour l'aider à se lever.

— Nous avons des courses à faire, annonça-t-il.

— Ah bon ?

— Il vous faut des lunettes de vue.

Le centre commercial tentaculaire et les gens qui se bousculaient pour profiter des soldes furent une nouvelle épreuve pour Virginia. Pendant qu'elle choisissait une monture, Cade remplit les formulaires nécessaires. Une douce chaleur l'envahit lorsqu'il enregistra la jeune femme sous le nom de Virginia Parris. Cela sonnait bien à son oreille, et lui parut aller de soi.

Il laissa Virginia à ses essais. Deux heures plus tard, elle le rejoignit dans sa voiture, un nouveau sac à main à l'épaule, un sac en plastique dans l'autre main.

— Où avez-vous trouvé le temps d'acheter tout cela ? demanda Cade en souriant.

Avec un rire où perçait toute sa féminité, Virginia répliqua :

— Question de stratégie ! Savoir ce qu'on veut, ne pas se laisser distraire.

— Moi aussi, j'ai acheté quelque chose pour vous, rétorqua Cade.

D'un emballage de lingerie, il exhuma une nuisette de soie noire raffinée.

— Vous ne pouvez pas dormir toute nue, expliqua-t-il avec un regard qui en disait long. Et puis, j'ai aussi fait l'acquisition de quelques pierres fines qui m'ont plu, ajouta-t-il en lui tendant une pochette en papier transparent.

— Oh ! murmura Virginia en les caressant du doigt. Comme elles sont jolies ! Des citrines… des jaspes… des tourmalines. Vous voyez les roses et les verts ? Et cette ravissante fluorite ! Un des cristaux que je préfère. Je…

La voix de Virginia s'estompa, et elle appuya une main contre sa tempe.

Cade fouilla parmi les pierres.

— Et celle-ci ? Quel est son nom ?

— Alexandrite. Une pierre transparente, dont la couleur change avec la lumière. A la lumière du jour, elle est bleu-vert. Mais à la lumière électrique, elle devient rouge pourpre.

Virginia avala sa salive avec difficulté. La connaissance des pierres était bel et bien logée là, dans son cerveau.

— C'est une pierre rare et coûteuse, ajouta-t-elle. Elle doit son nom au tsar Alexandre 1er.

Après avoir mis le moteur en marche, Cade se faufila dans la circulation. Il avait observé avec intérêt le visage de Virginia s'éclairant, s'irradiant de plaisir tandis qu'elle étudiait les cristaux.

— Vous êtes vraiment une connaisseuse en pierres précieuses, commenta-t-il. Et elles vous procurent du bonheur.

— Ça m'effraie. Plus les informations se bousculent dans mon esprit, plus j'ai peur.

Cade se gara dans son allée, puis se tourna vers Virginia :

— Etes-vous capable de continuer aujourd'hui ?

Elle pouvait dire non ! songea Virginia. Dans ce cas, Cade la ferait entrer chez lui, où elle serait en sécurité. Elle monterait dans sa jolie chambre, s'y enfermerait, et n'aurait rien d'autre à affronter que sa propre poltronnerie.

— Il le faut bien, répondit-elle en exhalant un long soupir.

Conscient du courage de Virginia, Cade lui saisit la main et la pressa rapidement entre les siennes.

— Parfait, dit-il. Attendez-moi dans la voiture. Je reviens avec le diamant.

Westlake Jewellers se situait dans un magnifique immeuble ancien orné de colonnes de granite et de longues fenêtres drapées de satin. Seule une plaque de cuivre élégante et discrète en signalait l'existence près de la lourde porte d'entrée.

Cade contourna le bâtiment, et se gara près d'une Mercedes grise.

— Ronald nous attend, constata-t-il. Vous jouerez le jeu, n'est-ce pas ?

Virginia plissa son joli front tandis que Cade glissait l'assortiment de pierres dans son sac à main.

— Quel jeu ?

— J'ai été obligé d'inventer une petite histoire pour amadouer Muffy. Il vous suffit de me donner la réplique.

Virginia sortit de la voiture et le suivit vers l'entrée située à l'arrière de l'immeuble.

— Ce serait plus facile si vous me disiez de quoi il retourne.

— Ne vous en faites pas, dit-il en appuyant sur la sonnette. Je m'occupe de tout.

— Si vous avez menti à votre famille, je crois que je devrais…

La lourde porte d'acier qui s'ouvrait l'empêcha de poursuivre.

Ronald salua Cade d'un bref signe de tête. Cade avait raison, pensa Virginia. Cet homme n'était pas heureux. De taille moyenne, soigné et sanglé dans un costume bleu marine, il portait une cravate rayée dont le nœud était si serré que Virginia se demanda comment il respirait. Il avait le visage bronzé, et coiffait en arrière ses cheveux noirs striés de gris. Il incarnait la dignité personnifiée.

Sans paraître remarquer la froideur de son beau-frère, Cade se lança :

— Ça fait plaisir de te voir ! Comment va le golf ? Muffy m'a dit que tu avais changé de handicap.

Tout en parlant, Cade se faufilait à l'intérieur. Impavide, Ronald gardait les sourcils froncés.

D'un geste de propriétaire, Cade entoura la taille de Virginia et l'attira contre lui.

— Je te présente Virginia.

— Enchanté, répliqua poliment Ronald.

— Je la gardais pour moi tout seul, expliqua Cade. Maintenant que tu la vois, tu comprends mieux pourquoi, non ?

Cade souleva d'un doigt le menton de Virginia et déposa un baiser sur ses lèvres.

— J'apprécie que tu nous donnes accès à ton matériel, continua Cade à l'adresse de son beau-frère. Virginia est enchantée à l'idée de me montrer le travail qu'elle accomplit avec les pierres précieuses.

D'une main assurée, il secoua le sac de la jeune femme pour faire tinter les cristaux.

— Tu n'as jamais montré le moindre intérêt pour les gemmes, fit remarquer Ronald.

— C'est parce que je ne connaissais pas Virginia ! Maintenant, ça me fascine. Comme je l'ai convaincue de ne pas quitter les Etats-Unis, il va bien falloir qu'elle ouvre une boutique ici. N'est-ce pas, mon cœur ?

— Je..., commença Virginia.

— L'Angleterre, c'est le passé ! affirma Cade. Si un membre de la famille royale veut un bijou, il faudra qu'il se déplace. Je ne te laisse pas repartir, acheva-t-il en plaquant un autre baiser sur ses lèvres.

Ronald ajusta sa cravate et se tourna vers Virginia :

— Cade me dit que vous dessinez des bijoux ? C'est un bel exploit de servir la royauté britannique.

— Ça reste en famille, expliqua Cade. La mère de Virginia est une cousine de Diana. Au second ou troisième degré, chérie ? J'ai oublié.

— Au troisième, répliqua Virginia.

Elle n'en croyait pas ses oreilles. Non seulement elle répondait, mais elle donnait à sa voix une touche d'accent de la haute société britannique, qui sembla impressionner Ronald.

— Cade accorde un peu trop d'importance à tout ceci, continua-t-elle sur le même ton. En fait, Lady Di m'a fait l'honneur de remarquer une broche de ma confection, et l'a commandée. Comme chacun sait, la princesse adorait acheter...

L'accent huppé de Virginia touchait en Ronald la corde de l'ambition sociale. Son sourire se détendit, sa voix se réchauffa.

— Je suis enchanté que vous visitiez Westlake Jewellers. Je regrette beaucoup de ne pouvoir vous guider moi-même.

— Nous ne voulons pas te retarder, intervint Cade en poussant discrètement son beau-frère dans le dos. Muffy m'a expliqué que vous receviez.

— C'est très présomptueux de la part de Cade d'avoir

interrompu votre réception, déclara Virginia. Je serai ravie de refaire la visite en votre compagnie, une autre fois.

— A votre disposition. Au fait, venez faire un tour à la maison, ce soir.

Aux anges de côtoyer une personne reliée, même de loin, à la famille royale britannique, Ronald dirigea Cade et Virginia vers l'atelier de joaillerie.

— Notre matériel est très sophistiqué et précieux, ainsi que les gemmes que nous travaillons, expliqua-t-il. La réputation des Westlake est sans tâche depuis des générations.

A la vue des établis, des meules, des scies, des balances, le cœur de Virginia se mit à battre.

— Top niveau, murmura-t-elle, éblouie.

— Nous nous enorgueillissons de n'offrir que le meilleur à notre clientèle, poursuivait Ronald Westlake. Souvent, nous faisons le facettage et le polissage des pierres et des diamants nous-mêmes, et employons nos propres lapidaires.

La main de Virginia trembla légèrement en touchant un disque. Dans sa tête, elle voyait tout le processus de transformation des gemmes. La table du lapidaire. Pour le facettage, la pierre fixée au bout d'un « stock », une tige de bois, et présentée au disque qui tourne horizontalement. Le stock guidé grâce à une planche percée de nombreux trous, fixée perpendiculairement à la table au centre de laquelle tourne le disque. Elle entendait le son émis par le frottement du cristal et du disque. Sentait les vibrations.

— J'aime le travail du lapidaire, dit-elle d'une voix embuée. Sa précision.

— J'admire aussi beaucoup les artisans et les artistes, opina Ronald.

Puis, apercevant la bague que portait Virginia, il lui prit la main :

— Ravissante ! C'est votre création ?

Acquiescer semblait la meilleure solution, songea Virginia.

— Oui. J'adore travailler les pierres de couleur.

— Je vous montrerai notre réserve… mais à présent, je dois me retirer. Le gardien refermera derrière vous lorsque vous aurez fini.

Il lança à Virginia un sourire entendu de professionnel à professionnel :

— Dans notre domaine, la sécurité revêt une importance capitale, n'est-ce pas ?

— Bien entendu ! Merci de nous avoir consacré tout ce temps, monsieur Westlake, conclut Virginia.

— Appelez-moi Ronald ! Et ne permettez pas à Cade de vous garder égoïstement pour lui tout seul. Muffy meurt d'envie de rencontrer sa future belle-sœur. Rendez-vous ce soir…

Lorsqu'il fut parti, Virginia se tourna vers Cade.

— Belle-sœur ? bredouilla-t-elle.

L'air innocent, Cade ouvrit grand les bras et plaida :

— Il fallait bien leur raconter quelque chose ! L'encre de mon certificat de divorce était à peine sèche que, dans ma famille, ils essayaient tous de me remarier !

— Pauvre petit Cade, à qui on envoie des femmes de droite et de gauche…

— J'ai souffert, vous savez.

Virginia leva les yeux au ciel.

— Vous avez menti à votre famille.

— Parfois, je mens pour m'amuser, mais d'autres fois, c'est une question de survie. Quant à vous, vous avez bien pris le train en marche. Cet accent anglais, c'était un coup de génie !

— Je me suis laissé entraîner, et je n'en suis pas fière.

Le ton glacial de Virginia agaça Cade. De toute évidence, elle ne se sentait pas aussi à l'aise que lui dans les zones entre le bien et le mal.

— Nous avons ce que nous voulions, non ? demanda-t-il. En plus, la soirée de Muffy et Ronald sera encore plus réussie, grâce à votre présence. Alors, où est le problème ?

— Je ne sais pas. Je n'aime pas mentir, voilà tout. Un mensonge en appelle un autre.

— Et plusieurs mensonges conduisent parfois à la vérité.

Cade prit le sac de Virginia, en tira la petite bourse de velours, et fit glisser le diamant dans sa paume.

— Voulez-vous la vérité ou l'honnêteté ? demanda-t-il en le promenant sous le nez de Virginia.

— En principe, ce n'est pas incompatible. Mais enfin... comme vous dites, nous avons ce que nous voulions. Par où commençons-nous ?

— Assurez-vous que cette pierre est vraie.

L'impatience pointa dans la voix de Virginia.

— Je sais qu'elle est authentique !

Cade se contenta de lever un sourcil.

— Prouvez-le.

Avec un soupir excédé, Virginia se dirigea vers un microscope, et fit le point avec une instinctive dextérité.

— Magnifique ! dit-elle avec respect un moment plus tard. Absolument pure à la loupe.

— Que voyez-vous ?

— L'intérieur de la pierre. Aucun doute sur son authenticité. Les inclusions sont caractéristiques. S'il s'agissait d'imitation de verre ou de quartz, il y aurait des bulles d'air.

— Tout ce que je sais, c'est que cette pierre est bleue. C'est donc un saphir, en principe.

— Mais enfin ! protesta Virginia. Le saphir appartient à la famille du corindon ! Je sais quand même faire la différence entre le corindon et le carbone.

Prenant la pierre, elle se dirigea vers un réfractomètre.

— Cet instrument permet de savoir si une gemme est monoréfringente ou biréfringente. Comme je vous l'ai déjà dit, les saphirs sont biréfringents, contrairement aux diamants.

Avec les mêmes gestes précis et compétents, elle se remit au travail sous le regard de Cade.

— Voilà ! marmotta-t-elle. N'importe quel idiot peut constater que cet indice de réfraction est celui d'un diamant.

Se tournant vers Cade, Virginia lui montra la pierre.

— Ceci est un diamant bleu taille brillant, dont le poids est 102, 6 carats.

— Il ne vous manque que la blouse de laboratoire, constata Cade d'une voix calme.

— Pardon ?

— Vous êtes de la partie, Virginia. Je croyais que les pierres précieuses étaient un passe-temps pour vous. Mais vous êtes trop précise, trop à l'aise au milieu de tous ces appareils, pour ne pas être une professionnelle. Conclusion : vous travaillez avec les pierres, soit dans le commerce des gemmes, soit dans le domaine de la joaillerie. C'est comme ça que vous êtes entrée en possession de ce diamant.

Cade prit le diamant entre ses mains et l'étudia.

— Pas le genre de pièce qu'on achète, même chez un excellent joaillier comme Westlake. C'est le genre de chose qu'on trouve dans un musée ou dans une collection privée. A ce propos, nous avons un superbe musée à Washington, le Smithsonian. Ça vous dit quelque chose ?

— Vous sous-entendez que... je l'ai volé au Smithsonian ?

— Je pense qu'au musée, on a peut-être entendu parler de cette pierre.

Il glissa négligemment l'inestimable gemme dans la poche de sa veste.

— A cause de ce maudit long week-end, tout cela devra attendre mardi, maugréa-t-il entre ses dents.

— Que faisons-nous d'ici là ?

— Consultons l'annuaire. Je me demande combien de gemmologistes il y a dans Washington et ses environs.

Les lunettes permettaient à Virginia de se plonger dans les livres sans risquer de mal de tête, et elle ne s'en priva pas. Pour elle, cela ressemblait à relire des contes de fées autrefois adorés. Le terrain lui était familier, mais c'est avec plaisir qu'elle s'y enfonçait.

Elle lut ce qui concernait la taille des pierres en Mésopotamie, les gemmes de la période hellénique. Examina des gravures florentines. Puis elle se lança dans l'histoire de diamants célèbres. Le Président Vargas, le Jonker, le Grand Mogol, le Florentin, dont on avait perdu la trace depuis la Première Guerre mondiale. L'histoire de Marie-Antoinette et du collier de diamant qui, dit-on, lui coûta sa tête. Enfin, elle se plongea dans les ouvrages techniques.

Ces livres lui parurent tous très familiers. En revanche, une chose la tourmentait : d'où venait qu'elle se souvînt des pierres, et pas des personnes ? Elle identifiait sans difficulté les propriétés de centaines de pierres précieuses et fines, mais il n'existait dans le vaste univers qu'une personne qu'elle connaisse. Et il ne s'agissait même pas d'elle-même.

En fait, elle ne connaissait que Cade. Cade Parris, dont l'esprit vif la plongeait souvent dans la confusion. Cade, avec ses mains douces et patientes et ses merveilleux yeux verts. Des yeux qui la contemplaient comme si elle était pour lui le centre du monde.

Cependant, l'univers de Cade était si étendu par rapport au sien ! Un monde peuplé d'individus et de souvenirs, de lieux où il s'était rendu, de choses qu'il avait accomplies, de moments partagés avec d'autres êtres.

En comparaison, l'écran vide de son propre passé la narguait. Qui connaissait-elle ? Qui avait-elle aimé ou détesté ? Avait-elle été aimée ? Avait-elle blessé quelqu'un, infligé des peines à un autre être ? Où vivait-elle jusqu'à la veille ? Que faisait-elle ? Scientifique ou voleuse ? Amante ou cœur solitaire ?

Elle voulait être amante. L'amante de Cade. La force de son désir la terrifiait. Elle rêvait de se jeter dans un lit avec lui, de tout laisser s'éloigner sur un fleuve de sensations. Qu'il la touche, qu'elle sente courir sur son corps nu ses mains masculines fébriles et qu'il la conduise dans un lieu où le passé n'a pas de sens, et l'avenir pas d'importance. Un lieu où seul compte le moment présent, absorbant et splendide. Elle sentirait son cœur battre contre le sien, arquerait son corps pour qu'il la pénètre, qu'elle l'engloutisse en elle. Alors…

Le son d'un livre qu'on claque la fit sursauter.

— Une pause ! ordonna Cade. Les yeux vous sortent de la tête.

— Oh, je…

Les yeux écarquillés, Virginia contemplait Cade. « Mon Dieu ! » songea-t-elle avec désarroi. Elle tremblait de tous ses membres, vivement excitée par sa rêverie intérieure, le pouls battant la chamade.

— Voyez ! Vous êtes toute rouge. Je vais vous chercher de l'eau.

Toute rouge ? Virginia n'en revenait pas. Cade ne remarquait-il donc pas qu'elle était comme une flaque qui se meurt du désir d'être lapée ?

Cade revint avec un verre tintant de glaçons.

— Que diriez-vous de steaks au gril pour le dîner ? Mais d'abord, dit-il en l'entraînant dehors par la main, un peu d'air vous fera du bien.

Prenant le verre de Virginia, il le posa sur la petite table en fer forgé près du hamac, avec sa chope de bière.

— Nous allons regarder le ciel ensemble, annonça-t-il.

Réticente, Virginia demeurait sur ses gardes. S'allonger sur le hamac avec Cade, alors que ses sens exigeaient encore satisfaction ?

— Je ne crois pas que…

Pour couper court aux hésitations de la jeune femme, Cade la fit basculer dans le hamac et se mit à rire lorsqu'elle chercha à recouvrer son équilibre.

S'installant près d'elle, il passa son bras sous la tête de Virginia, et conseilla :

— Détendez-vous ! Ce hamac est un de mes coins favoris.

Je l'ai toujours vu ici, aussi loin que je remonte en arrière. Regardez, on voit des petits bouts de ciel à travers le feuillage !

Il faisait doux à l'ombre des érables, et Virginia sentit battre le cœur de Cade tandis qu'il joignait leurs quatre mains sur son torse.

— J'ai beaucoup rêvé, bâti beaucoup de plans dans ce hamac.

Choquée de sentir à quel point elle désirait rouler sur Cade, Virginia s'intima l'ordre de se détendre.

— Tout devient plus simple, vu d'un hamac, plaisanta Cade.

Il mêla les doigts de Virginia aux siens, y déposa de petits baisers.

— Vous me faites confiance ? demanda-t-il soudain.

A cet instant, le cœur chaviré, Virginia eut le sentiment de n'avoir jamais autant fait confiance à quiconque.

— Oui, murmura-t-elle.

— Jouons à un jeu !

Sans se faire prier, les possibilités érotiques fusèrent dans l'esprit de Virginia.

— Un… jeu ?

— Je vous donne un mot, expliqua-t-il, et, sans réfléchir, vous me dites ce qui vous vient en tête.

Opinant, elle ferma les yeux et se laissa bercer par le balancement du hamac.

— On commence ?…, demanda Cade. Ville.

— Foule.

— Désert.

— Soleil.

— Travail.

— Satisfaction.

— Feu.

— Bleu.

Comme elle ouvrait les yeux et tentait de bouger, Cade la serra davantage contre lui.

— Non, ne vous arrêtez pas pour analyser vos réponses. Prête ? Amour.

— Amies.

Elle poussa un soupir et se détendit.

— Amies, répéta-t-elle.

— Famille.

— Maman.

Un petit gémissement involontaire échappa à Virginia.

— Heureuse.

— Enfance.

— Diamant.

— Pouvoir.

— Eclair.

— Meurtre.

Le souffle court, Virginia enfouit son visage contre l'épaule de Cade.

— Je ne peux pas…

— D'accord. Ça suffit pour le moment.

Cade caressa les cheveux de Virginia. Ses mains étaient douces, mais son regard brûlait tandis qu'il contemplait le ciel à travers la voûte du feuillage.

Il ferait payer le prix fort à la personne qui terrorisait Virginia.

Tandis que Cade berçait Virginia dans ses bras sous les érables, un autre homme se tenait debout sur une vaste terrasse surplombant un panorama de collines doucement ondulées, de jardins soignés et de jets d'eau.

La rage le consumait.

La femme avait disparu de la surface de la terre avec son bien. Et ses forces à lui étaient à présent aussi éparpillées que l'étaient les trois étoiles.

Pourtant, tout aurait dû être simple. Il les avait eues à portée de main. Mais cet espèce d'idiot avait pris peur. A moins qu'il ne soit devenu trop gourmand ? Dans les deux hypothèses, il avait laissé la femme s'échapper. Et les diamants avec elle.

Trop de temps avait passé, pensa-t-il en tapotant de ses ongles manucurés la rambarde de pierre de la terrasse. Une des femmes avait disparu, l'autre était en fuite. Quant à la troisième, elle se montrait incapable de répondre à ses questions.

Il fallait réagir. Réagir vite. Le calendrier tombait à l'eau. Tout cela par la faute d'une seule personne.

Rentrant dans son bureau, il prit le combiné du téléphone.

— Amenez-le-moi, ordonna-t-il.

Puis il reposa le combiné avec l'arrogance tranquille de qui a l'habitude d'être obéi.

6

Samedi soir. Cade emmena Virginia danser. Elle avait besoin de se distraire, d'entendre de la musique, avait-il décidé. De faire l'expérience de la vraie vie.

Et quelle expérience ! Jamais Virginia n'avait rien vu de semblable. De cela au moins, elle ne doutait pas. Le club du centre de Georgetown, bondé, vibrait de vie, du sol au plafond. La musique était si forte qu'elle ne parvenait pas à penser.

Dans cet espace encombré et bruyant, tout l'étonnait. Les gens ne paraissaient pas se connaître les uns les autres, et pourtant les couples enlacés sur la petite piste de danse faisaient l'amour plus qu'ils ne chaloupaient.

Cade commanda deux sodas, dénicha une table, et se concentra sur le spectacle. Ou, plutôt, il se concentra sur Virginia observant le spectacle.

Les lumières clignotaient, les voix s'entremêlaient, et personne ne semblait avoir le moindre souci.

— Vous passez tous vos week-ends comme ça ? hurla-t-elle pour couvrir la rumeur grondante des voix et des pieds battant la mesure.

— De temps en temps seulement…

En fait, presque jamais, songea Cade. Pas beaucoup, depuis ses années de jeunesse, en tout cas. S'il avait choisi de venir ici ce soir, ce n'était pas pour lui mais dans le seul but d'empêcher Virginia de ressasser encore et encore.

Il glissa son bras autour des épaules de la jeune femme et demanda :

— Alors, ce jazz, ça vous rappelle quelque chose ?

— Je ne sais qu'une chose : ça n'a rien à voir avec *l'Hymne à la joie* !

La réplique amusa Cade.

— Dansons ! décida-t-il en entraînant Virginia sur la piste.

Panique instantanée. La main de Virginia devint moite, ses yeux s'agrandirent de déplaisir.

— Mais… je ne sais pas danser !

Cade la tirait entre les tables, zigzaguait, bousculait des gens.

— Enfin, Virginia ! L'endroit est si petit que nous sommes serrés comme des sardines. Inutile de *savoir* danser !

On lui marchait sur les pieds, la côtoyait sans ménagement.

— J'aimerais mieux regarder, protesta-t-elle.

L'entourant de ses bras, Cade posa ses mains sur les hanches de Virginia d'une façon si intime et possessive qu'elle en eut le souffle coupé. Lorsqu'il se mit à bouger contre elle de manière suggestive, elle murmura :

— Je n'ai jamais fait ça…

Les lumières tournaient, clignotaient, lui donnaient le vertige.

Très probable, en effet, qu'elle n'ait jamais dansé dans un tel endroit, songea Cade. Il y avait quelque chose de trop innocent dans la façon gauche de se mouvoir de cette femme, dans les couleurs qui lui montaient aux joues.

Il lui posa une main au creux des reins, et demanda :

— Mettez vos bras autour de mon cou, et embrassez-moi.

— Pardon ?

La musique emplissait la tête de Virginia. La chaleur de ce corps d'homme contre le sien, la chaleur des autres corps la brûlaient de partout. Elle ne pouvait respirer, ne pouvait penser. Mais quand la bouche de son compagnon s'empara de la sienne, toutes ses réticences disparurent.

Sa tête continuait de résonner au rythme de la musique. L'air était toujours étouffant, lourd de fumée de cigarettes, chargé d'odeurs de sueur, d'alcool et de parfums féminins qui se contrariaient. Et pourtant, elle n'y faisait plus attention. Elle se laissait bercer par Cade, tandis que ses lèvres s'entrouvraient et qu'elle s'enivrait de lui.

— Si nous étions à la maison, cela nous conduirait au lit, murmura Cade à l'oreille de Virginia.

Il laissa errer sa bouche dans le cou de sa compagne. Elle portait le parfum qu'il avait choisi pour elle. Un parfum tellement intime…

— Je vous veux dans mon lit… je me veux en vous…

Virginia ferma les yeux, se lova contre lui. Sans doute possible, personne ne lui avait fait cette déclaration auparavant. Elle n'aurait pu oublier l'excitation violente qu'elle éprouvait en cet instant. Ni cette peur tenaillante. Elle enfouit les doigts dans les cheveux de Cade.

— Tout à l'heure, je…

— Je sais. J'aurais pu vous prendre, vous croyez que je ne m'en suis pas aperçu ?

Pour attiser leur désir, Cade effleura la gorge de Virginia de ses lèvres.

— C'est pourquoi nous sommes ici, et pas à la maison. Vous n'êtes pas prête pour ce que j'attends de vous.

— Tout ceci n'a aucun sens, murmura-t-elle.

— Quelle importance ? Profitons de l'instant.

Lui soulevant le menton, Cade embrassa Virginia jusqu'à ce qu'elle en perde la respiration. Puis il lui mordilla la lèvre inférieure avec gourmandise, et chuchota :

— L'instant peut être très excitant… ou très tendre, ajouta-t-il.

Et là, sans prévenir, il fit tournoyer Virginia sur elle-même, avant de la plaquer de nouveau contre lui.

— … Ou amusant, acheva-t-il. C'est au choix.

Virginia plaça fermement ses mains sur les épaules de Cade.

— Contentons-nous des choses amusantes, pour le moment, suggéra-t-elle.

— Entendu !

De nouveau, il fit tournoyer Virginia, et ses yeux brillèrent de plaisir lorsqu'elle éclata de rire. Ils se mouvaient à présent au milieu des danseurs alanguis, se lâchaient, se reprenaient. Elle manqua un pas, et frôla un grand gaillard au crâne rasé, qui la saisit aux épaules et la replaça dans les bras de Cade en riant. Un peu plus tard, alors que le rythme de la musique avait changé, elle se trouva retenue au milieu d'un groupe de jeunes qui gesticulaient joyeusement en cercle. Elle se prit au jeu, tenta de se mettre à leur rythme, puis fut rejetée une nouvelle fois dans les bras de Cade.

— Je m'amuse comme une folle !

Son visage embrasé, son rire heureux enchantèrent Cade.

A ce moment-là, le volume de la musique baissa, le rythme changea encore.

— Un autre slow, dit Cade en attirant Virginia contre lui. Vous n'avez qu'à vous coller à moi.

— C'est déjà fait, je crois !

— Plus près…

Cade glissa une jambe entre celles de Virginia, ses mains glissèrent aussi, pour se poser très bas sur les hanches de la jeune femme. La musique se fit langoureuse et triste. L'état d'esprit de Virginia se transforma en conséquence. De l'ivresse innocente, elle versa dans la mélancolie. Et tout en nichant sa joue dans l'épaule de Cade, elle murmura :

— Ce que nous faisons n'est pas très malin…

— Soyons insouciants, le temps d'une danse.

— Ça ne durera pas, vous le savez.

— Chut… Cela durera aussi longtemps que nous le voudrons…

« Alors, que cela dure toujours », songea-t-elle, agrippée à Cade. Pourtant, elle prononça des mots différents :

— Je ne suis pas une image. Je suis une femme de chair et de sang dont la mémoire s'est juste effacée pour un temps. Ce que nous allons découvrir sur mon compte ne nous plaira peut-être pas… ni à vous ni à moi.

Cade la respirait, la touchait, la goûtait.

— Je sais de vous tout ce que je veux savoir.

Elle secoua la tête.

— Pas moi.

Se reculant, elle regarda Cade droit dans les yeux.

— Pas moi, répéta-t-elle.

Et elle lui échappa.

Quand Virginia s'était enfuie, Cade n'avait pas cherché à la retenir.

Elle se précipita dans les toilettes. Elle avait besoin de solitude. Reprendre ses esprits. Se souvenir que sa vie n'avait pas débuté lorsqu'elle avait pénétré dans un petit bureau confiné et vu Cade Parris pour la première fois.

Les toilettes étaient presque aussi bondées que la piste de danse. Des femmes se remaquillaient, se plaignaient des autres femmes, parlaient des hommes. La pièce empestait la laque, la transpiration, les parfums divers.

Virginia fit couler l'eau froide, et s'en aspergea le visage. Elle venait de danser dans un night-club bruyant, avait ri, s'était laissé caresser devant tout le monde par l'homme qu'elle désirait. Lorsqu'elle leva le regard vers son visage dans le miroir, une certitude l'envahit : rien de tout cela ne lui était habituel. Au contraire, c'était entièrement nouveau. Aussi nouveau que Cade Parris. Comment tout ceci cadrerait-il avec sa vie réelle ?

Tout arrivait si vite ! pensa-t-elle en cherchant sa brosse à cheveux dans son sac à main. Un sac offert par Cade, ainsi que la brosse. Tout ce qu'elle possédait à l'heure actuelle, elle le lui devait. Se sentait-elle, en conséquence, redevable ? Reconnaissante ? N'éprouvait-elle pour lui qu'un simple désir physique qui s'évanouirait aussi vite qu'il était né ?

Virginia tourna son regard vers les femmes qui l'entouraient. Pas une d'entre elles ne se posait ce genre de questions. D'un instant à l'autre, elles retourneraient danser. Ce soir, elles feraient l'amour, si l'occasion se présentait. Et demain matin, elles reprendraient tranquillement le cours de leur existence.

Mais ces questions, elle devait se les poser. Et où trouver la réponse, si elle ne se connaissait pas elle-même ? Dans ces conditions, comment se donner à Cade, prendre ce qu'il lui offrait ?

« Remets de l'ordre en toi-même ! » s'intima-t-elle en se brossant les cheveux. Retour à la raison, aux choses pratiques, au calme.

Satisfaite de sa coiffure, elle remettait sa brosse dans son sac lorsqu'une femme pénétra en trombe dans les toilettes. Une femme rousse spectaculaire, tout en jambes et en arrogance, les cheveux coupés court, sanglée dans un jean.

— Le sale type m'a mis la main aux fesses, bougonna-t-elle.

Sur ce, elle s'enferma dans une cabine et claqua la porte derrière elle.

Alors, soudain, la vision de Virginia se voila. Un accès de vertige l'obligea à s'accrocher au lavabo. Une nouvelle fois, elle s'aspergea le visage d'eau. Quand elle jugea que ses jambes pouvaient la porter, elle sortit des toilettes, et replongea dans l'atmosphère bruyante et enfumée. On la bousculait, lui marchait sur les pieds, sans qu'elle le remarque. Un homme lui offrit à boire, un autre, éméché, lui proposa de l'argent. Ellc traversa tout cela sans rien voir, abreuvée de lumières, encerclée de visages inconnus.

Quand Cade la rejoignit, elle était blanche comme un linge. Sans un mot, il la prit par le bras et la guida vers la sortie.

— Jamais je n'aurais dû vous conduire dans un lieu pareil, dit-il lorsqu'ils furent à l'air libre.

— Au contraire. Je me suis bien amusée. Mais j'avais besoin de respirer…

— Il y a un café au bout de la rue.

Encore lasse, Virginia s'accrocha au bras de Cade, et se

laissa guider. La basse du night-club faisait vibrer le trottoir. Quant au café, il était tout aussi fréquenté que la boîte de nuit.

— Je vous ai fait une cour assez pressante, s'excusa Cade en avançant une chaise à Virginia.

— Ça me flatte.

Cade s'assit en face d'elle, avide de précisions.

— Comment ça ?

— Vous êtes un homme incroyablement séduisant, et cette ville grouille de femmes plus belles les unes que les autres. Je suis donc flattée que vous vous intéressiez à moi.

— C'est déjà quelque chose. Je m'en contenterai pour le moment.

Un serveur les aperçut, se précipita vers eux et prit leur commande.

Quand il eut disparu, Cade se pencha vers Virginia.

— Vous retrouvez des couleurs, constata-t-il.

— Je me sens mieux. Une femme est entrée dans les toilettes tout à l'heure.

— Elle vous a agressée ?

Touchée par l'instinct protecteur de Cade, Virginia posa sa main sur la sienne en signe de gratitude.

— Je me sentais fatiguée quand elle est arrivée. L'espace d'une seconde, j'ai cru que je la connaissais.

Cade retourna la main de Virginia et y déposa un baiser.

— Plus exactement, j'ai reconnu son « type », poursuivit-elle. Sûre d'elle, rousse, joliment faite et moulée dans un jean. Du caractère. Une fille qui ne passe pas inaperçue...

Fermant les yeux, Virginia exhala un soupir, et les rouvrit aussitôt.

— Stella ! C'est le genre de Stella !

— C'est le nom qui correspond à l'initiale S., sur le petit mot que vous avez trouvé dans votre poche !

Virginia se massa les tempes du bout des doigts.

— Les choses sont là, quelque part dans ma tête. Ça a beau être vital, je n'arrive pas à me focaliser dessus. Pourtant, il existe une femme qui fait partie intégrante de ma vie. Et je suis sûre que pour elle quelque chose ne va pas.

— Vous la pensez en danger ?

— Je ne sais pas. Quand une image se forme dans ma tête, quand je la vois presque, elle a l'air toute confiance en soi et compétence. Comme si rien ne pouvait mal tourner. Mais je sais que quelque chose ne va pas. Par ma faute.

Cade secoua la tête. Le sentiment de culpabilité de Virginia ne les mènerait à rien.

— Dites-moi ce que vous voyez quand l'image se forme.

— Des cheveux courts, très roux. De beaux traits, dessinés. Des yeux verts. Si j'étais artiste, je pourrais presque faire son portrait tant l'image que j'ai d'elle est précise.

— Essayez ! dit-il en sortant de sa poche un bloc-notes et un crayon.

Concentrée à l'extrême, Virginia essaya de capter l'image... Elle renonça bientôt avec un soupir.

— Une chose est sûre : je ne suis pas dessinatrice, conclut-elle.

Le dessin maladroit éveilla le sourire de Cade.

— Pensez-vous pouvoir la décrire ?

— Je ne sais pas... Je la vois moins clairement, soudain.

— Les artistes que la police emploie sont très forts pour concrétiser ce qu'on leur décrit.

Virginia reposa la tasse qu'elle portait à ses lèvres.

— La police ?

— En toute confidentialité. Faites-moi confiance.

Le mot « police » sonnait aux oreilles de Virginia comme un signal d'alarme.

— D'accord, articula-t-elle cependant.

— Nous avons un élément nouveau. Stella est une femme. Une grande rousse à l'air contrarié. Vous étiez avec elle dans le désert.

— Elle fait partie du rêve...

Soleil, ciel et roches. Plaisir. Puis peur.

— Nous étions trois dans le rêve, reprit Virginia, mais rien n'est clair.

Elle plongea son regard dans sa tasse de café écumeux. Sa vie ressemblait à cela : un nuage en cachait le centre.

— Nous avançons pas à pas, déclara Cade sur un ton encourageant. On met un pied devant l'autre, et on voit ce que ça donne.

Les yeux toujours fixés sur sa tasse, Virginia demanda à brûle-pourpoint :

— Pourquoi avez-vous épousé quelqu'un que vous n'aimiez pas ?

Surpris de ce brusque changement de cap, Cade s'appuya au dossier de sa chaise et inspira profondément.

— Excusez-moi, se reprit Virginia. Cela ne me regarde pas…

Cade tapotait la table d'une main nerveuse.

— Je ne sais pas, répliqua-t-il enfin. Je pourrais répondre que j'étais las de subir les pressions de ma famille, mais ce serait une échappatoire. Personne ne m'a menacé d'un revolver sur la tempe, et j'étais majeur.

Reconnaître les faits n'était pas chose facile, remarqua Cade en son for intérieur. Seule l'honnêteté envers Virginia le poussait à affronter la vérité sans faux-fuyants.

— Nous nous aimions bien, avant de nous épouser. Mais deux mois de mariage ont suffi à détruire notre amitié.

Devant l'air malheureux que les souvenirs de son mariage provoquaient chez Cade, Virginia se sentit honteuse.

— Laissons tomber ce sujet, que je n'aurais jamais dû aborder, proposa-t-elle.

Sans paraître l'entendre, Cade poursuivit en la regardant droit dans les yeux :

— Sexuellement, ça a très bien marché entre nous, jusqu'à la fin. Notre mariage a duré deux ans. Deux ans de sexualité réussie, mais sans y mettre le cœur. Nous nous moquions éperdument de l'autre, en fait.

Deux étrangers partageant la même maison, se remémora-t-il. Voilà à quoi se résumait leur union.

— Pas la moindre âme dans notre mariage. Une eau calme, morne, ennuyeuse. Quand nous en avons eu assez de cette situation, les avocats sont entrés en lice. La haine s'est alors installée entre nous, et nous sommes devenus méchants l'un envers l'autre.

— Votre femme vous aimait-elle ?

— Non, répondit-il spontanément.

Le regard perdu dans le vide, Cade fronça les sourcils, décidé à demeurer honnête. La réponse avait fusé, triste et blessante.

— Non, répéta-t-il. Pas davantage que je ne l'aimais.

Sortant son portefeuille de sa poche, Cade régla les cafés et se leva.

— Vous méritiez mieux que cela, commenta Virginia en effleurant le bras de son compagnon.

Cade contempla la main sur son bras, les doigts délicats, les jolies bagues.

— Oui, bougonna-t-il. Elle aussi, d'ailleurs. Mais il est un peu tard pour le reconnaître.

Il leva la main de Virginia vers ses lèvres, de sorte que les bagues étincelèrent. De façon brutale, l'échec de son mariage raté lui était jeté au visage. Pas facile à admettre.

— Si un homme aimé vous avait passé au doigt une des bagues que vous portez, auriez-vous pu l'oublier ? demanda-t-il soudain.

— Je ne sais pas.

D'instinct, Virginia s'écarta de Cade et marcha à pas pressés vers la voiture.

— Je ne sais pas, lança-t-elle.

— Vous ne l'auriez pas oublié ! affirma-t-il d'une voix sourde, en la rattrapant. Vous n'auriez pas pu, si cet homme avait compté pour vous.

Sur ce, Cade embrassa Virginia à pleine bouche. Il la

plaquait durement contre la carrosserie de la voiture, le cœur ravagé de frustration et le corps douloureux de besoins, de désirs. Envolés la patience, le jeu subtil de la séduction. Ne restaient que les exigences à l'état brut. Il la voulait faible, cramponnée à lui, capable de n'importe quoi, comme lui. Abandonnée à l'instant présent.

La panique submergea Virginia, lui ôtant le souffle. Elle ne pouvait répondre à cette exigence violente, vitale. Elle n'y était pas préparée. Elle n'entrevit qu'une issue : s'abandonner complètement, sans réfléchir, espérer qu'il n'irait pas jusqu'à la faire souffrir. Elle céda à cet accès de désir stupéfiant, au pouvoir renversant du désir déchaîné en se disant qu'elle n'y survivrait pas.

Elle tremblait de tous ses membres, et cela rendait Cade furieux. Lui faisait honte. De toute évidence, il avait presque envie de la blesser. Ne se souviendrait-elle pas de lui pour toujours, s'il la blessait ? La souffrance ne s'oublie-t-elle pas moins facilement que la gentillesse ?

Au milieu de sa violence, un dilemme le ravageait. D'une part, si elle l'oubliait, il en mourrait. D'un autre côté, s'il la violentait, il tuait en lui tout ce qui, à ses propres yeux, avait une valeur.

Reculant d'un pas, Cade libéra Virginia, et la contempla, hébété. Immédiatement, elle croisa les bras contre sa poitrine en un geste défensif qui lui déchira le cœur. Une voiture passa près d'eux, et il se sentit pris dans le faisceau lumineux comme un cerf aux abois. Désarmé, il leva les bras, paumes ouvertes. Lui qui perdait rarement son sang-froid, que lui prenait-il ?

— Excusez-moi, murmura-t-il. Je vous ramène.

Quand il eut raccompagné Virginia dans sa chambre, que sa lumière se fut éteinte, Cade s'allongea dans le hamac, d'où il pouvait surveiller la fenêtre, et fit son examen de conscience. Ce qui avait déclenché sa fureur destructrice, ce n'était pas tant le fait de repenser à sa propre vie. Il en connaissait trop les hauts et les bas, les erreurs et les faux pas. Non, ce qui l'avait mis hors de lui, c'étaient les bagues, aux doigts de Virginia. Tout à coup, il avait envisagé l'éventualité repoussée jusqu'alors : une de ces bagues était peut-être le gage d'amour d'un homme. Un homme qui attendait quelque part qu'elle se souvienne de sa vie.

Cela n'avait rien à voir avec le sexe. Le sexe, c'était l'aspect le plus simple de leur relation. Elle se serait donnée à lui, l'autre soir. Quand il était revenu, avec le verre d'eau, il savait qu'elle était en train de penser à lui. Le désirait. Sans doute avait-il été idiot, alors, de renoncer à elle. Mais s'il ne s'était pas servi, c'était parce qu'il voulait davantage. Bien davantage.

Il voulait l'amour, et cela n'était pas raisonnable.

Virginia était à la dérive, perdue et effrayée, plongée dans une situation que ni l'un ni l'autre n'arrivaient à élucider. Et lui, malgré cela, exigeait qu'elle lui tombe dans les bras sans réserve, comme lui était tombé amoureux d'elle.

Non, ce n'était pas raisonnable.

Mais au diable la raison ! D'abord, il tuerait le dragon qui la poursuivait, quel que soit le prix à payer. Puis il se battrait contre quiconque se mettrait en travers de sa volonté de la garder. Même s'il fallait lutter contre Virginia elle-même.

Lorsqu'il s'endormit enfin, il rêva. Rêva de dragons, de nuits noires, et d'une fille blonde enfermée. Elle travaillait de ses mains la paille qui se transformait en gros diamants bleus…

Quand Virginia s'endormit, elle rêva aussi. Rêva d'éclairs, de terreur, de fuite dans la nuit avec, entre les mains, le pouvoir des dieux.

7

Malgré une mauvaise nuit, Virginia s'éveilla aux environs de 7 heures. Avait-elle une horloge interne réglée sur cette heure matinale ? se demanda-t-elle en prenant sa douche. Encore un élément de son « portrait » qui lui manquait…

Lorsqu'elle fut prête, elle descendit préparer le café. Elle le savait, Cade était en colère contre elle. Une colère froide et bouillonnante à la fois. Elle n'avait pas la moindre idée de ce qui lui permettrait d'amadouer cette colère. La veille, Cade n'avait pas desserré les dents de tout le trajet de retour. Un silence chargé d'électricité et de frustration et de désir bridé.

Avait-elle déjà provoqué la frustration sexuelle d'un homme, avant l'amnésie ? En tout cas, elle ne pouvait se défendre de l'intense satisfaction qu'elle éprouvait d'avoir allumé un homme tel que Cade.

Au-delà de ce sentiment de pouvoir et de triomphe, les changements d'humeur de Cade, rapides et imprévisibles, la surprenaient et la bouleversaient. Il lui semblait devoir tout réapprendre de la psychologie masculine. En savait-elle aussi peu sur les hommes que sur elle-même ? Les hommes se comportaient-ils toujours de cette façon — la façon Cade ? Dans l'affirmative, comment une femme intelligente survivait-elle à une telle situation ? Devait-elle adopter froideur et distance en attendant que l'homme s'explique ? Serait-il mieux venu de se montrer amicale, comme si rien ne s'était passé ?

Comme si Cade ne l'avait pas embrassée fougueusement ?

Comme s'il n'avait pas posé les mains sur elle en propriétaire sûr de son bon droit ?

Comme si c'était la chose la plus naturelle du monde que de déclencher, d'instinct, *le* désir animal chez une femme ?

L'humeur de Virginia s'assombrissait. Comme un automate, elle ouvrit la porte du réfrigérateur, sortit le lait, absorbée dans ses incertitudes… Devait-elle, parce qu'elle avait perdu la mémoire, suivre comme un mouton la direction que choisissait pour elle Cade Parris ? Alors, s'il lui désignait le lit, était-elle censée s'y jeter ?

Non !… Elle s'insurgea. Elle était adulte, capable de prendre ses propres décisions. Nom d'un chien ! Amnésique, peut-être, mais ni stupide ni totalement désarmée ! Elle avait su, malgré son handicap, faire appel à un détective privé, sortir la tête de l'eau ! Etre privée, pour l'instant, de tout repère qui puisse guider sa vie ne l'empêchait nullement de commencer quelque part selon son *intuition* !

Elle ne serait pas la chose de Cade Parris. Il ne la manipulerait pas et elle n'agirait pas en victime !

D'un geste rageur, elle posa la brique de lait sur la table, et alla se poster devant la fenêtre pour voir ce qu'« il » était en train de faire. Qu'il fût endormi paisiblement dans son hamac acheva de l'exaspérer ! Les lèvres pincées de colère, les poings crispés, elle sentit monter l'explosion. Incapable de se retenir, elle céda à l'impulsion et se précipita à l'extérieur…

— Pour qui vous prenez-vous ?

Cade se réveilla en sursaut, et s'agrippa aux bords du hamac pour conserver son équilibre.

— Quoi ? maugréa-t-il.

— Ne faites pas l'imbécile ! Ecoutez-moi, plutôt ! Voilà ce que j'ai à vous dire : je prends mes propres décisions, je dirige ma vie comme je l'entends. J'ai fait appel à vous pour que vous m'aidiez à retrouver qui je suis, pas pour que vous boudiez quand je n'accepte pas de me coucher dans votre lit.

Encore abruti de sommeil, Cade se frotta les yeux et se concentra. Virginia semblait folle de rage et lui faisait face.

— Mais… de quoi parlez-vous ? Je ne boude pas ! Je…

— Oh, que si ! Dormir dans le jardin, dans ce hamac, comme un mari éconduit qui se réfugie sur le canapé du salon !

L'irritation commençait à chatouiller Cade. Il détestait être pris au saut du lit ! Si, en plus, il devait se justifier…

Très agitée, marchant de long en large, Virginia continuait :

— M'emmener danser ! Tenter de me séduire sur la piste de danse ! Puis faire un caprice parce que je…

Un « caprice » ? Le mot blessa Cade.

— Ecoutez, mon chou…, commença-t-il.

— Ne m'appelez pas « mon chou » sur ce ton !

Les yeux de Cade s'étrécirent jusqu'à menacer du pire.

— D'accord ! Si mon ton ne vous convient pas, je vais en essayer un autre. Nous verrons bien comment…

La phrase de Cade s'acheva en un juron. Virginia venait en effet de donner une secousse telle au hamac qu'il était tombé, le visage dans la terre. C'était sans doute ce qu'on appelait « perdre la face » ?

Sous le choc de son geste impulsif, Virginia fut tentée de s'excuser. Mais comme tout tournoyait autour d'elle, elle fit volte-face, releva le menton d'un air de défi, et marcha vers la grille du jardin.

Cade était tombé avec un bruit mou. Il était même certain d'avoir entendu ses os craquer. Qu'importe ! Il fut sur pied en un instant, et, ignorant la douleur, il rattrapa Virginia avant qu'elle n'atteigne la rue. Là il lui fit faire volte-face sans ménagement.

— Quelle mouche vous a piquée ? demanda-t-il.

Le sang bourdonnait aux oreilles de Virginia, son cœur battait à se rompre, mais elle ne recula pas.

— Vous l'avez bien mérité !

— Pourquoi ?

— Laissez-moi passer. Je vais faire un tour.

— Pas question, répliqua-t-il fermement.

— Vous ne pouvez me dicter ma conduite !

— Au contraire ! Vous êtes complètement hystérique, et il faut que quelqu'un soit raisonnable pour vous !

Le vase déborda. Ulcérée, Virginia s'emporta :

— Si j'étais hystérique, comme vous dites, je vous arracherais votre petit sourire méprisant avec les ongles, avant de vous arracher aussi ces yeux arrogants et de…

Pour Cade aussi, la coupe était pleine. Il saisit Virginia à bras-le-corps, et la transporta dans la cuisine. Elle gigotait, se débattait, mais il était bien décidé à la calmer.

Tant bien que mal, il réussit à la clouer sur une chaise, où il la maintint d'une ferme pression des mains sur ses épaules. A présent, il contrôlait la situation. Alors, il s'approcha — près, très près, jusqu'à n'être plus qu'à un souffle du visage de Virginia — puis déclara avec une sécheresse de couperet :

— Vous allez arrêter ça.

— Je ne veux plus de vos services ! hurla-t-elle, tandis que des éclairs furieux faisaient briller son regard.

Cade prit du recul. Sans quitter Virginia des yeux, il se servit une rasade de café, et l'avala d'une traite. Puis il secoua la tête, et murmura — surtout pour lui-même :

— Comme il vous plaira. Bon sang ! Quelle façon d'entamer une journée !

La tête prise dans un étau, sonné par la chute, il n'avait plus qu'à se chercher un tube d'aspirine dans un tiroir… Voilà, il avait mis la main dessus, dans ce maudit tiroir plein de quincaillerie ! Quelques secondes, il batailla avec la capsule du tube. Quelques secondes de trop. Alors, il implosa.

D'elle-même, sa main s'empara d'un couteau de cuisine ; de lui-même, tout son corps se crispa et se ramassa en force pour faire volte-face. Et là, les dents serrées, il fit front à Virginia.

— Maintenant, écoutez-moi bien…, commença-t-il.

Il n'eut pas le loisir d'en dire davantage. A ce moment-là, les yeux de Virginia roulèrent dans leurs orbites, elle glissa de la chaise et s'évanouit.

— Virginia, revenez, revenez à vous, murmurait Cade.

Il lui rafraîchissait le visage, lui prenait le pouls et se maudissait pour avoir malmené cette femme si fragile. Etait-il devenu fou, l'espace d'un instant de rage ?

Enfin, Virginia gémit, remua, puis papillonna des yeux ; Cade pressa de ses lèvres sa main encore sans force, et lui caressa les cheveux.

— Je suis là, mon cœur, assura-t-il.

Mais, les yeux grands ouverts, elle ne voyait rien. Elle s'agrippa à la chemise de Cade, le visage empreint de terreur.

— Il va me tuer, dit-elle en cherchant son souffle.

— Personne ne vous fera de mal. Détendez-vous.

— Il a un couteau. S'il me trouve, il me tuera.

Cade s'efforça au calme, décrispa les doigts de Virginia de sa chemise et lui tint les mains.

— Qui a un couteau ? Qui va vous tuer ?

— Lui… lui…

Elle pouvait presque voir la main frapper, l'éclair du couteau luire encore et encore.

— Il y a du sang partout. Partout. Le couteau. L'éclair. Je dois m'enfuir !

De nouveau maître de lui, Cade immobilisa Virginia et essaya de guider son délire.

— Dites-moi où vous vous trouvez.

— Dans le noir. La lumière s'éteint. Il va me tuer. Je dois m'enfuir.

— Vous enfuir où ?

Respirer enflammait la gorge et les poumons de Virginia comme si elle avait inhalé du dioxyde de carbone pur.

— N'importe. S'il me trouve…

Cade prit le visage de Virginia entre ses mains pour la contraindre à le regarder.

— Je ne le laisserai pas vous trouver. Calmez-vous.

Si elle continuait à respirer à cette cadence, elle allait

s'asphyxier et s'évanouir de nouveau. Cette éventualité était insupportable à Cade.

— Vous êtes en sécurité, ici, vous me comprenez ?

Elle ferma les yeux et frissonna.

— Oui. De l'air, s'il vous plaît.

De nouveau, Cade la souleva dans ses bras, la transporta dans le jardin et la déposa — délicatement, cette fois — sur une chaise. Il prit place à côté d'elle.

Avec effort, Virginia filtra l'air qui menaçait de faire exploser ses poumons.

— Je vais mieux, déclara-t-elle au bout d'un moment.

Cade en doutait. Blanche comme un linge, elle tremblait et transpirait. Mais le souvenir, le retour de mémoire étaient proches, et il devait aider la jeune femme à faire surgir le passé empoisonné qui menaçait de l'étouffer et, même, de l'anéantir..

— Dites-moi ce dont vous vous souvenez, ordonna-t-il. Dites-le !

Malgré le poids qui oppressait toujours sa poitrine, rendant sa respiration difficile, Virginia s'exécuta.

— Ça vient par bribes… Quand vous teniez le couteau à la main…

De nouveau, la peur la tenailla. Elle ferma les yeux, laissa le soleil la réchauffer.

— Il y avait un couteau. Une longue lame incurvée. Très beau couteau. Avec un manche en os sculpté. Je l'ai déjà vu…

— Où ?

— Je ne sais pas. Il y avait des voix, des cris. Je n'entends pas ce qu'ils disent. C'est comme l'océan, des grondements sourds, violents.

Elle appuya ses mains sur ses oreilles comme pour empêcher les sons de lui parvenir.

— Et puis le sang. Partout sur le sol.

— Quelle sorte de sol ?

— De la moquette grise. L'éclair frappe, le couteau luit.

— Voyez-vous les éclairs par une fenêtre ?

— Je crois…

La scène qui se formait sous ses yeux se fondit dans une obscurité soudaine. Elle frissonna.

— C'est le noir. Je dois me cacher.

— Vous cacher où ?

— Dans un tout petit endroit. A peine une pièce. S'il me voit, je suis prise au piège. Il a le couteau. Je vois sa main sur le manche… c'est si près ! S'il se tourne…

— Parlez-moi de la main, demanda Cade d'une voix douce.

— Il fait sombre, mais il y a une lumière qui fouille l'obscurité. Elle me rejoint presque. Il tient le couteau, et les jointures de ses doigts sont blanches. Tachées de sang. Sa bague est tachée de sang aussi.

Cade dévisageait Virginia avec une intensité douloureuse, mais sa voix demeurait calme, rassurante.

— Quelle sorte de bague ?

— Un gros anneau en or jaune. Le cabochon est un rubis. De chaque côté, il y a de petits diamants taille brillant, qui forment des initiales stylisées. T et S. Les diamants sont rouges de sang. Si près que je sens l'odeur fade. S'il baisse la tête, il me verra. Me tuera. Me taillera en pièces.

Incapable de se contenir plus longtemps, Cade prit la jeune femme dans ses bras, et la serra contre lui.

— Il ne vous a pas trouvée, mon chou. Comment vous êtes-vous enfuie ?

Un soulagement intense s'empara de Virginia : les bras de Cade autour d'elle, sa joue contre la sienne, le soleil sur son dos. Elle aurait pu pleurer de gratitude.

— Je ne me souviens pas.

— Ça ne fait rien. C'est bon pour le moment.

Virginia se recula et regarda Cade droit dans les yeux.

— Je l'ai peut-être tué… avec le revolver qui se trouve dans mon sac de toile…

— Aucune balle ne manquait, rappela Cade.

— J'ai peut-être rechargé le barillet ensuite ?

— Plus qu'improbable. De plus, si vous l'aviez fait, c'était en état de légitime défense.

Loin d'être convaincue, Virginia jeta un regard circulaire au jardin, avec ses fleurs, sa jolie haie bien taillée, ses vieux arbres feuillus.

— Quelle sorte de personne suis-je ? J'ai sans doute laissé quelqu'un se faire assassiner, sans bouger le petit doigt pour l'aider.

— Soyez raisonnable. Que pouviez-vous faire ?

— Appeler la police, murmura-t-elle. Je me suis contentée de fuir.

— Vous seriez morte, si vous n'aviez pas fui, rappela-t-il sèchement. Alors que vous êtes bien vivante, et que nous reconstituons le puzzle morceau par morceau.

Pour résister à la tentation, Cade se leva et fit les cent pas : il mourait d'envie de bercer Virginia contre lui, de lui faire oublier ses tourments. Cependant, il le savait, son devoir était tout autre.

— Résumons. Vous vous trouviez dans un bâtiment. Dans une pièce avec une moquette grise, et probablement une fenêtre. Une dispute a éclaté. Un homme avait un couteau, et s'en est servi. Ses initiales pourraient être T.S. Il vous a poursuivie, et vous vous êtes trouvée tout à coup dans le noir. Très certainement une coupure de courant, qui a privé le bâtiment d'électricité. A ce propos, une partie de North West D.C. a été privée d'électricité pendant deux heures, à cause d'un orage, la nuit qui a précédé notre rencontre. Voilà une piste intéressante. Vous connaissiez suffisamment bien les lieux pour courir vers une cachette. Conclusion possible : vous vivez ou travaillez dans ce bâtiment.

Les mains posées sagement dans son giron, Virginia portait aux déductions de Cade une intense attention.

— Tout cela date de plusieurs jours, maintenant, objecta-t-elle. Quelqu'un a dû trouver le… corps.

— Pas si le crime a eu lieu dans une maison particulière, ou dans un bureau fermé pour un long week-end. Il y a gros à parier que votre petit trio était seul dans les murs.

L'idée de Virginia seule dans le noir avec un assassin révulsa l'estomac de Cade.

— L'orage n'a éclaté que vers 10 heures du soir, ajouta-t-il.

Il existait une logique dans la pensée de Cade. Le raisonnement qui le menait de la théorie qu'il échafaudait vers les faits apaisa Virginia.

— Que faisons-nous maintenant ?

— Nous allons faire un tour dans le quartier qui a été privé d'électricité avant-hier. En partant de l'hôtel où vous vous êtes retrouvée. Soit vous vous y êtes rendue à pied, soit vous avez pris un bus ou le métro. J'ai déjà vérifié les taxis. Aucune compagnie n'a fait de course dans les parages de l'hôtel, cette nuit-là. Il y a de fortes chances que vous ayez atteint l'hôtel à pied. A mon sens, vous étiez trop secouée pour sauter dans un bus. Quant au métro, il ne fonctionne que jusqu'à minuit. Ça limite les chances que vous l'ayez pris.

Virginia opina, fixant ses ongles — ses griffes.

— Désolée de vous avoir agressé, tout à l'heure. Vous ne le méritez pas, avec tout ce que vous faites pour moi.

Les mains enfouies dans les poches de son pantalon, Cade protesta :

— Oh, si ! Je le méritais ! Je refuse le mot « caprice », mais à part ça, je n'étais pas dans mon assiette.

— Je vous ai fait mal en vous faisant tomber du hamac ?

— Mon ego en a pris un coup. Sans cela, non.

Une pointe de suffisance dans le regard, il pencha la tête de côté.

— Et je tiens à rectifier un point : sur la piste de danse, je n'ai pas essayé de vous séduire. Je vous ai bel et bien séduite.

Le pouls de Virginia s'accéléra. Il était si beau, debout dans le soleil matinal, les vêtements fripés, ses épais cheveux noirs en désordre, les fossettes qui creusaient ses joues, et cet air d'arrogance tranquille. Quelle femme n'aurait pas craqué ? En plus, il savait ce qu'il faisait !

— Blessure d'amour propre ou pas, votre ego semble en bonne santé ! ironisa-t-elle.

Avec un sourire sincère, elle ajouta :

— Je suis heureuse que vous ne soyez plus fâché. Je ne crois pas que j'aime les conflits.

Cade frotta son coude meurtri par la chute.

— Vous ne vous débrouillez pas mal… Je prends une douche, et nous allons faire une petite promenade dominicale.

Tant de bâtiments différents ! songea Virginia tandis que Cade conduisait. Des immeubles anciens, d'autres très modernes, de vieilles maisons croulantes, des façades restaurées. Faisait-il toujours ce temps humide en juillet ? Le ciel estival était-il toujours de ce blanc de papier ? Les fleurs étaient-elles toujours aussi luxuriantes et bien entretenues au pied des monuments publics ? Avait-elle déjà fréquenté ces restaurant, fait des courses dans ces magasins ? Le long des trottoirs, les grands arbres majestueux transformaient les rues en parcs. Jamais on ne se serait cru au cœur d'une grande ville.

— C'est comme si je voyais tout pour la première fois, murmura-t-elle. Je ne reconnais rien. Désolée.

— Pas grave. Les choses font clic ou pas.

Ils longèrent de belles maisons de brique et de granit, puis vint une série d'élégants magasins dans le vent. Un petit bruit de gorge échappa à Virginia.

Cade réagit aussitôt.

— Quelque chose fait clic ?

— Cette boutique, Chez Marguerite, hésita Virginia.

D'un coup de volant, Cade se rangea sur le bord du trottoir et fit un créneau.

— Allons jeter un coup d'œil. Tout est fermé, mais nous pouvons tout de même faire du lèche-vitrines.

— C'est peut-être simplement la robe qui m'a attiré l'œil, remarqua Virginia.

Une très jolie robe, de soie vaporeuse évasée, avec d'adorables fines bretelles et un bustier avantageux. L'étalagiste avait placé près de la robe un petit sac du soir argenté, et des hauts talons vertigineux dans le même ton. L'ensemble séduisait manifestement Virginia, nota Cade. Il aurait voulu que le magasin soit ouvert pour le lui offrir.

— C'est votre style, commenta-t-il.

— Et la rouge, dans le fond ! On doit se sentir forte et parfaite dans une telle robe… moi qui me cantonne dans les tons pastel…

« Essaie cet ensemble vert, Virginia. Il a du punch. Il n'y a rien de plus ennuyeux qu'une femme qui s'habille timidement. »

« Combien de temps allez-vous rester à faire joujou avec ces vêtements ? Je meurs de faim. »

« Oh ! Arrête ! Tu n'es contente que si tu manges ou achètes des jeans. Virginia, non ! Pas ce beige triste. Le vert. Fais-moi confiance. »

— Elle m'a poussée à l'acheter… l'ensemble vert, murmura Virginia. Elle avait raison. Elle a toujours raison.

— Qui ? S. ?

— Non… Stella est impatiente, agacée. Faire les magasins représente pour elle une perte de temps.

— Stella ? S. pour Stella ?

Sa tête lui faisait mal. Elle allait exploser. Mais le besoin de savoir était plus fort, et Virginia s'accrochait, fouillait dans sa mémoire. Son estomac se souleva, sa peau devint moite de l'effort pour repousser la nausée. Soudain ses genoux flanchèrent, et sa voix se brisa :

— Diana… elle s'appelle Diana. Diana et Stella.

Les larmes emplirent ses yeux, roulèrent sur ses joues, et elle jeta ses bras autour du cou de Cade.

— Je me souviens… J'ai acheté un ensemble vert dans cette boutique.

— Bon travail ! la félicita Cade en la serrant brièvement contre lui.

Virginia pressa ses doigts sur ses tempes. La douleur lui vrillait le cerveau.

— C'est tout ce dont je me souviens. Quel intérêt, de se souvenir d'un ensemble ?

— Vous vous rappelez aussi vos amies. Elles comptent pour vous. C'est un moment heureux partagé avec elles qui vous revient à la mémoire.

— Je ne me les rappelle pas bien…

Déposant un baiser sur le front de Virginia, Cade la guida vers la voiture.

— En tout cas, ça revient… et de plus en plus vite.

Il l'installa sur le siège et boucla lui-même sa ceinture de sécurité.

— Forcément, ça vous fait mal…, expliqua-t-il. Nous allons vous acheter de l'aspirine, et puis nous continuerons.

Aucune discussion n'y changerait rien ! reconnut Virginia *in petto*. De toute façon, combattre à la fois Cade et le mal de tête était au-dessus de ses forces. Allongée sur son lit, elle le laissa donc arranger les oreillers dans son dos, et avala l'aspirine qu'il lui tendait avec un verre.

Quelques instants plus tard, il revint avec un plateau sur lequel fumait un grand bol de soupe.

— Bouillon de poule, annonça-t-il.

— J'aurais pu manger dans la cuisine ! protesta Virginia. J'ai un mal de tête, pas une tumeur au cerveau ! En plus, ça va beaucoup mieux.

— Acceptez d'être chouchoutée… Après, nous avons beaucoup à faire…

— Hum… délicieux ! dit-elle en goûtant la soupe. Vous avez ajouté du thym ?

— C'est la petite touche française.

Le sourire de Virginia s'estompa.

— Paris, murmura-t-elle. Quelque chose au sujet de Paris.

Comme elle essayait de se concentrer, son mal de tête se raviva.

— Laissez tout cela pour le moment, conseilla Cade. Votre subconscient vous informe indirectement, par le biais du mal de tête, que vous n'êtes pas prête à vous souvenir. Patience !

Virginia avala une cuillerée de soupe.

— Exquise ! Avec vos talents culinaires, je me demande comment votre femme a pu se séparer de vous !

— Mon ex-femme, rectifia Cade. En plus, nous avions un cuisinier.

— Oh… Vous voulez goûter ? demanda-t-elle.

Comme Cade acquiesçait, Virginia lui glissa une cuillerée de soupe dans la bouche.

— Je voulais vous demander…, hésita-t-elle. Cette jolie maison, ces meubles anciens, la voiture de sport, ça ne colle pas avec votre agence.

Cade se braqua.

— Que reprochez-vous à mon bureau ?

— A part son désordre, rien ! Sauf qu'il contraste avec le reste.

— J'ai un crédit pour mon agence, que je rembourse avec ce qu'elle me rapporte. Ça couvre tout juste les frais. Pour le reste, comme vous dites, j'ai une fortune personnelle.

— Vous êtes riche, si je comprends bien ?

— Question de définition. Ma famille place son argent dans l'immobilier et les centres commerciaux. Je suis issu d'une lignée de banquiers, avocats, médecins. Et moi je suis…

Ravie, Virginia acheva :

— … le mouton noir de la famille. Vous ne vouliez être ni médecin, ni avocat, ni banquier.

— Je voulais être Sam Spade.

De plus en plus séduite, Virginia pouffa.

— *Le Faucon maltais* ! Grâce à Dieu, vous n'êtes pas banquier !

Cade saisit la main que Virginia avait posée sur sa joue, et la porta à ses lèvres.

La voix de Virginia prit de l'intensité.

— Je suis heureuse d'avoir choisi votre nom dans l'annuaire. De vous avoir trouvé.

— Moi aussi.

Il souleva le plateau qui les séparait et le déposa par terre. Même aveugle, il aurait compris le sens du regard que Virginia échangeait avec lui en ce moment précis. Il en fut bouleversé. Il fit glisser un doigt le long du cou de la jeune femme, et l'arrêta à l'endroit de la gorge où battait le pouls.

— Je pourrais prendre congé, à présent, dit-il d'une voix rauque. Mais ce n'est pas ce dont j'ai envie.

— Moi non plus, ce n'est pas ce dont j'ai envie…

C'était sa décision bien à elle, songea Virginia. Son choix.

Aussi, quand Cade lui prit le visage entre ses mains, elle ferma les yeux.

— Cade, j'ai peut-être fait quelque chose d'horrible.

Les lèvres de Cade effleurèrent la bouche de Virginia.

— Ça m'est égal.

— Il y a peut-être quelqu'un d'autre dans ma vie.

— Je m'en moque éperdument.

Virginia soupira longuement et se laissa aller au moment présent.

— Moi aussi, murmura-t-elle.

Et son murmure s'acheva dans un baiser.

8

Ainsi, c'était ça, être sous le corps d'un homme. Le corps dur, exigeant d'un homme. Qui vous désirait plus que toute autre femme. Pour le moment présent.

C'était à couper le souffle, étourdissant, à la fois excitant et éblouissant. Cette façon qu'il avait de lui passer les mains dans les cheveux tout en s'emparant de ses lèvres l'électrisait… Bouche contre bouche. Comme si lèvres et langues n'avaient d'autre vocation que se goûter l'une l'autre. Et elle s'enivrait de la peau de Cade : le grain, la souplesse, l'odeur, surtout, mâle et naturelle, sans aucun parfum coûteux qui l'aurait altérée. Quel que soit son passé, quel que soit son avenir, cet instant était précieux.

De ses mains, Virginia parcourut le dos de Cade. Il était merveilleux. La forme de son corps, la largeur de ses épaules, sa souplesse, sa taille étroite, les muscles fermes. Et sous la chemise, la peau lisse et chaude, fascinante.

Elle murmura :

— J'avais peur de ne pas réussir à te toucher.

Cade plongea les yeux dans ceux de Virginia.

— Je te désire depuis la seconde où je t'ai rencontrée. Je t'attendais, répondit-il.

— Ça n'a pas de sens. Nous…

— Chut… Profitons de l'instant.

Cade embrassa de nouveau Virginia. Son baiser était profond, il le voulait mœlleux, sensuel — très sensuel. Mais il voulait aussi aller doucement. Puisqu'il avait attendu toute sa vie ce moment, il pouvait bien patienter encore, prendre son temps pour toucher, explorer la bouche de Virginia, et tout son corps. Chacun des mouvements de la jeune femme, sous lui, était un don inestimable. Chaque soupir, un trésor. La tenir dans ses bras, ses cheveux d'or étalés sur le quilt ancien, abandonnée et frémissante, ressemblait au plus doux des rêves.

Ils étaient *faits* l'un pour l'autre.

Contempler Virginia, défaire les boutons du chemisier qu'il avait choisi pour elle, l'écarter centimètre par centimètre pour découvrir la chair nacrée, la rondeur des seins… c'était la seule chose au monde qu'il désirait. Il effleura les seins, leurs pointes ; la sentit frissonner en réponse, regarda ses yeux s'agrandir, devenir sombres, se voiler.

— Tu es la perfection, murmura-t-il en enfermant un sein dans sa main.

Il caressa des lèvres la limite entre chair et dentelle puis remonta lentement vers la gorge, la joue, la bouche de Virginia.

Virginia était en feu. Personne ne l'avait jamais embrassée avec une telle délicatesse, elle en était sûre. Elle se donna tout entière au baiser, murmura lorsque Cade lui ôta son chemisier, trembla lorsqu'il défit le soutien-gorge, repoussa la dentelle et dénuda ses seins, frissonna de tout son être sous ses lèvres taquines.

Comme c'était bon… Elle entendit ses soupirs devenir gémissements. Perdue dans le labyrinthe des sensations, elle se laissait conduire par les caresses de Cade, traversait la douceur fondante, le plaisir pur et parfois un peu de douleur. Chaque geste qu'il accomplissait suscitait en elle un enivrement nouveau, une excitation profonde. Quand elle lui ôta sa chemise, elle adora le frôlement de leurs peaux, mais aussi l'intimité des âmes. Son cœur battait et son corps dansait sous la caresse des lèvres de Cade, sous les petits mordillements de ses dents, la lente torture de sa langue.

Il lui sembla boire du miel, au moment où Cade laissa ses mains descendre le long de ses hanches, et faire glisser le pantalon qu'elle portait. L'air qu'elle respirait était sucré. Cade la touchait partout, à présent, de ses mains qui cheminaient lentement, avec douceur, maîtresses d'elles-mêmes mais mobiles, vivantes, et qui mettaient le feu graduellement. Un feu intense.

Elle gémit, murmura le nom de son amant, arquée contre lui, à la recherche de quelque chose qui lui échappait encore. Tout en posant sur elle son regard fiévreux, Cade fit agir la magie de ses mains jusqu'à l'ensorcellement. Et les sensations furent portées à leur paroxysme.

Cade regarda Virginia sombrer dans ses bras. Ce fut bien le nom de « Cade » qu'elle prononça quand le plaisir l'inonda ; ce fut bien à son corps à lui qu'elle s'accrocha lorsqu'elle se cambra dans un spasme exquis. *Son* nom, *son* corps et ceux de personne d'autre.

C'était ce qu'il avait toujours voulu.

Les lèvres de Virginia vibraient encore de son nom lorsqu'il l'embrassa farouchement. Il roula avec elle sur le lit, tendu dans le désir impérieux de prendre, de posséder. Aveuglé de convoitise, il se dénuda à son tour, frissonna contre le corps toujours ardent sur lequel il pesait.

Elle était plus généreuse que dans ses rêves les plus fous. Arquée contre lui, elle s'offrait comme si elle l'attendait depuis toujours, elle aussi. Alors, le cœur battant à se rompre, il se glissa en elle.

Le choc le glaça.

Il s'immobilisa, tendu comme la corde d'un arc. Mais Virginia l'enveloppa de ses jambes, et l'entraîna avec elle dans sa chaleur.

Leur tempo, très vite, devint étourdissant.

— Tu es le seul, dit-elle simplement. Le seul.

*
* *

Comblé, immergé dans la plénitude du plaisir, Cade demeurait étendu, écoutant les battements du cœur de Virginia, attentif à chaque onde de son corps. Lui seul ! songea-t-il en fermant les yeux. Elle était vierge. Intacte. Un miracle. Son cœur hésitait entre culpabilité et bonheur égoïste.

Elle était vierge, et il l'avait prise. Personne ne l'avait touchée, avant qu'il ne la touche. S'il s'était écouté, il serait grimpé sur le toit pour crier son triomphe ! Ou alors, il aurait supplié Virginia de lui pardonner…

Quand leurs respirations se furent calmées, il s'aventura avec prudence sur le terrain des questions et des réponses.

— Mon chou… mon expérience de détective professionnel me pousse à la conclusion suivante : il paraît tout à fait improbable que tu sois mariée.

Virginia rit, discrète et douce. Il leva la tête pour lui sourire. Puis, lui caressant les cheveux, il demanda :

— Est-ce que… je t'ai fait mal ? Pas un instant je n'ai pensé que…

— Non, répondit-elle en se lovant contre lui. Je suis heureuse, étourdie et soulagée. Moi non plus, je ne m'attendais pas à… ça. Tu n'es pas déçu ? acheva-t-elle avec une soudaine crispation.

— Terriblement. En fait, je n'aime faire l'amour qu'avec les femmes mariées.

— Je veux dire… je… j'ai fait ce qu'il fallait ?

Emu, Cade attira Virginia contre lui.

— Tu es parfaite. Je t'aime. Depuis le premier instant.

La tête contre le cœur de Cade, Virginia s'immobilisa. Une envie de pleurer lui monta à la gorge. Son amant disait les choses qu'elle voulait entendre, mais qu'elle ne pouvait accepter.

— Tu ne me connais pas, murmura-t-elle.

— Toi non plus, tu ne te connais pas !

Elle secoua la tête.

— Exactement ! Plaisanter ne change rien à l'affaire.

Cade s'assit sur le lit, et prit Virginia aux épaules.

— Voici les faits : je t'aime. Tu es en tout point celle que je veux, celle dont j'ai besoin, et je te garde.

— Ce n'est pas aussi simple.

— Je ne recherche pas la simplicité. Je te demande de m'épouser, acheva-t-il en lui prenant la main.

Saisie de panique, Virginia tenta de se libérer, mais Cade ne la lâcha pas.

— C'est impossible ! protesta-t-elle. Je ne sais ni d'où je viens, ni ce que j'ai fait. Je ne te connais que depuis trois jours. Mon existence actuelle est un chantier.

Déchirée, elle se jeta au cou de Cade et le tint serré contre elle.

— Ne me tourmente pas, supplia-t-elle.

Cade plongea son regard dans les yeux remplis de larmes de Virginia.

— Nous trouverons ensemble les réponses. Mais il en existe une que j'attends de toi tout de suite. Dis-moi si tu m'aimes, Virginia.

— Je ne peux pas…

— Tu n'as pas besoin du passé pour répondre à cette question, dit-il gravement.

C'était vrai… Et Virginia acquiesça en son for intérieur. Elle n'avait besoin que de son propre cœur pour donner son sentiment à Cade.

— Dire que je ne t'aime pas serait mentir, commença-t-elle.

Elle secoua la tête, et posa les doigts sur la bouche de son amant pour l'empêcher de l'interrompre.

— Dire que je t'aime serait injuste. Ma réponse dépendra de toutes les autres, de toutes les questions que je me pose sur moi-même. Donne-moi du temps.

— Du temps ? Prends-en… De toute façon, quoi que tu découvres sur ton passé, je ne laisserai personne t'enlever à moi.

*
* *

Selon Cade, parvenir à la solution d'un problème se faisait pas à pas. Virginia se demandait combien de pas seraient encore nécessaires avant d'accéder à la vérité. Aujourd'hui, par exemple, il lui avait semblé gravir un long chemin pentu. Mais quand elle était parvenue au bout, elle s'était trouvée aussi perdue que d'habitude.

« Pas tout à fait vrai ! » se dit-elle en s'installant dans la cuisine avec un bloc-notes et un crayon. Le simple fait d'établir une liste de ce qu'elle savait lui donnait une indication supplémentaire sur elle-même : cela dénotait une personne organisée, qui aimait voir les choses en noir et blanc.

Qui est Virginia ?

Une femme qui se lève à la même heure chaque matin. Cette manie faisait-elle d'elle une femme ennuyeuse et prévisible ou au contraire quelqu'un de responsable ? Elle aimait le café noir fort, les œufs brouillés et le steak, cuisson « bleu ». Très banal. Elle était mince sans être particulièrement musclée, et son corps ne portait pas de traces de bronzage. On pouvait en déduire qu'elle ne faisait pas partie des dingues de fitness, ni des adoratrices du soleil. Peut-être travaillait-elle dans un bureau ?

Elle était droitière, blonde aux yeux marron, connaissait beaucoup de choses sur les pierres précieuses. Passe-temps ? Carrière ? Ou tout simplement femme à porter des bijoux ? Elle avait en sa possession un gros diamant qui valait une fortune, qu'elle avait soit volé, soit acheté — ce qui paraissait hautement improbable —, soit acquis à la suite d'un événement imprécis. Elle avait été témoin d'une dispute violente, peut-être d'un meurtre.

Comme cette hypothèse lui faisait battre les tempes, Virginia la mit précipitamment de côté, et poursuivit sa liste.

Sous sa douche, elle fredonnait de la musique classique ; elle aimait les beaux vêtements, les tissus de qualité, et fuyait les couleurs vives. Pourvu qu'elle ne soit pas du genre frivole et superficielle !

Du moins avait-elle deux amies qui partageaient des moments de sa vie. Diana et Stella. Virginia écrivit leurs noms sur son calepin une dizaine de fois, dans l'espoir que la répétition ferait naître une étincelle.

Ces deux femmes comptaient beaucoup pour elle, elle le sentait. Elle s'inquiétait à leur propos, sans savoir pour quelle raison. Peut-être avait-elle l'esprit vide, mais son cœur, lui, affirmait qu'elles étaient précieuses, plus proches d'elle que n'importe qui d'autre.

Hélas, elle redoutait les affirmations de son cœur.

Car il existait encore une chose qu'elle ne pouvait nier, mais qu'elle ne voulait pas coucher sur le papier : elle n'avait jamais eu d'amant. Personne ne lui avait suffisamment plu — à moins que ce ne fût la proposition inverse — pour qu'elle aille jusqu'à l'intimité. Peut-être, dans sa vie réelle, ne pouvait-elle accepter un homme dans son lit parce qu'elle était trop exigeante, trop prompte à mal juger autrui ? Ou alors les hommes la trouvaient ennuyeuse, ordinaire, et aucun n'avait éprouvé l'envie de l'emmener dans sa chambre…

En tout cas, maintenant, les choses avaient changé : elle avait un amant.

Pourquoi, à elle, vierge, inexpérimentée, l'amour physique était-il apparu si naturel, si peu étranger, avec Cade ? Et pourquoi Cade disait-il l'aimer ? Il ne connaissait d'elle qu'une fraction de l'ensemble. Qui pouvait assurer qu'elle n'appartenait pas à un genre de femmes qu'il ne supportait pas ? Elle ne pourrait croire en l'amour de Cade qu'une fois retrouvée l'autre Virginia.

Quant à elle, où en était-elle de ses propres sentiments ?… Avec un petit rire, elle reposa son crayon. Cade l'avait attirée d'emblée, elle lui avait fait une confiance immédiate. Elle était tombée amoureuse de lui… Mais là encore, elle ne pouvait se fier à son cœur. Plus la vérité se rapprocherait, plus se rapprocherait aussi la possibilité qu'ils se détournent l'un de l'autre. Ils auraient beau faire, ils ne pourraient jamais ignorer qu'il y avait dans le coffre-fort de Cade un sac de toile bourré de dollars, une arme et un diamant gros comme un caillou.

— Tu as oublié des choses !

Virginia sursauta. Tournant la tête, elle se trouva nez à nez avec Cade. Depuis combien de temps était-il là, à lire ses notes par-dessus son épaule et à l'observer pendant qu'elle pensait à lui ?

— J'essayais d'écrire tout ce que je sais de moi…

— C'est toujours une bonne idée.

Il se dirigea vers le frigo, se sortit une bière, et servit à Virginia un grand verre de thé glacé.

Immobile sur sa chaise, la jeune femme se sentait maladroite et gênée. Avaient-ils vraiment roulé nus sur le lit inondé de soleil, une heure plus tôt ? Comment se comporte-t-on après une pareille intimité ?

Lui n'était pas la proie des mêmes tourments, apparemment. Il s'assit en face d'elle, allongea négligemment ses jambes sur une autre chaise et s'empara du bloc-notes.

— Tu es une inquiète, déclara-t-il.

Tournant la page, il entama une nouvelle liste.

— En ce moment même, tu te demandes : « Que suis-je censée dire à ce type, maintenant que nous sommes amants ? Maintenant que je sais qu'il m'aime éperdument, et veut passer le restant de ses jours avec moi ? »

— Cade…

— Je me contente de rapporter des faits. Le sexe a été facile et heureux entre nous. Cela aussi t'inquiète. « Pourquoi avoir permis à cet homme, que je connais depuis un week-end à peine, de me prendre dans son lit, alors que je ne l'ai permis à aucun autre homme avant lui ? »

Les yeux de Cade plongèrent dans ceux de Virginia.

— La réponse s'impose d'elle-même : parce que tu es follement amoureuse de moi, sans vouloir l'admettre.

Virginia saisit son verre, avala une longue gorgée.

— Tu penses que je suis couarde ?

— Non ! Mais tu ne crois pas en tes points forts, et tu méprises tes faiblesses. Trop d'autocritique.

Il nota ce dernier mot dans sa liste, tandis que Virginia fronçait les sourcils.

— Il me semble qu'une femme dans ma situation se doit de porter un regard objectif sur elle-même.

— Esprit pratique et logique, écrivit Cade. Tu es compatissante, responsable, organisée. Un être d'habitudes. Je suppose que tu occupes une position qui demande ces traits de caractère, ainsi qu'un bon intellect. Tes activités professionnelles sont disciplinées et précises. Et tu as un sens de l'esthétique très développé.

— Comment peux-tu affirmer tout cela ?

— Le fait d'avoir oublié qui tu es ne t'empêche pas de rester celle que tu étais avant de perdre la mémoire. Si tu étais allergique aux poils de chats, tu vas continuer à éternuer dès que tu en approcheras un. Tu comprends ? Si tu avais, il y a deux jours, un cœur aimant et fort, ce cœur bat toujours dans ta poitrine.

Virginia chercha à voir ce qu'écrivait Cade.

— L'alcool te rend pompette, continua-t-il. Question de métabolisme. D'ailleurs, nous boirons du vin tout à l'heure, pour que je puisse abuser de la situation !

Il lui sourit.

— Et tu rougis facilement ! C'est une très jolie réaction, même si elle est démodée de nos jours. Par ailleurs, tu es soigneuse. Tu suspends ta serviette après la douche, tu fais ton lit le matin.

« Et d'autres détails encore, songea-t-il. Le pied qui s'agite en cas de nervosité. Les yeux qui fondent comme de l'or chaud pendant l'amour. La voix glaciale dans les contrariétés. »

— Si j'en juge par ton accent et ta syntaxe soignée, poursuivit-il à haute voix, tu as reçu une bonne éducation, probablement dans un Etat du nord de la Nouvelle-Angleterre. Tu t'es concentrée sur tes études, tu as peu flirté avec les garçons, ce qui explique ta virginité.

Ravi et attendri de voir Virginia rosir de confusion, Cade lui sourit gentiment.

— Au fait, j'adore la licorne sur ta fesse… Quoi qu'il en soit, reprit-il plus sérieusement, tu as suffisamment d'argent pour t'offrir des vêtements de prix. Tes sous-vêtements de soie sont…

Eberluée, Virginia l'interrompit :

— Tu as fouillé dans mes affaires ?

— Dans le peu que tu avais, oui, admit-il. A titre professionnel, bien entendu. Et j'ai adoré tes sous-vêtements ! Très raffinés, discrets et sexy.

Réduite au silence par tant d'outrecuidance tranquille, Virginia écouta Cade.

— A mon sens, tu es soit gemmologiste soit conceptrice de bijoux.

— Spéculation pure, objecta Virginia.

— Pas tant que ça. Des éléments sont là pour nous guider. Un diamant comme celui qui est dans mon coffre requérait les services d'un gemmologiste, n'est-ce pas ? Pour prouver son authenticité, évaluer son prix. Exactement comme tu l'as fait hier chez Westlake.

Les mains de Virginia se mirent à trembler, et elle les cacha sous la table.

— Dans ce cas, il est probable que je l'aie volé.

Agacé par la remarque, Cade tapota la table de son crayon.

— Enfin, regarde-toi ! Tu es incapable de voler un paquet de chewing-gums !

— Toujours est-il que ce diamant se trouve en ma possession… C'est un fait, non ?

— Ton cerveau logique, responsable et bien ordonné

ne te souffle pas une autre hypothèse ? Par exemple, que tu cherches à protéger cette pierre précieuse ?

— La protéger de quoi, de qui ?

— Je ne sais pas, moi ! De celui qui serait capable de tuer pour l'obtenir. De celui qui t'aurait assassinée s'il l'avait pu. Ça colle parfaitement, dans mon raisonnement. S'il y a trois pierres, tu sais peut-être où sont les deux autres, et tu essaies aussi de les protéger.

— De quelle façon ?

Cade avait quelques idées sur la question, mais il ne jugeait pas Virginia prête à les entendre.

— Nous verrons cela plus tard. En attendant, j'ai passé quelques coups de fil, et nous serons très occupés demain. Premièrement, la portraitiste de la police viendra ici le matin, pour t'aider à reconstituer le portrait de tes amies. Ensuite, j'ai obtenu un rendez-vous avec le conservateur adjoint du Smithsonian.

— Un rendez-vous un jour de congé !

— C'est là que le nom et la fortune des Parris entrent en lice ! Une simple allusion à des donations éventuelles, et les portes les mieux barricadées s'ouvrent.

Virginia se leva et se dirigea vers la fenêtre. Dans un des érables, une grive chantait à tue-tête.

— Je ne sais comment t'exprimer ma gratitude, commença-t-elle.

— Je te présenterai ma note de frais professionnels. Quant au reste, je ne veux pas de gratitude.

— Tu m'as considérablement facilité la tâche, poursuivit Virginia. Combien de fois m'as-tu fait sourire ou rire, oublier un instant la situation ! Sans toi, je serais devenue folle.

— Je resterai près de toi, Virginia. Tu ne pourras pas te débarrasser de moi.

— Tu as l'habitude d'obtenir ce que tu veux, murmura Virginia. Je ne sais pas si c'est mon cas…

— Ça peut venir.

Il avait raison, songea Virginia. C'était une question de patience, de persévérance, de maîtrise. Et de bon choix. Elle voulait Cade de toutes ses forces. Rêvait qu'un jour elle se tiendrait là, devant la fenêtre, à écouter chanter la grive, tandis qu'il somnolerait dans le hamac. Ce serait leur maison. Leur vie. Leurs enfants.

Si c'était le bon choix. Si elle pouvait persévérer.

Elle suivit une soudaine impulsion et se tourna vers Cade.

— Je vais te faire une promesse. Quand toutes les pièces du puzzle seront en place… si je peux, et si tu veux encore de moi, je t'épouserai.

Le cœur de Cade battit dans sa poitrine, l'émotion lui serra la gorge. Très lentement, il reposa sa canette de bière sur la table.

— Dis-moi que tu m'aimes.

Les mots étaient là, dans son cœur, au bord de ses lèvres. Pourtant, Virginia secoua la tête.

— Quand nous saurons la vérité sur mon compte. Si tu veux encore de moi à ce moment-là.

— Au diable les « si » et les « mais » ! Ce n'est pas le genre de promesse que j'attends.

— C'est tout ce que je peux donner.

— Nous pourrions nous rendre dans le Maryland mardi. Nous y marier serait l'affaire de quelques jours.

Il s'y voyait déjà ! Fous d'amour, ils réveillaient un juge en pleine nuit. Puis, se tenant par la main dans son salon, ils échangeaient leurs anneaux tandis que la femme du juge jouait un air au piano.

La sincérité des yeux verts posés sur elle ébranla Virginia. Cet homme l'aimait, la prenait telle qu'elle était. Mais comment le lui permettre ?

— Quel nom écrirais-je en bas de l'acte de mariage ? demanda-t-elle.

Cade prit Virginia aux épaules et l'attira contre lui. Jamais il n'avait autant eu besoin de quelqu'un.

— Je te donne le mien. Prends-le.

« Oui ! Prends-le ! songea Virginia au moment où leurs lèvres se joignaient. Prends ce qu'on t'offre. Amour, sécurité, serments... Laisse le passé et l'avenir. Occupe-toi du présent. »

Cependant, des mots bien différents sortirent de sa bouche.

— Ce ne serait pas bien. Toi aussi, tu as besoin de savoir.

« Peut-être... », reconnut Cade en son for intérieur. Malgré le fantasme de l'enlèvement amoureux, créer une fausse identité pour Virginia n'était une solution ni pour l'un ni pour l'autre.

L'éloignant un peu, il la tint à portée de bras, et la contempla. Délicate. Troublée. Belle. Vaillamment, il donna un tour léger à la conversation.

— Tu veux une couronne de fleurs d'oranger et une robe blanche, c'est ça ?

Le cœur de Virginia soupira en cachette à cette image, ce qui la fit sourire.

— Ça se pourrait... J'ai l'air d'être du genre traditionnel.

— Dans ce cas, il faudra que je t'offre un diamant...

— Cade !

— ... et que je te présente à ma famille. Ça ne sera pas du gâteau ! acheva-t-il en riant.

« C'est un jeu ! se rassura Virginia. Nous faisons semblant. » Elle lui rendit son sourire.

— J'aimerais beaucoup rencontrer ta famille.

— Si tu veux encore de moi après cette épreuve, je serai sûr de ton amour ! Tu auras droit au questionnaire type. Très subtil et indirect. Du genre : « quelle école avez-vous fréquentée ? Que fait votre père ? Et votre mère ? Jouez-vous au bridge, au tennis ? Au fait, connaissez-vous Saint-Moritz ? »

Loin d'en souffrir, Virginia rit à cette perspective.

— Dans ce cas, il faut que je prépare les réponses !

— Je les inventerai moi-même ! Je l'ai déjà fait avec plusieurs de mes amies.

Virginia fronça les sourcils.

— Vraiment ?

— Eh bien, par exemple, une fois..., commença-t-il.

— Je préfère ne pas savoir, trancha froidement Virginia. Il y a eu beaucoup de femmes dans ta vie, je suppose ?

— Question de point de vue. Tu veux la liste ?

— Non !

Ravi de cette jalousie, Cade s'approcha de Virginia et l'embrassa dans le cou.

— Je n'ai demandé qu'à une femme de m'épouser.

— Deux, rectifia Virginia.

— Avec mon ex-femme, ça s'est fait sans que je le lui demande. En plus, elle est remariée, et a une petite fille, donc ça ne compte pas.

Virginia se mordit la lèvre inférieure.

— Tu ne voulais pas d'enfants ?

— Si ! dit-il en l'embrassant. Et j'en veux plus que jamais. D'ailleurs... montons ! suggéra-t-il d'une voix plus rauque.

Le sang de Virginia chanta dans ses veines, et elle passa ses bras autour du cou de Cade. Il la souleva et entreprit de gravir l'escalier.

Ils se trouvaient à mi-étage lorsque retentit la sonnette de la porte d'entrée. Un coup d'œil discret à la fenêtre renseigna Cade.

— A point nommé, comme d'habitude ! maugréa-t-il.

Reposant Virginia, il lui lança un regard mi-navré, mi-amusé.

— De l'autre côté de la porte se trouve ma mère ! Je te donne cette chance parce que je t'aime : cours, vole, cache-toi !

Un peu tendue, Virginia redressa néanmoins les épaules.

— Ne sois pas idiot, et ouvre la porte !

— D'accord, mais je t'aurai prévenue.

Prenant son courage à deux mains, Cade dévala les marches, appliqua à ses traits un air avenant, et ouvrit la porte.

— Maman ! Quelle bonne surprise !

— Je ne te dérangerais pas, si tu répondais au téléphone.

Leona Parris entra dans le hall. Une femme superbe, nota Virginia avec étonnement du haut des marches. Avec trois enfants adultes et plusieurs petits-enfants, elle devait avoir au moins cinquante ans. Cependant, elle en paraissait dix de moins. Des cheveux méchés d'or tournés en un joli chignon, un visage lisse, de beaux yeux verts. Elle portait un ensemble couleur bronze qui mettait sa taille fine en valeur. Les topazes qui ornaient ses oreilles provoquèrent tout de suite l'admiration de Virginia.

— J'ai été très occupé, commença Cade.

— Je ne veux pas le savoir ! riposta Leona en posant son sac sur la console dans l'entrée. Ce n'est pas une excuse pour négliger ta famille. Tu me mets dans une position intenable envers Pamela.

Les vieux arguments montaient déjà aux lèvres de Cade. Dans un effort presque surhumain, il évita les ornières habituelles.

— Désolé. Tu veux du café ?

— Ce que je veux, Cade, c'est une explication. Ta sœur me raconte une invraisemblable histoire de fiancée parente de la princesse de Galles…

Virginia ! Dans le feu de l'action, il l'avait passagèrement oubliée. Se retournant, il lui offrit un sourire contrit, et lui tendit la main.

Quand elle eut descendu l'escalier, il la présenta à sa mère. La main de Virginia tremblait légèrement lorsqu'elle la tendit en direction de Leona Parris.

— Ravie de vous rencontrer. Cade m'a beaucoup parlé de vous…

Le regard de Leona soupesa Virginia. « Jolie, de la classe. Des bijoux authentiques », semblait-elle se dire.

— Eh bien, à moi, il n'a rien dit !

— Virginia n'est aux Etats-Unis que depuis peu, intervint Cade d'un ton alerte.

— On me dit que vous êtes joaillière ? Cousine éloignée de Lady Di ?

— Virginia n'aime pas en parler, coupa Cade.

Puis, se tournant vers Virginia :

— Chérie, ne devais-tu pas passer des coups de fil importants ? N'oublie pas le décalage horaire avec Londres.

— Comment vous êtes-vous rencontrés ? intervint Leona.

Comme Virginia hésitait, Cade prit la parole :

— Au Smithsonian, devant la vitrine qui contient le diamant Hope. Virginia en faisait des croquis. Elle avait l'air si…

— Tout cela est ridicule ! interrompit Virginia. Cade, c'est ta mère ! Je n'accepte pas de lui mentir.

Se tournant vers Leona Parris, elle continua :

— Nous ne nous sommes pas rencontrés au Smithsonian, et la princesse de Galles n'est pas ma cousine. J'ai connu Cade vendredi matin, quand je me suis présentée à son agence. J'ai besoin d'un détective privé, parce que je souffre d'amnésie, et que je me retrouve avec un gros diamant bleu et des millions de dollars sur les bras.

Leona garda le silence quelques secondes, puis pinça les lèvres.

— Vous êtes deux fieffés menteurs ! En cela, vous semblez faits l'un pour l'autre !

Prenant son sac, elle marcha vers la porte, toute en dignité offensée.

— Cade, j'espère que tu me feras bientôt la courtoisie de me dire la vérité. D'ici là, je n'ai plus rien à faire avec toi.

Elle claqua la porte derrière elle.

Un instant hébété par le tour qu'avaient pris les événements, Cade éclata bientôt d'un grand rire. Il prit Virginia entre ses bras et la fit virevolter.

— Elle est si vexée que j'aurai la paix une semaine au moins ! Je t'adore ! dit-il en lui plaquant un baiser sur le front.

— Je ne comprends pas… je lui ai pourtant dit la stricte vérité, remarqua Virginia. C'est bien ce qu'elle voulait, non ?

Tout en montant l'escalier, Cade couvrait le visage de Virginia de petits baisers. Parvenu dans la chambre, il la déposa sur le lit.

— Fêtons le départ de ma mère et ton entrée au club ! déclara-t-il joyeusement. Maintenant, nous sommes *deux* moutons noirs !

— Mais… je n'ai pas envie d'être un mouton noir !

— Trop tard !

9

Le soir, ils dînèrent de hamburgers et de frites dans une fête foraine du Maryland. Tout d'abord, Cade avait plutôt eu en tête un repas aux chandelles dans un restaurant romantique, qui aurait précédé le grand feu d'artifice du 4 juillet. Puis l'inspiration lui était venue : la grande roue, le grand huit, les baraques de tir, la musique en direct, quelle façon plus originale existait-il de sortir une femme pour la première fois ?

Quand, accrochée à lui dans le wagonnet des montagnes russes, elle l'entendit lui expliquer ce revirement de programme, Virginia éclata de rire, ferma les yeux, et s'abandonna à la course effrénée du wagonnet qui plongeait dans le vide. Ce parcours était à l'image de sa vie : des hauts et des bas.

Infatigable, Cade voulait essayer toutes les attractions. Il entraînait Virginia de file d'attente en file d'attente, elle se sentait tour à tour étourdie, secouée, bousculée, projetée en l'air, jusqu'à ce que la tête lui tourne.

Enfin rassasié de sensations, Cade l'enlaça par la taille et l'attira du côté des baraques de tir. Les animaux en peluche s'y côtoyaient, plus gros et velus les uns que les autres. Virginia jeta son dévolu sur un éléphant.

— C'est lui que je veux !

— Dans ce cas, c'est un devoir pour moi que de te le gagner.

Cade sortit quelques dollars et choisit son arme. Puis il mit en joue et tira. Touché !

Virginia battit des mains, et se jeta dans ses bras en riant.

— Tu es formidable. Etonnant !

Main dans la main, ils se remirent à flâner, écoutant les cris, la country music au loin. Virginia s'étourdissait des lumières, des couleurs de la fête, brillantes comme des joyaux dans l'air plein de parfums. Tout semblait si facile, comme si le monde ne recélait plus aucune difficulté. Rien que des lumières, de la musique et des rires.

— Je ne sais pas si j'ai déjà assisté à une fête foraine. Mais celle-ci est la plus joyeuse de ma nouvelle vie ! déclara-t-elle.

— Tant mieux ! N'empêche… Je te dois toujours un dîner aux chandelles.

Virginia le regarda en souriant.

— Pour l'instant, j'ai plutôt envie d'aller sur la grande roue.

Pendant qu'ils attendaient leur tour, Virginia posa la tête sur l'épaule de Cade et laissa son esprit vagabonder. Si seulement cette nuit avait été une nuit normale, dans une vie normale, son existence aurait été aussi riche que toutes les couleurs de cette fête.

Elle s'installa tout contre Cade dans la nacelle de la grande roue. En dessous d'eux, les gens fourmillaient sur l'herbe. Les odeurs de la nuit montaient par bouffées vers Virginia qui les aurait respirées sans se lasser.

La roue tournait encore lorsque le feu d'artifice éclata, éclaboussant le ciel sombre de lumière dorée.

Magnifique ! murmura Virginia. Ça ressemble à une pluie de pierres précieuses.

Les couleurs jaillissaient, retombaient en fontaine et s'évanouissaient peu à peu dans la noirceur du ciel. En bas, les gens applaudissaient. Quelque part, un bébé se mit à crier.

— Il a peur, murmura Virginia. Ce feu d'artifice… On dirait des coups de feu… ou le tonnerre.

Cade mêla ses doigts à ceux de Virginia.

Mais une gerbe d'or, suivie d'une cascade de diamants, illumina le ciel après avoir explosé comme de lointaines étoiles, et le cœur de Virginia se mit à battre trop vite, sa tête bourdonna. Elle se rassura en mettant son malaise sur le compte du bruit, du balancement de la roue… La roue qui venait de s'arrêter pour laisser descendre des passagers… A présent, elle tremblait, ses joues étaient pâles, ses yeux, semblables à deux trous d'ombre. Cade la serra contre lui.

— C'est bientôt à nous de descendre, dit-il.

Les gerbes de lumière envahirent de nouveau le ciel, se fracassant contre l'air noir. Et l'image roula dans la tête de Virginia comme l'aurait fait le tonnerre.

— Il a levé les mains, parvint-elle à murmurer.

Elle ne voyait plus les lumières, ni les diamants éparpillés dans le ciel. Seul le souvenir l'aveuglait, oblitérant tout le reste.

— Pour essayer d'attraper le couteau, poursuivit-elle tout bas. Je ne pouvais ni crier ni bouger. Seule la lampe du bureau était allumée. Un pinceau de lumière. Ils ressemblaient à des ombres, et ils criaient. Moi, je ne pouvais pas. Puis l'éclair a zébré l'atmosphère. Si éclatant, l'espace d'un instant, que la pièce est inondée de lumière. Et lui… Oh, mon Dieu ! Sa gorge ! Il lui a tranché la gorge.

Enfouissant son visage dans le creux de l'épaule de Cade, Virginia gémit :

— Je ne veux pas voir ça… Je ne le supporte pas…

La roue s'immobilisa de nouveau ; Cade souleva Virginia dans ses bras pour sortir de la nacelle. Il la sentait frissonner contre lui comme si l'air avait été glacial, et il entendait ses sanglots étouffés. A pas lents, il la conduisit vers la voiture. Et, à chaque explosion du feu d'artifice, il maudissait le ciel.

Dans la voiture, Virginia se roula en boule sur le siège avant tandis que Cade se glissait derrière le volant, et démarrait.

— Crie, si tu en ressens le besoin, lui dit-il. Ne garde pas tout ça enfoui en toi.

Virginia se contenta de pleurer doucement, puis elle appuya sa tête contre le siège. Cade se faufilait dans la circulation et prenait la direction de la ville.

— Je vois des bijoux, murmura-t-elle après un moment de

silence. De belles gemmes. Des lapis-lazulis, des opales, des malachites et des topazes. Toutes sortes. Des pierres taillées ou à l'état brut. Je les connais toutes, je connais leur texture dans ma main. Je vois un long cristal de Chalcédoine, lisse au toucher, taillé en forme d'épée. Il est posé sur un bureau comme un coupe-papier. Et ce joli quartz aux inclusions de rutile semblables à des étoiles filantes ! Toutes me sont familières.

— Les pierres te rendent heureuse…

— Je le crois… Quand leur souvenir me revient en tête, c'est agréable, apaisant. Il y a un éléphant. C'est une stéatite, avec une couverture gravée sur le dos, et des yeux verts très brillants. A la fois royal et farfelu.

Virginia se tut, et tenta de se concentrer, malgré le mal de tête qui battait à ses tempes.

— Il y a encore d'autres gemmes… Elles ne m'appartiennent pas, mais qu'importe, elles m'apaisent. Penser à elles ne m'effraie pas le moins du monde. Même le diamant bleu. C'est un si bel objet… Un vrai miracle de la nature… Quand on songe à la nécessaire conjonction des éléments appropriés, de la pression adéquate et du temps indispensable pour aboutir à quelque chose d'aussi magnifique… C'est étonnant…

Posant les mains sur ses paupières comme pour essayer de ressusciter les souvenirs, Virginia poursuivit :

— Ils se disputent à son sujet. Je les entends et suis en colère. Une colère justifiée. Je me vois presque marcher vers la pièce où ils se disputent. A la fois en colère et satisfaite. Un mélange complexe de sentiments. J'ai un peu peur. J'ai fait quelque chose… je ne sais pas quoi.

Avec effort, poings serrés, Virginia traquait le souvenir.

— J'ai fait quelque chose d'imprudent ou d'impulsif. Je vais vers la porte. Elle est ouverte, et leurs voix me parviennent. Je tremble, mais pas uniquement de peur. De colère aussi. Je referme ma main sur la pierre. Elle est dans ma poche, à présent, et je me sens mieux. Le sac de toile se trouve là, sur la table près de la porte. Lui aussi est ouvert, et je vois l'argent à l'intérieur. Je m'en empare, pendant qu'ils se chamaillent.

Au fur et à mesure qu'ils traversaient les faubourgs et pénétraient en ville, les lumières urbaines agressaient les yeux de Virginia. Elle les ferma plus fort.

— Ils ne se doutent pas de ma présence, tant ils sont absorbés par leur querelle. C'est alors que j'avise le couteau dans sa main. La lame incurvée luisante. Loin de la lumière, ils se battent pour le couteau. Je vois le sang. Une ombre chancelle. Je suis pétrifiée sur place, le sac serré contre ma poitrine. Tout à coup, la lumière s'éteint, il fait nuit noire. Puis un éclair zèbre le ciel, illumine tout. Quand il replonge le couteau dans la gorge de l'autre, il m'aperçoit. Et je m'enfuis.

La circulation était intense, les conducteurs nerveux et impatients. Impossible pour Cade de prendre la main de Virginia pour la réconforter.

— Arrête, maintenant, lui conseilla-t-il. Tu te fatigues. Nous parlerons de tout cela à la maison.

Virginia laissa échapper un son, quelque chose entre gémissement et rire.

— Les deux hommes n'en font qu'un ! murmura-t-elle. C'est impossible, puisque l'un d'eux est mort, alors que l'autre vit encore. Est-ce que je deviens folle ?

Maudissant les embouteillages, Cade se fraya coûte que coûte un chemin entre les voitures et évita de justesse d'érafler un gros camion en se rabattant.

— Comment cela, « les deux hommes n'en font qu'un » ? demanda-t-il.

— Oui. Ils ont le même visage.

Virginia emporta l'éléphant en peluche dans la maison, serré contre sa poitrine, comme s'il la reliait à la réalité. Son esprit était embrumé, comme entre deux rêves.

— Va t'allonger, suggéra Cade. Je te fais une tasse de thé.

— J'aime mieux le préparer moi-même. Je vais mieux quand j'agis. Je suis désolée... La soirée a été merveilleuse, jusqu'à ce que...

L'air navré, elle déposa l'éléphant sur la paillasse de la cuisine.

Cade la prit par les épaules.

— C'est moi qui suis désolé de te contraindre à poursuivre ton récit... mais il le faut.

Posant sa main sur celle de Cade, Virginia la serra brièvement, puis elle mit la bouilloire sur le feu.

— J'ai l'impression de ne pas être une femme très stable... une litote, venant d'une personne qui ne sait même pas son nom de famille !

— Tu te rappelles de mieux en mieux les choses ! Et tu me parais très stable, au contraire.

Virginia posa les tasses sur les soucoupes, et se concentra sur les gestes simples. Sachets de thé, cuillères, sucrier.

Dans l'érable, un oiseau chantait. Un chant cristallin. Virginia eut un flash : un chèvrefeuille enlaçant une clôture, l'air embaumé, la trille d'un oiseau appelant son compagnon. Une très jeune fille en larmes sous un saule pleureur.

Importunée, elle se secoua. Un souvenir d'enfance doux-amer, probablement. Une peur sournoise s'insinua en elle.

— Asseyons-nous, suggéra Cade.

Sans se presser, il prit place en face de Virginia, et remua sa cuillère dans sa tasse de thé.

— Reprenons, dit-il enfin. Nous savons que la pièce a une moquette grise, une fenêtre, une table près de la porte. Il y a une lampe sur le bureau. A quoi ressemble le bureau lui-même ?

— C'est un meuble de bois de citronnier George III. Une très belle pièce. Marquetée de bois de rose, avec des incrustations de buis. Sur un des côtés s'ouvre un long tiroir, et on découvre alors des étagères. Les poignées sont en cuivre, toujours impeccablement polies.

Interloquée, Virginia fixait le liquide sombre dans sa tasse.

— Voilà que je parle comme une antiquaire, à présent…

« Non, rectifia Cade intérieurement, plutôt comme quelqu'un qui aime les belles choses. Et à qui ce bureau est familier. »

— Qu'y a-t-il sur le bureau ?

— La lampe. En cuivre, elle aussi, avec un abat-jour en opaline verte. Un sous-main de cuir au centre. Et un *briefke*.

— Un quoi ?

— Une petite coupe en papier dans laquelle on transporte les pierres en vrac. Il y a des émeraudes, de toutes tailles et de différents carats. Une loupe de joaillier et une petite balance en cuivre. Un verre, en cristal de Baccarat, avec des glaçons qui fondent dans du whisky. Et… le couteau.

Sa respiration s'étrangla, mais, au prix d'un effort, Virginia poursuivit :

— Le couteau se trouve sur le bureau, avec son manche en os sculpté et sa lame incurvée. Un objet ancien de toute beauté.

— Quelqu'un est-il assis derrière le bureau ?

— Non, la chaise est vide. Elle est de cuir sombre, et tourne le dos à la fenêtre. Il y a un orage.

La voix de Virginia vacilla, mais elle répéta :

— Un orage, des éclairs, il pleut à torrents. Leurs voix dominent le grondement du tonnerre.

— Où se trouvent-ils ?

— Ils s'affrontent devant le bureau.

Cade repoussa sa tasse et s'empara de la main de Virginia.

— Que disent-ils ?

— Je ne sais pas. Quelque chose à propos d'un versement. « Prends le versement, et quitte le pays. Trop dangereux. Sa décision est prise. »

Elle entendait les voix. Les mots jaillissaient, des phrases dures, emportées.

« Espèce de traître ! Salaud !

Si tu veux dealer avec lui, libre à toi. Mais pas moi.

Ensemble, tous les deux. On ne recule pas.

Prends les pierres et traite avec lui. Mais Virginia a des soupçons. Elle n'est pas aussi sotte que tu le crois.

Pas question que tu partes avec l'argent, en me laissant les problèmes sur le dos. »

— Il le repousse maintenant. Ils se battent, se bousculent, se donnent des coups de poing. La force de leur haine m'effraie. Comment peuvent-ils autant se mépriser, alors qu'ils ne sont qu'une seule et même personne ?

Peu à peu, la scène se mettait à s'animer sous les yeux de Cade. Avec précaution, pour ne pas obliger Virginia à revivre des moments douloureux, il demanda :

— En quoi sont-ils semblables ?

— Le même visage. Les mêmes yeux sombres, les mêmes cheveux noirs. Identiques. Leurs voix elles-mêmes… Ils ne font qu'un… mais comment est-ce possible ? Ai-je perdu l'esprit en même temps que la mémoire ?

— Il y a plus simple, et plus évident, suggéra Cade avec un bref sourire. Des jumeaux.

— Des jumeaux ? Des frères ?

Tout en Virginia se révulsait à cette idée. Elle secoua frénétiquement la tête en signe de refus catégorique.

— Ce n'est pas ça ! Ça ne se peut pas !

Elle se leva d'un bond, et sa chaise racla les tomettes du sol. Ce faisant, elle renversa sa tasse de thé sur la table.

— Il faisait noir. Je ne sais pas ce que j'ai vu…

« Tu ne veux pas savoir », conclut Cade en son for intérieur. Virginia n'était pas prête pour la dure vérité, et il n'avait aucune intention de jouer les psychanalystes du dimanche et de forcer quoi que ce soit.

— La journée a été rude, déclara-t-il. Tu as besoin de repos.

L'esprit de Virginia réclamait la paix, l'oubli. Cependant, le sommeil la terrifiait, à cause des rêves qui surgiraient immanquablement. Elle se tourna vers Cade et se pressa contre lui.

— Faisons l'amour, murmura-t-elle d'une voix fiévreuse. Je ne veux plus penser.

— Je t'aime.

Puis il l'embrassa de toute son âme.

Il l'entraîna hors de la cuisine, s'arrêtant pour l'embrasser encore, la caresser. Au pied de l'escalier, il déboutonna le chemisier qu'elle portait, glissa les mains le long de son corps, puis revint emprisonner ses seins. Il voulait agir en amant attentionné et tendre. Cependant, contre lui, Virginia s'offrait. Ses lèvres le dévoraient, sa langue fouillait sa bouche avec une violence désespérée. Alors, il comprit ce qu'elle cherchait, son désir profond : oublier, tout oublier dans un acte primitif et physique. S'anéantir dans les sensations et le plaisir.

A son tour, il se laissa engloutir par ce qu'il éprouvait. D'un geste sec, il fit céder le soutien-gorge de Virginia, et se reput du choc mêlé de plaisir qu'il lut dans les yeux de sa maîtresse. Ses mains se firent exigeantes et rudes.

— Il te reste beaucoup à apprendre, dit-il d'une voix rauque.

Virginia rejeta la tête en arrière. Les battements de son cœur s'envolèrent. On aurait dit une nuée d'oiseaux effrayés. Mais que cette peur la libérait !

— Montre-moi, supplia-t-elle.

Cade repoussa le pantalon de Virginia jusqu'à lui dénuder les cuisses, puis il plongea les doigts en elle. Il sentit que, en réponse, elle enfonçait les ongles dans ses épaules, pour se préparer à se laisser emporter. Il se mit alors à la caresser comme il l'aurait possédée, adoptant la scansion de l'amour, et les gémissements se ramassèrent en un cri qui explosa, peur et joie mêlées.

Le souffle court, il contemplait Virginia tandis qu'elle s'envolait vers son plaisir. Et lorsque, soudain, il lut dans ses prunelles le choc de la jouissance, il connut un sentiment d'exaltation et de satisfaction immense : la femme de sa vie venait de jouir dans ses bras, abandonnée, passive et comblée.

De ses gestes rapides et sûrs, il finit de la dévêtir. Bientôt, elle fut nue et tremblante, et Cade sourit de bonheur. Il effleura les pointes dures de ses seins, poussa le jeu jusqu'au moment où Virginia ferma les yeux d'excitation.

— Tu m'appartiens, dit-il d'une voix exigeante. Dis-le.

Même s'il ne l'avait pas demandé, elle l'aurait dit. Elle aurait promis son âme, pour peu qu'il le désire. Elle se sentait emportée par un flot de sensations extrêmes, et prête à tout pour prolonger cet état.

— Encore, supplia-t-elle.

Il lui donna ce qu'elle voulait. De ses lèvres, il explora le corps de Virginia, et fit ainsi son chemin, rejoignant le creux de ses cuisses et les plis intimes et moites dont il lécha le suc.

Virginia le suivait, frissonnait, tressaillait. Elle vivait en son ventre une véritable fête. Adossée à la rambarde de l'escalier, agrippée pour garder l'équilibre, elle recevait les assauts de Cade avec une ivresse qui faisait tournoyer son monde comme un manège devenu fou.

Alors, de nouveau, la jouissance extrême perla, rejoignit la douleur. Puis, à ce point situé entre béatitude et dévastation, elle sombra corps et âme dans la félicité.

Laissant les vêtements épars où ils étaient tombés, Cade souleva Virginia, comme évanouie dans ses bras. Il gravit l'escalier. Se dirigea vers sa chambre dans une confusion de désir. Poussé par l'urgence, incandescent et affamé, il roula avec elle sur le lit, se débarrassa de ses vêtements, et, vite, tout en se repaissant de la chair tendre des seins offerts à sa bouche, il mêla son corps moite à celui de sa maîtresse.

Enfin, il était en elle…

Cambrée contre lui, Virginia gémit. Cade s'arrima à ses hanches, les pétrit de ses mains impérieuses, et entraîna leurs corps dans un galop rapide et sauvage. Pas de place pour la moindre pensée, le moindre doute. Rien que la fusion forcenée et fiévreuse.

Le clair de lune jouait sur le visage de Virginia, faisait

miroiter sa peau moirée de sueur. Cade imprima dans son cerveau cette image radieuse, et lorsque la jouissance le frappa comme une foudre magnifique, ce fut cette image qu'il emporta avec lui dans le néant de la volupté.

Cade attendit d'être sûr que Virginia dorme. Pendant un temps, il se contenta de la contempler, ensorcelé par ce qu'elle lui apportait, par ce qu'ils se donnaient l'un à l'autre. Aucune femme ne l'avait ainsi touché, ému, bouleversé. Il lui appartenait corps et âme autant qu'il exigeait d'elle qu'elle soit à lui, et le miracle de leur échange le rendait vulnérable.

Quand il la quitta, elle était alanguie, couchée sur le ventre. Peut-être la fatigue de l'amour lui épargnerait-elle les cauchemars, cette fois ?…

Laissant la porte ouverte derrière lui, de façon à lui venir en aide si elle criait dans son sommeil, il descendit dans la cuisine et prit le temps de se préparer une tasse de café. Puis il se rendit dans la bibliothèque. Avant de l'allumer, il lança à son ordinateur un regard hargneux. Puis il lui fallut une bonne demi-heure pour trouver ce qu'il cherchait.

« Experts en gemmologie. Région de Washington D.C. »

Les sens en alerte, dopé par la caféine, il fit se dérouler sous ses yeux la longue liste de noms.

Boon et Fils.

Experts Conseils en diamants Kleigmore.

Création de bijoux Landis.

L'ordinateur lui fournissait bien davantage de renseignements que ne l'aurait fait l'annuaire téléphonique, et, pour une fois, il devait rendre hommage à la technologie.

Les informations continuèrent de défiler jusqu'à…

Salvini.

Les yeux de Cade s'étrécirent à la lecture des données qui apparurent sur l'écran :

> *Experts et gemmologistes. Spécialistes en joaillerie et antiquités. Maison créée en 1952 par Charles Salvini, aujourd'hui décédé. Assermentés. Experts auprès des musées et collections privées. Créations uniques, réparations et transformations.*

Adresse : Chevy Chase. Pas trop loin de chez lui, songea Cade. Une maison respectée, de tout premier ordre.

Propriétaires : *Thomas et Timothy Salvini.*

Le sang de Cade ne fit qu'un tour : T.S. Des frères.

Bingo ! Il avait mis la main sur ce qu'il cherchait.

10

— Prends ton temps.

Virginia inspira profondément, et s'efforça d'être aussi calme et précise que Cade le souhaitait.

— Son nez est plus pointu que cela.

Sara, la portraitiste envoyée par la police, était jeune et patiente. Assise à la table de la cuisine de Cade avec son bloc-notes et son crayon, elle buvait un café tout en dessinant. D'un coup de crayon, elle modifia la ligne du nez.

— Plutôt comme ça ?

— Je crois. Ses yeux sont plus grands…

Quelques légers coups de gomme sur les traits de crayon, et Sara ajusta la forme et la taille des yeux.

— En amande ? demanda-t-elle.

— J'ai du mal à voir tous les détails.

Le sourire de Sara était celui d'une fille simple et décontractée.

— Donnez-moi des impressions, et nous travaillerons à partir de là.

— Il semblerait que sa bouche soit charnue, plus douce que le reste du visage. Ses traits sont assez anguleux…

— Beau visage, commenta Cade. Et sexy, en plus !

Tandis que Virginia poursuivait pas à pas sa description, Cade étudiait la physionomie qui surgissait sur le papier. Un visage très dessiné, en effet, des cheveux courts coiffés à la diable, une frange sauvage qui chevauchait des sourcils très arqués. « Exotique et tenace ! » décida-t-il en cherchant à y associer une personnalité.

Virginia prit le portrait que Sara lui tendait. Elle eut à la fois envie de sourire et de pleurer.

— Très proche de ce dont je me souviens.

Stella… Qui était Stella ? se demanda-t-elle pourtant, une fois de plus. Et qu'avaient-elles en commun ?

— On fait une pause ? suggéra Cade.

— Si Sara n'est pas fatiguée, j'aimerais continuer, répliqua Virginia.

— Je peux travailler des heures, du moment qu'on m'abreuve de café !

L'artiste rejeta en arrière sa longue tresse châtaine. Son T-shirt sans manches bien ajusté et son pantalon cigarette donnaient à sa silhouette une allure relax très sexy.

— Vous faites un travail intéressant, commenta Virginia.

— Il me fait vivre. Néanmoins, je suis détrônée par l'informatique et la PAO ! Heureusement que beaucoup de flics et de détectives privés préfèrent encore les croquis. Comme Parris ! Lui ferait presque n'importe quoi pour éviter d'utiliser un clavier et un écran !

D'un clin d'œil, Sara remercia Cade de la tasse qu'il lui tendait. Puis, se tournant vers Virginia, elle proposa :

— On se lance dans le deuxième portrait ?

Virginia ferma les yeux et se concentra. Diana. Elle laissa le nom faire son chemin dans son cerveau, attendit que l'image se forme.

— Douce, commença-t-elle. Incroyablement belle. Un visage ovale, très classique. Des cheveux noir d'encre, qui tombent en cascade dans son dos. Ses yeux sont grands, les paupières lourdes, bordées de longs cils épais. Des yeux d'un bleu inouï. Un nez court et droit. La perfection, quoi.

— Je commence à la détester, s'amusa Sara.

Virginia sourit et commenta :

— C'est dur d'être trop belle. Les gens ne regardent que l'apparence.

— Je crois que je m'y ferais sans peine… Comment est la bouche ?

— Pulpeuse. Pleine.

L'esquisse se précisait vite. Une sorte d'excitation s'emparait de Virginia.

— Les sourcils sont un petit peu plus fournis que ce que vous faites, et elle a un grain de beauté sur la tempe gauche.

— Maintenant, je la déteste pour de bon, marmonna Sara. Dites-moi qu'elle a les oreilles en chou-fleur…

Le portrait-robot fit de nouveau naître en Virginia une sensation chaleureuse, tout en lui donnant envie de pleurer.

— Elle est belle, déclara-t-elle. C'en est émouvant.

— J'ai déjà vu ce visage quelque part…

La remarque négligente de Sara alerta Virginia.

— Vraiment ? Où ça ?

Concentrée, Sara tapota le portrait du bout de son crayon.

— Dans une revue, peut-être… on dirait un mannequin.

Virginia se mordit la lèvre inférieure, fit un violent effort pour se souvenir.

Détachant la page de son bloc, Sara la tendit à Cade.

— Qu'en penses-tu ?

— Belle à couper le souffle. Mais je ne l'ai jamais vue nulle part. On n'oublie pas un visage pareil.

« Elle s'appelle Diana, songea Virginia, et elle est bien plus qu'un beau visage. »

Cade plaça les deux esquisses sur le comptoir de la cuisine.

— C'est du bon boulot, Sara, remercia-t-il. Tu as du temps pour un troisième portrait ?

Après un coup d'œil à sa montre, Sara acquiesça :

— Une demi-heure, pas davantage.

Cade s'accroupit près de Virginia et la regarda dans les yeux.

— L'homme… tu te souviens de lui, maintenant.

— Je ne…

Bien que les mains de Cade soient douces sur les bras de Virginia, sa voix sonna fermement :

— Si ! C'est important. Décris à Sara ce que tu vois.

L'estomac de Virginia se contractait violemment à l'idée de faire resurgir ce visage dans son esprit. La souffrance qui se profilait l'effrayait.

— Je ne veux pas le revoir…

— Tu veux les réponses. Il faut donc franchir les étapes nécessaires.

Virginia ferma les yeux, changea de position. Des élancements lui vrillèrent le cerveau au moment où elle se transposa dans la pièce à la moquette grise.

— Il est brun, dit-elle calmement. Son visage est long, étroit. Crispé de colère. Sa bouche est fine, ferme, obstinée. Son nez est fort, légèrement incurvé. Ses yeux sont enfoncés. Très sombres.

« Etincelants de fureur », songea-t-elle. Le meurtre y était tapi. Elle frissonna, croisa les bras autour d'elle et se concentra.

— Des joues creuses, un grand front. Ses sourcils sont droits et sombres. Ses cheveux sont noirs, bien coupés. C'est un très beau visage. Seule la mâchoire n'est pas tout à fait à la hauteur du reste. Elle est un peu… faible.

Cade posa une main sur l'épaule de Virginia et la pressa en guise de réconfort.

— C'est bien lui ? demanda-t-il en lui tendant le portrait-robot.

Enhardie par le soutien de Cade, Virginia ouvrit les yeux et regarda l'esquisse. Le résultat n'était pas parfait. Les yeux auraient dû être un peu plus écartés, la bouche légèrement plus pleine. Cependant, le portrait-robot se rapprochait suffisamment de la réalité pour la faire frémir.

— Oui, ça lui ressemble…

Rassemblant ce qui lui restait de contrôle de soi, Virginia se leva lentement.

— Excusez-moi, balbutia-t-elle en quittant la cuisine.

Sara rangea son matériel de dessin dans une trousse.

— Cette femme a l'air terrifiée... Quel est son problème ?

Les mains enfoncées dans ses poches, Cade ne répondit pas tout de suite.

— Je ne sais pas exactement... mais je ne suis pas loin de la solution. Tu as fait du bon travail, en tout cas, et je t'en suis redevable.

— Je t'enverrai la note !

Elle rassembla ses affaires, déposa un baiser léger sur la joue de Cade et le dévisagea.

— J'ai l'impression que tu ne me téléphoneras plus pour que nous passions une nuit ensemble. Je me trompe ?

— Je l'aime, dit-il simplement.

— C'est ce que j'ai cru comprendre, remarqua-t-elle en prenant son sac. Tu vas me manquer... Quant à toi, finies la liberté et les folles nuits. Elle me plaît, et j'espère que ça marchera pour vous. Ne me raccompagne pas, je connais le chemin, acheva-t-elle avec une pointe de mélancolie.

Refusant d'obéir, Cade reconduisit Sara jusqu'à la porte. Lorsqu'il referma, il eut conscience de tirer un trait sur une partie de sa vie. La liberté d'aller et venir à son gré, avec la personne de son choix. Les boîtes de nuit jusqu'au petit matin, avec au bout la perspective d'une nuit de sexe épanouissante et sans complication ni suite.

Il leva les yeux vers l'étage. Virginia se trouvait là-haut. Et avec elle, un avenir stable, responsable, des engagements... Oui, à partir de maintenant, il accueillait pour la vie la même femme dans son lit et dans son cœur. Bien entendu, il pouvait encore reculer, renoncer à cette route qui s'ouvrait. Virginia ne lui en tiendrait pas rigueur. En fait, c'était même exactement ce à quoi elle s'attendait : qu'il ne la garde pas.

Sur cette réflexion, Cade grimpa les marches. Virginia se trompait. Il allait la garder. Et il tournait le dos à tout ce qui l'avait précédée, sans un regret.

Virginia se tenait dans sa chambre, près de la fenêtre, les bras croisés.

— Tu vas mieux ? demanda Cade.

— Oui. Excuse-moi, je n'ai même pas remercié ton amie.

— Sara comprend ce genre de choses.

— Tu la connais depuis longtemps ?

— Quelques années.

Une boule se formait dans la gorge de Virginia.

— Vous êtes sortis ensemble ?

Un sourcil levé, Cade renonça à son intention de se rapprocher de Virginia.

— En effet. Je suis sorti avec Sara et avec d'autres femmes, tu t'en doutes. Des femmes qui m'ont plu, auxquelles je me suis attaché.

Une lueur féroce traversa le regard de Virginia.

— Avec lesquelles tu as couché, lança-t-elle en se retournant.

— Evidemment.

Comme Cade acquiesçait, Virginia se passa une main rageuse dans les cheveux.

— Toi et moi ne sommes pas en phase. Je n'ai rien vécu, je ne me souviens plus de rien ; toi, tu as connu la vie et tu te la rappelles ! Au fond, rien de ce qui s'est passé entre nous n'aurait dû se produire !

Tandis qu'elle l'assommait de ses propos amer, Cade sentait ses mains fourmiller du désir instinctif de frapper dans un mur, une porte, pour se soulager. Plutôt que de céder à l'impulsion, il choisit de fourrer les poings dans ses poches.

— Tu ne vas tout de même pas me reprocher de t'avoir fait rencontrer une des femmes avec lesquelles j'ai couché ? Ou de ne pas être arrivé vierge comme toi au jour de notre rencontre ?

Le mot jaillit de la bouche de Virginia :

— Pas vierge : vide ! Je suis venue à toi *vide* ! Tu n'es pas venu à moi vide comme je le suis. Tu as une famille, des amis, des maîtresses. Une vie ! Moi, je n'ai que des morceaux d'existence, que je ne parviens pas à assembler.

La voix de Virginia claqua comme un fouet.

— Je me moque éperdument que tu aies couché avec une centaine de femmes ! Ce que je ne supporte pas, c'est que tu aies la capacité de te le rappeler !

Dans le cœur de Cade, la colère s'estompait, supplantée par la panique : la femme de sa vie reculait, s'éloignait de lui.

— Je ne peux tout de même pas effacer mon passé pour toi…

Vaincue par ses émotions, Virginia se couvrit le visage de ses mains. Sa décision était prise.

— Je ne l'accepterai pas… Ta vie privée avant notre rencontre ne me regarde pas, mais tu as eu une vie privée et je ne l'accepterai pas.

— Toi aussi, tu as une vie privée !

Virginia opina. C'était bien ce qui l'effrayait mortellement.

— En effet, j'en ai eu une. Sans toi, d'ailleurs, je ne serais pas aussi proche du moment où je vais retrouver mon passé. Cependant je me rends compte de mon erreur : j'aurais dû parler à la police tout de suite. Je n'ai fait que tout embrouiller en m'évitant cette épreuve ! Je vais me livrer.

— Tu ne me fais pas confiance pour mener l'enquête à son terme ?

— Ce n'est pas la question…

— Bien dit ! En fait, ce que tu veux, c'est partir et laisser derrière toi ce qui s'est passé entre nous !

Cade empoigna Virginia aux épaules.

— Vrai ou faux ?

Virginia lutta pour continuer à regarder Cade en face, mais elle tremblait de tous ses membres.

— Quelqu'un est mort, et je suis impliquée… et jamais je n'aurais dû t'entraîner dans cette histoire.

— C'est trop tard ! Depuis l'instant où tu es entrée dans mon bureau. Tu ne te débarrasseras pas de moi.

Il écrasa les lèvres de Virginia d'un baiser rude. Il l'enlaça avec force, ne lui laissant pas le choix, et l'embrassa jusqu'à ce qu'elle demande grâce.

Puis il la souleva dans ses bras, ignora ses protestations, roula sur le lit avec elle, et la riva sous lui. Aussitôt, il sentit qu'elle prenait feu, et il la soûla de caresses possessives.

Comme un fou, il lui arracha ses vêtements et murmura :

— Tu as peut-être tout oublié de ton passé, mais *ça*, tu ne risqueras pas de l'oublier. Jamais !

La sauvagerie des caresses, leur savante brutalité firent basculer Virginia dans l'univers désormais familier du plaisir, hors du temps, hors de l'espace. N'ayant jamais rien expérimenté d'aussi fort que le sexe avec Cade, elle était devenue incapable d'y résister. Il lui fallait ses mains, sa bouche avide partout sur elle, ce corps d'homme qui la poignardait d'un plaisir aigu.

Soudain les doigts de Cade l'empalèrent, puis, sans lui laisser de répit, la menèrent au vertige.

Elle cria. Un cri d'ivresse, le cri d'une femme qui vient de franchir les limites. De ses ongles, elle laboura les épaules de Cade, frissonna en longues secousses, sous lui, traversée par les spasmes de l'orgasme.

Mais il n'en avait pas fini avec elle. Il plongea en elle d'un trait. Et, là, ils se rejoignirent dans un plaisir désespéré.

En Cade, l'animal avait brisé ses chaînes et saccageait tout. Sa bouche ravageait celle de Virginia, il allait et venait en elle comme on retourne la terre avant de la féconder, durement, profondément, aveuglément, jusqu'à ce qu'elle crie encore. Là, enfin, il se libéra en elle de sa rage et de sa semence. Puis il s'affaissa, ruisselant de sueur, épuisé, vidé de toute substance.

— Voilà, murmura-t-il, à bout de souffle. Nous sommes en phase, à présent : moi aussi, je suis vide. Vide de tout ce qui n'est pas toi.

Sous lui, il sentit frissonner Virginia. Vit ses mains reposer, sans forces, sur les draps froissés. Peu à peu le voile qui obscurcissait son cerveau se leva… Alors, la honte émergea.

Oui, Cade eut honte.

Jamais il n'avait pris une femme avec cette sauvagerie. Sans lui laisser le choix. Il venait de violer la femme qu'il aimait plus que tout au monde.

Il roula sur le côté, et fixa le plafond. Epouvanté de ce qu'il avait découvert enfoui en lui.

— Je suis… désolé, murmura-t-il.

Quelle phrase dérisoire ! songea-t-il aussitôt. Il se redressa sur le lit, se replia sur lui-même, la tête dans les genoux.

— Je t'ai blessée. Ma conduite est inexcusable.

Incapable de trouver les mots, il se leva, laissant Virginia seule.

Cade n'en était pas à sa première colère. A sa première blessure. A sa première honte. Pourtant, quand Virginia descendit, l'air nerveuse, et tirée à quatre épingles, l'émotion menaça de l'anéantir.

— Ça va ? demanda-t-il, brûlant de doutes.

— Oui. Je…

Cade l'interrompit d'une voix à la fois calme et sèche :

— Tu feras comme bon te semble et moi aussi. Excuse-moi encore de t'avoir traitée de cette façon.

Virginia eut peur.

— Tu es fâché contre moi ?

— Contre nous, plutôt. Mais je m'occuperai de moi plus tard. Pour le moment, je pare au plus pressé… puisque tu veux me quitter.

Une supplique, le désir d'être comprise, perça dans la voix de Virginia :

— Ce n'est pas mon souhait. C'est juste ce qu'il convient de faire. Je t'entraîne dans Dieu sait quoi…

— Tu m'as engagé comme détective, non ?…

Un soupir échappa à Virginia. Comment Cade pouvait-il se montrer aussi aveugle, aussi entêté ?

— Notre relation n'a plus rien de professionnel, tu le sais bien.

— C'est exact. Elle est intime. Et tu es sur le point de me quitter parce que tu te sens coupable et responsable alors qu'il n'y a pas lieu… Virginia, attends un peu avant de prendre une décision. Attends d'avoir redécouvert ton passé. Là, si tu souhaites toujours partir, pour d'autres raisons que les fautes imaginaires que tu crois avoir commises, je ne me mettrai pas en travers de ton chemin.

Il ajouta, glacial :

— Si tu ne peux pas ou ne veux pas m'aimer, il faudra que je vive avec. Mais c'est trop tôt pour en décider.

— Je veux seulement…

— … Te rendre chez les flics, je sais.

Les mains enfouies dans ses poches pour éviter de prendre Virginia dans ses bras, Cade marqua un temps, avant de poursuivre :

— Tu en as le droit. En attendant, tu m'as engagé pour un job que je n'ai pas terminé. Quels que soient nos sentiments, j'ai l'intention de mener à bien ce que j'ai entrepris…

Virginia ne savait plus comment s'y prendre avec Cade. D'ailleurs, l'avait-elle jamais su ? se demanda-t-elle. L'homme froid et furieux qui se tenait devant elle en cet instant lui était plus étranger aujourd'hui qu'aux toutes premières minutes de leur rencontre.

— Le rendez-vous avec le Smithsonian… ? commença-t-elle.

— Je l'ai annulé. Partons, maintenant… Prends ton sac.

— Pour aller où ?

— Prends ton sac, répéta-t-il.

Une fois au volant, Cade ne parla plus. Sur le trajet, Virginia reconnaissait parfois un immeuble. Ils étaient déjà passés par là. Cependant, quand ils quittèrent le District of Columbia pour entrer dans l'Etat du Maryland, quelque chose se noua en elle. Elle avait les nerfs à vif. Tout à coup, les arbres qui bordaient la route lui semblèrent trop proches. Trop grands, trop verts. Un sentiment de panique l'envahit.

— Si seulement tu me disais où nous allons…

— Dans le passé, répliqua Cade. Il suffit parfois d'ouvrir une porte et de regarder ce qui se trouve de l'autre côté.

La gorge de Virginia se serrait. Elle aurait donné n'importe quoi pour un verre d'eau.

— Retournons en ville, supplia-t-elle.

— Non. Les pièces manquantes se trouvent ici, Virginia.

Tout en quittant la route principale, Cade écoutait la respiration saccadée de la jeune femme. Il repoussa impitoyablement le désir de l'apaiser. En fait, elle était plus forte qu'il n'avait bien voulu le reconnaître jusque-là. Elle supporterait cette épreuve, s'il la soutenait.

Il mesurait les enjeux de la situation. Le risque existait que le bâtiment soit surveillé. Dans ce cas, il exposait Virginia. D'un autre côté, elle l'avait engagé pour résoudre l'énigme de son passé. Et son instinct le lui soufflait : la dernière pièce du puzzle se trouvait à portée de main. De toute façon, Virginia ne pouvait continuer à vivre dans le petit monde protégé qu'il avait tissé autour d'elle. Pour elle, aussi bien que pour lui, il était grand temps d'avancer.

Alors, il se gara sur le parking attenant à Salvini.

— Tu sais où nous sommes, affirma-t-il.

Virginia transpirait. Elle frottait ses mains moites sur ses cuisses en de longs mouvements nerveux.

— Non, pas du tout !

L'immeuble de brique faisait deux étages. Ancien, plutôt joli, il s'ornait de deux grandes vitrines, flanquées d'azalées qui fleuriraient superbement au printemps. L'élégance discrète du lieu n'avait rien d'effrayant. Et cependant, Virginia frémit.

Une seule voiture occupait le parking. Une BMW berline

bleu foncé. L'immeuble faisait l'angle d'une rue, à l'écart d'un centre commercial à la mode, situé de l'autre côté du parking.

Effarouchée, Virginia tourna la tête, refusant de lire l'enseigne qui surmontait le bâtiment en grosses lettres claires.

SALVINI.

— C'est fermé. Partons, déclara-t-elle.

— Il y a une voiture sur le parking. Jeter un œil ne nous fera pas de mal.

Virginia se recroquevilla sur son siège.

— Je ne veux pas y aller.

— Qu'y a-t-il dans cet immeuble, mon chou ?

Terreur. Terreur pure et simple.

— Je ne sais pas. Je ne veux pas y entrer.

Forcer Virginia à faire ce qui la terrorisait manifestement crevait le cœur de Cade. Cependant, il le fallait, pour son propre bien. Il sortit de la voiture et ouvrit la portière du passager.

— Je suis avec toi, dit-il en forme d'encouragement.

— Je t'ai dit que je n'irais pas.

— Tu veux rester cachée le restant de ta vie ?

La rage balaya les larmes de peur qui perlaient aux yeux de Virginia.

— Je te déteste !

Le cœur de Cade se serra, mais cela ne l'empêcha pas de prendre fermement Virginia par le bras, et de se diriger vers la porte d'entrée.

Il faisait sombre à l'intérieur. Par la vitrine, il entrevoyait la salle d'exposition élégante, l'épaisse moquette, les tabourets de cuir sur lesquels s'assoient les clients, pour admirer les merveilles qu'ils convoitent.

A côté de Cade, Virginia tremblait comme une feuille.

— Essayons par-derrière, murmura Cade.

Le dos du bâtiment présentait deux entrées, une pour les livraisons, l'autre pour le personnel. Cade étudia les verrous de la porte des employés, puis sortit de sa poche de petits outils enveloppés dans une pochette de cuir.

Tandis qu'il choisissait un tournevis et se penchait vers la serrure, Virginia fit un pas en arrière.

— Qu'est-ce qui te prend ! s'alarma-t-elle. Tu rentres par effraction ?

— Je m'exerce quatre heures par semaine à faire sauter des verrous. Tiens-toi tranquille.

Il fallait de la concentration, du doigté, et quelques minutes à transpirer abondamment. Si l'alarme était branchée, songeait Cade, elle se déclencherait dès qu'il ferait sauter le premier verrou. Sinon, il changerait de matériel, et s'attaquerait au second. Bien sûr, on ne pouvait exclure la présence d'une alarme silencieuse. Dans ce cas, si les flics arrivaient, il y aurait fort à faire pour se justifier.

Cade fourrageait dans la gorge de la serrure.

— Pénétrer dans un magasin par effraction en plein jour ! Tu es fou ! s'indigna Virginia.

A ce moment-là, le dernier verrou céda. Cade replaça méticuleusement ses outils dans leur écrin.

— Mission accomplie ! déclara-t-il avec satisfaction.

Il franchit le seuil. Dans la quasi obscurité, il aperçut l'alarme, juste à côté de la porte. Elle n'était pas branchée. Une autre pièce du puzzle se mettait en place.

— Bien imprudent de leur part, murmura-t-il.

Prenant la main de Virginia, il l'attira vers l'intérieur.

— Tu ne risques rien, je suis là.

— Je ne peux pas faire ça.

— Tu es en train de le faire.

La main de Virginia solidement enfermée dans la sienne, Cade alluma la lumière. Ils se trouvaient dans une petite antichambre. Accroché à une patère, pendait un imperméable de femme gris. Le jeudi précédent, la météo avait annoncé des orages, songea Cade. Nul doute qu'une femme à l'esprit pratique comme Virginia ne serait pas allée travailler sans son imperméable.

— Il est à toi, non ? demanda-t-il.

— Je ne sais pas.

— Bonne qualité, coûteux, raffiné, c'est ton style.

Cade fouilla dans les poches, et en sortit des bonbons à la menthe, des mouchoirs en papier et une liste de courses.

— C'est ton écriture, remarqua Cade en tendant le bout de papier.

Refusant d'y jeter un œil, Virginia secoua la tête.

— Je ne me souviens de rien.

Le papier rangé dans la poche de sa propre veste, Cade entraîna Virginia vers la pièce suivante.

C'était un atelier, le même, en plus petit, que celui de Westlake. Il connaissait le matériel, à présent. De sorte que, s'il prenait la peine d'ouvrir un des tiroirs du grand meuble de bois, il était sûr d'y trouver des pierres précieuses en vrac. Les flots de gemmes qui peuplaient les rêves de Virginia. Des pierres qui la rendaient heureuse, attisaient sa créativité, apaisaient son âme.

Dans la main de Cade, celle de Virginia était inerte et glacée.

— Montons, décida-t-il.

Cette fois-ci, elle ne protesta pas. La terreur l'enfermait dans un monde où les mots n'avaient pas cours.

Au second étage, le sol était moquetté de gris foncé. Une nausée souleva l'estomac de Virginia. Le couloir, suffisamment large, leur permettait d'avancer de front. De belles tables anciennes ponctuaient l'espace. Des roses rouges se fanaient dans un vase d'argent, et l'odeur de leur décomposition l'écœurait.

Cade ouvrit une porte et la poussa. Il le sut au premier coup d'œil, c'était le domaine de Virginia. Chaque chose se trouvait à sa place. Le bureau, un joli meuble Queen Anne, luisait de cire et d'entretien. Un long cristal laiteux y trônait.

Une chalcédoine, se souvint Cade. Par déduction, la pierre aux multiples facettes qui se trouvait à côté devait être le quartz fumé, aux inclusions de rutile, décrit par Virginia. Un petit vase de verre contenait un bouquet de violettes dont la tête retombait. Et des photos, dans des cadres argentés.

S'emparant de la première, Cade l'examina. Une fillette de dix ans à peu près. Les yeux étaient reconnaissables entre tous. Une femme était assise à côté d'elle, et souriait. Une femme à laquelle la fillette — devenue adulte — ressemblait énormément.

— Voici ton passé, Virginia.

Cade prit une seconde photo. Trois femmes, bras dessus bras dessous, qui riaient.

— Toi, Stella et Diana, dit-il. Ton présent.

Une troisième photo attira l'attention de Cade. Un bel homme blond, au sourire chaleureux et confiant. L'avenir de Virginia... ? se demanda Cade.

— Il est mort, balbutia Virginia.

Les mots se frayaient difficilement une voie, écorchant sa gorge au passage.

— C'est mon père, reprit-elle. Mort dans le Dorset. Un accident d'avion.

— Je suis désolé, murmura Cade en reposant la photo.

Adossée à son bureau, Virginia sentait ses jambes flageoler. Son esprit chancelait sous les images qui s'imposaient à elle.

— Il est parti pour un voyage d'affaires dont il n'est jamais revenu. Ensemble, nous mangions des glaces sous la véranda, et il me montrait ses trésors. De belles choses anciennes. Il sentait la cire d'antiquaire... Il adorait les meubles.

— Il *était* antiquaire, dit Cade calmement.

— De père en fils, je me rappelle... La boutique regorgeait de merveilles. Il est mort à des milliers de kilomètres, en Angleterre. Ma mère a dû vendre le magasin quand...

— Vas-y doucement, mon cœur.

— ... quand elle s'est remariée. Elle était jeune encore,

et solitaire. Il lui a dit qu'il s'occuperait de tout. Ne pas s'inquiéter.

Elle fit quelques pas en vacillant légèrement. Puis son regard s'arrêta sur l'éléphant en stéatite avec la couverture ornée de pierreries.

— C'est Stella qui me l'a offert pour mon anniversaire. Je collectionne les éléphants. C'est bizarre, non ? Je collectionne les éléphants, et tu en gagnes un pour moi dans une fête foraine…

Virginia se passa une main sur les yeux, s'efforça de tenir bon.

— J'ai fêté mon anniversaire il y a quelques semaines, en compagnie de Stella et Diana. Mon anniversaire a eu lieu le 25 juin. J'ai vingt-cinq ans.

Sa tête tournait, malgré le soin qu'elle mettait à se concentrer sur Cade.

— Je m'appelle Virginia Anne James.

Avec une infinie douceur, Cade la fit asseoir, et retint sa main entre les siennes. Puis il lui murmura :

— Ravi de faire ta connaissance.

11

Virginia pressa ses paupières. Les images se bousculaient dans son cerveau, se formaient sur sa rétine, grossissaient, se chevauchaient, avant de s'estomper de nouveau.

— Parle-moi de ton père, demanda Cade.

— Mon père… il est mort.

— Ça, je l'ai compris, mon chou. Mais encore ?

— Il… achetait et vendait des antiquités. Une affaire familiale. Nous vivions dans le Connecticut. Il… il a donné un essor nouveau à l'entreprise… créé une succursale à New York, une autre dans le District of Columbia. Il s'appelait Matthew.

A présent, elle posait la main sur son cœur gonflé de chagrin.

— C'est comme si je le perdais une nouvelle fois… J'étais enfant unique. Gâtée, très certainement. Quand ma mère m'a annoncé l'accident, j'ai couru me réfugier sous le saule pleureur de notre jardin. J'essayais de le faire revenir en me concentrant totalement sur son image.

— Ta mère t'a cherchée et t'a découverte sous l'arbre ?

Confiant en son intuition, Cade devinait, incitait doucement Virginia à poursuivre son récit.

— Oui. Nous sommes restées assises un long moment. Sans lui, nous étions perdues. Elle a fait d'immenses efforts pour tenter de garder l'entreprise familiale, pour s'occuper de moi, de la maison. Mais cela la dépassait. Ensuite, elle a rencontré Charles Salvini.

Virginia s'essuya la bouche d'un revers de main.

— Il était joaillier, spécialisé dans les pièces anciennes. Ma mère l'a consulté au sujet de notre stock. Ça a commencé comme ça. Il l'aimait profondément, la traitait très bien, ainsi que moi. De mon côté, je l'admirais. Maman a vendu ce qui restait de l'affaire familiale, et s'est mariée.

— Il était gentil avec toi ?

— Oui. C'était un homme bon, scrupuleusement honnête, aussi bien en affaires que dans sa vie personnelle. C'est ma mère qu'il voulait, mais je venais avec, et il m'a pleinement acceptée.

— Tu l'aimais.

— C'était facile de l'aimer. De lui être reconnaissante de ce qu'il faisait pour nous. Il considérait avec fierté l'entreprise qu'il avait créée. Quand je me suis intéressée aux pierres précieuses, il m'a encouragée. Il m'a envoyée faire mes études à l'université. Ma mère est morte en mon absence…

Cade enveloppa Virginia de ses bras et la berça contre lui.

— Un accident, reprit-elle. Un chauffard l'a renversée. Elle est tombée sur la tête. Et voilà…

Le chagrin se lovait en elle, à l'état brut, aussi vif qu'à l'époque des événements.

— La mort de ma mère a dévasté Charles. Il ne s'en est jamais remis. Plus rien ne l'intéressait, il a commencé à vivre en reclus. D'ailleurs, il est mort moins d'un an après elle.

— Tu t'es retrouvée toute seule ?

— J'avais mes frères. Les fils de Charles, Timothy et Thomas. Mes demi-frères.

Virginia frissonna, serra convulsivement les mains de Cade. Un sanglot s'étrangla dans sa gorge.

— Je veux partir… je ne peux pas rester…

— Parle-moi de tes frères, demanda Cade calmement.

— Sortir d'ici, répéta Virginia.

— Ils travaillaient ici, et tu travaillais avec eux…

— C'est ça… ils ont repris l'affaire de leur père. Et je me suis jointe à eux, après mes études à l'université de Radcliffe.

Nous étions de la même famille. Mes frères. Ils avaient vingt ans quand ma mère a épousé leur père. Nous vivions dans la même maison. Nous formions une famille.

— L'un d'eux a pourtant tenté de t'assassiner...

Le visage caché entre ses mains, Virginia refusait cette éventualité.

— Non ! Non ! C'est une erreur. Nous avons vécu ensemble dans la même maison. Nos parents sont morts, et tous les trois sommes ce qui reste de la famille. Ils sont parfois impatients ou brusques, mais jamais ils ne m'ont fait le moindre mal.

— Ils ont un bureau dans ce bâtiment ? A cet étage ?

Virginia secoua la tête, mais son regard dériva vers la gauche.

— Reste assise tranquillement, demanda Cade.

— Où vas-tu ?

Les yeux rivés à ceux de Virginia, Cade lui prit le visage entre ses mains.

— Il faut bien que j'aille voir ce qui s'est passé...

Rejetant la tête en arrière, Virginia ferma les paupières. Non, elle ne suivrait pas Cade dans la pièce voisine. Elle ne voulait rien voir. Rien savoir. Maintenant, elle connaissait son nom, sa famille. Cela ne suffisait-il pas ? Cependant, la scène se rejoua dans sa tête, et le craquement de l'éclair la fit gémir.

Quand Cade revint, elle n'avait pas bougé d'un pouce. Elle ouvrit les yeux, et ce qu'elle lut sur le visage de Cade l'édifia.

— Thomas, dit-elle d'une voix blanche. Thomas est mort dans son bureau.

Cade opina, compatissant. Pas étonnant que Virginia ait refusé en bloc toute la scène à laquelle elle avait assisté. L'attaque avait été féroce, haineuse. Le résultat était horrifiant pour un spectateur tel que lui. Mais ça ne représentait rien, par rapport à l'horreur de voir un de ses propres frères en train de tuer son autre frère.

Les larmes roulaient le long des joues de Virginia.

— Pauvre Thomas… Il voulait toujours être le meilleur en tout. Souvent, il l'était. Jamais ils ne se sont montrés méchants envers moi. Ils m'ignoraient parfois, comme le font souvent les frères aînés. Ils n'ont pas apprécié que Charles me lègue une partie de la joaillerie, mais ils l'ont accepté.

Prenant la main de Virginia, Cade l'aida à se lever.

— Sortons, maintenant. Tu me raconteras la suite ailleurs.

Virginia ne lâcha pas prise. Elle y arriverait ! se promit-elle. Tout dire était devenu un besoin.

— Ils projetaient de voler les Trois Etoiles de Mithra. Nous avions été chargés de vérifier et d'établir la valeur des trois diamants. C'était mon domaine. Je travaille souvent pour le Smithsonian. Les Etoiles devaient faire partie de leur exposition de gemmes. Elles sont originaires de Perse. Très anciennes, elles étaient autrefois serties dans un triangle d'or, posé dans les mains ouvertes d'une statue de Mithra.

Elle s'éclaircit la gorge. Elle parlait à présent d'une voix calme, professionnelle.

— C'était le dieu perse de la lumière et de la sagesse. Le culte de Mithra est devenu une des religions de l'Empire romain. Ce dieu est censé avoir sacrifié le taureau divin. Du cadavre de ce taureau sont nés les plantes et les animaux.

— Tu me raconteras ça dans la voiture.

Cade la poussait vers la porte, mais elle éprouvait le besoin irrépressible de tout dire tout de suite.

— Cette religion a atteint Rome vers 68 avant J.C. Assez similaire au christianisme, elle s'est propagée rapidement. Même idéal d'amour fraternel.

La voix de Virginia se brisa. Puis elle reprit :

— On pensait que les Trois Etoiles étaient un mythe, une légende engendrée par la sainte Trinité. Pourtant, certains érudits croyaient fermement en leur existence, et les décrivaient comme des symboles d'amour, connaissance et générosité. On dit qu'à celui qui les possède toutes les trois, elles apportent pouvoir et immortalité.

— Tu n'y crois pas, n'est-ce pas ?

— Je crois qu'elles sont assez puissantes pour provoquer des montagnes d'amour, de haine et de convoitise. J'ai fini par découvrir ce que manigançaient mes frères. En fait, Timothy en faisait des copies dans son atelier. S'il avait agi avec davantage de méthode, il aurait pu me duper. Il a toujours été le plus impatient des deux jumeaux, le plus imprudent. Il a un caractère très vif.

— Il lui est arrivé de t'agresser ?

— Jamais. Il m'a parfois contrariée, simplement. Il semblait croire que ma mère n'avait épousé son père que pour que celui-ci nous protège, elle et moi. Ce qui est sans doute en partie vrai. C'est pourquoi j'ai toujours cherché à prouver ma valeur.

— Et tu y es parvenue.

— Pas aux yeux de Timothy. Il n'est pas homme à faire des compliments… Jamais je n'aurais douté de leur honnêteté. Jusqu'à ce qu'ils soient chargés d'estimer les Etoiles.

— La tentation était trop forte.

— Apparemment. Les faux n'auraient trompé personne très longtemps. Mais le temps que le pot aux roses soit découvert, mes frères auraient touché l'argent, et se seraient enfuis. Je ne sais pas qui les payait, mais ils travaillaient pour quelqu'un.

Au beau milieu de l'escalier, Virginia s'immobilisa, et se pencha par-dessus de la rampe.

— Il m'a couru après. Il faisait nuit noire. J'ai trébuché. Je savais qu'il me tuerait, s'il m'attrapait. Pour l'argent.

Pas à pas, Virginia reprit sa descente. Parvenue à la dernière marche, elle se tourna et montra du doigt une porte étroite.

— Il y a un sous-sol par ici. Minuscule. C'est là que je me suis cachée. Il existe un petit renfoncement sous les marches. Plus jeune, j'adorais m'asseoir dans ce coin, pour y étudier les livres sur les gemmes que me confiait Charles.

Timothy ne connaissait sans doute pas cette cachette. Sans ça, je serais morte.

Virginia et Cade sortirent à l'air libre.

— Je ne me rappelle pas combien de temps je suis restée cachée. Ni comment je me suis rendue à l'hôtel. Je ne prends pas ma voiture pour aller travailler. J'habite tout près d'ici.

Malgré son désir de réconforter Virginia, de lui faire oublier cet épisode dramatique de sa vie, Cade lui prit les mains et la força à le regarder.

— Où sont les deux autres Etoiles ? demanda-t-il.

La question fit blêmir Virginia. Les yeux écarquillés, elle était en état de choc.

— Les… Mon Dieu ! Qu'ai-je encore fait ? Timothy sait où elles habitent. Il le sait.

— Tu les as confiées à Stella et Diana, comprit Cade.

Avançant à rapides enjambées vers sa voiture, il en ouvrit vivement la portière. La police attendrait, songea-t-il. Il avait plus urgent à faire.

— Donne-moi leur adresse, demanda-t-il.

— J'étais si en colère, expliqua Virginia dans la voiture. Je comprenais qu'ils se servaient de mon nom, de mes connaissances, de ma réputation sur le marché, pour authentifier les gemmes. Ensuite, ils les auraient échangées contre les fausses, se seraient enfuis, et m'auraient laissée seule pour affronter les conséquences de leur larcin. L'affaire que Charles avait montée avec amour aurait été ruinée par leurs manœuvres. Je ne pouvais pas laisser faire ça. Je le devais à la mémoire de mon beau-père.

Cade se faufilait dans la circulation dense de l'après-midi.

— Comment t'y es-tu prise ?

— Avant de les affronter, je voulais mettre les Etoiles hors d'atteinte. Je pensais qu'il ne fallait pas les garder dans un même lieu. Donc, j'en ai envoyé une à Stella et une à Diana.

— Quoi ! Tu as envoyé des diamants inestimables par la poste ?

L'air blessé, Virginia pressa ses paupières l'une contre l'autre. Elle s'était déjà reproché plusieurs fois sa légèreté, et n'avait aucun besoin qu'on souligne l'imprudence de sa décision.

— On utilise couramment des coursiers spéciaux pour livrer les pierres précieuses. Je n'ai pensé qu'à une chose : ma confiance aveugle en Stella et Diana. Je comptais avertir mes frères que j'avais placé les diamants en lieu sûr, et que je les ferais livrer directement au Smithsonian. Je croyais fermement mettre ainsi un terme à l'affaire.

Comme les pneus de Cade crissaient dans un virage, Virginia entrouvrit sa portière.

— Voici notre immeuble. Stella et moi avons deux appartements sur le même palier, au troisième étage.

Elle bondit hors de la voiture avant que Cade eût éteint le moteur. Il piqua un sprint et la rattrapa dans l'escalier.

— Reste derrière moi, ordonna-t-il.

Le montant de la porte et le verrou de l'appartement 324 étaient cassés. Des scellés de la police en interdisaient l'accès.

Interloquée, Virginia restait sans voix.

— Ah ! Vous voici, mon petit ! Je commençais à m'inquiéter.

Une femme en caleçon rose et pantoufles molletonnées arrivait derrière eux.

Virginia fit volte-face.

— Madame Weathers ! Qu'est-il arrivé à Stella ?

— Quel remue-ménage ! Indigne d'un quartier comme le nôtre !

— Où est Stella ?

— La dernière fois que je l'ai vue, elle dévalait l'escalier avec un homme. Ils se chamaillaient tant et plus. C'était après le verre brisé, les meubles fracassés, les coups de feu.

— Les coups de feu ? On a tiré sur Stella ?

— Elle ne m'a pas paru morte ! Folle de rage, oui !

— Se trouvait-elle avec mon frère ?

— Non. Avec un jeune homme que je n'avais jamais vu. Pas le genre qu'on oublie facilement ! poursuivit la concierge. Grand, sain, de beaux cheveux retenus en un petit catogan, une fossette creusée dans le menton. Un vrai acteur de cinéma. Je l'ai bien regardé, vu qu'il m'a bousculée dans l'escalier.

— Quand tout cela s'est-il produit ? demanda Virginia.

— Je ne l'ai pas vue depuis samedi, quand elle s'est volatilisée en laissant sa porte ouverte. En tout cas, c'est ce que je croyais, jusqu'à ce que je m'aperçoive que la porte avait été forcée. J'ai jeté un coup d'œil à l'intérieur. L'appartement était sens dessus dessous.

La concierge marqua une pause dramatique.

— Un homme gisait à terre. Je me suis barricadée chez moi, et j'ai appelé la police. Il a dû revenir à lui, parce que, quand la police est arrivée, il avait disparu.

Comme Virginia commençait à trembler, Cade lui passa un bras autour de la taille. Puis il s'immisça dans la conversation.

— Avez-vous une clé de l'appartement de Virginia ? Elle a oublié la sienne chez moi, et nous sommes venus prendre quelques effets pour elle.

Mme Weathers fit bouffer ses cheveux et sourit d'un air entendu.

— C'est pas trop tôt ! s'exclama-t-elle en direction de Virginia. Mieux que de vous enterrer nuit après nuit dans votre chambre. Voyons, poursuivit-elle en agitant un trousseau de clés, voici la vôtre.

— Je ne me souviens pas vous avoir confié mes clés…

— Vous me les avez données avant votre départ pour l'Arizona avec vos amies. J'en ai profité pour faire un double, au cas où…

Tout en chantonnant à mi-voix, Mme Weathers fit tourner la clé dans la serrure. Avant qu'elle ne l'ouvre, Cade s'interposa :

— Merci infiniment.

Il lui fermait la porte au nez lorsque la concierge, qui se tordait le cou pour jeter un coup d'œil à l'intérieur, s'exclama :

— J'y pense ! J'ai aussi aperçu votre frère !

— Timothy ? murmura Virginia.

— Ah ça ! Je ne sais jamais les reconnaître... Voyons voir... c'était samedi soir. Quand je lui ai dit que vous étiez peut-être partie en vacances, il a eu l'air un peu perturbé. Il a ouvert votre porte, et l'a refermée derrière lui.

— Je ne savais pas qu'il avait ma clé, réfléchit Virginia à haute voix.

Puis la réponse s'imposa d'elle-même : en s'enfuyant, elle avait laissé son sac à main dans son bureau.

— Merci beaucoup... Si je rate encore Stella, voulez-vous lui dire que je la cherche ?

— Bien sûr, mon petit. Maintenant, si...

Avec un sourire faussement contrit, Cade lui ferma la porte au nez.

Heureusement. Un regard circulaire le renseigna : il n'était certainement pas dans les habitudes de Virginia de laisser son appartement dans cet état. Coussins éventrés jetés par terre, tiroirs vidés sur la moquette. De toute évidence, Salvini ne s'était pas contenté de fouiller l'endroit. Il avait aussi voulu tout détruire.

La même violence folle qu'au bureau, songea Virginia avec effroi. La même perte de contrôle de soi à laquelle elle avait assisté, lorsque Timothy s'était emparé du coupe-papier de Thomas. « Ce ne sont que des objets », se rappela-t-elle en contemplant le désastre de son appartement. Des objets précieux et chéris, certes, mais pas davantage. En revanche, elle ne savait que trop, pour en avoir été le témoin involontaire, de quoi Timothy était capable envers un être humain.

— Il faut que j'appelle Diana.

— Tu as reconnu l'homme qui accompagnait Stella, d'après la description de ta concierge ?

— Non. Pourtant, je connais tous ses amis.

Se frayant un chemin dans le désordre de son appartement, Virginia atteignit le téléphone. Elle composa fébrilement le numéro de Diana, et tomba sur son répondeur.

— Diana, si tu es là, décroche, supplia-t-elle. C'est urgent. Stella, toi et moi sommes en danger. Remets à la police le paquet que je t'ai envoyé. Rappelle-moi dès que possible, au...

Cade prit le combiné des mains de Virginia, et énonça clairement son numéro de téléphone, avant de le lui rendre.

Révéler les coordonnées de Virginia était un risque calculé, réfléchit Cade. D'une part, le diamant serait bientôt à l'abri, et, d'autre part, il ne voulait pas mettre des bâtons dans les roues de Diana, au cas où elle aurait besoin de joindre son amie d'urgence.

— C'est une question de vie ou de mort ! insista Virginia dans le récepteur. Ne reste pas seule chez toi. Et surtout n'ouvre à mon frère sous aucun prétexte. Appelle-moi, je t'en prie !

— Où habite-t-elle ? s'enquit Cade quand Virginia eut raccroché.

— Dans le Potomac. Mais elle a aussi une propriété dans l'ouest du Maryland. Elle n'y a pas le téléphone, et peu de gens connaissent l'existence de cette maison. En plus, elle prend souvent sa voiture, et roule au hasard, jusqu'à ce qu'elle trouve un endroit qui lui plaise.

— Elle reste longtemps sans te contacter ?

— Jamais plus de quelques jours.

Virginia leva soudain les yeux au ciel, se traita de tous les noms, puis appuya sur une touche de son répondeur. La première voix à se faire entendre fut celle de Diana.

— Virginia, qu'est-ce qui te prend ? Cette chose est-elle vraie ? On s'essaie à la contrebande, à présent ? Je te rappelle bientôt.

Intensément soulagée, Virginia se raccrocha aux informations que lui livrait son répondeur : samedi après-midi à 4 heures, Diana était vivante et en forme.

Appuyant de nouveau sur la touche, Virginia écouta le deuxième message. La voix de Stella.

— Virginia, écoute-moi bien. Pas la moindre idée de ce qui se passe, mais on est dans le pétrin. Je suis dans une cabine téléphonique devant…

Un juron, un choc.

— Eh ! Vous ! Bas les pattes, fils de…

La tonalité.

La voix blanche, Virginia lut les indications sur son répondeur :

— Dimanche, 2 heures du matin.

Sans un mot, Cade appuya à son tour sur la touche du répondeur, et écouta le dernier message.

— Je te retrouverai, espèce de garce. Je veux ce qui m'appartient.

Un sanglot étouffé, puis la voix reprit :

— Il leur a ordonné de me lacérer le visage, à cause de ce que tu as fait. Tu ne perds rien pour attendre, je te réserve le même sort.

— C'est Timothy, balbutia Virginia. Il est devenu fou…

Après ce qu'il avait vu dans le bureau de Thomas Salvini, Cade n'en doutait pas un instant.

— Allons dans un endroit calme, déclara-t-il. Tu pourras t'asseoir et tout me raconter. Ensuite, nous passerons un coup de fil.

Le parc était ombragé et verdoyant. Le petit banc sous les branchages échappait tant bien que mal à la chaleur oppressante de juillet.

— Avant de te rendre chez les flics, il faut que tu aies l'esprit clair, déclara Cade. Nous allons remettre de l'ordre dans les pièces du puzzle.

Virginia contemplait ses mains d'un regard absent. Elle opina.

— Résumons. Tu avais dix ans à la mort de ton père.

Ta mère n'était pas douée pour les affaires. Un jour, elle a rencontré un homme plus âgé qu'elle. Il était séduisant, riche, avait réussi financièrement. Il est tombé amoureux d'elle, et vous a prises toutes les deux sous sa protection. Toi, tu l'as accepté comme beau-père.

Virginia soupira.

— Charles ne remplaçait pas mon père. Mais il a comblé un vide dans mon cœur.

— Les demi-frères ont un peu tiré le nez, à l'arrivée d'une nouvelle sœur.

Virginia ouvrait la bouche pour protester, mais elle se ravisa. Il était grand temps d'accepter ce qu'elle avait nié pendant des années.

— Sans doute… j'essayais de ne pas faire de vagues. Quand nos parents se sont mariés, mes frères étaient à l'université, et lorsqu'ils sont revenus vivre à la maison, c'était à mon tour de faire des études. Je ne peux pas dire que nous étions proches, mais nous formions une famille. Il n'y a pas eu de réelle friction avant la mort de ma mère. Quand Charles s'est retiré des affaires, ses fils ont repris la joaillerie. Rien de plus naturel. Mais Charles a annoncé qu'il me réservait vingt pour cent des parts de la société, et cela a provoqué une querelle.

— Ils ont fait toute une histoire ?

Virginia hésita, puis admit :

— En fait, ils étaient furieux. Contre leur père, contre moi. Thomas s'est calmé assez vite. Il s'intéressait davantage au côté gestion de l'entreprise qu'au côté créatif. On s'entendait assez bien. Avec Timothy, ç'a été plus difficile. Il disait à tout-va que je me lasserais de travailler, me trouverais un riche mari, et abandonnerais l'affaire à ce moment-là.

Une souffrance sourde se manifestait encore dans le cœur de Virginia au souvenir de ces railleries.

— Charles m'a laissé de l'argent. Grâce à lui, j'ai eu un foyer, je suis allée à l'université, et maintenant, j'ai un beau métier. En plus, en m'envoyant à la fac, il m'a offert Stella et Diana : c'est là que je les ai rencontrées. Nous sommes devenues intimes en un semestre, et ne nous sommes plus quittées... Mon Dieu ! Que va-t-il leur arriver ?

— Parle-moi d'elles.

S'éclaircissant la gorge, Virginia raconta :

— Stella ne tient pas en place. Au cours de ses études, elle a changé plusieurs fois d'orientation. Elle est sportive, impatiente, généreuse, amusante, et forte dans sa tête. Elle a tenu un bar, pendant sa dernière année d'études. Ça lui a tellement plu qu'elle en a ouvert un à son propre compte, il y a deux ans. C'est un pub sur Georgia Avenue.

— Connais pas.

— Un bar de quartier, avec des habitués. Le week-end, on y joue de la musique irlandaise. Si les choses s'enveniment entre les clients, elle se charge de rétablir l'ordre elle-même. Elle est ceinture noire de karaté.

— Une femme à éviter, si je comprends bien !

— Elle te plairait beaucoup.

— Et Diana ?

— Diana est très belle, et la plupart des gens ne voient que ça. Elle se sert de sa beauté si nécessaire, mais la dédaigne en général.

Observant les pigeons qui voletaient autour d'eux, Virginia laissait les souvenirs affleurer sa mémoire.

— Orpheline très jeune, elle a été élevée par une tante en Virginie. On attendait d'elle qu'elle se comporte en digne héritière du nom et de la puissance des Fontaine.

— Les grands magasins Fontaine ?

— C'est ça. Vieille famille, vieille fortune. Parce qu'elle était belle, riche et d'une famille connue, on exigeait qu'elle fréquente le monde et fasse un beau mariage. Mais Diana avait d'autres projets.

— N'a-t-elle pas posé en petit appareil pour une...

Virginia se contenta de lever un sourcil :

— … photo de pin-up au milieu d'un magazine ? dit-elle. Parfaitement ! Pour scandaliser sa famille, et exploiter les exploiteurs, selon ses propres termes. Ça a fait du bruit, et Diana était ravie. Elle est devenue mannequin quelque temps. Ça l'amusait, sans la combler. Aujourd'hui encore, elle est à la recherche de quelque chose qui la satisfasse. Elle accomplit un travail fantastique pour les enfants défavorisés et les meurtris de la vie.

— La tenancière de bar, l'amie des bonnes œuvres et la gemmologiste. Drôle de trio !

La description fit sourire Virginia.

— Ça va te paraître étrange, mais toutes les trois, nous nous sommes reconnues dès la première rencontre. Nous sommes inséparables.

— Qui comprendrait mieux que moi ? murmura Cade. Moi aussi, je t'ai reconnue au premier coup d'œil.

Virginia regarda Cade dans les yeux.

— Connaître mon identité n'a rien résolu. Ma vie est un chantier épouvantable. Mes amies sont en danger, et je ne sais comment stopper ce que j'ai provoqué.

— En mettant un pied devant l'autre, répliqua Cade tandis qu'il frôlait la main de Virginia d'un baiser. Allons chercher le sac de toile chez moi. Ensuite, nous contacterons un de mes copains flics. Nous retrouverons bientôt tes amies, mon chou.

Timothy Salvini avala un autre analgésique. La douleur lancinante qu'il éprouvait au visage l'empêchait presque de penser. Et pourtant, penser était pour lui de la plus haute importance. L'homme qui avait donné l'ordre qu'on le défigure, puis qu'on le fasse soigner par son chirurgien personnel, ne lui avait accordé qu'une dernière chance. S'il ne trouvait pas Virginia et le diamant avant la nuit, il était un homme mort.

La peur lui causait dans le cœur des élancements plus douloureux encore que la souffrance au visage. Comment les choses s'étaient-elles gâtées de la sorte ? Il avait pourtant tout planifié. Avait pris soin du moindre détail, alors que Thomas se cachait la tête dans le sable. C'était lui, Timothy, le cerveau. Lui qu'on avait contacté. Lui qui savait jouer les bonnes cartes. Lui qui avait conclu le marché.

Thomas avait tout de suite donné son accord, se souvenait Timothy. L'occasion était trop belle de s'installer enfin dans la vraie richesse, celle qui fait rêver. Puis son enthousiasme s'était refroidi. Il avait attendu la onzième heure, et avait eu l'intention de doubler son propre frère jumeau. Quelle fureur l'avait saisi en découvrant que Thomas s'apprêtait à quitter le pays avec l'acompte déjà versé par le commanditaire. Lui laissant tous les risques, toute la responsabilité.

Et cette petite garce de Virginia, en travers de leur projet !... Il n'en aurait fait qu'une bouchée, si Thomas n'avait menacé de tout faire échouer ! La querelle avait dégénéré, songea Timothy en se passant une main sur la bouche. Il avait perdu le contrôle de la situation. Les cris. La rage. Le tonnerre. Le couteau s'était retrouvé dans sa main, dégoulinant de sang, avant qu'il ne réalise ce qui se passait. Impossible de s'arrêter. Il fallait le reconnaître, il avait perdu la raison. Cela résultait du stress, du sentiment de trahison, de la fureur d'avoir été dupé par son propre frère.

Et, pendant toute la scène, Virginia l'observait de ses immenses yeux atterrés. S'il n'y avait pas eu l'orage, l'obscurité soudaine, il lui aurait réglé son compte.

Rien de cet échec n'était sa faute. Et pourtant il payait seul les pots cassés. Sa vie ne tenait qu'à un fil, à cause de la lâcheté de son frère, et des manigances d'une femme qu'il avait en travers de la gorge depuis des années. Grâce au reçu d'un coursier trouvé dans le sac que Virginia avait oublié dans son bureau en s'enfuyant, il savait qu'elle avait envoyé un des diamants à quelqu'un. Elle s'était toujours cru la plus maligne. Mademoiselle Je-suis-parfaite ! Comme elle s'était insinuée dans les bonnes grâces de leur père, de retour de l'université, bardée de ses diplômes ! Mais plus que des diplômes, ce qui compte dans la vie, c'est l'astuce, se dit-il, fou de rage froide. Le cran. La ruse.

Lui, Timothy Salvini, possédait les trois ! Il aurait eu les cinq millions de dollars en sa possession, à présent, si son frère n'avait chancelé et alerté Virginia, avant de craquer et d'essayer de doubler leur client !

Leur client… disons plutôt son maître, à présent. Mais cela aussi changerait. D'abord, il rentrerait en possession de l'argent et du diamant, puis retrouverait les deux autres. Ensuite, il s'enfuirait le plus loin possible. Parce qu'il avait vu le diable en face. Il était suffisamment intelligent pour le savoir : une fois qu'il aurait les pierres entre les mains, le diable n'aurait plus besoin de son sous-fifre.

Alors, lui, Timothy Salvini, mourrait. A moins de se montrer le plus malin.

Malin, il l'était. Il venait de le démontrer. Il avait attendu patiemment, pendant des heures, caché près de l'immeuble de Virginia. Il savait qu'elle reviendrait chez elle. Créature d'habitudes… elle ne l'avait pas déçu. Qui aurait pensé qu'une femme aussi… ordinaire réduirait ses plans à néant ? Séparer les pierres, les envoyer à plusieurs destinataires, l'idée ne manquait pas d'astuce.

Pour l'heure, sa tâche consistait à mettre la main sur elle. D'autres que lui se concentraient sur les autres femmes. Jusqu'à cette minute, tout s'était déroulé sans encombre. Virginia avait jailli hors de la voiture. L'homme avait suivi, oubliant de verrouiller la portière derrière lui. Repérer les papiers dans la boîte à gants avait été un jeu d'enfant. Il avait noté l'adresse, et, maintenant, il cassait une vitre à l'arrière de la maison vide, et s'insinuait à l'intérieur.

Il avait glissé dans sa ceinture le couteau utilisé pour tuer Thomas. Plus silencieux qu'un revolver. Et tout aussi efficace. Il était bien placé pour le savoir.

12

— Mick est un bon flic, expliqua Cade en se garant dans l'allée de sa maison. Il se démènera pour finir de résoudre l'énigme.

— J'aurais dû me rendre à la police tout de suite.

— Tu avais besoin de temps pour te ressaisir. A ce propos, excuse-moi de t'avoir un peu malmenée. Tu souffrais, et je t'ai bousculée pour avancer.

— Si tu ne m'avais pas poussée à regarder les choses en face, je serais peut-être encore en train de me boucher les yeux.

Cade fit une coupe de ses mains autour du visage de Virginia.

— D'un autre côté, si tu n'avais pas rayé radicalement cette scène horrible de ta mémoire, tu serais peut-être retournée chez toi tout de suite, tel un pigeon voyageur, et tu aurais téléphoné à tes amies. Dans ce cas, ton frère n'aurait eu aucun mal à vous trouver toutes les trois.

— Pendant dix ans, j'ai considéré Timothy comme mon frère. Je le défendais, ainsi que Thomas, aux yeux de Stella et de Diana. Mais lui nous aurait tuées toutes les trois.

Comme Virginia frissonnait, Cade opina.

— Ton amnésie s'est révélée la meilleure des choses pour toi et tes amies. Et maintenant, l'étape suivante consiste à faire intervenir les flics. Ils lanceront un avis de recherche contre Salvini. Timothy a peur, il est blessé et désespéré. La police ne mettra pas longtemps à s'en emparer.

Virginia se détendit un peu :

— Il leur avouera le nom du commanditaire, dit-elle. Et Stella et Diana seront sauves.

Au moment où Cade se penchait pour ouvrir la portière de Virginia, l'orage qui menaçait depuis le début de la journée gronda. Devant l'air effrayé de la femme de sa vie, il lui prit la main et la serra entre les siennes.

— Dès que Salvini sera pincé par les flics, nous fêterons l'événement avec tes amies. On sabrera le champagne et on boira nos coupes d'un trait !

La perspective éclaira le visage de Virginia.

— Quand tout sera réglé, tu pourras apprendre à me connaître, dit-elle en retenant la main de Cade.

— Mon trésor, combien de fois faudra-t-il te le répéter ? Je te connais de l'intérieur depuis la minute où je t'ai rencontrée.

Sortant son trousseau de sa poche, Cade glissa la clé dans la serrure. Et là… son instinct, joint à un besoin inné de protéger, lui sauva la vie. Il aperçut une masse indistincte du coin de l'œil, se retourna vers elle tout en repoussant Virginia derrière lui. Le sursaut de son corps valut à la lame du couteau de pénétrer son bras au lieu de se planter dans son dos.

La souffrance fut immédiate et violente. Le sang inonda sa manche, coula le long de son poignet. Une seule pensée occupait son esprit : Virginia.

— Ecarte-toi ! Cours ! hurla-t-il tout en évitant un deuxième assaut.

Mais Virginia était pétrifiée, choquée par le sang, glacée de peur devant la scène horrible qui se rejouait sous ses yeux. Tout s'était passé si vite. Maintenant, elle fixait le visage de son frère, les deux joues bandées de gaze. Les yeux meurtriers, comme l'autre fois.

Timothy envoya le bras en direction de Cade. Celui-ci pivota, saisit le poignet de son adversaire. A présent, ils luttaient corps à corps, leurs visages aussi proches que ceux de deux amants. L'odeur de leur transpiration et de leur sang empoisonnait l'atmosphère. Pendant un moment, ils ne furent que des ombres dans la semi-obscurité du hall d'entrée, leur respiration haletante se mêlant au roulement du tonnerre. Ils tanguaient ensemble, comme deux danseurs obscènes.

Virginia vit la pointe du couteau s'approcher pouce à pouce du cou de Cade. Son frère s'apprêtait à tuer une nouvelle fois sous ses yeux.

Alors, elle se jeta sur lui.

Ce fut un mouvement instinctif, animal. Elle le prit aux épaules, se pendit à ses cheveux. Dans sa bouche, sanglots et insultes se mêlaient. La secousse fit trébucher Cade, sa main glissa, sa vue se brouilla.

Comme elle enfonçait les ongles dans le visage balafré de Timothy, il poussa un cri de douleur, s'ébroua et la rejeta loin de lui. La tête de Virginia heurta la rampe d'escalier, des étoiles tournoyèrent dans sa tête. Mais elle se releva, et se rua de nouveau sur Timothy.

Cade intercepta Virginia, l'éloignant de toutes ses forces de la trajectoire du couteau que Timothy brandissait encore contre lui. La violence de son intervention l'envoya au tapis, et il entraîna Timothy dans sa chute. Ils se colletaient l'un à l'autre, haletant comme des chiens. Une pensée unique obsédait Cade : demeurer en vie suffisamment longtemps pour mettre Virginia à l'abri de tout danger. Hélas, ses mains poisseuses de sang glissaient, lâchaient prise.

Dans un ultime effort, il parvint à tordre la main de Timothy qui tenait le couteau, éloigna la lame pointée vers son cœur. Puis, d'une brusque poussée, il dégagea son corps et enfonça l'arme dans la poitrine de son adversaire.

Lorsqu'il se remit sur pied en chancelant, Cade sut qu'il avait gagné la partie. Virginia rampait vers lui, l'appelait au milieu de ses sanglots. En apercevant la meurtrissure qui marquait déjà la pommette de sa compagne, il fit l'effort de lever la main, de la caresser.

D'une voix blanche, qui sonna comme une voix lointaine à ses propres oreilles, il murmura :

— Ce n'est pas à toi de jouer les héros, mon cœur. Ce rôle me revient…

— Mon Dieu ! Tu saignes tellement…

Abandonnant son bras aux soins de Virginia, Cade tourna la tête vers Timothy. Celui-ci le regardait ; ses yeux étaient déjà vagues, mais pas encore éteints.

— Qui te paie, espèce de salaud ? murmura Cade, à bout de souffle.

Le lent sourire de Timothy s'acheva en une grimace de douleur. Le visage ensanglanté, ses bandages déchirés, il ne respirait qu'avec peine.

— Le diable.

Puis il se tut.

— Ne parle pas, ordonna Virginia à Cade. J'arrête l'hémorragie avant d'appeler une ambulance.

— Je voudrais bien dire le contraire, répondit Cade, mais… ça fait vraiment mal.

Virginia mourait d'envie de poser la tête sur l'épaule de Cade et de pleurer tout son soûl. Mais elle continua à confectionner une compresse à l'aide de sa chemise, et l'appuya fermement contre la blessure béante.

— Appelle l'inspecteur Marshall. Recommande-toi de moi.

Une exclamation leur parvint alors du seuil de la maison :

— Mais… que se passe-t-il ici ?

La voix féminine fit grimacer Cade.

— Dis-moi que je rêve, murmura-t-il. C'est ma mère ?

Il ferma les yeux. Comme dans un brouillard, il entendit Virginia demander une ambulance. Puis il s'évanouit.

Cade revint une première fois à lui dans l'ambulance. Virginia lui tenait la main, la pluie tambourinait sur le toit du véhicule. La deuxième fois qu'il reprit conscience, il était aux urgences. La douleur, telle une bête sauvage, semblait lui arracher des lambeaux de chair.

— Des calmants, murmura-t-il avant de s'évanouir une troisième fois.

Puis il se réveilla, allongé dans un lit d'hôpital. Il évalua mentalement sa douleur : 6 sur une échelle de dix. Il ouvrit les yeux : Virginia était là.

— C'est toi que j'espérais voir au moment où je referais surface.

Virginia se leva, lui prit la main.

— Trente-six points de suture, dit-elle. Le muscle n'est pas abîmé. Tu as perdu beaucoup de sang, mais on t'a fait une transfusion.

Puis elle s'assit au bord du lit, et pleura pour de bon. Elle n'avait pas versé une larme tandis qu'elle soignait Cade en attendant l'ambulance. Ni pendant le transport aux urgences. Pas davantage quand il avait fallu affronter les parents de Cade, ou raconter à la police ce qui s'était passé. Mais maintenant, elle se laissait aller.

— Dure journée, hein ? déclara Cade d'une voix enrouée. Et Salvini ?

Le regard de Virginia dériva vers la fenêtre.

— Mort. J'ai appelé la police, et demandé l'inspecteur Mick Marshall.

Elle arrangea les draps de Cade.

— J'ai essayé de lui expliquer clairement la situation. Il t'attend dans le couloir. Il est inquiet pour toi.

— Mon chou… demande à Mick de me sortir d'ici.

— Mais… c'est ridicule ! Tu es en observation.

— J'ai le bras couturé, pas une tumeur au cerveau !

Virginia releva le menton.

— Ta mère m'avait prévenue que tu ne serais pas facile.

Les yeux de Cade s'étrécirent.

— Ma mère ! Je ne rêvais donc pas ? Elle était bien là ?

— Elle était venue chez toi pour te donner l'occasion de demander pardon. Chose que tu ne fais jamais, paraît-il.

— C'est ça ! Prends son parti !

— Ecoute, Cade. Elle a eu très peur quand elle a compris ce qui s'était produit. Elle et ton père…

— Mon père ? Je croyais qu'il pêchait dans le Montana.

— Il est revenu. Tous deux attendent dans le couloir. Morts d'inquiétude.

— Si tu as la moindre once d'affection pour moi, fais-les partir.

— Certainement pas. Tu devrais avoir honte !

La chose semblait entendue. Cade se résigna. Il n'aurait pas gain de cause.

— Faisons un marché, proposa-t-il. Je reçois mes parents, et, ensuite, tu me sors d'ici. On mettra les choses au clair avec Mick à la maison.

Virginia croisa les bras.

— Selon ta mère, tu veux toujours que tout se passe comme tu l'entends. J'ai l'impression qu'elle n'a pas tort ?

Puis elle tourna les talons et sortit.

Il y fallut beaucoup de charme, de discussion et d'obstination, mais, trois heures plus tard, Cade s'enfonça dans son propre canapé. Il fallut encore deux heures de plus pour mettre Mick Marshall au courant de tous les événements survenus depuis jeudi soir.

Comme Virginia se levait pour aller faire du café, Mick se tourna vers son ami.

— Tu as fait du bon boulot, mon vieux !

— Tu le découvres peut-être, mais les détectives privés ne se prélassent pas dans leur bureau !

Mick se rapprocha de Cade et baissa la voix :

— Dis donc… Buchanan ne va pas être content, avec deux morts sur les bras, et deux diamants perdus dans la nature.

— Ton commissaire n'est jamais content !

— D'abord, il déteste les flics d'opérette comme toi. Ensuite, ton amie qui reste quatre jours sans prévenir la police, c'est dur à avaler. Moi, je la crois, mais le commissaire…

Indigné, Cade se redressa, ignorant la morsure de son bras.

— Elle ne se souvenait de rien ! L'amnésie, il connaît ? Bon sang, Mick ! Elle a vu un de ses frères en tuer un autre. Et s'attaquer à elle ensuite. Va voir le cadavre sur les lieux, tu comprendras !

— D'accord, d'accord. Mais envoyer les diamants…

— C'était pour les mettre à l'abri. Si elle ne l'avait pas fait, ils se seraient volatilisés à jamais à l'heure qu'il est. En plus, elle a rapporté celui qu'elle avait en sa possession.

— C'est comme ça que je vois les choses, acquiesça Mick.

Il jeta un regard au sac de toile calé contre son fauteuil avant de poursuivre :

— En ce qui concerne la légitime défense, pas de problème. Les faits parlent d'eux-mêmes.

Nerveusement, Mick se passa une main dans les cheveux. Il mesurait à quel point les événements auraient pu prendre une tournure encore plus dramatique. Il avait failli perdre un ami.

— Je croyais t'avoir conseillé de faire installer une alarme, bougonna-t-il.

— Je vais sans doute le faire, maintenant que j'ai quelqu'un à protéger… Il faut à tout prix qu'on retrouve Stella O'Leary et Diana Fontaine. Et vite.

— On ?

— Crois-moi, je ne vais pas rester les fesses sur une chaise.

— En ce qui concerne O'Leary, nous savons peu de chose : une intrusion dans son appartement, une bagarre monstre, apparemment. Puis la fuite, en compagnie d'un type à queue-de-cheval.

Cade baissa la voix en jetant un regard en direction de la cuisine :

— Elle est peut-être en danger. Tu as entendu le message sur le répondeur.

— Ouais. On ne peut retrouver l'origine d'un message. Mais on s'occupe de son cas. Quant à Diana Fontaine, mes hommes vérifient sa maison du Potomac, et recherchent sa propriété dans les montagnes du Maryland. On en saura davantage dans deux heures.

Il se leva, prit le sac de toile, et sourit à Cade.

— Je porte ça à Buchanan. Je ris à l'idée de sa tête devant les huiles du Smithsonian ! Il n'est pas du genre diplomate en costume trois-pièces ! A combien tu évalues ces cailloux ?

— A deux morts, au moins, répondit Virginia, de retour de la cuisine.

Gêné, Mick se racla la gorge.

— Excusez-moi, bredouilla-t-il.

— Les Trois Etoiles de Mithra n'ont pas de prix, inspecteur. Bien entendu, pour les besoins des assurances, le Smithsonian a demandé une évaluation professionnelle par rapport au marché. Mais elles sont inestimables. Amour, connaissance, générosité.

Devant l'évident embarras de l'inspecteur, Virginia se contraint à sourire.

— Je suis prête à vous suivre.

— Me suivre ?

— Au commissariat. Vous m'arrêtez, je suppose ?

Perplexe, Mick se gratta la tête et s'agita. Jamais une femme ne lui avait offert du café avant de se constituer poliment prisonnière…

— Je n'ai aucune charge contre vous.

— Je croyais que jusqu'à ce que les diamants soient retrouvés… j'étais responsable.

— Ce sont tes frères qui l'étaient, rectifia Cade.

— Je dois partir, déclara l'inspecteur. Il se peut que j'aie à vous interroger de nouveau, mademoiselle James.

— Et mes amies ?

— La police s'en occupe.

Après un bref geste de la main, Mick se retira.

— Timothy ne peut plus leur faire de mal, murmura Virginia. En revanche, celui qui employait ses services…

— Celui-ci ne veut que les diamants, pas tes amies. Il y a fort à parier que Diana est dans sa cachette à la montagne. Quant à Stella, elle est sans doute en train de botter les fesses d'un type.

La remarque fit presque sourire Virginia.

— Ça se pourrait. Tu sais, elles sont la seule famille qui me reste.

— Non. Tu n'es pas seule au monde, Virginia. Viens t'asseoir à côté de moi…

Virginia obtempéra. Son sourire se dissipa, ses yeux devinrent sérieux et sombres.

— Je te dois la vie, murmura-t-elle. Tu m'as protégée de ton corps, tu t'es battu pour moi. Tu as risqué ta vie pour mettre la mienne à l'abri.

— J'ai toujours voulu tuer le dragon pour la damoiselle. Tu m'en as offert l'occasion.

La voix de Virginia se brouilla.

— Aujourd'hui, il ne s'agissait pas de jouer au chevalier ou d'être Sam Spade. Du sang coulait de ton corps. Timothy cherchait à te supprimer avec un vrai couteau.

— Tu n'es pas responsable des actes de ton frère.

Perdue dans ses pensées, Virginia se tut un instant. Le temps de trouver le courage de parler.

— Si Timothy t'avait assassiné, cela aurait été ma faute. C'est moi qui ai mis ta vie en danger.

— Nullement. Ce sont les risques de mon métier.

Le regard de Cade s'aiguisa.

— De toute façon, je mourrais volontiers pour toi. Je tuerais pour toi, s'il le fallait. Parce que tu as donné un sens à mon existence.

A ces mots, le cœur de Virginia palpita. Il lui sembla

qu'elle prenait son envol, s'épanouissait. Cet homme lui appartenait, songea-t-elle avec un bonheur fou.

— Je me demande pour quelle raison tu me…, commença-t-elle.

Cade l'interrompit d'un geste de la main.

— Pourquoi chercher une explication ? La raison n'a que faire dans notre histoire. Disons que l'amour est la première Etoile. Tu n'es pas d'accord ?

Si. Elle était d'accord. Comme tout était simple, dans le fond, se dit-elle, et elle se pencha un peu vers Cade.

— Je suis Virginia James, commença-t-elle. Vingt-cinq ans, gemmologiste. Célibataire.

Elle dut s'arrêter, maîtriser sa respiration, avant de reprendre :

— Je suis très soigneuse, presque maniaque. Une de mes deux amies considère d'ailleurs mon besoin d'ordre comme une religion personnelle ! J'aime cuisiner, visionner de vieux films, des polars noirs. J'ai un faible pour les chaussures italiennes, j'adore les vêtements et les antiquités. Et je préfère chercher de belles pierres dans le désert que visiter Paris.

— N'empêche que nous irons ensemble à Paris, déclara Cade avec un sourire.

Virginia secoua la tête.

— Attends, je n'en ai pas fini. J'ai des défauts : par exemple, je lis tard le soir, et je m'endors parfois la télévision allumée.

— Nous trouverons un remède à cela.

Toute à son idée, Virginia se leva.

— Je suis bonne dans ma spécialité. Ces bagues sont mon œuvre.

— Elles me plaisent infiniment… Tu es si jolie quand tu es sérieuse, ma chérie. Reviens près de moi.

Comme Cade se levait à son tour, Virginia s'éloigna de lui.

— J'ai de l'ambition, continua-t-elle. J'aime l'idée de me faire un nom dans ma profession.

— Si je dois courir après toi dans toute la maison, donne-moi un avantage sur toi : je suis mal en point, moi !

— Je veux compter pour un homme, avoir des enfants. Je suis précise, pratique, et pour tout dire souvent casse-pieds.

— En effet, jamais je n'ai passé un week-end aussi ennuyeux, commenta Cade.

La remarque fit rire Virginia. Cade mit à profit cette seconde d'inattention de sa compagne pour l'attraper et l'attirer contre lui. C'était douloureux, d'enlacer Virginia, mais tellement bon aussi… D'un doigt il lui souleva le menton.

— Tu as fini, maintenant ?

— Non. Ma vie ne reprendra son cours normal que quand Stella et Diana seront saines et sauves, et que les Trois Etoiles auront retrouvé leur place, en sécurité au musée.

— Ce sera bientôt le cas. En attendant, si nous montions ? Nous pourrions jouer, toi et moi…

— Encore une chose…

Comme Cade levait les yeux au ciel, Virginia avoua, après avoir pris une grande inspiration :

— Je t'aime.

Il sembla à Cade que son cœur cessait de battre. L'émotion se répandit dans ses veines, avec douceur, comme un vin enivrant. Alors, il embrassa Virginia. Un long baiser d'une infinie tendresse.

— Je t'aime, lui répéta Virginia.

Puis elle ajouta de cet air embrumé qu'il chérissait :

— La vie commence maintenant.

13

Une Etoile était hors de sa portée.

Pour l'instant. A cause de la police.

En apprenant la mauvaise nouvelle, il n'avait pas versé dans les imprécations. Il était un homme trop raffiné pour cela. Il s'était contenté de congédier d'un regard glacial le messager tremblant qui lui rapportait les faits.

Maintenant, il était assis dans sa salle aux trésors. Son doigt glissait sur le bord d'un gobelet d'or rempli de vin. Une musique suave emplissait l'air et le calmait. Il adorait Mozart.

Cette femme lui avait causé bien des soucis. Salvini l'avait complètement sous-estimée. Une petite souris, lui avait-il affirmé, qui s'enfermait dans son atelier avec ses gemmes, et ne s'occupait de rien d'autre ! Sottises ! Et l'erreur avait été de souscrire à cette mauvaise estimation.

Mais il ne commettrait plus cette erreur-là. Et rien ne l'empêcherait de parvenir à ses fins.

Il restait deux Etoiles, perdues dans l'univers. S'il fermait les yeux, il les voyait ; il voyait palpiter leurs feux. Elles attendaient qu'il les réunisse à la troisième. Qu'il embrasse leur pouvoir. Bientôt. Bientôt, il les posséderait. Qui se mettrait en travers de son chemin serait éliminé.

En principe, il n'y aurait pas eu besoin de violence. Pas une goutte de sang n'aurait dû être versée. Mais à présent… le sang appelait le sang, songea-t-il en sirotant une gorgée de vin, avec un sourire.

Trois femmes, trois pierres, trois Etoiles. C'était presque poétique. Quand les Trois Etoiles de Mithra seraient à lui seul, il aurait une pensée pour les trois femmes qui avaient tenté de faire dévier le cours de sa destinée. Oui, il se souviendrait d'elles ! Avec une certaine tendresse, de l'admiration, même.

Et il veillerait à ce qu'elles meurent comme elles avaient vécu leurs derniers jours : de façon poétique.

Si, comme nous l'espérons, vous avez aimé ce roman de Nora Roberts, découvrez *Dans l'ombre du mystère*, le prochain roman de la trilogie « Le secret des diamants ».

BEVERLY BARTON

Un jour, on se reverra

BLACK *ROSE*

éditions HARLEQUIN

Titre original : BLACKWOOD'S WOMAN

Traduction française de VALERIE MOULS

83-85, boulevard Vincent-Auriol, 75646 PARIS CEDEX 13.
Service Lectrices — Tél. : 01 45 82 47 47

Prologue

Trinidad, Nouveau-Mexique

Septembre 1925

Aujourd'hui, nous nous sommes retrouvés dans notre abri secret, et nous avons fait l'amour pour la dernière fois. Demain, Ernest, les enfants et moi quitterons le Nouveau-Mexique pour regagner la Virginie, et je ne reverrai jamais Benjamin Greymountain. Non, c'est faux. Je reverrai Benjamin à travers mes précieux souvenirs, jusqu'au jour de ma mort. Nous ne serons jamais vraiment séparés.

Avant de rencontrer Benjamin, je n'avais jamais connu la passion ni l'amour véritable. Je lui ai donné mon cœur pour toujours, mais je ne peux pas demeurer auprès de lui.

Il est venu à notre rendez-vous avec deux bagues superbes. Deux anneaux en argent finement ciselé, chacun serti de deux turquoises nous représentant. Lorsqu'il a passé l'anneau à mon doigt, j'ai fondu en larmes. Il a séché mes larmes, m'a répété qu'il m'aimait. J'ai glissé l'autre bague autour de son annulaire et nous nous sommes juré un amour éternel.

Si seulement nos vies avaient été différentes. Non, je ne dois nourrir aucun regret. Je dois être reconnaissante d'avoir connu un tel amour et une telle félicité.

Car, aussi longtemps que je vivrai et au-delà même de la mort, j'aimerai Benjamin, et cet amour, je le sais, sera réciproque.

Trop bouleversée pour en lire davantage, Joanna referma le journal de son arrière-grand-mère, noua le ruban jauni autour de l'ouvrage en cuir usé et le glissa dans sa valise.

Depuis qu'elle était revenue vivre dans la maison familiale, six mois plus tôt, et qu'elle avait découvert ce journal dans la malle d'Annabelle Beaumont, au grenier, elle avait puisé un certain réconfort dans l'histoire d'amour tragique de sa bisaïeule.

Son univers avait à tel point basculé dans la folie ces derniers temps… Elle ne croyait plus en l'amour, ni pouvoir de nouveau accorder sa confiance à un homme : elle avait peur dès que l'un d'eux s'approchait d'elle.

Bien sûr, ces mois de thérapie l'avaient aidée. Mais rien ne pourrait effacer le souvenir cauchemardesque de ce visage diabolique et du contact de ces mains cruelles. Que son témoignage, et celui de trois autres femmes, ait envoyé leur agresseur en prison pour le restant de ses jours ne suffisait pas à effacer le passé ni la souffrance. Les brutalités dont elles avaient été victimes avaient irrévocablement transformé leur existence à toutes les quatre. Cela avait transformé la sienne pour toujours…

Son fiancé l'avait quittée. Sa mère la surprotégeait comme si elle avait été en permanence à l'article de la mort. Elle avait dû démissionner de son emploi au musée, incapable d'affronter jour après jour le contact avec la foule des visiteurs et la commisération de ses collègues.

Mais elle ne pouvait quand même pas demeurer éternellement dans cet état de convalescente. Elle était jeune, en bonne santé, et la vie s'ouvrait devant elle. Elle avait décidé de partir de Richmond, où sa mère la maintenait sous la chape étouffante de ses attentions et où elle craignait à tout moment de croiser son ex-fiancé et sa nouvelle petite amie. Elle avait pris sa décision plusieurs semaines auparavant, mais ne l'avait annoncée à sa mère qu'aujourd'hui.

Elle partait s'installer à Trinidad, au Nouveau-Mexique, pour y démarrer une nouvelle vie. Peindre les paysages qui avaient tant fasciné sa bisaïeule. Peindre, et rêver de rencontrer un homme tendre, sensible et doux, qui l'aimerait comme Benjamin avait aimé Annabelle.

Elle desserra le cordon de la petite bourse en cuir qu'elle avait découverte dans la malle d'Annabelle, avec son journal. Elle en retourna le contenu dans sa main, contempla l'anneau en argent et turquoises au creux de sa paume, puis le glissa autour de son doigt.

Il lui allait parfaitement.

1

Quatre ans plus tard

Non, non et non ! Pas maintenant. Pas aujourd'hui. Pas sur ce tronçon de route isolé. Alors qu'il faisait trente-trois degrés à l'ombre.

Joanna fixa le signal rouge sur le tableau de bord de sa Jeep et émit un grognement de frustration. Quel pouvait être le problème ? Cette voiture n'avait que quatre ans, et elle la faisait réviser régulièrement. Comment pouvait-elle lui occasionner des ennuis, alors qu'elle en prenait si bien soin ? Elle soupira d'exaspération. Combien de temps pourrait-elle conduire avec ce signal allumé, avant que la Jeep ne la lâche ? Elle était à plusieurs kilomètres du ranch, plus loin encore de Trinidad, et à deux bonnes heures de route de la réserve navajo qu'elle avait quittée en fin de matinée.

Un nuage de vapeur blanche commença à s'élever du capot. Flûte ! Le radiateur chauffait sans doute. Ou pire, une durite avait éclaté.

Joanna arrêta la Jeep sur le bas-côté de la route, coupa le moteur et pesta intérieurement. Ce n'était vraiment pas le moment de tomber en panne. Elle actionna la commande d'ouverture du capot et sortit de la voiture. A l'avant du véhicule, de l'eau semblait glouglouter, et d'énormes volutes de vapeur continuaient à s'échapper du moteur.

Joanna donna un coup de pied dans le pare-chocs avant,

puis glapit de douleur. Elle aurait pu réparer un pneu crevé, mais, de toute évidence, l'affaire était tout autre.

Elle fixa pensivement le soleil à l'intensité aveuglante. Elena et Alex étaient à Santa Fe et rentreraient tard dans la soirée. Elle pourrait appeler le ranch, mais elle devrait alors demander de l'aide à Cliff, le contremaître du ranch. Non pas qu'elle n'appréciât pas Cliff, mais elle avait repoussé ses avances et il l'avait mal pris.

La vapeur commença à se raréfier, et Joanna se pencha prudemment, risquant un coup d'œil sous le capot. Tout d'abord, rien ne lui parut anormal, puis elle repéra une petite déchirure dans le tuyau du radiateur. Zut ! Elle n'avait pas le choix. Elle allait devoir appeler Cliff et le laisser jouer les chevaliers servants.

Elle remonta dans la Jeep, attrapa son téléphone portable et composa le numéro du ranch Blackwood. Pas de sonnerie. Quoi encore ? Elle regarda l'écran de son portable : plus de batterie. C'était sa faute. Elle avait oublié de la recharger la nuit dernière. Quelle idiote !

Qu'allait-elle faire, à présent ? Eh bien, il n'y avait qu'une chose à faire — marcher. Il y avait bien quinze kilomètres jusqu'au ranch. Avec un peu de chance, quelqu'un passerait par là et offrirait de l'y conduire. Trinidad était une petite ville, elle y connaissait pratiquement tout le monde.

Elle verrouilla la Jeep, passa autour de son épaule la lanière de son gros sac en cuir, au fond duquel était rangé son 25 mm semi-automatique, et commença à longer la route.

Elle avait parcouru une cinquantaine de mètres, quand un roulement de tambour sembla résonner au loin. Le tonnerre, peut-être. Au Nouveau-Mexique, malgré la chaleur accablante, il pouvait tout de même pleuvoir, parfois. Peut-être un orage se préparait-il. Elle leva les yeux : le ciel était toujours aussi clair. Et bleu, si incroyablement bleu. Seuls quelques nuages isolés, d'un blanc immaculé, flottaient au-dessus de sa tête. Elle baissa les yeux pour les protéger du violent assaut du soleil : un cheval et un cavalier solitaire lui apparurent alors au sommet d'une petite butte, en surplomb de la route. Elle plissa les yeux à deux reprises. Il s'agissait certainement d'un mirage. Mais non. Ils étaient toujours là. Un homme de belle stature, montant un magnifique appaloosa à la robe noire tachetée de blanc.

Ils étaient à contre-jour, et le soleil les enveloppait d'une brillance cuivrée, les transformant presque en statue de bronze. Le cœur de Joanna se mit à battre plus vite et ses paumes devinrent moites. *A priori*, elle n'avait pourtant rien à craindre — pas dans la petite ville respectable de Trinidad. Cet homme était sûrement un employé du ranch. Elle le reconnaîtrait dès qu'il s'approcherait.

Mais il ne bougea pas, se contentant de la fixer depuis son promontoire. Elle agita la main. Il ne réagit pas.

— Hé, là-bas, êtes-vous du ranch Blackwood ? lança-t-elle, tout en commençant à escalader la butte. Ma Jeep est en panne — une fuite au niveau du radiateur, je pense.

L'homme ne répondit pas, mais, d'une légère pression du talon, il mit son cheval en mouvement, puis avança lentement à sa rencontre.

Ramenant son sac contre sa poitrine, Joanna en ouvrit la fermeture Eclair et tâtonna à la recherche de son revolver. Elle effleura avec soulagement le métal froid sous ses doigts. Si cet homme se révélait être un inconnu, il pourrait représenter un danger. Elle ne prenait jamais le moindre risque. Depuis qu'elle avait été victime de cette horrible agression, près de cinq ans auparavant, elle avait acheté une petite arme de poing et pris des cours de self-défense.

Le cheval s'arrêta à quelques mètres d'elle. Elle dévisagea le cavalier. Elle ne l'avait jamais vu. Pourtant, elle avait l'étrange impression de le connaître. Un tremblement intérieur la saisit. Elle ne parvenait pas à s'arrêter de fixer cet homme, malgré l'appréhension que lui causait sa vue.

Les épaules larges, les jambes longues et les hanches étroites, il devait mesurer un peu plus d'un mètre quatre-vingts. Mais plus que son corps parfait, c'était son visage masculin aux lignes acérées qui la fascinait. Ses cheveux raides et noirs de jais s'échappaient de son Stetson en feutre marron et lui retombaient sur le front. Il arborait une longue et profonde cicatrice au niveau de sa tempe droite. Et puis il rivait sur elle un regard noir qui la troublait. Elle aurait voulu détourner les yeux, mais en était incapable.

Au cours des quatre années qu'elle venait de passer au Nouveau-Mexique, elle avait atteint ses objectifs : se construire une nouvelle vie et établir sa réputation en tant qu'artiste. Mais le rêve qui habitait son cœur romantique — trouver un homme comme le Benjamin d'Annabelle — était demeuré insaisissable. Jusqu'à ce jour.

Ne sois pas ridicule, s'admonesta-t-elle.

Mais elle détailla encore l'homme qui lui faisait face : son long nez droit, son menton fier, marqué d'une fossette, et le pli dur de ses lèvres pleines. C'était de toute évidence, ou du moins en partie, un natif américain. Si c'était un Navajo, peut-être répondrait-il à leur salut habituel.

— *Ya at' ééh*, tenta-t-elle.

Il la fixa avec encore plus de dureté, mais il avait certainement saisi le sens de ses paroles.

— Pouvez-vous m'aider ? reprit-elle. Ma Jeep est en panne, et je dois me rendre au ranch Blackwood.

Il descendit lentement de son cheval. Elle déglutit avec difficulté. Il mesurait bien plus d'un mètre quatre-vingts. Au moins un mètre quatre-vingt-cinq ou quatre-vingt-six. Et ses yeux n'étaient pas marron. Ils avaient la couleur de l'ambre clair, si pâles qu'ils semblaient presque translucides.

Il la fixa sans sourire, les sourcils froncés. Puis, croisant les bras sur sa poitrine, il l'inspecta de la tête aux pieds. Elle glissa sa main à l'intérieur de son sac et empoigna son revolver. Cet homme était probablement dangereux. Toutefois, il ne semblait pas vouloir s'attaquer à elle physiquement.

— Ecoutez, je dois me rendre au ranch Blackwood, expliqua-t-elle. A une quinzaine de kilomètres d'ici.

Il fit un pas vers elle. Instinctivement, elle recula. Puis, prenant conscience de son geste, elle s'immobilisa, redressa le menton et darda son regard vers lui.

— Pouvez-vous m'aider, ou non ?

Quel était son problème ? Etait-il sourd ?

— Je ne retourne pas tout de suite au ranch Blackwood, répondit-il.

Sa voix de baryton était grave et rocailleuse.

— Etes-vous un nouvel employé du ranch ?

— Non.

Il ne cessait de l'inspecter du regard, et elle se sentait comme un insecte sous l'œil d'un microscope. C'était assez désagréable.

— Vous savez que vous êtes sur la propriété des Blackwood, ici, n'est-ce pas ? fit-elle remarquer.

L'ombre d'un sourire ourla les lèvres de l'homme, puis sa bouche reprit sa dureté.

— Si rien ne vous presse de rentrer, vous pouvez venir avec moi, proposa-t-il sèchement. Sinon…

Il lança un regard vers le long tronçon de route solitaire.

— Vous allez devoir marcher.

Ce type était dingue, s'il pensait vraiment qu'elle allait s'aventurer à cheval, avec un parfait inconnu !

— Ne pouvez-vous pas me ramener d'abord au ranch ?

— En vertu de quoi devrais-je le faire ?

Décroisant les bras, il flatta le cou du grand étalon.

— Dire que la courtoisie l'exigerait ne signifierait rien à vos oreilles, je suppose ?

— Rien du tout, rétorqua l'homme, en lui tournant le dos. Eh bien, que décidez-vous ? Vous venez avec moi, ou vous marchez ?

Elle se retourna et contempla la route. Puis elle lança un coup d'œil par-dessus son épaule : l'homme remontait sur son cheval. Et comme il empoignait les rênes, le soleil se refléta sur la bague qu'il portait à l'annulaire de la main droite. Une bague en argent et turquoises… Exactement la même que celle d'Annabelle et de Benjamin ! La réplique de celle qu'elle portait ! Pouvait-il vraiment s'agir de celle de Benjamin ? se demanda Joanna. Mais comment cet homme était-il entré en possession de cet anneau ?

L'inconnu fit avancer l'appaloosa jusqu'à elle. Puis, immobilisant sa monture, il se pencha.

— C'est votre dernière chance, l'avertit-il, en lui offrant sa main pour l'aider à grimper sur le cheval.

Joanna fixa cette grande main, son regard concentré sur la bague. Son cœur cognait dans sa poitrine. Elle leva les yeux vers le visage sombre de l'inconnu, vers ses prunelles couleur d'ambre pâle. Tout son corps oscillait vers cet homme, comme attiré par une force magnétique.

— Qui êtes-vous ? demanda-t-elle d'une voix étranglée.

— Qui êtes-vous pour le demander ?

L'homme la toisa, son regard implacable et intense.

— Je suis Joanna Beaumont. Je vis au ranch Blackwood.

Retirant sa main, il l'inspecta de nouveau de la tête aux pieds, comme si elle avait été un quartier de viande de choix. Elle raidit le dos, serra les mâchoires et le fusilla du regard. Qui croyait-il être, au juste ? Un macho arrogant. Voilà ce qu'il était.

— Vous êtes donc la « belle du Sud » venue de Virginie, qui a transformé en habitations les anciens dortoirs du ranch.

Il fit courir son regard sur son visage, puis le long de sa gorge et jusqu'à l'échancrure en V de son chemisier.

Un filet de sueur coula de sa gorge entre ses seins. Elle n'aimait pas l'insistance de son regard et pourtant, son corps y réagissait malgré elle. Les pointes de ses seins se durcirent, et l'inconnu voyait certainement leur contour saillant se presser contre son chemisier mouillé par la sueur.

— Comment savez-vous qui je suis ?

S'il n'arrêtait pas immédiatement de la fixer de cette façon, elle allait se mettre à hurler.

— Ma sœur m'a chanté vos louanges à de multiples reprises, mademoiselle Beaumont.

— Votre sœur ? Elena ?

Il opina de la tête. Le coin de ses lèvres se retroussa comme s'il allait sourire. Mais il n'en fit rien. Il se contenta de l'observer, avec une intensité qui lui mettait les nerfs à vif.

— Donc vous êtes…

— J.T. Blackwood.

Ils se dévisagèrent en silence pendant ce qui lui sembla durer une éternité, le soleil brûlant abattant sur eux sa chaleur, un calme étrange emplissant l'atmosphère.

J.T. rompit le silence

— Si vous n'êtes pas pressée de rentrer au ranch, je vous y accompagnerai plus tard et enverrai quelqu'un s'occuper de votre Jeep, à notre arrivée.

Elle hésita. Elle connaissait l'existence du demi-frère d'Elena, son aîné et le propriétaire du ranch Blackwood. Mais ce qu'elle en savait ne lui plaisait aucunement. Il représentait tout ce qu'elle réprouvait chez un homme. C'était une sorte de brute, un macho, un ancien agent des services secrets, qui dirigeait à présent une agence de sécurité et de protection à Atlanta, en Géorgie. Et à la grande désolation d'Elena, aucune femme n'avait jamais rien représenté d'autre pour lui qu'une aventure passagère.

— Ecoutez, mademoiselle, vous montez avec moi sur ce cheval, ou bien vous préférez marcher jusqu'au ranch ?

De nouveau, il tendit la main. Elle contempla l'anneau en argent à son doigt. La bague de Benjamin Greymountain.

Marcher quinze kilomètres sous cette chaleur, alors qu'elle pouvait les parcourir à cheval, aurait été stupide. Et J.T.

Blackwood n'était pas un parfait inconnu. Elle ne courrait aucun danger avec lui. De toute façon, s'il tentait le moindre geste déplacé, elle n'hésiterait pas à se servir de son revolver.

Elle tendit sa main vers la sienne ; il agrippa son bras et, la soulevant du sol, la hissa sur le cheval. Après l'avoir installée devant lui, il entoura sa taille de son bras. Elle ferma les yeux, ordonnant à son cœur de se calmer. Que lui arrivait-il ? Connaissant la réputation de J.T. Blackwood, elle avait toutes les raisons de ne pas apprécier cet homme. Alors, pourquoi sa seule proximité la troublait-elle à ce point ?

J.T. fit descendre la butte à son cheval au petit trot. Puis il lança sa monture au galop pour traverser la route et remonter dans les bois situés à l'extrémité de la propriété des Blackwood.

Joanna baissa son regard vers le bras musclé qui la tenait contre lui. Elle sentait la dureté de son torse, la chaleur de son corps et ne put se méprendre quant au renflement dans son jean, pressé contre sa hanche.

Une panique soudaine l'envahit.

— Où… où allez-vous ? s'enquit-elle avec anxiété.

— Un peu plus haut dans la montagne. Au bord d'un cours d'eau où j'aime retourner à chacun de mes séjours au ranch.

Elle s'efforçait de ne pas se laisser aller contre lui, mais l'angle imposé par l'escalade l'empêchait de se tenir droite. Le bras de J.T. se resserra autour d'elle. Elle prit une grande inspiration.

— Vous… vous ne venez pas souvent au ranch, n'est-ce pas ? Depuis quatre ans que je vis à Trinidad, nous ne nous sommes jamais rencontrés.

— Je reviens environ une fois par an.

— Alors, vos visites ont dû coïncider avec celles que je rendais à ma mère, en Virginie.

— Oui, eh bien, ce n'est peut-être pas plus mal.

— Que voulez-vous dire ? releva Joanna, piquée au vif.

— Ma sœur rêve de jouer les entremetteuses. Elle veut à tout prix nous marier. Ne me dites pas que vous l'ignoriez.

— Si, je n'en avais aucune idée.

L'étreinte de J.T. se resserra autour de sa taille, et le renflement dans son jean se pressa plus durement contre elle. Elle tenta de s'écarter de lui, mais n'avait aucune marge de manœuvre.

— Elena vous aime beaucoup, reprit-il. Elle est déterminée à me voir marié et, depuis que vous êtes devenues amies, elle vous a désignée comme candidate.

— Je vous assure, monsieur Blackwood, que je n'avais pas idée de ce qu'Elena tentait de… Je lui aurais fait savoir que je ne suis pas le moins du monde intéressée. D'après ce qu'elle m'a dit de vous, vous n'êtes pas mon genre d'homme.

— Vraiment ? lui murmura-t-il à l'oreille, son souffle soulevant les boucles rousses échappées de son catogan.

Elle frissonna. Tout son corps ressentait brusquement l'aiguillon douloureux d'un désir endormi en elle depuis longtemps — depuis cinq ans. Certes, ces trois dernières années, elle avait accepté les invitations à sortir de quelques hommes, mais elle n'avait jamais ressenti de désir — jusqu'à maintenant.

Comme malgré lui, J.T. déploya ses mains sur la taille de Joanna. Il détestait l'effet que lui faisait cette fille. Il n'avait jamais éprouvé une attirance aussi forte, ni aussi immédiate pour aucune femme.

Et Joanna Beaumont était la dernière au monde par laquelle il souhaitait être attiré. C'était le même genre de fille que celle que le vieux John Thomas Blackwood lui avait autrefois choisie comme épouse. Une fille qui lui avait ri au nez, en déclarant de but en blanc que si coucher avec un Indien pouvait être excitant, elle ne l'épouserait jamais. Oh ! Au fil des ans, il avait eu son lot de femmes du monde, jolies et fortunées — des femmes qui, au lit, n'étaient jamais rassasiées de lui, mais qui avaient honte de le présenter à leurs amis.

Apparemment troublée par la pression qu'il exerçait sur

sa taille, Joanna tenta de l'écarter légèrement avec la main. En réponse, il la lui emprisonna, entrelaçant leurs doigts.

— Je suis surpris qu'une femme comme vous puisse apprécier la vie au ranch, lança-t-il, d'un ton dubitatif.

— Je l'adore, au contraire.

— Je n'étais pas favorable à ce que vous y fassiez des rénovations, mais Elena a beaucoup insisté.

— C'est moi qui l'ai convaincue de me louer ce dortoir inutilisé. Toutefois, elle était sûre qu'une fois que vous verriez ce que j'en avais fait, vous approuveriez.

— Je l'ai vu, renchérit-il. C'est très... élégant. Ces travaux ont dû vous coûter une petite fortune.

Son souffle, contre sa tempe, était chaud. Joanna détestait ce que lui faisait ressentir ce grand type ténébreux. Il y avait si longtemps qu'elle n'avait rien éprouvé qui ressemblât à du désir ! Elle comprenait mal sa réaction près de J.T. Blackwood. Mais un désir douloureux pulsait en elle, un désir qu'elle avait cru mort à jamais, depuis la nuit où cet homme — Lenny Plott — s'était attaqué à elle, où il l'avait brutalisée et frappée avec sauvagerie. Cette agression avait suscité en elle un rejet en bloc de toute la gent masculine.

S'arrachant à ses réflexions, elle répliqua :

— Je gagne très bien ma vie avec mes tableaux. Et mes dessins à l'encre et au fusain sont très demandés.

Tout en parlant, elle s'efforça de dégager sa main.

— Oui, j'imagine. Vous avez du talent, concéda J.T. J'ai vu les toiles que vous avez offertes à Elena. Des huiles sur toile, je crois, que vous avez exécutées dans la réserve navajo.

Ils s'aventuraient toujours plus haut dans la montagne, remarqua Joanna. A l'approche du sommet, le chemin devenait moins escarpé et les peupliers, plus resserrés. Le soleil avait entamé sa descente dans le ciel. Un bruit d'eau, non loin de là, lui parvint.

— Vous n'avez pas grandi dans la réserve ? lui demanda-t-elle.

J.T. se tendit instantanément. Aurait-elle involontairement abordé un sujet sensible ?

— Vous l'avez compris au premier regard, hein ? lança-t-il.

Sa voix s'était muée en un grondement rauque.

— Compris quoi ?

— Avant même de savoir que j'étais le demi-frère d'Elena, vous avez compris que j'avais du sang indien. Vous m'avez adressé le salut navajo.

— Oui, bien sûr. Etant donné la zone du Nouveau-Mexique où nous trouvons, j'ai supposé que vous étiez, du moins pour une part, navajo.

Quel était le problème ? Son héritage navajo était-il une cause de ressentiment pour lui ? Il serait alors une exception à la règle. Tous les Navajos qu'elle avait rencontrés au Nouveau-Mexique s'enorgueillissaient d'être des *Diné*, selon leur propre terme.

— Vous devriez être fier de votre héritage natif américain.

— Vous êtes si polie, grinça Blackwood. Si politiquement correcte. Vous ne dites pas indien, ni peau-rouge, ni sauvage, mais natif américain.

Il fit claquer sa langue contre son palais.

— Si « belle du Sud ».

— Qu'est-ce qui m'a vendue ?

Elle s'efforçait de plaisanter, espérant désamorcer la tension entre eux.

— Ce ne peut pas être mon accent, ajouta-t-elle.

— Quelle est la vraie raison qui a pu inciter une femme comme vous à venir vivre au Nouveau-Mexique, à la dure ?

Il eut une sorte de grognement méprisant.

— Elena a dû vous expliquer que j'étais venue ici pour peindre. Je suis fascinée par cette région et par son peuple.

— Vous êtes fascinée par le bon sauvage, c'est ça ? Avez-vous une fascination particulière pour les hommes métis ?

— Vous vous montrez insultant, s'offusqua Joanna.

Il rendait sordide son intérêt pour le peuple navajo. Son

allusion ternissait le rêve fou qu'elle nourrissait de trouver, à l'instar d'Annabelle Beaumont, le véritable amour.

— Pour votre information, je suis pour moitié navajo et pour l'autre anglo-irlandais.

De sa main, il la plaqua un peu plus contre lui et son sexe durci.

— Arrêtez ! s'écria-t-elle.

Ramenant son sac devant elle, elle saisit son revolver.

— Otez vos mains ! Je connaissais votre mauvaise réputation concernant les femmes, mais de là à abuser d'elles.

— Vous plaisantez ?

Il eut un rire dur et froid.

— Je n'ai jamais abusé d'une femme d'aucune façon. J'ai plutôt l'habitude qu'elles se jettent à mon cou.

Elle sortit son 25 mm de son sac. Si cette brute s'imaginait pouvoir l'intimider, il se trompait !

Bon sang ! jura intérieurement J.T. Que pensait-elle faire ? Lui tirer dessus ? Quel était son problème ? Cette fille lui avait clairement fait comprendre que sa réputation l'avait précédé et que ce qu'Elena lui avait confié à son sujet lui avait déplu. Hélas, il ne pouvait pas davantage contrôler son érection qu'elle ne semblait pouvoir contrôler son évidente attirance pour lui.

A l'instant où il l'avait aperçue, à quelques dizaines de mètres de la Jeep arrêtée, il l'avait reconnue : cette ravissante rousse devait être l'amie d'Elena, Joanna Beaumont. Cela faisait trois ans que sa demi-sœur rêvait de les marier. Mais lui n'avait aucune intention de s'engager avec une femme, quelle qu'elle soit.

Il était simplement venu ici pour se détendre. C'était ses premiers moments de vacances depuis six ans, depuis qu'il avait quitté les services secrets et qu'il s'était associé à Sam Dundee, dans son agence de sécurité d'Atlanta.

— Rangez votre revolver, mademoiselle Beaumont. Je

ne représente nulle menace pour vous. Je n'apprécie l'intimité avec une femme que lorsque celle-ci est consentante, croyez-moi.

— Eh bien, je ne le suis pas. Ni aujourd'hui ni jamais.

Serrant le revolver dans sa main, elle ajouta :

— Je veux que vous me rameniez au ranch tout de suite.

— Je vous avais avertie, avant que vous ne montiez sur ce cheval, que ne je rentrais pas au ranch directement.

J.T. guida son cheval en direction du cours d'eau.

— Et moi, je viens de vous demander de m'y ramener tout de suite. La sagesse devrait pourtant vous dicter de m'écouter. J'ai un revolver, et pas vous.

— Est-ce une façon de traiter un homme qui vous fait une faveur ?

— Je ne vois rien dans votre attitude qui ressemble à une faveur. Si je vous ai demandé votre aide, ce n'est pas pour… pour…

Elle chercha le mot juste.

— Pour que vous me fassiez des avances.

Il renifla avec mépris.

— Mais où avez-vous pris cette idée ? Je vous ai juste demandé si les hommes métis exerçaient une fascination particulière sur vous.

— Et vous… vous…

Il la tenait toujours serrée contre lui, elle ne pouvait que sentir son érection. De toute évidence, leur proximité éveillait en elle un désir sexuel qui l'effrayait. Il arrêta son cheval, lâcha les rênes et saisit la main de Joanna. Une femme en colère, armée d'un revolver, était un danger potentiel.

Elle se débattit, mais la lutte était inégale. Ses efforts ne firent que les projeter tous deux à bas de l'appaloosa. Dans leur chute, elle perdit son 25 mm, et le petit revolver heurta un rocher dans un bruit métallique.

Par chance, aucun coup ne partit du maudit engin. Elle se mit à lui marteler le torse de ses poings, se débattant comme un chat sauvage. La violence de sa réaction le surprenait. Pour une raison inexplicable, elle semblait avoir peur de lui. Bien sûr, même s'il était le frère d'Elena, il demeurait pour elle un parfait inconnu, mais quand même.

— Je ne vous veux aucun mal, assura-t-il, d'une voix aussi calme que possible.

Comme ils roulaient tous deux sur le terrain accidenté, il ajouta :

— Mais si vous continuez, vous allez vous blesser toute seule.

Il réussit enfin à lui emprisonner les poignets dans une de ses mains. Se tordant sous lui, se cabrant et secouant la tête d'un côté à l'autre, elle s'efforçait en vain de se dégager. Puis, soudain, elle poussa un cri terrifiant.

Se redressant prestement, il la releva dans le même mouvement. Elle hurlait toujours. Il la lâcha dès qu'elle toucha terre. Elle le fusilla alors du regard, haletante et les joues empourprées. Elle serrait les poings, et la colère assombrissait à tel point ses yeux verts qu'ils paraissaient noirs.

Levant les bras, il mima la reddition, dans l'espoir qu'elle se calmerait.

— Qu'est-ce qui vous a pris ? demanda-t-il, visiblement perplexe. Je vous présente mes excuses, si quoi que ce soit dans mon comportement a pu vous offenser ou vous faire penser que j'avais l'intention de vous agresser.

— Ce n'est pas…

Elle reprit son souffle.

— Ce n'est pas juste ce que vous avez dit. C'est ce que vous faisiez.

— Je ne pensais pas que la façon dont je vous touchais vous déplairait. J'ai pensé…

— Rien ne vous autorisait à me toucher, à vous presser ainsi contre moi !

Elle n'arrivait pas à le regarder, à croiser son regard.

— Vous n'avez pas protesté, au début. Mais, subitement,

vous êtes devenue hystérique et avez braqué votre revolver sur moi.

J.T. avait raison, songea-t-elle. Elle avait savouré son contact et le désir qu'il avait éveillé en elle. Même si ces sensations l'avaient effrayée… au point qu'elle l'avait soudain menacé de son arme.

Avait-elle réagi de façon excessive ? Ce ne serait pas une première. Pendant presque un an après son agression, il lui avait été impossible d'échanger une poignée de main avec un homme. Elle avait pourtant cru être débarrassée de toutes ces peurs irrationnelles. Elle pensait tout cela derrière elle. Mais J.T. venait de lui démontrer le contraire : le traumatisme dû à son agression était toujours bien présent en elle.

— Il se peut que ma réaction ait été excessive, concéda-t-elle. Mais je n'apprécie pas les hommes dans votre genre. Vous pensez que toutes les femmes vont succomber à votre charme dès le premier signe d'intérêt de votre part ?

— Oserez-vous me dire en face que vous n'étiez pas aussi excitée que moi ?

Levant ses paupières baissées, elle darda sur lui un regard furieux. Non, non, non ! avait-elle envie de hurler. Mille fois non ! Mais c'était un mensonge. Et il le savait aussi bien qu'elle, évidemment ! J.T. Blackwood avait une grande expérience de la vie. Il avait connu de nombreuses femmes.

— Si cela peut vous rassurer, je ne souhaite aucunement être attiré par vous, lâcha-t-il. Vous n'êtes pas mon genre non plus.

— C'est bon à savoir.

Mais elle ne pouvait s'empêcher de glisser des regards en direction de la fermeture Eclair de son jean. Elle se sentit rougir et tourna la tête.

— Quand la nature parle, il n'est pas très facile pour un homme de le dissimuler, fit remarquer J.T. Mais je vous jure que cela ne se reproduira pas. Nous oublierons tous deux ce qui s'est passé aujourd'hui. Si nous nous croisons de nouveau au cours de mon séjour au ranch, nous veillerons tous deux à garder nos distances. D'accord ?

— D'accord.

Il marcha jusqu'au revolver, puis le ramassa. Retenant son souffle, elle attendit qu'il revienne et le lui remette.

— Merci.

— Rangez-le, mademoiselle Beaumont. Les revolvers ne devraient être utilisés que par les personnes qui savent s'en servir.

— Je sais me servir d'un revolver.

— Parfait. Mais ne l'utilisez plus jamais contre moi.

— Et vous, ne m'incitez plus jamais à croire que vous allez vous attaquer à moi.

— Je vous le promets.

— Bien, fit-elle. Vous me ramenez au ranch, à présent ?

— Pourquoi pas ? grogna J.T. Vous avez gâché mon plaisir de redécouvrir cet endroit.

— Croyez bien que j'en suis navrée, monsieur Blackwood.

— Appelez-moi J.T.

— Je ne préfère pas, puisque nous ne serons jamais amis.

— Ni amants, renchérit-il, sur le ton du persiflage.

A ces mots, elle frissonna, et toutes ses terminaisons nerveuses se mirent en alerte.

— Ni amants, répéta-t-elle, avec fermeté.

— Venez. Rentrons au ranch.

Elle le suivit jusqu'au grand appaloosa, attendit qu'il grimpe sur le cheval, puis hésita lorsqu'il lui offrit sa main.

— Vous pouvez monter derrière moi, proposa-t-il.

— Très bien.

Elle s'installa derrière lui, soulagée de ne plus avoir à supporter la pression de son corps contre ses reins.

Mais au bout d'un moment, comme ils redescendaient la montagne, elle dut glisser son bras autour de sa taille, afin de se maintenir en équilibre. Elle se surprit alors à vouloir poser sa tête sur son dos large, se serrer contre son corps puissant.

Ce qu'elle ressentait pour cet homme — cet inconnu — n'avait pas lieu d'être. Même si J.T. Blackwood portait la bague de Benjamin Greymountain, il n'était pas — il ne *pouvait pas* être — l'homme de ses rêves.

2

— Pas ce soir, Elena. Je t'en prie.

Joanna serra son téléphone portable dans sa main.

— Je suis fatiguée par cette mésaventure avec ma Jeep. J'ai juste envie de prendre un bon bain et de me coucher tôt.

— Mais c'est la première soirée de J.T. à la maison, plaida Elena. J'ai prévu un repas spécial pour fêter ça et je comptais sur ta présence. Tu n'es pas obligée de rentrer tard.

— J'ai déjà rencontré ton frère. Je te rappelle que c'est lui qui m'a ramenée au ranch.

— J'ignore ce qui s'est passé entre vous aujourd'hui, mais je suis sûre que nous pouvons tout arranger ce soir.

— Je suis navrée de contrecarrer tes projets, mais…

— Alors, viens simplement dîner, et tu pourras rentrer dès que nous aurons aplani la situation entre toi et J.T.

Joanna poussa un profond soupir. Tout en commençant à déboutonner son chemisier sale d'une main, elle entra dans l'immense salle de bains qu'elle avait fait aménager dans l'ancienne salle d'eau collective du dortoir.

— Il n'y a rien à aplanir. Tout est parfaitement clair entre ton frère et moi.

Elle se pencha en avant, ouvrit les robinets et regarda l'eau s'écouler dans la grande baignoire en fonte qu'elle avait dénichée chez un antiquaire d'Albuquerque.

— Monsieur Blackwood et moi sommes convenus du fait qu'il n'était pas davantage mon genre que moi le sien, et que nous n'allions pas te laisser jouer les entremetteuses.

— Qu'est-ce que J.T. t'a dit exactement ?

Joanna ouvrit un flacon de bain moussant, en versa une dose généreuse dans l'eau et le reposa sur le plancher de bois brut de la salle de bains.

— Il m'a dit que tu essayais de nous caser ensemble depuis des années et qu'il était aussi bien que nous ne nous soyons jamais rencontrés jusqu'ici.

— Mon bon à rien de frère ! s'exclama Elena. Comment a-t-il osé te dire une chose pareille ?

— Qu'est-ce qui a bien pu te faire penser que ton frère et moi pourrions nous intéresser l'un à l'autre ? Si j'étais à la recherche de l'âme sœur, je choisirais un homme tel que ton Alex. Un homme doux et qui a bon cœur. Un artiste, comme moi. Et quelqu'un qui aime le Nouveau-Mexique comme j'ai appris à l'aimer.

— Oh ! Jo, tu as besoin d'un être de qualité dans ta vie, et c'est également le cas de J.T.

Sur ces mots, Elena émit un soupir exagéré.

— Très bien, je me suis trompée. Viens dîner, et je te promets de ne plus jouer les entremetteuses.

— Pas ce soir.

Joanna acheva de déboutonner son chemiser, puis ouvrit et baissa son jean.

— Tu es devenue ma meilleure amie, argua Elena. Et J.T. est mon frère. J'aimerais tout de même que vous soyez amis. Pour une fois, J.T. s'est autorisé deux semaines entières de détente au ranch.

— S'il reste deux semaines, il n'y aucune urgence à ce que nous fassions plus ample connaissance, si ?

— N'y a-t-il rien que je puisse dire pour que tu acceptes mon invitation à dîner ?

Dis-moi que ton frère n'y assistera pas, songea Joanna.

— Non, je crains que non. Mais… je viendrai un autre soir, avant que monsieur Blackwood ne reparte. D'accord ?

— Monsieur Blackwood ? Il a vraiment dû te faire enrager, fit remarquer Elena. Ecoute, J.T. aboie plus fort qu'il ne mord. Il a une vision assez cynique de la vie et est aussi têtu qu'une mule, mais sous sa carapace, c'est un type bien. Après la mort de notre mère, il est venu me chercher dans la réserve et m'a ramenée au ranch avec lui. Rien ne l'y obligeait.

— Ecoute, Elena. Je sais à quel point tu aimes ton frère. Et c'est très bien ainsi, mais ce n'est pas pour cela que tout le monde doit l'apprécier.

— Ouah ! Il t'a vraiment mis les nerfs en pelote, hein ?

— Laisse tomber, d'accord ? Je ne viendrai pas dîner ce soir, un point c'est tout.

Après avoir ôté ses sandales, Joanna se débarrassa de son jean d'un coup de pied.

— D'accord. Mais…

— Nous nous reparlerons demain, Elena. Bonsoir.

Elle coupa la communication, puis posa le téléphone sur l'amas de vêtements qu'elle venait d'enlever.

Debout, nue au centre de la salle de bains aux murs recouverts de stuc, elle s'étira et fixa le plafond lambrissé. Elle voulait totalement oublier sa rencontre désastreuse avec J.T. Blackwood. Elle voulait laver son odeur de ses mains, de ses bras et de son visage. Effacer l'image de cet homme de son esprit. Et plus que tout, elle voulait oublier les sensations qui l'avaient envahie lorsque son corps avait été intimement blotti contre le sien.

Elle entra dans l'eau chaude et parfumée, s'immergea sous la mousse. Tendant la main, elle attrapa un gant de toilette sur le valet de douche en métal. Elle l'imprégna de savon et se frotta le visage.

Après s'être rincée, comme elle essorait le gant dans sa main, son regard se posa sur l'anneau en argent et turquoises à son doigt. La bague que l'amant d'Annabelle Beaumont lui avait offerte.

Où J.T. Blackwood s'était-il procuré le deuxième anneau ? Celui qu'à l'instar d'Annabelle, Benjamin Greymountain avait peut-être porté jusqu'au jour de sa mort. Un descendant de Benjamin avait-il un jour vendu, ou donné, cette bague ? Ou bien se pouvait-il que J.T. Blackwood soit apparenté, de près ou de loin, à Benjamin ?

Elle avait plus d'une fois été tentée de demander à Elena si le nom de Benjamin Greymountain lui était familier et si elle avait une idée de comment retrouver ses descendants. Mais en dépit de leur fort lien d'amitié, elle n'avait pas pu se résoudre à lui confier le secret que son arrière-grand-mère révélait — avec force détails — dans son journal. Par moments, il lui arrivait de se sentir elle-même une intruse lorsqu'elle se plongeait dans ce récit. Bizarrement, révéler à quiconque les amours scandaleuses d'Annabelle et de Benjamin lui semblait condamnable.

Mais, dès le lendemain, elle interrogerait Elena concernant la bague de J.T. Sa curiosité pourrait se justifier par sa surprenante similitude avec la sienne. Et elle demanderait à Elena de venir chez elle. Ainsi, elle ne risquerait pas de revoir J.T. Blackwood.

Après son long bain relaxant, elle enfila un peignoir bleu lavande et rose, alla pieds nus jusque dans la cuisine et sortit un pichet de thé glacé du réfrigérateur. Elle s'en servit un grand verre et y ajouta quelques glaçons.

Elle s'apprêtait à s'asseoir sur un des sièges de bois du coin salle à manger, quand on frappa avec force à la porte de la cuisine donnant sur l'extérieur. Qui cela pouvait-il être ? Sûrement pas Elena.

Elle alla jeter un coup d'œil par la fenêtre qui surmontait l'évier. Personne.

— Qui est là ? s'enquit-elle.

Avant d'ouvrir sa porte, elle prenait toujours toute une série de précautions. Encore maintenant, il lui arrivait de regarder sous son lit et dans les placards en rentrant chez elle.

— C'est J.T. Blackwood, tonna-t-il, de sa voix profonde et rauque.

— Qu'est-ce que vous voulez ?

— Que vous m'accordiez une minute de votre temps.

— Allez-vous-en.

Elle ne voulait pas le revoir. Pas maintenant. Ni jamais. Et surtout pas dans ce simple peignoir de coton, toute brillante de propreté, au sortir de son bain, et les cheveux relevés en désordre.

— Joanna, ouvrez la porte. Je dois vous parler.

Au bout d'un moment, comme elle ne répondait pas, il émit un rire grave, pareil à un grognement.

— Si vous refusez de me parler, vous me mettrez en difficulté avec Elena. Elle est convaincue que je me suis montré grossier envers vous, que j'ai heurté votre sensibilité, et m'envoie vous présenter mes excuses.

— Je ne lui ai jamais dit que vous vous étiez montré grossier. Je n'ai pas besoin de vos excuses.

— Bon sang, ouvrez la porte, laissez-moi m'excuser, puis appelez ma sœur et dites-lui que vous avez accepté de me pardonner. Sinon, je devrais renoncer à ma tranquillité tout au long de mon séjour ici.

Avec hésitation, et non sans une certaine frayeur, elle entrebâilla la porte. Elle fut aussitôt prise de palpitations, et son estomac se noua au spectacle de la beauté rude et masculine de J.T. Chaque ligne de son visage était découpée à la perfection, comme ciselée dans la pierre.

Il ôta son Stetson et fit un pas en avant ; elle en fit un en arrière. Il passa devant elle et entra dans la cuisine ; elle ne referma pas la porte.

Il s'était douché et avait passé un jean délavé et une chemise en tissu écossais vert et bleu. Il émanait de lui le parfum léger d'une eau de toilette masculine de qualité.

— Le style est resté rustique, mais vous avez apporté votre patte et tout le confort moderne, fit-il remarquer, en promenant un regard approbateur autour de lui. C'est bien. Très bien.

— Merci.

Elle se sentait nue et vulnérable dans son déshabillé, et il ne l'aidait en rien : il la contemplait comme s'il la trouvait infiniment désirable.

— Maintenant, terminez-en avec vos excuses, et j'appellerai Elena.

— Vous ne craignez pas les insectes ? demanda-t-il d'un ton légèrement ironique, en désignant la porte laissée ouverte.

Contenant son impulsion de la refermer dans un claquement rageur, Joanna le fit avec une lenteur calculée.

— Alors, ces excuses ?

— Oui.

Il vint jusqu'à elle et prit sa main droite dans la sienne.

Elle tenta de se dégager, mais il tint bon.

— Lâchez ma main, je vous prie.

Elle posa le regard sur leurs mains entremêlées : leurs deux bagues étaient identiques en tout point, à l'exception de leur taille.

— De quoi avez-vous peur ? insista-t-il.

Il relâcha son étreinte, la laissant retirer sa main.

— Je n'ai pas peur, énonça-t-elle en détachant chaque syllabe distinctement. Simplement, vous me dérangez à un moment inopportun.

— Cette visite était l'idée d'Elena, se défendit-il.

— Vous l'avez déjà dit.

Elle se força à le regarder droit dans les yeux.

— Si vous souhaitez me présenter vos excuses, faites-le, puis allez-vous-en.

— Si je vous ai offensée, j'en suis désolé. Voilà. Cela suffira-t-il à ce que vous puissiez dire à Elena que nous sommes à présent amis ?

— Vous voulez que je dise à Elena que nous sommes amis ?

— C'est le souhait qu'elle a exprimé, mais elle assure avoir renoncé à ses projets d'union. Ce ne sera qu'un pieux mensonge. Dites-le-lui, cela garantira notre tranquillité.

J.T. dévisageait Joanna : tout un panel d'émotions — de la surprise, de l'agitation, et jusqu'à l'amusement — se succéda sur son joli visage. Enfin, elle lui sourit. Il sentit son ventre se serrer. Enfer ! Cela n'était pas supposé arriver. Un simple sourire n'avait jamais eu cet effet sur lui. Jamais !

— Excuses acceptées, conclut-elle. J'appellerai Elena.

— Merci. C'est ce que j'espérais de vous.

Il suivit du regard les courbes de son corps ferme qui se détachaient en contre-jour à travers le fin coton de son peignoir. Il n'avait jamais vu spectacle plus magnifique. Il ressentit une vive tension au niveau de son sexe et jura dans sa barbe. C'était tout ce dont il avait besoin — qu'elle remarque son état ! Elle n'appellerait alors jamais Elena, et sa sœur le lui reprocherait.

Depuis le jour où il était allé chercher Elena à la réserve navajo, douze ans plus tôt, il avait progressivement développé à son égard une affection dont il ne se serait jamais cru capable. Il la savait armée des meilleures intentions, mais n'arrivait pas à lui faire comprendre que le mariage et la vie de famille n'étaient pas pour tout le monde.

— Depuis combien de temps Elena cherche-t-elle à vous trouver une petite amie ? voulut savoir Joanna.

— Oh ! Ce n'est pas une petite amie qu'elle cherche pour moi, répliqua-t-il. C'est une épouse.

— Une épouse ? Et elle a pensé que je… je veux dire, elle a envisagé la possibilité que vous et moi…

— Elena est naïve. Elle ne parvient pas à comprendre que la majorité des femmes répugnent à l'idée d'épouser un métis.

— Monsieur Blackwood, je n'ai pas voulu dire…

Joanna plongea son regard dans ses yeux couleur d'ambre, emplis de colère, de souffrance et de… passion.

— Vos origines navajos n'ont rien à voir avec le fait que vous me déplaisez, ajouta-t-elle.

En réalité, ses origines navajos l'attiraient. Elles étaient, en plus de l'anneau en argent et turquoises, un autre élément rapprochant à ses yeux J.T. de Benjamin Greymountain.

— Peu m'importe pour quelles raisons je vous déplais.

Il fit plusieurs pas dans sa direction.

Immobile, elle retint son souffle. Il lui caressa la joue.

— Je vous déplais, mais vous avez envie de moi. Oui, j'ai déjà rencontré des femmes dans votre genre.

Sans réfléchir, elle posa sa main sur la sienne.

— Détrompez-vous. Vous n'avez jamais rencontré personne comme moi, déclara-t-elle, en écartant sa main de sa joue.

Il la dévisagea un instant, puis lui saisit le menton.

— Appelez Elena afin d'apaiser son courroux à mon encontre, après quoi je promets de me tenir à l'écart de votre chemin.

Elle acquiesça d'un hochement de tête.

— Je me tiendrai à l'écart du vôtre.

Il ne répondit pas. Il se retourna et s'en alla, sans refermer la porte derrière lui. Elle fixa l'ouverture de la porte pendant un long moment, puis la claqua violemment. Quel droit avait un homme comme celui-là de porter la bague de Benjamin Greymountain ? Benjamin, qui s'était montré capable de l'amour le plus profond, le plus vrai et le plus désintéressé ? De toute évidence, J.T. Blackwood ignorait tout de l'amour — l'amour véritable, le genre d'amour que Benjamin et Annabelle avaient partagé.

Après avoir cherché le sommeil pendant plusieurs heures, J.T. renonça et sortit de son lit, le lit de son grand-père. Le vieux John Thomas Blackwood. L'homme le plus détestable et le plus arrogant qui ait jamais existé. L'homme dont il portait le prénom, donné par son père. L'homme qui avait interdit à son fils unique d'épouser une Indienne et volontairement ignoré l'existence de son petit-fils. Du moins, jusqu'à la mort accidentelle de son propre fils. Ce décès avait laissé le vieux John Thomas sans héritier. Alors, il s'était rendu à la réserve et avait arraché son petit-fils des bras de sa mère. J.T. n'avait que cinq ans.

Tout en se remémorant ses lointains souvenirs, J.T., nu comme un ver, ouvrit la double porte menant de sa chambre au patio attenant. L'air nocturne et frais caressa sa peau couleur bronze. Il passa une main dans ses cheveux épais — des cheveux qu'il n'avait plus jamais portés longs depuis sa première coupe, à l'âge de cinq ans.

« Je ne peux pas te laisser ressembler à ces maudits sauvages, avait assené le vieux John Thomas. Il est déjà suffisamment contrariant que tu aies la couleur de cette femme. Mais à partir de maintenant, mon garçon, tu es un Blackwood. Et cela signifie que tu es un cow-boy et pas un Indien. »

Et c'était exactement ce qu'il était devenu — un cow-boy. Il avait appris à attraper le bétail au lasso, à le monter et à le rassembler. Même s'il n'y avait jamais eu de véritable amour entre son grand-père et lui, il avait fini par aimer le ranch.

C'était sans doute pourquoi il revenait toujours au Nouveau-Mexique — même s'il ne pouvait y vivre, ne supportant pas d'y être tiraillé entre ses deux origines. Au fond, il aimait cette terre, sauvage et indomptée, autant que le vieil homme l'avait aimée. Autant que l'avaient aimée ses ancêtres, les Blackwood — lesquels avaient combattu parfois au prix de leur vie pour s'approprier les centaines d'hectares qui constituaient aujourd'hui l'un des plus vastes ranchs du nord du Nouveau-Mexique.

Et il aimait cette terre autant que l'aimait le peuple dont sa mère était issue. Les Navajos. Un peuple qu'il ne connaissait pas autrement qu'à travers sa demi-sœur. Un peuple et un héritage que son grand-père l'avait amené à mépriser et à renier.

Depuis le patio, il pouvait apercevoir l'arrière de l'ancien dortoir. La maison de Joanna Beaumont. Combien de temps faudrait-il pour qu'une femme comme celle-ci se lasse de cette région, pour qu'elle se lasse de peindre les autochtones et qu'elle retourne d'où elle venait, en Virginie ?

Qu'est-ce qui avait bien pu pousser une fille dont la mère était sénateur de Virginie et le défunt père, un avocat renommé, à venir chercher l'aventure au Nouveau-Mexique ? Avait-elle fui une histoire d'amour malheureuse ? S'était-elle rebellée contre sa famille fortunée ? D'après Elena, Joanna était venue à Trinidad pour peindre. Elle avait choisi cette région parce que ses arrière-grands-parents y avaient jadis séjourné dans le but d'y mener des fouilles archéologiques.

Tout en contemplant la nuit, le paysage immobile et silencieux, il aperçut un halo lumineux à la périphérie de son regard. Il braqua son attention sur cette lumière : elle provenait d'une fenêtre longue et étroite, sur la façade de l'ancien dortoir. Joanna Beaumont s'y tenait, regardant la maison principale. Que faisait-elle debout, à cette heure de la nuit ? Lui était-il impossible de dormir, comme lui ? Etait-elle aussi tenaillée par le désir ?

S'il la rejoignait à présent, lui ouvrirait-elle sa porte ? Le laisserait-elle pénétrer dans son intimité ? Dans son lit ? En elle ? Il frissonna à cette pensée, puis ferma les yeux et emplit ses poumons de l'air frais de la nuit.

Les rouvrant, il observa une dernière fois la silhouette de Joanna à la fenêtre, puis referma les doubles portes et regagna son lit.

S'y laissant tomber, il fixa, étendu sur les couvertures, le plafond obscur, à peine éclairé par la lueur de la lune.

Il devait cesser de penser à Joanna. Cesser de la désirer. Il était venu au ranch pour s'offrir un long moment de détente, le premier depuis de nombreuses années. Il n'allait pas laisser une petite bourgeoise du Sud perturber son séjour. Il se tiendrait à distance respectable d'elle, et elle en ferait certainement autant.

Le lendemain, Joanna était assise sur le seuil de sa maison en compagnie d'Elena. Toutes deux avaient confortablement pris place dans des fauteuils en rotin. Des pots de géraniums s'alignaient au bord du plancher de bois et un autre, contenant un petit lierre, ornait la table de bois brut qui se trouvait entre elles. Elena vida les dernières gouttes de son thé glacé, puis reposa le long verre en cristal sur la table.

— Alors, vas-tu me dire ce qui s'est passé entre toi et J.T. hier ?

Joanna sourit à son amie. Elle avait rencontré Elena et Alex quatre ans plus tôt, à une exposition artistique à Albuquerque. Alex était un sculpteur de talent, mais ses plus belles pièces étaient sans nul doute celles représentant sa jeune et superbe épouse navajo. Une amitié spontanée s'était instaurée entre eux trois, Alex et Elena étant ravis d'apprendre qu'elle venait de s'installer à Trinidad.

— Allez, Jo, parle-moi. J.T. ne me dit rien.

Elena croisa les bras, avec un grognement dégoûté.

— Mon fichu frère m'énerve tellement, par moments.

— Ton frère doit énerver beaucoup de gens, j'imagine.

— Lors de ton appel d'hier soir, j'avais cru comprendre que la visite de J.T. avait effacé ton ressentiment à son égard.

— C'est le cas, assura Joanna. Ton frère et moi avions pris un mauvais départ. Nous nous étions en quelque sorte offensés mutuellement.

— De quelle manière ?

— De quelle manière ? répéta Joanna.

Elle fixa les grands yeux interrogateurs d'Elena.

— Oui, reprit celle-ci, de quelle façon J.T. et toi vous êtes-vous offensés ?

— Eh bien… A un moment, j'ai mal interprété ses paroles et ses gestes. J'ai cru qu'il… mais ce n'était pas le cas.

— Il a tenté d'exercer son charme sur toi, c'est ça ?

Elena rit de sa propre question.

— Les femmes ont tendance à trouver mon frère assez irrésistible, et il le sait. Qu'as-tu fait ? Tu l'as giflé ?

— Non, je l'ai menacé avec mon revolver.

Elena rit de plus belle. Elle se plia en deux, la main sur sa bouche.

— J'adore. J'adore. Tu as braqué un revolver sur J.T. Blackwood, un professionnel de la sécurité, un ancien militaire et agent secret ! Ah, j'aurais payé cher pour voir ça !

Joanna ne put s'empêcher de sourire, légèrement, à son tour.

— Il était surpris.

— Tu m'étonnes ! Donc il a essayé de flirter avec toi, et tu l'as remis à sa place. De quelle façon l'as-tu offensé, toi ? As-tu affirmé être immunisée contre son fameux charme ?

— Non. Pas exactement.

Joanna sirota son thé, tout en frottant ses doigts de bas en haut sur le verre froid et couvert de buée.

— Je ne peux pas dire que je sois totalement immunisée contre son charme.

— Je le savais !

Elena frappa dans ses mains avec exubérance.

— Tu le trouves irrésistible, n'est-ce pas ?

— J'admets qu'il est très… très viril. Mais il n'est pas mon genre d'homme, Elena. Et je le lui ai signifié.

— Je m'étonne que l'ego de J.T. soit fragile au point de ne pas pouvoir supporter un refus. Allons. Parle. Il y a forcément autre chose.

— Il m'a confié que tu lui cherchais une épouse et que tu aurais souhaité que ce soit moi. Face à ma stupeur et quand je lui ai fait comprendre qu'il n'était pas mon genre d'homme, il a supposé, à tort, que j'avais des préjugés contre lui parce qu'il est métis.

Joanna regarda ses genoux, évitant le regard de son amie.

— J'ai tenté de le détromper, mais il a refusé de m'écouter.

— L'idiot ! C'est mon frère, et je l'aime profondément, mais parfois…

Elena posa sa main sur l'épaule de Joanna.

— J.T. est en pleine confusion concernant ses origines. Il n'est réellement ni blanc ni navajo et, en même temps, il est les deux à la fois. Je crois que c'est une des raisons pour lesquelles il a quitté Trinidad et le ranch à l'âge de dix-huit ans et s'est engagé dans l'armée. Même si son grand-père paternel a tout mis en œuvre pour gommer de sa vie et de sa mémoire tout ce qui se rapporte à son héritage navajo, cette part de lui continue à vivre.

— Il y a peut-être autre chose.

Joanna saisit la main d'Elena et la serra.

— Une femme qu'il a aimée lui a peut-être brisé le cœur, en refusant de l'épouser à cause de ses origines.

— Je peux t'assurer que personne n'a jamais brisé le cœur de J.T. Il n'a jamais été amoureux.

Elena soupira.

— Je ne suis pas certaine qu'il sache ce qu'aimer signifie. Son grand-père lui a octroyé tout ce que l'argent peut acheter, mais il ne lui a jamais donné ni chaleur ni amour.

— Il a dû avoir une enfance dure et solitaire, auprès de ce vieil homme.

Mais Joanna n'avait pas envie de penser à cela, d'imaginer J.T. enfant — un petit garçon mal aimé.

— Nous avons eu des enfances si différentes, expliqua Elena. J'ai grandi dans la réserve. Mon père avait une petite ferme et élevait quelques moutons. Nous n'avons jamais eu d'argent, mais nous étions heureux et mes parents m'aimaient. Et ils m'ont inculqué la fierté d'être navajo.

— Alors que ton frère a grandi ici, dans le ranch de son grand-père. Dans l'aisance matérielle, mais malheureux.

— Le seul malheur qui a entaché notre vie, avant la mort

de mon père, c'était la tristesse de maman du fait que son fils lui avait été enlevé. Elle n'a jamais pu surmonter ce chagrin.

— Elena ?

— Oui ?

— J'ai remarqué que M. Black… que ton frère portait une bague en argent sertie de turquoises. Sais-tu où il l'a eue ?

— Je me demandais combien de temps il te faudrait pour m'interroger au sujet de cette bague, répliqua Elena.

— Tu as remarqué qu'elle était identique à la mienne ?

Joanna leva sa main droite, et le soleil de l'après-midi étincela sur l'anneau.

— J'ai remarqué ta bague dès notre première rencontre. Je me suis interrogée à son sujet, mais n'ai pas osé y faire allusion. Plus tard, j'ai plusieurs fois voulu t'en parler.

Elena prit la main de Joanne dans la sienne et traça des cercles avec son doigt autour des deux pierres qui ornaient l'anneau.

— Je trouvais la coïncidence étrange. Je n'ai jamais vu aucune bague identique à celles que J.T. et toi portez.

— Où a-t-il trouvé la sienne ?

— Où as-*tu* trouvé la tienne ? renchérit Elena. Tu l'as achetée ici, au Nouveau-Mexique ?

— Non. Elle est dans ma famille depuis très longtemps.

— Ah. Je vois. Et celle de J.T. est également dans la nôtre depuis plusieurs générations.

Le cœur de Joanna se mit à battre frénétiquement. J.T. était donc de la même famille que Benjamin Greymountain. Etrangement, elle le savait déjà.

— A qui appartenait la bague que porte J.T. ?

A l'instant où elle prononça les initiales de son prénom, elle voulut ravaler ses paroles. L'appeler ainsi lui semblait beaucoup trop intime. En le désignant par son patronyme, elle maintenait une distance émotionnelle avec lui.

— Quand ma mère est tombée gravement malade et que nous avons su qu'elle allait mourir, répondit Elena, J.T. en a été averti, et il est venu la voir dans la réserve. J'avais quinze ans et n'avais jamais rencontré mon frère. Mais à l'instant où je l'ai vu, j'ai su que c'était lui.

Les larmes embuèrent les yeux d'Elena.

— Je n'avais jamais vu la bague avant ce jour-là. Ma mère l'avait conservée — pour son fils. Cet anneau avait appartenu à son grand-père. Il était orfèvre.

— Quel était le nom de jeune fille de ta mère ?

— Mary Greymountain, du clan des Bitter Water.

— Greymountain ?

— Tu as déjà entendu ce nom… avant de venir au Nouveau-Mexique ? s'étonna Elena.

— Oui. Mes arrière-grands-parents ont connu un orfèvre du nom de Benjamin Greymountain…

— Mon arrière-grand-père !

— Oui. C'est ton arrière-grand-père — l'arrière-grand-père de J.T. — qui a fabriqué cette bague, confirma Joanna.

Elle souleva sa main droite avec la gauche et contempla l'anneau en argent et turquoises.

— Cette bague appartenait à mon arrière-grand-mère.

— Ah… C'est donc pour cela que tu as décidé de venir au Nouveau-Mexique et à Trinidad, subodora Elena. Tu étais à la recherche de l'autre bague ? Tu savais que Benjamin Greymountain avait fait un anneau identique pour lui. Alors, mon ancêtre et la femme pour qui il a fait cette bague — ton arrière-grand-mère — s'aimaient ? N'est-ce pas ?

— Oui. J'ai son journal. Mon arrière-grand-mère, Annabelle Beaumont, a porté cet anneau jusqu'à sa mort.

— Tu portes la bague d'Annabelle Beaumont et J.T., celle de Benjamin Greymountain, résuma Elena. C'est un signe, tu ne crois pas ? Dès l'instant où j'ai vu cet anneau à ton doigt, j'ai su que tu étais la femme que le destin avait désignée pour mon frère.

— Mais je ne le suis pas, Elena, protesta Joanna. Ton frère est froid, dur et cynique. Il est habité par une colère qui m'effraie. Je ne lui suis pas destinée. J'ai besoin d'un homme doux, gentil et tendre.

— J.T. a lui aussi besoin d'une femme douce et tendre, qui lui apprenne à aimer.

A ces mots, Elena sourit à Joanna.

— Tu pourrais être cette femme-là, si tu es assez courageuse pour apprivoiser les démons qui l'habitent.

— Je ne suis pas aussi courageuse que ça.

Un bruit de sabots incita Elena à tourner la tête. Et Joanna en fit autant : J.T. passait devant elles, sur son grand appaloosa. Il les regarda, les salua d'un léger signe de tête et porta la main à son chapeau. Ses yeux brun doré croisèrent brièvement ceux de Joanna.

Une onde de chaleur parcourut la jeune femme. Son ventre se serra.

J.T. continua son chemin sans se retourner. Se levant d'un bond de son fauteuil, Joanna rentra dans la maison.

3

J.T. Blackwood était déjà au ranch depuis une semaine quand Joanna se laissa convaincre par Elena de venir dîner. Mais c'était certainement une erreur, se dit-elle juste après avoir accepté. Les jours précédents, J.T. et elle s'étaient croisés à quelques occasions, malgré tous leurs efforts pour s'éviter. Elena, convaincue que Joanna était *la* femme qui devait un jour épouser son frère, avait profité de toutes les opportunités pour les mettre en présence l'un de l'autre.

J.T. était ainsi apparu sur le sentier que Joanna empruntait tous les matins lors de sa promenade à cheval. Lorsqu'il lui avait expliqué qu'il avait suivi ce parcours à l'instigation d'Elena, ils en avaient ri ensemble. A la suite de quoi J.T. avait opté pour un autre chemin, au grand soulagement de Joanna.

Elena avait ensuite récidivé, en lui proposant un déjeuner en ville. Mais, quand elle avait compris que J.T. faisait partie du plan de son amie, elle avait décliné la proposition au dernier moment et était restée chez elle.

Il ne restait qu'une semaine de vacances à J.T. Elle allait sûrement pouvoir survivre jusque-là… si elle survivait déjà à ce dîner. C'était peut-être le moment de s'absenter quelques jours. Elle avait songé à retourner peindre dans la réserve navajo. Elle pourrait partir dès le lendemain et y rester jusqu'à ce que J.T. ait regagné Atlanta.

Ce soir-là, c'était la première fois que J.T. et elle avaient officiellement accepté de se rencontrer.

Elle était en train de s'apprêter pour ce dîner, se reprochant dans le même temps d'en faire autant pour un simple repas entre amis. Mais l'opinion que J.T. Blackwood avait d'elle était loin de lui être indifférente.

Annabelle se souciait-elle autant de son apparence, lorsqu'elle partait retrouver Benjamin ? Son cœur battait-il aussi fort ? Ses nerfs étaient-ils à ce point noués par la crainte et l'anticipation ?

Comment serait-ce d'avoir J.T. pour amant ?

Elle secoua la tête, libérant son chignon. Seigneur, quelle pensée ! Jamais elle ne voudrait de J.T. comme amant. Le jour où elle choisirait de se donner à un homme, il serait gentil, tendre et aimant. J.T., lui, la prendrait sans l'aimer. Il la posséderait avec force, avec rudesse et passion, mais sans s'impliquer émotionnellement. Jamais elle ne pourrait accepter cela d'un homme.

Elle ajusta sa coiffure avec un soin fébrile, dégageant quelques boucles autour de son visage pour adoucir la sévérité du chignon. Puis elle vérifia une dernière fois son aspect dans le miroir et approuva l'image qui s'y reflétait. Elle avait choisi de porter une jupe de fine batiste, bordée au niveau des chevilles par un volant, et assortie à un chemisier blanc très simple, sans manches. Enfin, elle glissa autour de sa taille la ceinture en argent et turquoises qu'elle avait achetée à un orfèvre navajo.

Elle prit son temps pour parcourir la distance qui séparait sa maison du bâtiment principal, rassemblant son courage. Pour la première fois depuis son arrivée à Trinidad, elle regrettait presque d'être venue au Nouveau-Mexique.

Elle y avait trouvé une paix providentielle et mené avec succès sa carrière artistique. Elle était heureuse. Pourquoi J.T. Blackwood n'était-il pas resté à Atlanta ? Ou du moins, pourquoi n'avait-elle pas eu la chance, comme les quatre années précédentes, de ne pas croiser son chemin ?

Elle atteignit la maison principale, une hacienda de style typiquement espagnol, avec des murs recouverts de chaux et un toit de tuiles rouges. Levant les yeux, elle découvrit J.T., debout sous le vaste porche.

Selon Elena, il avait hérité du teint mat de leur mère, mais sa stature était purement celle d'un Blackwood. Il était grand et solide, avec des muscles longs. Ce soir-là, il avait enlevé son Stetson et revêtu un jean noir et une chemise blanche. Il portait une cravate de cow-boy — un cordon en cuir noir retenu à son cou par un bijou en argent et turquoises. Ses cheveux noirs de jais brillaient d'un éclat chatoyant.

Elle le contempla, muette d'admiration.

— Souriez, Jo, lui lança J.T. Vous venez juste dîner, vous ne marchez pas à la potence.

Elle se hérissa en entendant le diminutif qu'utilisait Elena pour s'adresser à elle. Dans la bouche de J.T., cela lui semblait trop intime. Mais elle ne mordrait pas à l'hameçon : il l'avait appelée ainsi pour voir sa réaction. Bien sûr !

— Alors, c'est le dernier repas du condamné, grinça-t-elle.

Hésitant avant d'escalader les trois marches de la véranda, elle ajouta :

— Je suis désolée d'avoir perturbé votre séjour ici par ma présence. Elena ne semble décidément pas pouvoir renoncer à l'idée que nous sommes faits l'un pour l'autre. Croyez que je suis navrée du désagrément que cela a pu vous causer.

— Vous êtes si terriblement polie, mademoiselle Beaumont.

Il était adossé au mur, un de ses pieds bottés appuyé en arrière contre la paroi.

— Ne cessez-vous jamais de vous comporter comme une dame, pour réagir enfin comme une femme ?

Joanna serra les mâchoires et se retint de riposter. Après tout, peut-être avait-il raison : peut-être était-elle prisonnière des bonnes-manières-à-tout-prix inculquées par son éducation. Mais si, pour J.T., être une femme consistait à succomber à son charme en vue d'une brève aventure, elle aimait autant ne jamais en être une.

Malgré son exaspération, elle s'efforça de répondre d'une voix égale.

— Je ne crois pas m'être spécialement comportée comme une dame le jour de notre première rencontre. Souvenez-vous que je vous ai menacé avec un revolver.

— Oh ! Je n'oublierai jamais notre première rencontre. Mais même là, ne vous êtes-vous pas comportée comme une véritable dame, qui défendrait son honneur ? C'est ce que ferait une dame, d'après ce qu'on a pu m'en dire.

Elena apparut à cet instant à la porte d'entrée et les regarda tour à tour.

— Le dîner va être fameux. Alex est en train d'allumer un barbecue dans le patio. Il va nous faire griller une pièce de bœuf épaisse comme ça.

Elle replia le pouce et l'index, indiquant quatre bons centimètres d'épaisseur.

— Allez, venez, tous les deux.

Joanna l'aida à préparer la salade, pendant que J.T. assistait Alex autour du barbecue.

Une demi-heure plus tard, ils s'installèrent tous les quatre autour d'une table en fer forgé noir, dans le patio qui occupait le centre du ranch. Un air de blues montait du lecteur de CD.

Joanna porta un premier morceau de viande à sa bouche et lança un regard en direction de J.T. : il observait ses lèvres. Embarrassée, elle reposa sa fourchette et, tout en levant son verre de thé glacé, fixa J.T. avec froideur. En réponse, il eut un sourire imperceptible et leva silencieusement son verre à son intention.

Détournant les yeux, Joanna les posa sur Elena : du bout de sa fourchette, celle-ci présentait un morceau de steak à la bouche d'Alex. Ce geste lui parut terriblement intime. Ils se souriaient tous deux comme si personne d'autre n'existait.

C'était peut-être cela être amoureux, songea Joanna. Oublier toute autre présence que celle de l'objet de son amour.

Elle s'apprêtait à prendre une seconde bouchée, quand J.T., se penchant au-dessus de la table, lui glissa sa fourchette entre les lèvres. Elle tressaillit violemment et le fusilla du regard. Un instant, elle eut envie de lui cracher le morceau de viande au visage. Au lieu de cela, elle commença à mâcher lentement, son regard rivé au sien.

— Que pensez-vous de la cuisson de cette viande ? demanda J.T. Un peu trop à point, non ?

Joanna se força à avaler.

— Elle est parfaite, contra-t-elle sèchement.

Il eut un sourire malicieux qui acheva de la déconcerter, après quoi il s'attaqua à sa part de viande.

Le temps que les trois autres aient achevé leur repas, Joanna s'était forcée à avaler plusieurs bouchées de steak et une minuscule portion de sa salade. Elena et Alex entamèrent alors une conversation qui ne parvint pas à l'intéresser, pas plus que J.T. manifestement.

— Viens, Alex, dansons, suggéra Elena après un moment.

Elle tendit la main à son mari, qui se leva et l'enlaça aussitôt dans ses bras.

Joanna resta assise à table, tout comme J.T. Ils regardèrent le couple danser un slow langoureux.

— Quand je suis avec ces deux-là, j'ai le sentiment que ma présence est totalement inutile, soupira J.T.

— Ils sont amoureux, expliqua Joanna.

— Ils sont chauds comme des lapins, rectifia J.T.

Puis il ajouta d'un ton taquin :

— Mais j'imagine que vous ne connaissez pas ça ?

Elle sentit, impuissante, une rougeur lui envahir les joues. Elle avait eu le malheur d'hériter du teint pâle des rousses et de taches de rousseur sur le nez et les pommettes. Quand elle rougissait, cela se remarquait affreusement.

— Je vous ai embarrassée ? s'étonna J.T. d'un ton où perçait l'incrédulité. Vous ne pouvez pas être innocente à ce point. Vous n'êtes plus une adolescente. Une femme de votre âge a forcément eu des aventures.

Détournant les yeux vers le couple qui dansait, elle rétorqua d'un ton tranchant :

— Le nombre d'amants que j'ai pu avoir ou non ne vous regarde pas.

Elena lui fit signe :

— Pourquoi ne profitez-vous pas de cette musique merveilleuse et de ce superbe coucher de soleil pour venir danser, tous les deux ?

D'un hochement de tête, elle désigna le ciel enflammé de tons rouges et orange.

J.T. tendit la main.

— Allez, Jo, dansons. Faisons plaisir à Elena. N'est-ce pas le but de cette soirée ?

Joanna hésita, puis se leva. Elle posa sa main dans celle de J.T. et s'avança dans ses bras. Il l'entraîna aussitôt dans la danse. Le contact de son bras autour de sa taille était à peine perceptible et il maintenait une certaine distance entre eux. Elle en fut soulagée : elle avait tellement craint qu'il ne la serre de trop près et qu'elle n'ait à endurer le contact dur et puissant de son corps contre le sien.

Elle ne portait pas de talons, et il était si grand qu'elle ne voyait rien d'autre que son torse large et musclé. Trop musclé. Trop puissant.

Rien dans le comportement de J.T. ne pouvait prêter à confusion, mais brusquement elle se sentit prise au piège. S'il choisissait de l'attirer tout contre lui, elle serait impuissante à l'en empêcher.

Bon sang, c'était faux, se reprit-elle. Si elle l'exigeait, il la lâcherait immédiatement. *Avoue-le. Ce n'est pas de J.T. Blackwood que tu as peur. C'est de toi-même !*

— Etes-vous toujours aussi raide quand un homme vous tient dans ses bras ? lui demanda J.T.

— Cessez de m'asticoter, riposta-t-elle. Vous trouvez peut-être cela amusant, mais pas moi.

— Pardon, Jo, mais vous laissez la porte ouverte à mes taquineries.

Elle s'apprêtait à rétorquer, quand la musique s'arrêta. Elle s'écarta de J.T., mais il saisit son poignet. Elle décida de lui faire face.

— Je suis fatiguée. La journée a été longue. Je crois que je vais rentrer.

— Oh ! Jo ! s'écria Elena. Ne pars pas encore.

Le bras enroulé autour de la taille d'Alex, son amie s'était approchée d'eux.

— Il est tôt, renchérit Alex. Il ne fait même pas encore nuit. Reste. Nous ferons une partie de rami.

— Pas ce soir.

Joanna sourit à ses amis, puis baissa les yeux vers son poignet, toujours emprisonné dans la main de J.T.

— Une autre fois.

— Demain soir ? s'empressa de suggérer Elena, avec un sourire engageant. Reviens dîner avec nous. Nous avons passé une bonne soirée, n'est-ce pas ?

— Pas demain soir.

Si seulement Elena voulait bien cesser de la pousser dans les bras de J.T., songea Joanna, exaspérée.

— Après-demain, alors, insista Alex. Je préparerai mon fameux *chili con carne*.

— Je crains que les dîners et les jeux de cartes ne doivent attendre quelque temps, répondit-elle. Je pars demain passer une semaine dans la réserve navajo.

Elle peinait à maintenir sur ses lèvres son sourire de façade. Le regard dur et froid de J.T. la transperçait. Elle avait envie de hurler : oui, cent fois oui, c'était *lui* qu'elle fuyait.

— Mais pourquoi demain ? gémit Elena. La réserve sera encore là dans une semaine. Je t'en prie, attends.

— Laisse-la tranquille, Elena, la pria J.T.

Il lâcha le poignet de Joanna.

— Elle s'est organisée à sa guise.

— Mais elle peut aller à la réserve à n'importe quel autre moment, plaida Elena. J.T., tu vas rester ici encore une semaine, après quoi…

— Je passerai vous dire au revoir demain, avant de partir, promit Joanna.

S'efforçant de contenir ses émotions, elle se mordit la lèvre inférieure, puis murmura, tout en étreignant Elena :

— Je t'en prie, comprends-moi.

En hâte, elle rentra dans la maison et la traversa en direction du porche extérieur. Une fois là, elle s'arrêta brusquement, les yeux embués de larmes. Elle prit une profonde inspiration et avala une grande goulée d'air frais.

Une main la saisit alors par l'épaule. Retenant un cri de surprise, elle se heurta à J.T. et perdit l'équilibre. Il la prit par les deux épaules pour la stabiliser.

— Elena m'a fait promettre de vous raccompagner chez vous et de tenter de vous convaincre de rester au ranch.

— Ce que vous n'allez pas faire, n'est-ce pas ?

Il lui massa les épaules de ses mains puissantes.

— Vous êtes aussi tendue qu'une corde, ma belle. Qu'est-ce qui vous arrive ? On dirait que vous avez peur de moi.

— Je vous ai déjà dit que je n'avais pas peur de vous.

— Eh bien, tant mieux, parce que je suis inoffensif. Je vous assure que je ne vous ferai jamais aucun mal.

Elle avait envie de le croire, de le prendre au mot, mais elle n'avait pas la naïveté de se fier à un homme tel que J.T. Blackwood. Ni à aucun homme, au demeurant. Pas depuis qu'un monstre s'était sadiquement attaqué à elle. Pas depuis que son fiancé, qu'elle avait cru lui être attaché, l'avait abandonnée, la laissant affronter seule le procès et plusieurs mois de thérapie sans son amour ni son soutien.

— Je ne vous donnerai jamais l'occasion de me faire du mal, monsieur Blackwood ! lui lança-t-elle.

— Je croyais que nous nous appelions par nos prénoms. Rappelez-vous, je suis J.T…

Il se tapota le torse du bout des doigts.

— Et vous êtes Jo.

— Je vous prie de ne pas m'appeler Jo, répliqua-t-elle.

— Elena vous appelle Jo.

— Je sais, mais c'est différent. C'est mon amie et vous êtes… vous êtes…

— Je ne suis pas votre ami ?

— Non, vous n'êtes pas mon ami.

— Que suis-je, alors ?

Il glissa son bras autour de sa taille, l'attirant contre lui.

Elle en eut le souffle coupé. La tête lui tournait. Elle s'accrocha aux bras de J.T., à ses muscles fermes.

Quelqu'un derrière eux fit alors un petit bruit de gorge. J.T. la fit pivoter sur elle-même, sans lui lâcher la taille. C'était Cliff Lansdell, le contremaître du ranch.

— Qu'y a-t-il, Cliff ? demanda J.T.

— Désolé de te déranger, J.T., mais tu m'as dit de t'avertir quand Néfertiti serait sur le point de mettre bas. J'ai appelé le Dr Gray.

— Merci, Cliff. Je te rejoins à l'écurie dès que j'aurai raccompagné Mlle Beaumont chez elle.

— Ce n'est pas nécessaire, assura Joanna.

Cliff renchérit :

— Je serai ravi de raccompagner Joanna, si tu es pressé de te rendre à l'écurie, J.T.

— Je vais raccompagner Jo, décréta J.T., en resserrant encore son étreinte autour de sa taille.

Elle avait l'étrange impression d'être devenue la propriété de J.T. Blackwood, sa chasse gardée.

Les épaules de Cliff s'affaissèrent.

— Bon. Je te retrouve à l'écurie, alors.

Il lança un regard en direction de Joanna.

— Bonne nuit, marmonna-t-il, en portant la main à son chapeau.

Puis il fit demi-tour.

— Je peux rentrer toute seule, reprit Joanna d'un ton mordant, sans se soucier de paraître désagréable.

— N'aimeriez-vous pas venir à l'écurie et y attendre l'heureux événement avec moi ? suggéra J.T., tout en lui caressant la taille.

Elle prit une vive inspiration.

— Non. Non, merci.

— Mon appaloosa, Washington, est le père du poulain. Et c'est le premier-né de Néfertiti. C'est un événement spécial.

— Alors, vous ne devriez pas perdre de temps à me raccompagner.

Il ignora sa remarque, et ils marchèrent en silence jusqu'à chez elle.

Après avoir déverrouillé et ouvert sa porte d'entrée, elle se tourna vers lui.

— Bonne nuit.

— Bonne nuit.

Il leva la main et effleura son visage du bout des doigts. Sa caresse était douce, hésitante et furtive.

— A votre retour de la réserve, je serai rentré à Atlanta. Et je ne reviendrai peut-être pas au ranch avant plusieurs mois, probablement à Noël.

— Au revoir, donc. Je… je ne vous verrai pas à Noël. Je prévois d'aller le passer avec ma mère, en Virginie.

— Si nous faisons bien attention, nous devrions réussir à éviter de nous revoir, en conclut J.T. à mi-voix.

Elle acquiesça d'un hochement de tête. Ils se dévisagèrent un instant, puis il s'éloigna. Joanna prit alors une profonde inspiration. Heureusement, il n'avait pas tenté de l'embrasser.

*
* *

En revenant de l'écurie, le lendemain matin peu après l'aube, J.T. passa devant la maison de Joanna, sans imaginer la croiser. Mais elle était assise sur son porche et déjà habillée d'un jean et d'une chemise ample. Il avait pensé — il avait espéré — ne plus jamais la revoir après leur discussion de la veille. Quelque chose chez Joanna Beaumont envoyait des signaux d'alarme à son cerveau. Cette femme était pour lui synonyme d'ennuis.

— Bonjour, lui lança-t-elle. Néfertiti et son poulain vont-ils bien ?

J.T. s'avança et posa le pied sur la première marche du porche.

— Mère et fille se portent à merveille. Lorsque j'ai annoncé à Washington qu'il était le père d'une magnifique pouliche, il s'est comporté comme s'il savait de quoi je parlais.

— Peut-être le savait-il, avança-t-elle.

Ses mains étaient resserrées autour d'une grande tasse en faïence blanche.

— J'ai parfois l'impression que les animaux sont dotés de bien plus d'intelligence que nous ne leur en prêtons, argua J.T.

— Oui, j'en suis persuadée.

Il se passa une main sur le visage, sa barbe naissante piquant sa paume.

— J'ai besoin de prendre une douche, de me raser et de dormir une bonne dizaine d'heures.

Il jeta un regard à la tasse de Joanna.

— Mais d'abord, je boirais volontiers un café.

Elle baissa les yeux vers sa boisson, puis releva la tête vers lui.

— Venez, asseyez-vous. Je vais vous chercher une tasse. Comment l'aimez-vous ? Noir ?

— Noir, avec un sucre.

— D'accord. Je reviens tout de suite.

Puis elle disparut à l'intérieur de la maison.

J.T. escalada les marches du porche et se laissa tomber dans l'un des fauteuils à bascule. Seigneur, il était exténué. Mais c'était une bonne fatigue. Ici, au ranch, même lorsqu'il s'épuisait au travail, il n'était pas soumis au stress et à la pression qu'il subissait dans son métier — en définitive, bien plus éprouvants.

Joanna réapparut, une tasse de café fumant à la main.

— C'est du concentré, l'avertit-elle. Si vous avez prévu d'aller vous coucher tout de suite, la caféine risque de vous tenir éveillé.

Il prit le café qu'elle lui tendait, en évitant de toucher sa main.

— Je crois que rien ne m'empêchera de dormir ce matin.

Il but une gorgée de café et soupira d'aise.

— Il est bon. Et juste sucré comme il faut.

Joanna s'assit à côté de J.T., dans l'autre fauteuil à bascule et approcha sa propre tasse de ses lèvres. Elle ne s'était certainement pas attendue à le revoir. Elle ne l'aurait pas imaginé non plus rester toute la nuit à l'écurie. Mais elle n'avait aucune raison de céder à la panique ou de se montrer désagréable avec lui. D'ici quelques heures, elle prendrait la route et à son retour, la semaine suivante, J.T. serait parti.

Elle allait devoir renoncer à son rêve utopique — trouver le véritable amour au Nouveau-Mexique. Sa rencontre avec J.T. Blackwood, l'homme qui avait hérité de la bague de Benjamin, comme elle-même avait hérité de celle d'Annabelle, lui avait ouvert les yeux. Jamais l'homme qui hantait ses rêves ne s'incarnerait devant elle. Il n'y aurait pas davantage d'amour heureux pour elle aujourd'hui qu'il n'y en avait eu pour les deux infortunés amants, soixante-dix ans auparavant.

— Vous vous levez toujours aussi tôt ? s'enquit J.T.

— Quoi ? bafouilla-t-elle, la tête ailleurs.

— Il fait à peine jour et vous êtes déjà debout, habillée, et avez même eu le temps de préparer du café. C'est votre habitude ?

— Pas toujours. Mais il m'arrive de me lever très tôt pour peindre. Rien n'est plus magnifique qu'un lever de soleil au Nouveau-Mexique… si ce n'est un *coucher* de soleil au Nouveau-Mexique.

— Vous êtes vraiment tombée amoureuse de cette région, on dirait…

— Mon arrière-grand-mère était tombée amoureuse… du Nouveau-Mexique — il y a de cela plus de soixante-dix ans — alors qu'elle accompagnait son époux, venu y effectuer des fouilles archéologiques.

Elle termina son café, posa sa tasse vide sur la table entre les deux fauteuils, puis contempla le ciel matinal.

— Oui, Elena m'a raconté cette histoire.

Il prit une autre gorgée de café, puis posa à son tour sa tasse à demi pleine sur la table.

— Que votre arrière-grand-mère était l'épouse d'un archéologue renommé, poursuivit-il. Que, durant leur séjour ici, elle avait eu une brève aventure d'été avec un natif. Et qu'elle est ensuite repartie retrouver la sécurité de son existence aisée.

Joanna se raidit et agrippa les bras du fauteuil.

— Leur liaison a été bien plus que cela. Ils étaient fous l'un de l'autre. Quitter cet homme lui a brisé le cœur. Elle l'a aimé aussi longtemps qu'elle a vécu.

Elle lui brandit sa main droite sous son nez.

— Elle a porté sa bague jusqu'au jour de sa mort !

— Si elle l'aimait autant que vous le prétendez, pourquoi n'est-elle pas restée au Nouveau-Mexique avec lui ?

Il lui saisit la main et fit tourner l'anneau en argent et turquoises.

— Je vais vous dire pourquoi, insista-t-il. Parce que Benjamin Greymountain était assez bien pour être son amant, mais pas son époux. Il n'était pas assez bien à ses yeux pour qu'elle renonce à tout pour lui. Ce n'est pas de l'amour, Jo, c'est…

Arrachant sa main à la sienne, elle bondit.

— Que connaissez-vous de l'amour ? Vous écouter parler de cette façon de nos arrière-grands-parents est un sacrilège. Si vous aviez lu le journal d'Annabelle, vous ne parleriez pas ainsi. Vous sauriez à quel point son amour pour Benjamin était passionné et à quel point c'était réciproque.

Il se leva et la prit par le bras, la forçant à lui faire face.

— Vous avez raison, je ne connais rien à l'amour, mais je connais tout en matière de luxure. Je sais ce que l'on ressent lorsqu'on assouvit enfin une pulsion qui vous rend fou.

Il pencha la tête vers elle et frotta son nez contre sa tempe, puis descendit vers sa bouche.

Non, non ! hurla intérieurement Joanna. Elle n'allait pas le laisser réduire à une banale attirance sexuelle l'amour exceptionnel que Benjamin et Annabelle avaient partagé. Ni la tenter par des caresses.

Elle tenta de se dégager de son étreinte, une vague de panique montant en elle. Mais il lui enserra la taille, l'attirant contre lui. Elle retint un cri en sentant son torse dur.

— Nous pourrions vivre ce que Benjamin et Annabelle ont vécu, si c'est ce que vous souhaitez, Jo. Faire l'amour nuit et jour, la semaine durant. Ensuite, je regagnerai Atlanta, et vous pourriez rédiger votre journal, en racontant à quel point votre aventure avec un Indien a été excitante.

— Lâchez-moi.

Elle darda son regard sur lui, furieuse, le haïssant. Le

haïssant de prendre à la légère l'idylle de leurs arrière-grands-parents. De réveiller cette passion en elle.

— Vous ne voulez pas vivre la même chose que votre chère ancêtre ? persifla-t-il. N'êtes-vous pas venue à Trinidad…

Il s'empara de sa main, entrelaça ses doigts avec les siens et amena leurs deux mains près de leurs visages, rapprochant leurs bagues assorties.

— N'êtes-vous pas venue avec la vision romantique d'un Indien navajo qui assouvirait vos fantasmes sexuels ?

— Vous ne savez rien de moi. Rien de mes rêves, ni de mes aspirations.

Il inclina la tête vers la sienne. Elle s'efforça de maintenir l'écran de leurs mains enlacées entre leurs deux visages. Mais il parvint à les écarter, se pencha plus près et, frôlant ses lèvres, y déposa un baiser. Elle se raidit.

— Je sais que vous avez envie de moi, Jo. Autant que je vous désire.

Il l'embrassa, et elle ne lutta pas, n'émit aucune protestation. Elle avait imaginé un baiser dur, cruel et sauvage. Il prit ses lèvres avec fermeté, mais ce fut une onde de force douce et tendre qui la traversa comme un vent puissant, mais nullement destructeur.

Elle lui rendit son baiser, lui ouvrant ses lèvres. Des fourmillements de chaleur se diffusèrent jusqu'au cœur de sa féminité.

Il emprisonna l'arrière de sa tête dans une de ses mains et lui caressa la hanche de l'autre, en la pressant fermement contre lui. Elle enroula alors les bras autour de son cou. Elle n'avait jamais senti le désir faire ainsi rage à l'intérieur d'elle. Ses genoux faiblissaient, elle tremblait sous l'effet de la passion.

Puis J.T. la repoussa doucement. Il resta à quelques centimètres d'elle, le souffle haletant.

Tendant la main derrière elle pour se retenir au bras du fauteuil, elle le dévisagea, rendue muette par l'émotion. Elle avait envie de le couvrir de reproches, de l'insulter presque. Mais elle avait participé de son plein gré à ce baiser, animée par un désir aussi insensé que le sien.

— Partez, Jo. Allez peindre vos nobles sauvages et vos magnifiques levers de soleil dans la réserve. Mais trouvez-vous un autre Indien comme amant. Je ne suis pas disponible pour amuser les jeunes bourgeoises qui s'ennuient.

Sous son regard enragé, elle demeura aussi immobile qu'une statue.

Il descendit les marches du porche et traversa la cour d'un pas furibond en direction de la maison principale, puis disparut de sa vue.

A ce moment-là, elle s'autorisa à relâcher le contrôle qu'elle avait maintenu sur ses émotions. Des larmes lui emplirent les yeux. Elle prit une profonde inspiration, puis laissa échapper un gémissement désespéré, et la douleur qui lui comprimait la poitrine se libéra.

4

Joanna installa son matériel de peinture, puis sa petite valise, à l'arrière de la Jeep. Elle voyageait léger, n'emportant que deux jeans et deux chemisiers. Elle allait séjourner chez les cousins d'Elena, Kate et Ed Whitehorn, qui lui avaient déjà ouvert leur maison à plusieurs occasions. Lorsqu'elle leur avait téléphoné, le matin même, en s'excusant de les avertir aussi tard, Kate avait semblé ravie d'avoir de la compagnie.

Elle jeta un coup d'œil à sa montre. 11 h 20. Elle allait faire un tour rapide de la maison et vérifier que tout était en ordre. Après quoi, elle avalerait un sandwich en vitesse, puis irait dire au revoir à Elena. Normalement, J.T. dormirait encore, elle n'aurait pas à le revoir.

Le téléphone sonna au moment où elle entrait dans la maison. Laissant la porte ouverte, elle se rua vers l'appareil et décrocha juste avant que le répondeur ne se déclenche.

— Allo.

— Joanna ?

— Maman ?

— Oui, ma chérie. Comment vas-tu ?

— Très bien.

Appeler ainsi à l'improviste n'était pas dans les habitudes de sa mère. La sénatrice Hélène Caldwell Beaumont était une femme terriblement organisée. Sa mère l'appelait deux fois par mois, à 9 h 30, le dimanche matin.

— Que se passe-t-il ? Oncle Peter a-t-il eu une nouvelle attaque cardiaque ?

— Non, ma chérie. Peter va bien.

— Alors, quel est le problème ? Pourquoi appelles-tu ?

— Je… je ne sais pas vraiment comment te dire ça, mais…

— Pour l'amour du ciel, maman, parle. Tu me fais peur.

D'habitude, sa mère n'était pas femme à chercher ainsi ses mots, ni à hésiter ou tergiverser.

— Le lieutenant George est venu me voir à mon bureau, ce matin, l'informa Helen.

A l'évocation du policier, tous les muscles, tous les nerfs de Joanna se tendirent. Le lieutenant Milton George avait été chargé de son affaire, à la suite de l'agression dont elle avait été victime. Ainsi que de toutes les affaires impliquant le criminel qui s'était attaqué à onze autres femmes dans la région de Richmond, avant d'être enfin arrêté.

— Qu'est-ce qu'il voulait ?

— J'ai pensé prendre l'avion pour venir te le dire, mais…

— Bon sang, maman, dis-moi ce qui se passe !

— Lenny Plott s'est évadé de prison.

Helen émit un long soupir.

— Mais c'est impossible ! s'exclama Joanna.

Elle refusait de le croire. Ce monstre était en liberté !

— Il a été enfermé dans une prison de haute sécurité, s'écria-t-elle. Comment aurait-il pu s'évader ?

— Je sais quel choc cela doit représenter pour toi, ma chérie, mais je crains que ce ne soit la vérité. Lenny Plott s'est vraiment échappé. Et… il y a autre chose.

— Autre chose ?

— Il n'y a pas quarante-huit heures qu'il s'est évadé, et il a… il a déjà retrouvé Melody Horton.

— Qu'est-ce que tu veux dire par là ? Que lui a-t-il fait ?

Melody, une étudiante âgée de vingt ans, avait témoigné avec Joanna et deux autres victimes contre leur agresseur, l'envoyant en prison pour le restant de ses jours.

— Elle a été kidnappée. Un voisin a identifié le conducteur

de la voiture dans laquelle elle est montée, d'après les clichés de la police. C'est bien Lenny Plott.

— La police l'a retrouvée ?

— Oui, souffla sa mère, si bas que sa réponse était presque inaudible.

— Est-elle… ?

— Elle a été étranglée, déclara Helen. Le lieutenant George tenait à ce que toi, Claire et Libby soyez averties… Je t'en supplie, rentre à la maison, ma chérie. Ta vie est en danger. Rentre à la maison. J'engagerai un garde du corps pour te protéger.

— Lenny Plott ne sait pas que je suis au Nouveau-Mexique, argua Joanna. Pas plus qu'il ne sait où sont Claire et Libby. Je n'ai moi-même aucune idée d'où se trouve Libby.

— Le lieutenant George est inquiet. Il craint que Plott n'arrive à toutes vous localiser, d'une façon ou d'une autre. Il pense qu'il va chercher à vous traquer toutes les trois.

— Mais comment cela a-t-il pu arriver ? Notre cauchemar était censé s'arrêter le jour où ce malade a été emprisonné. Je refuse… Je ne *peux* pas vivre de nouveau dans la peur !

Elle n'oublierait jamais les premières semaines qui avaient suivi cette nuit d'épouvante : elle vivait dans la terreur que cet homme revienne s'attaquer à elle. Même après l'arrestation, elle ne s'était pas sentie en sécurité. Depuis, elle avait appris à gérer sa peur. Elle était prudente, toujours méfiante avec les inconnus. Elle s'était procuré un revolver, avait suivi des cours de self-défense, consulté pendant plusieurs mois un psychothérapeute. Non, en aucune façon, elle ne laisserait l'évasion de Lenny Plott détruire l'existence qu'elle s'était construite à Trinidad. Elle refusait de céder à la panique. Elle refusait de fuir.

— Joanna, tu es toujours là, ma chérie ? Je t'en prie, dis-quelque chose.

— Oui, je suis là. Et je vais rester ici. J'y suis en sécurité. Je parlerai de cette affaire à Elena. J'aurais dû lui en parler depuis longtemps, mais je m'efforçais d'oublier. Par ici, personne n'est au courant.

— Mais imagine que Plott te retrouve…

— Il ne me retrouvera pas.

Elle tentait de rassurer sa mère, mais elle était assaillie par le doute.

— Je vais en parler à Elena et à Alex. Plus d'une vingtaine d'hommes travaillent dans ce ranch, des durs à cuire, qui savent tous manier les armes à feu. Et Trinidad est une petite ville. Tout le monde se connaît. Si un inconnu y débarquait, je ne tarderais pas à l'apprendre.

— Le lieutenant George va t'appeler, l'informa sa mère. Il a promis de nous tenir au courant. La police organise une chasse à l'homme à travers tout l'Etat de Virginie. Ils vont capturer ce monstre et le remettre en prison, où est sa place.

— Oui, bien sûr. Il n'arrivera sans doute même pas à sortir de Richmond.

— J'aimerais que tu rentres à la maison, insista sa mère.

— Je suis davantage en sécurité ici, et c'est ici qu'est ma maison, à présent.

— Alors, appelle-moi tous les jours, juste pour me dire…

La voix d'Helen se brisa.

— Tous les jours, répondit Joanna. Je te le promets.

— Je t'aime Joanna. Tu le sais, n'est-ce pas ?

— Oui, maman, répondit Joanna. Et je t'aime aussi.

— Prends soin de toi, ma chérie. Et fais-moi savoir s'il y a quoi que ce soit que je puisse faire.

— Je n'y manquerai pas, maman. A bientôt.

Joanna raccrocha lentement le combiné, puis se laissa tomber sur le canapé en cuir beige. Durant un moment, elle fut comme engourdie par le choc. Puis, soudain, les sensations l'assaillirent. Elle frissonna, elle avait froid tout à coup. Elle se mit à trembler de tous ses membres. L'angoisse lui enserrait la poitrine. Elle n'arrivait pas à respirer.

Dieu du ciel, non, pitié, non !

Un goût amer afflua dans sa gorge. Des souvenirs — des souvenirs horribles — fusaient dans son esprit sous forme de flashes. Des souvenirs qu'elle avait enfouis profondément en elle et qui n'auraient jamais dû remonter à la surface. Elle avait passé cinq longues années à repousser le souvenir de cette nuit-là. Se sortir de l'esprit les souffrances que Lenny Plott lui avait fait endurer n'avait pas été facile. Elle s'était efforcée d'oublier et de poursuivre sa vie. Elle était trop forte pour se laisser abattre.

Mais à présent, des sueurs froides l'envahissaient. Son cœur cognait dans sa poitrine à un rythme frénétique. Se repliant sur elle-même, elle agrippa ses genoux, les ramena contre son buste et se mit à se balancer d'avant en arrière. Des sanglots douloureux se logèrent dans sa gorge.

« Je vais te tuer », lui avait-il murmuré à l'oreille, la lame acérée d'un couteau pressée contre sa gorge.

— Non ! Arrête ! s'admonesta Joanna Tu te fais du mal.

Les paupières serrées, elle tenta de retenir ses larmes.

Des yeux bleus perçants emplis d'une rage meurtrière. Des mains brutales, qui la frappaient impitoyablement. L'odeur fétide d'une haleine imprégnée de whisky. Elle tenta de se dégager, de crier. La lame du couteau entailla sa gorge. Un filet de sang coula en direction de sa poitrine.

Joanna rouvrit brusquement les yeux. Elle tremblait de la tête aux pieds.

— Arrête ! s'ordonna-t-elle à voix haute. Ne laisse pas les souvenirs remonter à la surface. Ne les laisse pas revenir… Arrête…

Soudain, des coups retentirent à la porte d'entrée. Absorbée dans son effort pour repousser ces images, Joanna mit quelques instants à réagir.

— Jo ? Hé, Jo ! l'appela Elena en entrant dans le salon. Es-tu prête à prendre la route ?

Elena. Son amie. Il ne fallait pas qu'elle la trouve dans cet état.

Réagis, bon sang ! Redresse-toi. Arrête de pleurer, s'exhorta-t-elle.

— Mon Dieu, Jo, que se passe-t-il ? s'exclama Elena, en se précipitant vers le sofa.

Son amie se mit à genoux devant elle et la prit par les épaules.

— Que s'est-il passé ? Tu es malade ?

Joanna parvint tout juste à secouer la tête.

— Es-tu blessée ? s'enquit Elena.

Joanna secoua de nouveau la tête sans répondre.

Après avoir essuyé les larmes de ses joues, Elena passa ses bras autour d'elle et l'étreignit.

Joanna émit un gémissement. Son corps se détendit. Elle lâcha ses genoux et posa ses pieds sur le sol. Elena continuait à la serrer avec fermeté contre elle.

— Il y a… il y a cinq ans, j'ai été victime d'une horrible agression, lui confia-t-elle. Un homme s'est introduit chez moi. Il m'a agressée, il m'a frappée presque à mort, a menacé de me tuer.

— Oh ! Jo… Jo, je suis désolée.

— C'est après ce drame que j'ai quitté la Virginie et suis venue au Nouveau-Mexique pour y entamer une nouvelle vie.

Joanna étreignit brièvement Elena, puis s'écarta d'elle.

— Je n'en ai jamais parlé à personne ici. J'aurais dû me confier à toi depuis longtemps, mais je voulais tourner la page.

Elena lui frotta les bras de façon apaisante.

— Et… que s'est-il passé aujourd'hui ?

— Ma mère m'a appelée. Il semblerait que l'homme qui s'est attaqué à moi… Oh ! Seigneur !

Elle se leva d'un bond et se mit à faire les cent pas.

— Cela ne *peut* pas être arrivé ! s'écria-t-elle.

— Quoi donc ? s'enquit Elena, en se levant à son tour.

— Mon agresseur — Lenny Plott. J'étais sa onzième victime. Il s'était attaqué à une dernière femme après moi, avant que la police ne l'arrête enfin.

— Donc, maintenant, il est en prison, n'est-ce pas ?

Se plantant devant Joanna, Elena la força à s'arrêter.

— N'est-ce pas ?

— Claire Andrews, Libby Felton, Melody Horton et moi. Nous sommes quatre à avoir témoigné contre lui, afin d'être sûres qu'il ne ferait plus aucune autre victime.

— J'imagine à quel point tout cela a dû être dur. Mais tu as fait ce qu'il fallait faire.

— Oui, renchérit Joanna. Il a été condamné à la prison à perpétuité, après quoi nous avons toutes pu reprendre le cours de nos existences. Melody est restée en Virginie et a terminé ses études universitaires. Claire est retournée dans son Missouri natal. Libby a quitté la ville — nous n'avons plus jamais entendu parler d'elle.

— Et toi, tu es venue à Trinidad.

— Elena… Lenny Plott s'est évadé de prison.

— Quoi ?

— Il s'est évadé il y a quarante-huit heures, et …

Joanna couvrit sa bouche de ses mains.

Elena les lui prit pour les écarter de son visage.

— Qu'est-ce que tu ne me dis pas ?

— Il a kidnappé Melody Horton et l'a assassinée. Le jour de sa condamnation, il a juré de nous tuer toutes les quatre. Il a juré de réussir à se libérer, et de nous traquer une par une.

Elena entoura Joanna de ses bras et la tint contre elle.

— Tu es en sécurité ici, au ranch, avec nous. Il ne sait pas que tu es là. Il ne te trouvera pas ici.

— Mais s'il me trouve ?

Joanna fixa son amie, hébétée.

— J'ai peur, Elena. J'ai tellement peur.

Elena lui passa une main rassurante dans le dos.

— Je sais. Je sais. Mais tout va bien se passer. J.T. saura comment gérer la situation. Il prendra soin de…

— J.T. ? Non, je t'en prie. Je ne veux pas mêler ton frère à cette affaire.

— Ne sois pas stupide. J.T. est mieux à même de te protéger que qui que ce soit d'autre. Il était agent des services secrets jusqu'à ce qu'une balle l'atteigne à la tête et qu'il quitte le FBI. Depuis six ans, il est l'un des associés d'une agence de protection privée renommée.

— Ma mère veut que je rentre en Virginie. Elle a proposé d'engager un garde du corps pour moi. Mais je suis sûre qu'elle accepterait d'en envoyer un ici, si je le lui demandais.

— Mais ne vois-tu pas qu'il est inutile d'engager un autre garde du corps, alors que nous avons J.T. ? C'est son métier.

— Non, Elena, je…

— Cessons de discuter. Tu vas rester ici, au ranch. J.T. est un expert en ce qui concerne la sécurité des personnes. Il saura te protéger.

— Mais…

— Fais-moi confiance, Jo. Et fais confiance à J.T.

Faire confiance à J.T. ? Il était le dernier homme à qui elle se sentait capable d'accorder sa confiance.

— Dans cette agence à Atlanta, n'y a-t-il pas d'autres agents ? reprit-elle. Quelqu'un que J.T. pourrait envoyer ici, une fois qu'il sera reparti ? Ma mère paiera pour…

— Que veux-tu dire ? Une fois que j'aurai exposé la situation à mon frère, il ne repartira pas à Atlanta ! Il restera ici et te protégera lui-même.

— Je ne lui demanderais jamais de faire ça, contra Joanna.

Elle ignorait ce qu'elle redoutait le plus : que Lenny Plott retrouve sa trace ou bien que J.T. Blackwood assure sa protection ? Si Plott la retrouvait, il la tuerait. Mais toute relation, quelle qu'elle soit, avec J.T., risquait d'être destructrice pour elle.

J.T. mit pied à terre et lâcha les rênes de Washington qui le suivit le long de la rive du cours d'eau. Il retrouvait son endroit préféré, calme et isolé sur les hauteurs des collines, en pleine nature.

Une colère qu'il avait du mal à contrôler le consumait. Une colère dirigée tout d'abord contre lui-même, pour s'être comporté en brute, en macho. Il aurait dû comprendre ! Derrière la méfiance et la nervosité de Joanna, et bien au-delà d'une antipathie immédiate à son égard, se dissimulait un traumatisme. Il avait laissé son ego entraver sa perception habituellement affûtée. Son ego… et sa libido.

Jamais il n'avait désiré une femme avec une telle intensité.

Il sortit son fusil du holster en cuir attaché à sa selle et empoigna le sac en tissu qu'il avait accroché au pommeau. Il ordonna à Washington de rester là, puis escalada lentement le flanc de la colline.

Arrivé au sommet, il posa son fusil contre un rocher et ouvrit le sac en tissu, dont il sortit un assortiment de canettes et de boîtes de conserve.

Après avoir aligné ces cibles au sommet de la formation rocheuse, il reprit son fusil, recula, puis visa et tira à répétition, pulvérisant la rangée d'objets qu'il imaginait être Lenny Plott.

Sa rage partiellement défoulée, il leva les yeux et fixa le soleil à l'intensité aveuglante. Le récit que venait de lui faire sa sœur du drame vécu par Joanna tournait en boucle dans son esprit.

« Je lui ai assuré qu'elle serait en sécurité sur le ranch, avait conclu Elena. Que tu saurais la protéger. »

Protéger Joanna. Oui, la protection des personnes n'avait aucun secret pour lui. Il avait risqué sa vie tous les jours lorsqu'il était membre des services secrets américains.

Après l'armée et l'université, il avait été recruté par le bureau central du FBI, à Washington. Il avait servi plusieurs années dans des bureaux régionaux, d'Omaha à La Nouvelle-Orléans, son travail évoluant de missions proprement assommantes en dangereuses opérations d'infiltration dans les milieux de la pègre. Il avait assuré la protection de plus d'un candidat aux élections présidentielles et même servi pendant plusieurs années à la Maison-Blanche.

Sa dernière mission avait failli lui coûter la vie et l'avait mis hors service pour un moment. Mais elle lui avait valu la Médaille du mérite et une retraite anticipée.

Ces six dernières années, il s'était associé avec Sam Dundee, qui était devenu son meilleur ami. Dundee Security était une des agences les plus renommées du pays dans le domaine de la sécurité et de la protection rapprochée.

Oh, oui ! Il était un expert. Jouer les gardes du corps était ce en quoi il excellait le mieux. Protéger Joanna Beaumont lui posait juste quelques problèmes. *Primo*, cette femme le détestait, même s'il ne pouvait pas vraiment l'en blâmer. *Secundo*, il éprouvait pour elle une puissante attirance, tout en ignorant comment gagner la confiance d'une femme traumatisée par un tel drame.

Il faudrait qu'il soit fou pour accepter cette mission. Il se sentait déjà beaucoup trop impliqué personnellement. Malgré l'insistance d'Elena pour qu'il assure en personne la protection de Joanna, il serait certainement plus sage d'envoyer un autre homme de l'agence. Simon Roarke était disponible. Et, d'ici une semaine, Gabriel Hawk terminerait lui aussi une mission.

Mais à ce stade, la présence d'un garde du corps professionnel n'était peut-être pas nécessaire. Il y avait suffisamment d'hommes au ranch Blackwood pour veiller sur Joanna. Si Lenny Plott finissait par découvrir où elle se trouvait, il serait alors temps qu'un garde entraîné intervienne.

Il proposerait plusieurs alternatives à Joanna, garantissant sa sécurité dans le ranch. Puis il la laisserait prendre sa décision.

Il redescendit la colline, rangea son fusil dans son étui et remonta en selle. Il redoutait la perspective de se retrouver face à Joanna. Il craignait de faire une bévue, de ne pas trouver les mots appropriés…

Bon Dieu, que lui arrivait-il ? Depuis quand était-il aussi sensible ? Ni maintenant ni jamais. Simplement, il émanait de Joanna quelque chose de si doux, de si tendre et de si irrésistible… Il en était touché.

De retour au ranch, au lieu de prendre lui-même soin de l'appaloosa, comme à son habitude, il le confia à un des garçons d'écurie. Il était inutile de repousser plus longtemps la confrontation avec Joanna.

Elle était assise sur le devant de sa maison en compagnie d'Elena. Toutes deux se balançaient dans leur rocking-chair. Il dirigea son regard vers Elena.

— Où étais-tu ? demanda sa sœur. Tu es parti si vite, tout à l'heure, sur ton cheval.

Il glissa un regard en direction de Joanna. Son visage était pâle. Ses mains, posées sur ses genoux, tremblaient légèrement. Et elle était silencieuse. Où était passée son impétuosité habituelle ?

— J'avais besoin d'être un peu seul. Pour réfléchir.

— Le lieutenant George a téléphoné, l'informa Elena. Ce policier de Virginie…

— Oui. Tu m'as déjà expliqué qui il était, la coupa-t-il. Avait-il du nouveau concernant Plott ?

Sa sœur secoua la tête.

— Non. Rien de plus que ce que la mère de Joanna lui avait dit au téléphone, un peu plus tôt.

Il franchit les marches du porche et s'immobilisa à côté de sa sœur, lui posant une main sur l'épaule.

— Je dois parler à Joanna. Seul à seule…

— Pourquoi ? s'étonna Elena. Je ne veux pas la laisser.

— Ne t'inquiète pas, la rassura Joanna. Tu peux rentrer chez toi. Ça ira. Vraiment.

Elena se pencha vers son amie.

— Sache que je ferai tout ce que tu estimeras nécessaire pour t'aider.

Puis elle descendit les marches en direction de la cour.

— Rentrons dans la maison, suggéra J.T. Nous serons plus tranquilles pour discuter.

— Pourquoi ? Nous le sommes également ici.

Joanna continuait à éviter son regard.

— Très bien.

Il haussa les épaules, puis s'assit dans le fauteuil que sa sœur venait de quitter.

— Joanna, souhaitez-vous que je prenne la situation en main ?

Elle soupira.

— Elena affirme que vous êtes un expert en matière de protection.

— J'ai en effet de nombreuses années d'expérience dans ce domaine.

— Ma mère vous fera transférer les sommes nécessaires pour couvrir vos frais.

Elle agrippa les bras du fauteuil.

— Il était prévu que je reste toute la semaine, de toute façon, rappela-t-il. Cela n'entraînera donc aucun frais pour vous.

Il croisa les jambes et s'adossa à son fauteuil.

— Si vous souhaitez que je reste par la suite, il sera toujours temps de discuter de mes tarifs à ce moment-là.

— Vous comptez assurer vous-même ma protection ?

— Si tel est votre souhait.

Elle avait l'air si fragile, si vulnérable et désarmée, assise là, ses mains délicates serrant les bras du fauteuil.

— Mais, si vous préférez, je ferai venir à ma place un des meilleurs hommes de l'agence Dundee.

— Elena tient à ce que ce soit vous qui soyez mon garde du corps.

— Et *vous,* Jo, que voulez-vous ?

Elle redressa le menton et braqua son regard dans le sien.

— Je voudrais que rien de tout cela ne soit jamais arrivé. Je voudrais revenir cinq ans en arrière et effacer le passé.

— Oui, eh bien… c'est impossible. Je ne peux que tenter d'assurer votre protection dans le présent.

— Si vous vous engagez à me protéger, de mon côté, je vais devoir être franche avec vous.

Elle se leva et se mit à arpenter le perron.

— Avant cette agression, j'étais de nature confiante. Pour moi, le monde était merveilleux. Je suis l'enfant unique d'un couple de parents aisés. J'ai suivi des études d'art à l'université, après quoi j'ai décroché un emploi dans un musée de Richmond. Je me suis ensuite fiancée à un jeune avocat ambitieux, employé dans le cabinet de mon père. Je n'avais jamais expérimenté aucun chagrin véritable avant la mort de mon père à la suite d'une attaque cardiaque, survenue un an avant mon agression.

— Et qu'est devenu votre fiancé ? s'enquit J.T., tout en se levant de son fauteuil.

— J'y arrive.

Il vint derrière elle, tout près, mais ne la toucha pas.

— Continuez.

Joanna se tendit. J.T. était si près d'elle qu'elle sentait la chaleur qui émanait de son corps.

— Cette agression et ce qui s'est ensuivi m'empêchent depuis toutes ces années d'accorder ma confiance à un homme, malgré tous mes efforts.

— Je peux le comprendre.

Elle aurait préféré qu'il ne se tienne pas aussi près. Elle aurait préféré ne pas être ainsi envahie par l'envie de se retourner et de lui demander de la prendre dans ses bras.

— J'avais sombré dans la dépression. Mon fiancé n'a pas pu faire face à mes angoisses et, au moment où j'avais le plus besoin de lui — de son amour et de son soutien — il a rompu son engagement et m'a quittée.

— Le salaud !

J.T. lui prit doucement les épaules. Elle était si tendue qu'elle crut se briser.

— Il ne vous méritait pas.

— Sans doute.

Si seulement J.T. avait ôté ses mains. Si seulement le contact de celles-ci n'avait pas été aussi ferme et en même temps aussi doux. Si elle n'avait pas eu envie de se laisser aller en arrière contre lui… dans l'étreinte de ses bras puissants.

— Sur le moment, la désertion de Todd n'a fait qu'empirer ma détresse, reprit-elle. A qui aurais-je encore pu accorder ma confiance, puisque l'homme qui disait m'aimer m'avait trahie ?

— Vous pouvez vous fier à moi, Jo, assura J.T.

Il lui caressa les bras. C'était si réconfortant. Elle eut un frisson involontaire, qui libéra une part de la tension accumulée en elle. Elle avait terriblement envie d'accorder sa confiance à J.T., mais y parviendrait-elle ?

— Je ne veux pas que vous fassiez venir un autre garde du corps d'Atlanta, souffla-t-elle.

Se laissant légèrement aller en arrière jusqu'à ce que son corps frôle le sien, elle ajouta :

— Je veux que vous restiez à Trinidad et… Je veux que vous assuriez ma protection, J.T.

Elle prit une profonde inspiration.

— Et je vais m'efforcer de vous faire confiance.

Il approcha ses lèvres de son oreille.

— Je ferai tout mon possible pour gagner cette confiance.

Elle ferma les yeux, se laissa aller contre lui et, inclinant la tête en arrière, la posa sur son torse dur.

— J'ai peur. J'ai très peur.

— Je vous protégerai, jura J.T. Nous resterons ici, au ranch. Je m'assurerai qu'il y ait toujours quelqu'un auprès de vous, jusqu'à ce que Plott soit capturé et remis en détention.

— Mais et si…

— S'il découvre où vous vous trouvez et qu'il décide de vous traquer, eh bien, je resterai à vos côtés jour et nuit. Et s'il s'approche de vous, je le descendrai.

— Oh ! J.T., vous ne pouvez pas imaginer ce qu'a été cette nuit-là, pour moi.

Rouvrant les yeux, elle poursuivit :

— Et ensuite… au procès, quand j'ai dû tout raconter — les insultes, les coups, ses horribles mains sur moi, le couteau pressé contre ma gorge…

— Chut. N'en parlez pas. Il vaut mieux ne pas se rappeler. Je vous jure que ce dingue ne vous fera plus jamais de mal, Jo.

Il déposa un baiser sur sa tempe, puis, l'entourant de ses bras, la serra contre son torse. Elle ne résista pas. Elle demeura ainsi un long moment, enveloppée dans son étreinte. Une étreinte protectrice. Tendre. Possessive.

5

Joanna se laissa tomber dans le fauteuil tendu de tissu écossais brun, orange et vert, et prit son carnet de croquis sur la table en pin sculpté, à sa droite. Ces derniers jours, depuis l'appel de sa mère, elle s'était repliée sur son bloc à dessins et avait rempli des pages et des pages au fusain. Principalement des portraits de J.T. Blackwood. De face, de profil. Surtout des profils.

Elle feuilleta le carnet et s'arrêta sur le portrait qu'elle avait réalisé le matin même. Un John Thomas Blackwood aux traits durs et accidentés, qu'aucun sourire ne venait adoucir. Un homme sans appartenance — ni blanc ni amérindien — mais à la virilité primitive.

Elle referma le carnet d'un coup sec et le jeta par terre. Quel démon avait bien pu la posséder ? Et que penserait J.T. s'il voyait tous ces portraits de lui ? Il risquait d'imaginer qu'elle…

Non ! Elle ne ressentait rien pour J.T., excepté peut-être de la gratitude. Même si elle ne l'avait aperçu que de loin ces derniers jours, elle se sentait rassurée par sa présence. Il veillait étroitement sur elle et prenait toutes les précautions possibles pour assurer sa sécurité.

Il ne semblait cependant y avoir aucun danger immédiat du côté de Lenny Plott. Personne ne savait où il se trouvait. Peut-être très loin du Nouveau-Mexique.

Le seul danger qui la guettait provenait des pensées que lui inspirait J.T. Blackwood. Elle était désorientée et émotive à l'excès, les nerfs tendus jusqu'au point de rupture. D'accord, il s'était engagé à la protéger. Pour autant, ce n'était pas une raison pour se prendre à rêver de lui…

Un coup, à la porte d'entrée, la fit tressaillir. Tout son corps se raidit. *Arrête !* s'admonesta-t-elle. Chaque coup frappé à sa porte, chaque craquement, chaque son inattendu la terrifiait. Mais, se raisonna-t-elle, Lenny Plott ne s'annoncerait certainement pas ainsi chez elle.

Les coups reprirent, sans qu'elle ne parvienne à réagir.

— Joanna ? Joanna ? appela J.T. Tout va bien ?

Lorsqu'elle réussit enfin à se convaincre d'aller ouvrir, J.T. déverrouillait déjà la porte avec la clé qu'elle lui avait confiée. Il surgit dans la maison, la rejoignit au centre du séjour et l'empoigna par les épaules.

— Pourquoi diable n'avez-vous pas répondu tout de suite ?

De toute évidence, il avait envie de la secouer, mais se retenait de le faire.

— Je suis désolée. Je…, balbutia-t-elle.

— Vous vous sentez bien ?

— Oui, oui, ça va. Pourquoi êtes-vous là ?

— Je voulais vous proposer de faire une promenade à cheval. Cela fait cinq jours que vous n'êtes pas sortie du ranch. J'ai pensé qu'une balade vous ferait plaisir.

— Oh ! Je vois. Est-ce une idée d'Elena ?

Il eut un demi-sourire.

— Elle m'a juste confié que vous aviez pour habitude de partir souvent dans la nature pour peindre ou dessiner.

Elle en convint d'un hochement de tête.

— Ma sœur nous a préparé un panier de pique-nique, ajouta J.T. Des sandwichs. Un Thermos de thé.

Il la regarda, étonné :

— Vous comptiez passer la journée en peignoir ?

— Je vais me changer, répliqua-t-elle aussitôt, en se retournant en direction de la porte.

Son carnet de croquis traînait par terre.

— Où allons-nous ? demanda-t-elle.

En passant devant le fauteuil, elle renvoya le bloc dessous d'un coup de pied.

— J'ai pensé que vous aimeriez peut-être visiter le site où vos arrière-grands-parents ont effectué des fouilles archéologiques, il y a soixante-dix ans de cela.

S'immobilisant, elle tourna un regard surpris vers J.T.

— Vraiment ? Je n'ai jamais réussi à obtenir du propriétaire de ce terrain l'autorisation de le visiter.

Il s'assit dans le fauteuil tendu de tissu écossais.

— D'habitude, le vieil Elie Mahoney n'autorise l'entrée du site qu'aux archéologues. Mais lui et moi avons toujours été en bons termes, et il m'est redevable de quelques faveurs.

— Et… il nous a autorisés à le visiter ?

— Oui. Alors, allez vite vous habiller.

— Pourrons-nous passer le reste de la journée là-bas ? En aurez-vous le temps ? Il me faut trouver de nouvelles idées pour des tableaux qui m'ont été commandés.

— Nous y resterons aussi longtemps que vous le souhaiterez, et vous pourrez dessiner tout votre soûl.

— Merci, J.T.

Il aimait son sourire. Authentique. Franc. Chaleureux.

— Jo, une fois là-bas, il faudra que nous parlions.

Le sourire de Joanna disparut brusquement, et il regretta de ne pas avoir attendu pour évoquer cette conversation. Mais il voulait la préparer à ce qu'il avait à lui dire. Car, quoi qu'il advienne dans les jours à venir, il n'avait pas l'intention de lui mentir.

— D'accord, acquiesça-t-elle posément.

Puis elle se hâta en direction de sa chambre.

Il posa son Stetson sur la table en pin, puis se pencha en avant et posa les coudes sur ses cuisses, ses mains pendant entre ses jambes écartées.

Cette excursion *était* l'idée d'Elena, qui avait insisté pour qu'il l'organise spécialement pour Joanna. Et à la suite des informations préoccupantes que lui avait communiquées par téléphone le lieutenant Milton George, une balade dans la nature lui avait semblé le cadre idéal pour aborder certains sujets épineux.

Jusqu'ici, il avait pris toutes les précautions nécessaires pour assurer au mieux la sécurité de Joanna, sans toutefois poster un garde en permanence devant sa porte. Il lui avait suggéré de venir s'installer dans la maison principale. Elle avait refusé de quitter son logis. Il l'avait compris, mais, si Plott se manifestait, il n'aurait pas d'autre choix que d'insister. A moins — et il préférait ne pas songer à cette alternative — que ce ne soit lui qui aille s'installer chez elle.

Il s'était, à plus d'une occasion, trouvé contraint de partager un espace confiné avec une jolie femme dans le cadre d'une mission, et avait toujours réussi à rester parfaitement professionnel. Mais Joanna Beaumont n'était pas qu'une simple cliente. Il était intensément attiré par elle. Et désirer une femme dont il était chargé d'assurer la protection risquait de créer un problème.

Il baissa le regard vers le sol. Un carnet dépassait de dessous le fauteuil. Il se pencha et le ramassa. C'était en fait un grand bloc à dessins. S'adossant à son siège, il le posa sur ses genoux.

Dès qu'il l'ouvrit, son cœur chavira. Il tourna la première page. Retint un instant son souffle sous l'effet de la surprise. Feuilleta en hâte toutes les pages du bloc : il était sur chacune d'entre elles. C'étaient des portraits, des ébauches croquées d'un trait hâtif, mais le modèle était chaque fois reconnaissable. En découvrant le dernier croquis, il ferma les yeux, sous le choc. Dans ce portrait, Joanna avait réussi à capturer le vrai J.T. Blackwood. Un homme dur. Froid. Cynique. Un homme en proie à une lutte intérieure, tiraillé entre deux cultures — celle que son grand-père l'avait forcé à adopter et celle dont ce dernier lui avait appris à avoir honte.

Il referma le bloc et le glissa sous le fauteuil. Il regrettait d'avoir vu ce maudit carnet. De toute évidence, pour que Joanna ait fait tous ces portraits de lui, elle avait laissé l'histoire de leurs ancêtres la faire divaguer. Il devait immédiatement couper court à cette folie ! Qu'elle songe à lui, comme à l'homme capable de combler tous ses rêves romantiques, était impensable.

Pour leur bien commun, il devait au plus vite mettre les choses au clair avec elle. Il n'entendait rien aux histoires d'amour. Surtout, comment aurait-il été capable d'apporter la tendresse nécessaire à une femme à qui les hommes n'inspiraient plus que de la terreur ?

Que ressentait une femme qui avait été brutalisée de la sorte ? Qu'aurait-il fait, à la place de Todd ? s'interrogea-t-il. Il aurait voulu pourchasser Plott et le tuer de ses propres mains. Et il n'aurait jamais abandonné Joanna. Si elle avait été sienne, il aurait… Mais elle n'avait pas été sienne à ce moment-là, pas plus qu'elle ne l'était aujourd'hui. Et les choses devraient en rester là.

— Je ne sais pas comment vous remercier, J.T.

Joanna ouvrit grand les bras, comme si elle avait pu étreindre le ciel et la terre.

— Cet endroit est si semblable à la description qu'en a faite Annabelle. Ils vivaient sous des tentes, ici même, sur ce site.

— Pourquoi votre grand-père avait-il amené son épouse avec lui ? Encore aujourd'hui, cette région est sauvage. Ce n'est pas un endroit pour une femme de son milieu.

J.T., qui s'était juché au sommet d'un gros rocher, prit le Thermos dans le panier qu'il avait posé à côté de lui.

Joanna contempla la vallée en contrebas. L'espace immense. La vue incroyable. Les canyons aux parois escarpées. Le ciel bleu infini. Et les couleurs si tranchées et si vives, à couper le souffle.

— Annabelle n'était pas seulement une lady, expliqua-t-elle. Elle dessinait et faisait de la photographie. Elle reproduisait ainsi toutes les découvertes de son mari et les répertoriait. Et, pour votre information, Ernest Beaumont n'était pas non plus un simple archéologue.

Elle chercha son regard.

— Sa renommée était internationale. Il comptait parmi ses amis des hommes tels qu'Earl Morris et Alfred Kidder, et il…

Elle se laissait emporter par son enthousiasme… Elle s'en rendit compte et se mit à rire.

— J'avoue qu'après avoir lu le journal d'Annabelle, je me suis passionnée pour l'histoire de mes arrière-grands-parents.

— Avez-vous compris ce qui avait poussé votre ancêtre à commettre un adultère ? lui demanda alors J.T. d'un ton sec.

Sa gaieté la quitta aussi sec. Elle s'assit sur le rocher à côté de lui et accepta le verre de thé qu'il lui tendait, mais en évitant délibérément son regard.

— Le mariage d'Annabelle avec Ernest Beaumont avait été arrangé par son père, peu avant la mort de ce dernier.

Elle prit une gorgée de thé.

— Lorsque Annabelle s'est mariée, poursuivit-elle, elle avait dix-huit ans. Ernest en avait quarante-deux. C'était une femme de devoir. Elle lui a donné deux fils. Elle l'assistait dans ses recherches. Leur union a été totalement dénuée de passion.

— Donc, quand Annabelle a rencontré Benjamin, elle a eu envie de mettre un peu de passion dans sa vie et…

Tout en déballant un sandwich au jambon et au fromage, J.T. conclut avec un grognement cynique :

— Elle s'est offert une brève aventure d'été avec un sauvage.

— Elle l'a vraiment aimé, s'insurgea Joanna. Elle ne l'a jamais oublié. N'en a jamais aimé aucun autre.

— Oui, bien sûr. Ecoutez, Jo, une fois de plus, si ce que vous affirmez était vrai, elle aurait renoncé à tout pour rester avec lui.

— C'était impossible. Elle avait deux enfants. Benjamin a été le premier à refuser qu'elle lui sacrifie ses enfants.

— Vous vous êtes vraiment laissé subjuguer par le journal de votre arrière-grand-mère, n'est-ce pas ?

Il lui tendit un sandwich.

— Elena nous a mis des pickles, précisa-t-il. Vous en voulez ?

— Non, merci, répondit-elle d'un ton sec.

Elle déballa le sandwich au pain de mie et mordit dedans.

— Hé, reprit-il, ce n'est pas la peine de vous vexer, juste parce que nos avis divergent concernant la liaison qu'ont eue nos deux ancêtres. Vous imaginez qu'une grande passion les a liés. Je pense qu'il s'agissait simplement entre eux d'une forte attirance physique… sans tout ce fatras sentimental de serments éternels et de cœurs brisés.

Joanna mastiquait, lui tournant résolument le dos. Cet homme n'avait pas la plus petite once de romantisme en lui.

Mais alors, il la saisit par l'épaule. Elle tressaillit et fit volte-face.

— Vous ne connaissez rien au véritable amour, lâcha-t-elle.

— Laissons tomber cette conversation, suggéra-t-il, en exerçant une pression apaisante sur son épaule. Nous avons des sujets plus importants à traiter.

Mais elle refusa de rendre les armes. Elle lui brandit sa main droite sous le nez.

— Vous pouvez ne pas croire aux serments éternels, mais Benjamin Greymountain, lui, y croyait.

Elle lui agrippa la main et l'amena au niveau de la sienne.

— Ces anneaux symbolisent tout l'amour que lui et Annabelle avaient partagé.

J.T. lui lança un regard furibond, et elle sentit son cœur cogner dans sa poitrine. Il la saisit par la nuque, enserra sa taille de son autre main et l'attira à lui.

— D'accord, Jo.

Penchant la tête, il approcha ses lèvres des siennes, si près qu'elle sentit son souffle sur sa bouche.

— Peut-être qu'Annabelle et Benjamin se sont aimés. Qu'en sais-je ? Mais ce n'est pas parce que nous avons hérité de leurs bagues qu'il existe un lien particulier entre nous.

Qui s'efforçait-il de convaincre ? Elle ou lui ? Il voulait tout nier en bloc, prétendre qu'il n'existait rien entre eux. C'était faux. Mais ce n'était pas non plus ce à quoi elle aspirait. C'était purement et simplement du désir physique. Soudain, il la prit dans ses bras et l'embrassa. Il ne se montra ni doux ni patient, et elle ne lui rendît pas son baiser : elle demeura raide entre ses bras. Il enfouit sa langue dans sa bouche, emprisonnant sa hanche d'une main, tandis qu'il retenait sa tête de l'autre.

Mais, tout à coup, il interrompit son baiser. Il posa son front contre le sien, le souffle haletant. Puis il la prit doucement par les épaules et, l'écartant de lui, plongea ses yeux dans les siens.

— Je suis désolé, Jo. Je ne voulais pas me montrer aussi brutal.

Elle soutint son regard.

— Vous pensez qu'à cause de cette agression, je ne peux pas réagir comme une femme le ferait normalement ?

— Ce n'est pas du tout ce que je pense.

Il lui caressa les épaules.

— Mais je vous ai sentie vous raidir dans mes bras.

— Votre ego est-il si grand que vous imaginiez qu'il suffirait que vous m'embrassiez pour que je tombe dans vos bras ?

Il lui caressa tendrement le cou.

— Je vais vous faire une nouvelle promesse. Plus jamais je ne me montrerai brutal ou insistant. Si vous devenez un jour mienne, ce sera parce que vous l'aurez souhaité, Joanna.

Elle frissonna. Il était en train de lui avouer qu'il la désirait, qu'il espérait qu'elle se donnerait un jour à lui. Mais, elle, que souhaitait-elle ?

— Il n'y a eu personne depuis… Todd et je…

Il s'éloigna très légèrement d'elle. Puis, sans la toucher, il se pencha et l'embrassa de nouveau, cette fois-ci avec une passion douce et tendre. Elle glissa ses bras autour de son cou, l'encourageant, répondant à sa caresse, d'abord de façon hésitante, puis avec fougue. Enfin, à bout de souffle et tremblante, elle s'écarta de lui et se leva.

Elle prit une profonde inspiration, lui sourit et murmura :

— Vous êtes un homme de parole, J.T. Blackwood.

— Je m'y efforce, reconnut-il doucement.

Se détournant de lui, elle contempla le vaste paysage rude et accidenté, mais d'une beauté époustouflante. Penser que J.T. était un homme de parole suffirait-il à ce qu'elle lui accorde sa confiance ? Y parviendrait-elle ?

Elle ramena son attention sur lui.

— Ce matin, avant de quitter le ranch, vous m'avez dit qu'il fallait que nous parlions. De quoi s'agissait-il ?

Il se leva, vint vers elle et la reprit contre lui. Elle se laissa aller contre son torse.

— J'ai eu Dane Carmichael au téléphone, un vieil ami du FBI, raconta-t-il. Vous devez savoir que, depuis l'enlèvement de Melody Horton, le FBI est impliqué dans cette affaire. Et je me suis également entretenu avec le lieutenant George.

A l'évocation du policier, Joanna se tendit aussitôt.

— Il a retrouvé la trace de Libby Felton et a pu l'informer de l'évasion de Plott, reprit J.T.

— Comment a-t-il fait pour la retrouver ?

— Cela n'a pas été difficile. Elle a un permis de conduire, une ou deux cartes de crédit. Elle paie des impôts… Elle vit au Texas, maintenant.

— Et… que vous a dit d'autre le lieutenant George ?

— Bon sang, Jo. J'ignorais que Plott disposait de millions de dollars. Il est issu d'une vieille famille de Virginie. Son nom est en fait Leonard Mayfield Plott. Il vient du même milieu fortuné que vous.

— Je sais. Mais je ne vois pas ce que cela change à…

— Un type qui dispose de moyens aussi importants peut obtenir tous les renseignements qu'il souhaite. Dieu sait quelles sommes il a pu engager pour organiser son évasion. Il ne rencontrera guère plus de difficultés que les autorités pour se renseigner sur Libby Felton, Claire Andrews et vous.

— Il va retrouver ma trace, n'est-ce pas ? Et il me traquera.

— Oui, il y a de sérieux risques pour qu'il finisse par découvrir que vous vivez à Trinidad. Mais s'il vient, nous serons prêts à l'accueillir. Je suis là pour vous protéger.

Ils restèrent un moment, silencieux, à contempler le canyon en contrebas. Joanna crut alors entendre des roulements de tambour au loin. Mais, un éclair déchira l'horizon : elle avait été victime de son imagination — comme le jour où elle avait vu J.T. pour la première fois.

Le soleil se couchait quand J.T. remonta l'allée menant au ranch. Il se gara, sortit du véhicule et alla prendre le carnet de croquis des mains de Joanna pour l'aider à descendre du 4x4.

— J.T. !

Sortant en trombe de la maison, Elena courut vers eux.

— J'allais t'appeler sur ton portable, quand Alex a entendu ta voiture arriver.

— Que se passe-t-il ? s'enquit Joanna.

Alex apparut sur le porche. Elena se tourna vers lui, le regard suppliant. Alex s'adressa à J.T.

— Le lieutenant George vient d'appeler. Claire Andrews a reçu un appel téléphonique de Lenny Plott, qui l'a menacée. Il est en route pour le Missouri.

Couvrant sa bouche de son poing, Joanna retint un cri. J.T. enroula son bras autour d'elle et l'attira contre lui.

— Il a retrouvé Claire. Combien de temps lui faudra-t-il pour me retrouver à mon tour ?

6

Sa main se referma sur sa bouche, étouffant son cri. Il rit en voyant la terreur dans son regard.

— Tu ne peux pas m'échapper. Personne ne viendra à ton secours, ici.

Elle sentit le couteau s'enfoncer plus profondément dans sa chair.

Joanna hurla de terreur et se redressa en sursaut dans son lit. Une sueur glacée recouvrait son corps. Tout en tentant de ralentir le rythme affolé de sa respiration, elle avança une main tremblante vers la lampe de chevet.

Un rêve. Ce n'était qu'un mauvais rêve.

Il avait semblé si réel. Trop réel.

A cet instant, J.T. fit irruption dans la chambre, son Glock 9 mm au poing, prêt à tirer. Il examina rapidement la pièce à la recherche d'un intrus, puis se tourna vers elle.

— Joanna ! Que se passe-t-il ?

Tout en s'avançant vers le lit, il rangea son revolver dans le holster attaché à son épaule.

— D'où avez-vous surgi ? s'étonna-t-elle.

Elle sortit ses jambes du lit et s'assit au bord du matelas.

— Depuis hier soir, l'informa-t-il, votre porte est gardée à tour de rôle par les employés du ranch. Je suis venu relayer Chuck Webb.

Il s'assit à côté d'elle sur le lit.

— J'étais là depuis à peine dix minutes quand je vous ai entendue crier.

Elle s'écarta de lui de façon instinctive, envahie par un sentiment de vulnérabilité.

— C'était juste un rêve. Ou plutôt un cauchemar.

— Ce devait être un sacré cauchemar. Avez-vous envie de m'en parler ?

Elle secoua la tête.

— Je préférerais l'oublier.

— Allez-vous pouvoir vous rendormir ?

— Non.

Elle doutait de pouvoir un jour s'endormir sans craindre le retour des cauchemars.

— Quelle heure est-il ?

— Pas loin de 5 heures. Si vous pensez ne pas vous rendormir, voulez-vous que je prépare du café ?

J.T. se leva, mais s'immobilisa avant d'avoir fait un pas : Joanna avait posé une main hésitante sur la sienne. Il baissa les yeux vers sa main délicate, tendue vers la sienne. Il attendit, retenant sa respiration.

Elle entrelaça ses doigts aux siens.

Rien ne l'avait préparé au panel de sentiments qui le parcoururent à cet instant. Un désir impérieux, adouci par un élan de tendresse qui le bouleversa. L'envie féroce de la protéger. Et un sentiment de possession qui hurlait en lui : *Cette femme est à moi !*

Cramponnée à sa main, elle se leva.

— Merci d'être là.

Il leva les yeux, s'imprégnant de la beauté de Joanna. De sa beauté féminine, dans sa nuisette de soie. De sa chevelure auburn qui retombait en une masse flamboyante autour de ses épaules. Elle le dévisageait de ses yeux vert profond.

— Joanna…

Il s'interrompit, rendu muet par l'aiguillon du désir.

— Laissez-moi juste le temps d'enfiler un peignoir, et c'est moi qui vais nous faire du café.

Elle lâcha sa main pour attraper sur une chaise un vêtement de soie assorti à sa nuisette.

— Il reste des muffins que j'ai faits moi-même hier.

— Du café et des muffins, cela me va très bien, approuva-t-il, en la suivant hors de la chambre.

Elle alluma au passage une lampe dans le salon, puis le néon de la cuisine. Il s'assit sur une des chaises cannées placées autour de la table.

— Vous êtes sûre que je ne peux pas vous aider ?

— Merci, mais je sais où tout se trouve. Je serai plus rapide.

Il ne pouvait détacher d'elle son regard. Elle prépara le café, réchauffa les muffins. Bon sang ! Que lui arrivait-il ? Il était comme un animal en rut, alors que Joanna avait besoin d'un être patient et doux.

Il suivit du doigt les lignes dessinées sur la nappe : il s'agissait d'un motif navajo tissé à la main. Il avait vu suffisamment de tapis, de couvertures et autres objets navajos pour les reconnaître. Lorsqu'il avait autorisé Elena à revoir la décoration intérieure du ranch, après son mariage avec Alex, elle en avait agrémenté presque toutes les pièces.

Joanna posa deux tasses de café brûlant sur la table et sortit d'énormes muffins du four à micro-ondes, les disposant sur deux assiettes, une pour chacun. Puis elle s'assit en face de lui.

Il souleva sa tasse. Le café avait un délicieux arôme. Il commençait toujours ses journées en se préparant un entier pot de café. Mais là, Joanna avait besoin de lui à ses côtés, sans tarder.

Tenant sa tasse à deux mains, il sirota son café.

— Est-ce Lenny Plott qui était la cause de votre effroi, dans ce cauchemar ?

Elle fixa le liquide brun dans sa tasse.

— Oui. Il m'avait retrouvée et il… il s'apprêtait à me tuer.

— Je comprends que vous vous soyez réveillée en hurlant.

Il tendit sa main à travers la table, la paume vers le ciel.

— Cela n'arrivera pas, Jo. Vous êtes en sécurité avec moi.

Même si Plott parvient à vous localiser, il faudrait qu'il me passe sur le corps pour vous approcher. Et des types plus coriaces que lui se sont rendu compte que ce n'était pas chose facile.

Joanna fixa la paume ouverte qu'il lui tendait. Comme dans la chambre un peu plus tôt, il lui offrait son soutien et son réconfort, sans rien réclamer, sans rien forcer. Il attendait simplement d'elle le premier pas.

Elle posa sa main dans la sienne. Avec force et douceur, il referma sa main.

— J'admets que j'ai peur, confia-t-elle. Mais, avec le temps, j'ai appris à gérer mes angoisses. Après l'agression, j'ai longtemps fait des cauchemars. La première année, et même après mon arrivée au Nouveau-Mexique, il était rare que je dorme une nuit d'affilée sans qu'ils ne me fassent me réveiller en sursaut.

— Oui, je comprends. J'ai moi-même fait quelques cauchemars après ça.

Il désigna la profonde cicatrice au niveau de sa tempe.

— La balle a failli toucher le nerf optique, et j'ai eu de sérieuses lésions au cerveau. J'ai eu de la chance de ne pas y laisser ma peau ou de ne pas finir comme un légume.

— Cette cicatrice vous va bien. Elle vous donne un air dangereux.

— Je *suis* dangereux, Jo. Vous feriez mieux de vous en souvenir.

— De quoi essayez-vous de m'avertir ?

Il pressa sa main, la relâcha et se leva. Amenant sa tasse à ses lèvres, il prit une dernière gorgée de café, puis la reposa.

— Vous êtes si sentimentale et si romantique, expliqua-t-il, tout en s'éloignant vers le salon. Vous recherchez quelque chose que je ne peux pas vous donner. Je crains de vous faire souffrir, si vous me laissez faire.

Posant le bout de sa botte sur le rebord de l'âtre, il contempla le portrait accroché au-dessus de la cheminée. Une femme superbe, avec des cheveux roux cuivrés et une coupe courte, dans le style des années vingt, le fixait de ses yeux verts de jade au pouvoir magnétique.

— C'est Annabelle Beaumont, indiqua Joanna, en le rejoignant dans le salon. J'ai peint ce tableau en m'aidant de vieilles photographies et d'un portrait d'elle à seize ans.

— C'était en effet une femme très attirante.

Se tournant vers elle, il fit courir son regard sur son visage

— En fait, vous lui ressemblez.

— Oui, je sais. Je suis le portrait craché de mon père, dont tout le monde s'accordait à dire qu'il ressemblait à sa grand-mère.

J.T. resta songeur : il existait également une ressemblance entre Benjamin Greymountain et lui. Lorsque sa mère lui avait donné l'anneau d'argent et de turquoises de Benjamin, elle lui avait également remis un portrait jauni de son arrière-grand-père. Il avait alors pu noter cette ressemblance, malgré l'altération par le temps du dessin au fusain.

S'immobilisant au niveau du chevalet installé devant une rangée de fenêtres, il baissa les yeux et tressaillit de surprise. C'était un portrait de lui.

La veille, sur l'ancien site archéologique, Joanna avait pris le temps d'effectuer quelques esquisses, et il l'avait surprise en train de l'observer à plusieurs occasions. Mais il n'avait pas imaginé qu'elle le prenait pour modèle.

Il n'aurait pourtant pas dû en être étonné. N'avait-elle pas déjà rempli la moitié d'un carnet, de croquis le représentant ? Sauf qu'il ne s'agissait plus là d'une simple ébauche. C'était une œuvre achevée. Et quelque chose dans ce tableau le dérangeait. Quelque chose qui lui était… étranger.

— Vous n'étiez pas censé voir ce dessin.

Elle s'approcha.

— J'aurais peut-être dû vous demander votre permission avant de faire votre portrait.

Il lui agrippa le poignet, lui arrachant un petit cri.

— Pourquoi cela, alors que vous aviez déjà rempli plus de la moitié d'un carnet de portraits de moi ?

Elle se dégagea et le fixa, l'étonnement arrondissant sa bouche.

— Comment… Quand avez-vous vu mes croquis ?

— Hier. Votre carnet à dessins dépassait de sous le fauteuil où je m'étais assis, le temps que vous changiez de vêtements.

— Pourquoi n'avez-vous rien dit à ce moment-là ?

— Je n'ai pas voulu vous embarrasser.

— Vous n'avez pas voulu…

Elle s'esclaffa.

— Vous êtes si narcissique, J.T. Blackwood. Ces croquis ne sont pas ce que vous pensez. Pas plus que celui-ci.

Elle désigna le portrait sur le chevalet.

— Si vous croyez que je…

— Je dis juste que vous êtes un peu trop sentimentale et romantique, la coupa-t-il. Le journal intime de votre arrière-grand-mère vous a tourné la tête.

— Je regrette d'avoir parlé du journal d'Annabelle, et particulièrement à vous.

Pivotant sur ses talons, elle alla jusqu'au chevalet, prit le portrait et le déchira. Puis elle le jeta par terre et le piétina.

— Inutile de devenir violente, fit-il remarquer.

— Pour votre information, riposta-t-elle, sachez que j'ai reçu plusieurs commandes, toutes sur le thème du natif américain. J'ai bâti ma carrière sur mes tableaux de paysages et sur mes portraits ethniques. Cependant, j'ai le sentiment de n'avoir jamais réussi à capturer l'esprit de cette terre et du peuple navajo. Mais, en vous utilisant comme modèle, je suis parvenue dès les premières esquisses à plonger profondément en moi pour faire émerger la vérité.

— De quoi diable parlez-vous ?

Elle écrasa son pied sur l'objet de leur discussion.

— J'ai réussi à saisir votre véritable personnalité. Celle

d'un homme tourmenté, douloureusement tiraillé entre deux cultures.

Il la prit par les épaules et l'attira à lui, n'écoutant que le désir primitif à l'intérieur de lui et les murmures de son cœur.

— Vous voyez trop de choses, Jo. Vous comprenez trop de choses, gronda-t-il, en dardant sur elle un regard accusateur.

Elle redressa le menton et soutint son regard.

— Je n'ai pas peur de vous.

— Vous devriez. Mais, le ciel me vienne en aide, je n'ai pas envie que vous ayez peur de moi.

Sur ces mots, il inclina la tête et prit sa bouche en un baiser passionné, auquel elle ne tarda pas à répondre.

Dès qu'elle s'offrit à l'assaut de ses lèvres, il adoucit son baiser. Il emprisonna ses reins dans ses mains et la pressa contre lui. Il mourait d'envie de la prendre, d'être en elle.

La soulevant dans ses bras, il la porta jusqu'au canapé de cuir beige. Il l'y déposa, défit la ceinture de son peignoir et en écarta les pans, révélant sa nuisette de soie. Faisant glisser le peignoir le long de ses épaules, il s'arrêta pour les embrasser. Elle tremblait.

— N'aie pas peur, murmura-t-il d'un ton rassurant.

Il lui ôta son peignoir qu'il laissa tomber sur le sol. Puis il vint au-dessus d'elle sur le large canapé, lui encadrant les hanches de ses genoux, et la tête de ses deux mains posées à plat.

Elle lui caressa le visage.

— Je ne suis pas sûre de pouvoir faire ça. Je n'ai…

— Nous n'irons pas plus loin que tu ne le souhaites.

Il déposa un baiser sur son front.

— Fais-moi un peu confiance, Jo. Dès que tu me diras d'arrêter, je m'arrêterai. Je te le promets.

Il défit un à un les boutons de sa nuisette — lentement, embrassant chaque centimètre de peau exposée, imprimant un sillon de baisers le long de sa gorge, entre ses seins, sur son ventre. S'arrêtant juste sous son nombril, il leva la tête et la contempla. Puis, avec la plus grande douceur, il écarta sa nuisette, exposant son corps entièrement dénudé.

— Joanna.

Il n'avait jamais rien vu d'aussi beau que la femme étendue sous lui, ses courbes parfaites, sa peau crémeuse.

Son désir pour elle était presque douloureux.

Sois patient, s'exhorta-t-il. *Sois patient.*

Se laissant glisser sur le côté, il la souleva en même temps qu'il roulait sur lui-même. Surprise, elle s'accrocha à ses épaules, tandis qu'il l'amenait au-dessus de lui. Elle se redressa et le regarda. Il glissa alors sa main sous sa nuisette et caressa ses fesses. Elle soupira d'aise et ferma les yeux.

Il captura la pointe de son sein entre ses dents. Elle gémit. Il taquina un sein, puis se hâta d'accorder la même attention à l'autre. Il leva les bras et, croisant les mains, les cala sous sa tête.

— A ton tour, dit-il.

— Mon tour ?

— J'ai fait le premier pas. A toi de m'enlever ma chemise.

— Oh…

Elle obéit à son injonction, défaisant aussitôt les boutons du vêtement de ses doigts nerveux. Elle glissa ses mains sous le tissu de batiste, révélant son torse. Dieu du ciel, il était si beau ! Tout en muscles élégants et durs, et avec une peau chaude, couleur bronze. Elle fit courir sa langue sur un minuscule téton durci par le désir, l'embrassa, lui arrachant un gémissement de plaisir.

Emprisonnant sa nuque, il plongea alors ses doigts dans ses cheveux roux. Elle déposa une pluie de baisers sur son torse, descendant toujours plus bas, jusqu'à la ceinture de son pantalon.

Il la fit remonter vers lui, jusqu'à ce que ses seins caressent son torse, et prit sa bouche. Elle sentit sa langue caresser la sienne et, le souffle soudain court, réagit à son baiser avec ardeur.

— Et maintenant, aimerais-tu défaire mon ceinturon ? murmura-t-il contre ses lèvres.

Elle sourit et, se redressant, s'assit sur lui, les hanches reposant sur ses cuisses. Tentant de contrôler le tremblement de ses mains, elle serra les poings. Il prit ses mains dans les siennes et, les amenant lentement jusqu'à sa ceinture, l'aida à défaire la lourde boucle en argent et turquoises. Puis il lâcha doucement ses mains et attendit. Mais, à peine eut-elle posé ses mains sur la languette de la fermeture Eclair qu'elle les retira vivement.

— Je… je ne peux pas.

— Alors, ne le fais pas, Jo. C'est toi qui choisis.

Saisissant la languette métallique, elle baissa la fermeture Eclair et, à travers le coton fin de son caleçon, posa sa main sur son sexe frémissant. Un grognement monta de sa gorge.

Il emprisonna ses hanches et la pressa doucement sur son érection. Tremblant de tout son corps, elle se mit à onduler contre lui.

— Je te veux, Jo, murmura-t-il. Je veux te faire l'amour.

Il l'embrassa. Un baiser dur, chaud, vorace.

Elle frémit sous sa caresse, y répondant avec ferveur. Mais, au moment où il voulut glisser ses doigts dans son corps chaud et humide, elle se figea.

— Je ne peux pas, souffla-t-elle, en le repoussant à deux mains et en s'écartant de lui. S'il te plaît. Je ne peux pas.

Des larmes emplissaient ses yeux. Elle l'avait déçu, elle le savait.

Il se redressa contre l'angle du canapé. Dans le même mouvement, il la prit sur ses genoux et, les bras enroulés autour d'elle, la tint contre lui.

— Tout va bien, mon ange.

Il enfouit le nez dans son cou, lui embrassa la joue. Puis, ramenant sa nuisette sur elle, il referma les trois boutons du milieu, juste assez pour pouvoir en réunir les pans.

— Je suis désolée, souffla-t-elle, en réprimant un sanglot.

— Tu n'as aucune raison d'être désolée, lui assura-t-il. Nous irons plus loin quand tu seras prête.

— Oh ! J.T.

Couvrant sa bouche de son poing, elle ravala ses sanglots à l'aide de plusieurs profondes inspirations.

Il la garda dans ses bras tout le temps qu'elle pleura.

Quelques heures plus tard, Joanna releva la tête de son chevalet, agacée.

— Qu'est-ce qui se passe, Elena ? Tu n'arrêtes pas de gigoter !

— J'ai besoin d'une pause, Jo. Mes muscles sont tout endoloris à force de rester dans la même position.

Joanna posa son pinceau en soupirant. Elena était incapable de rester assise plus d'un quart d'heure d'affilée. Faire son portrait était une gageure : ce ne serait jamais fini à temps pour l'anniversaire d'Alex.

— D'accord, faisons une pause, céda-t-elle. Je boirais bien un thé glacé.

Elle essuya ses mains sur son jean et jeta un coup d'œil à sa montre : il était 13 heures.

— Hé, j'ignorais qu'il était aussi tard, se reprit-elle. Autant faire une pause-déjeuner. Je peux nous préparer des sandwichs.

— Volontiers, je vais t'aider, proposa Elena. Alex a entrepris une nouvelle sculpture. J'aurai de la chance s'il ressort de son atelier pour dîner !

Elle considéra ses vêtements.

— Mais prête-moi un tablier, Jo ! Pour ne pas tacher ma tenue.

Elle avait choisi une longue jupe et un corsage dans le même coton rouge dont la couleur rehaussait joliment son teint cuivré. Elle portait divers bijoux en argent et turquoises. Des bagues et des bracelets, ainsi que de longues boucles d'oreilles. Et un collier typiquement navajo, jadis exécuté par Benjamin Greymountain.

Joanna la précéda dans la cuisine. Pendant qu'elle mettait la table, son amie sortit du réfrigérateur le pain, des blancs de poulet grillé et de la moutarde.

— Comment cela se passe-t-il entre J.T. et toi ?

— Bien.

Joanna tendit à Elena un grand tablier en coton bleu.

— Savoir qu'il a établi tout un système de surveillance autour de moi me sécurise. En arrivant, tu as d'ailleurs dû voir Tim Rawlins devant la porte ?

— Oui. J.T. nous a informés qu'un homme serait posté devant ta porte vingt-quatre heures sur vingt-quatre.

Elena découpa les morceaux de poulet en tranches fines et prépara deux sandwichs.

— J.T. a pris son tour de garde de très bonne heure, ce matin, n'est-ce pas ?

Surprise, Joanna laissa tomber le sac de chips sur la table.

— Oui. Assez tôt, en effet.

Elle détourna son regard d'Elena : son amie ne devait pas soupçonner son trouble.

— Je l'ai trouvé bizarre, quand il nous a rejoints pour le petit déjeuner, reprit Elena.

Elle remplit leurs verres de thé glacé, puis ajouta :

— Quand je l'ai interrogé, il s'est montré aussi peu bavard que toi en ce moment.

— Interrogé à quel sujet ?

Elena apporta les verres pleins sur la table.

— Je suis persuadée que vous me cachez quelque chose.

Avec un rire bref et forcé, Joanna lança d'un ton détaché :

— Elena, cesse d'imaginer que ton frère et moi allons adhérer à tes espérances.

— Il s'est *vraiment* passé quelque chose ! Je le savais. Avoue. Vous vous êtes embrassés.

A ce moment-là, on frappa à la porte d'entrée. Joanna

sursauta, et Elena prit une vive inspiration. Elles se tournèrent toutes deux vers le salon.

— Mon Dieu, nous sommes aussi nerveuses l'une que l'autre, fit observer Elena. Je vais voir qui c'est.

— Non, ne bouge pas. J'y vais.

Joanna ouvrit la porte : c'était Cliff Lansdell. Elle en soupira de soulagement.

— Bonjour, lui lança-t-elle.

Il ôta son chapeau.

— Je venais prendre de tes nouvelles. Je ne te dérange pas ?

— Pas du tout, Cliff.

Elle s'effaça pour le laisser passer.

— Entre. Elena et moi étions sur le point de déjeuner. Veux-tu te joindre à nous ?

— Merci, mais j'ai déjà déjeuné.

Dès leur première rencontre, Joanna avait apprécié la beauté rude et les manières courtoises de Cliff. Mais elle ne s'était pas sentie aussi attirée par lui qu'il ne l'était par elle, et elle avait préféré mettre un peu de distance entre eux.

— Un verre de thé ? proposa Elena depuis la cuisine.

— Ne te dérange pas, Elena. Je suis juste passé dire à Joanna… eh bien, te faire savoir, Joanna, que je…

Il fit passer son chapeau d'une main à l'autre.

— Je ferais tout pour aider J.T. à assurer ta sécurité et à empêcher ce type, Plott, de t'approcher.

Joanna pressa affectueusement la main de Cliff.

— Merci. J'apprécie ta gentillesse et…

La sonnerie du téléphone retentit. Joanna se crispa. Bon sang, elle devait cesser de se mettre à trembler à chaque sonnerie du téléphone ou à chaque coup frappé à la porte.

— Veux-tu que je réponde ? proposa Elena.

Joanna opina avec soulagement. Cliff lui posa une main sur l'épaule. Elle fut réconfortée par son sourire amical.

— Allô. Oh ! bonjour, madame Beaumont, dit Elena. Oui, Joanna est juste à côté de moi.

Son amie lui tendit l'appareil.

Hésitante, Joanna s'approcha et lui prit le combiné des mains.

— Allô, maman. Comment vas-tu ?

— Comment je vais ? Je suis malade d'inquiétude à ton sujet, voilà comment je vais.

— Je vais parfaitement bien, assura Joanna d'une voix calme. Il n'y a pas lieu de t'inquiéter.

— Ma fille chérie, comment peux-tu dire cela ? Je sais que Lenny Plott a découvert où Claire Andrews vivait et qu'il l'a appelée et menacée. Ce n'est qu'une question de temps avant qu'il ne vous retrouve, Libby et toi.

— C'est une possibilité, maman, mais nous ne pouvons pas en être certains.

— Bien sûr que si.

Sa mère soupira.

— La famille de Lenny Plott est riche à millions, et sa mère est suffisamment inconsciente pour lui donner tout l'argent dont il aura besoin. L'argent achète tout, Joanna. Il finira par obtenir les informations qu'il désire.

— Je suis bien protégée ici, au ranch. J.T. a posté des hommes devant chez moi jour et nuit.

— Une sage décision de la part de M. Blackwood, mais je serais plus rassurée si tu rentrais en Virginie.

M. Blackwood pourrait t'escorter jusqu'à la maison, si tu veux. Je peux aussi envoyer un garde du corps te chercher. Nous engagerons des gardes à plein temps. Je t'en prie, Joanna, rentre à la maison.

— Maman, je *suis* à la maison. J'ai choisi de rester définitivement au Nouveau-Mexique. Je ne retournerai jamais vivre en Virginie.

— Mais sûrement, un jour…

— Ni maintenant, ni jamais.

— Tu changeras d'avis, Joanna. Quand tu voudras te

marier et avoir des enfants, tu reviendras en Virginie pour épouser un homme de valeur.

— Qu'est-ce qui te fait croire que je ne pourrais pas rencontrer un homme de valeur ici, au Nouveau-Mexique ?

— Jo, il ne se passerait pas quelque chose entre toi et ce M. Blackwood, dis-moi ?

Joanna serra si fort le combiné que les articulations de ses doigts blanchirent.

— Pourquoi me poses-tu cette question ?

Elle releva un instant la tête du combiné. Elena la fixait d'un regard interrogateur, et Cliff paraissait tout aussi perplexe.

— Je sais à quel point ce journal rédigé par ton arrière-grand-mère t'avait fascinée, répondit sa mère. Quand tu es partie t'installer au Nouveau-Mexique, j'étais convaincue que c'était temporaire. J'ai compris qu'il te fallait t'éloigner… changer d'environnement après les épreuves que tu avais endurées. Ton esprit était exalté par le récit de la liaison qu'Annabelle Beaumont avait eue avec un Indien. Mais de là à te fourvoyer à ton tour dans une relation avec… eh bien, avec un homme comme ceux-là.

— Un homme comme ceux-là ? Un natif américain ? Est-ce cela que tu veux dire, maman ?

— J'ai mené une enquête concernant ce M. Blackwood.

— Tu as fait quoi ? la coupa Joanna. Comment as-tu osé !

— Lorsqu'il s'agit de ta sécurité, rien ne me fait reculer. Ce M. Blackwood, d'après mes sources, est le meilleur dans sa branche. Son agence de sécurité est considérée comme l'une des plus performantes du pays.

— Tu n'as donc aucune raison de t'inquiéter à mon sujet.

— Tu n'as pas répondu à ma question vous concernant, toi et cet homme. Te serais-tu fourvoyée dans une relation avec lui ? J'ai appris qu'il était le descendant direct de Benjamin Greymountain.

— Mon Dieu, maman, tu as *vraiment* mené une enquête

approfondie. Tu as dû dépenser un bon paquet d'argent en détectives privés.

De nouveau, Joanna jeta un œil à Elena et Cliff, navrée de devoir poursuivre cette discussion devant eux. Et spécialement devant Elena.

— Si tu ne rentres pas en Virginie, c'est moi qui viendrai, décréta sa mère.

— Non, maman, ne fais pas ça !

— Je prendrai l'avion demain. Je dois à tout prix te ramener à la raison.

— De quoi as-tu si peur, maman ?

Tournant le dos à Elena et Cliff, elle baissa la voix.

— Qu'est-ce qui t'effraie le plus ? Que Lenny Plott risque de me retrouver et me tuer, ou que je puisse m'éprendre d'un Indien ?

— Ce que tu racontes est insensé. Trêve de discussion. Attends-toi à me voir arriver demain.

— Non, maman, ne viens pas…

Mais sa mère avait déjà raccroché.

Joanna se retourna vers ses amis, et Cliff s'approcha d'elle, lui posant une main amicale sur le dos. Puis il passa un bras protecteur autour de ses épaules. Elle resta un moment contre lui, soulagée d'avoir une épaule solide sur laquelle s'appuyer.

— J'en déduis que nous pouvons nous attendre à la visite de la sénatrice Helen Beaumont, avança Elena.

Joanna acquiesça en silence

— Ça va, Joanna ? lui demanda Cliff.

Elle glissa son bras autour de sa taille.

— Ça ira dès que je me serai calmée. J'adore ma mère, mais elle essaie toujours de diriger ma vie.

Tout en ôtant son tablier et en le posant sur le dossier du canapé, Elena observa :

— Tu ne m'as jamais dit que ta mère était raciste.

Joanna rit.

— Elle ne se considère certainement pas comme telle, mais elle l'est. Elle est horrifiée à l'idée que je puisse…

— Qui est horrifié par quoi ?

Se tournant tous trois, ils découvrirent J.T. Blackwood dressé dans l'ouverture voûtée menant dans la cuisine.

Ils ne l'avaient pas entendu pénétrer dans la maison.

— Tu as laissé la porte de ta cuisine ouverte, fit-il remarquer. Dorénavant, assure-toi qu'elle soit toujours verrouillée.

Il entra dans le salon et, nota Joanna, fixait le bras de Cliff autour de ses épaules.

— Que se passe-t-il ici ? reprit-il. Qui donc serait horrifié par quoi ?

— Ma mère vient d'appeler, expliqua Joanna.

— Mme Beaumont s'inquiète pour la sécurité de sa fille, enchaîna Cliff.

— Elle est horrifiée… à la pensée qu'il pourrait lui arriver malheur, précisa Elena, sans regarder son frère.

— Jo, es-tu inquiète pour ta sécurité ? s'enquit J.T. en s'avançant vers elle.

Elle ne sut que répondre : J.T. braquait un œil noir sur Cliff, et celui-ci s'éloigna d'elle, enlevant son bras de son épaule. Elle ne put s'empêcher d'en être désolé pour lui. Peu d'hommes auraient le courage de se confronter à J.T. Il se dégageait de lui quelque chose de puissamment intimidant que, de toute évidence, les autres hommes percevaient instinctivement. Cliff était un gaillard fort et robuste. Elle l'avait vu monter à cheval, attraper le bétail au lasso et distribuer des ordres aux employés du ranch, mais le regard de J.T. avait suffi à le faire reculer.

— Je crois que je ferais mieux de partir, soupira-t-il.

Puis il se tourna vers elle :

— Si tu as besoin de moi, Joanna…

— Elle n'aura pas besoin de toi, le coupa J.T.

Il hocha la tête, puis opéra une retraite hâtive par la porte d'entrée.

Joanna se retourna d'un bond pour faire face à J.T. Les mains sur les hanches, elle darda sur lui un regard ulcéré.

— Ce numéro de macho n'était pas nécessaire.

— Elle a raison, mon frère, renchérit Elena. Cliff ne faisait que lui apporter un peu de réconfort.

— Si vous voulez bien m'excuser, poursuivit Joanna, je vais dans la chambre pour rappeler ma mère.

Elle tapota le bras d'Elena en passant devant elle.

— Je vais tenter de la persuader de ne pas venir.

Dès qu'ils furent seuls, J.T. dut affronter la colère de sa sœur.

— Tu n'as pas très bien dissimulé tes sentiments, tempêta Elena.

— De quoi diable parles-tu ?

— Je parle de ton attitude de propriétaire à l'égard de Joanna. Si tu avais vu ton expression. Pendant un instant, j'ai cru que tu allais arracher le bras de Cliff.

— Tu dis n'importe quoi.

— Vraiment ?

Elena sourit.

— Je ne crois pas. Cliff a bien reçu le message. Tout le monde dans cette pièce a reçu le message, y compris Joanna.

— Quel message ?

— Tu as clamé haut et fort que Joanna était ta propriété.

— Tu te trompes.

— Ecoute, Joanna est suffisamment perturbée en ce moment. Elle venait d'avoir une altercation avec sa mère, qui insiste pour qu'elle rentre en Virginie. Helen Beaumont veut engager un autre garde du corps. Elle craint que sa fille ne se compromette avec le genre d'homme qu'il ne faudrait pas…

— Le genre d'homme… tu veux dire, moi ?

Elena secoua la tête.

— Joanna n'a pas mâché ses mots avec sa mère. Elle n'est pas comme elle et désapprouve sa façon de penser.

— Mme la Sénatrice ne veut pas que sa fille ait une relation sérieuse avec un Indien, ni même un métis. C'est cela, n'est-ce pas ? Eh bien, elle n'a nulle crainte à avoir. Quoi qu'il advienne entre Joanna et moi, ce ne sera jamais sérieux. De mon côté, il ne sera jamais question de mariage ni…

— Je n'ai pas réussi à joindre ma mère.

Debout à l'autre extrémité du salon, Joanna fixait J.T., les traits pâles, les yeux embués de larmes.

Bon sang, pesta-t-il intérieurement, elle avait surpris sa conversation avec Elena ! Elle avait la même expression que s'il l'avait giflée. Il l'avait blessée avec ses propos irréfléchis. Or, pour rien au monde, il ne voulait causer un chagrin supplémentaire à Joanna.

— Jo, laisse-moi t'expliquer.

— Non, c'est inutile. J'aimerais être seule un moment. S'il vous plaît.

J.T. fit un pas hésitant vers elle.

— Je ne partirai pas avant que tu m'aies écouté.

Elena agrippa le bras de J.T., puis s'adressa à Joanna :

— Tu m'appelles plus tard, d'accord ? Partons, maintenant, ajouta-t-elle, en entraînant son frère en direction de la porte.

J.T. hésita, mais le visage de Joanna était fermé par la colère et la souffrance. Il se détourna et sortit à la suite de sa sœur.

Joanna regagna sa chambre et, s'asseyant au bord du lit, se couvrit le visage de ses mains. Les sanglots qu'elle retenait étaient bloqués dans sa gorge, entravant sa respiration.

Quoi qu'il advienne entre Joanna et moi, ce ne sera jamais sérieux.

Jamais sérieux.

Jamais sérieux.

Elle avait été naïve ! J.T. souhaitait la posséder, mais pas éprouver des sentiments pour elle. Sa mère avait peut-être raison. Aspirer au genre d'amour qu'avaient connu Annabelle Beaumont et Benjamin Greymountain se révélait être un fantasme stupide.

Elle fit tourner la bague de son aïeule autour de son doigt. Soudain, elle regrettait d'avoir découvert ce journal et cet anneau. Il aurait mieux valu qu'elle ne vienne jamais au Nouveau-Mexique.

Une chose était sûre : J.T. Blackwood n'était définitivement pas l'homme qu'avait été Benjamin Greymountain. Mais sans doute n'était-elle pas non plus la femme qu'avait été Annabelle. Capable d'éveiller chez un homme une telle passion romantique.

7

J.T. gravit la dernière marche du porche de Joanna, salua Tim Rawlins d'un signe de tête, puis hésita avant de frapper à la porte. Il avait accordé deux heures de solitude à Joanna afin qu'elle se calme. Il avait attendu aussi longtemps que possible. Sa patience était à bout.

Elle avait surpris sa conversation avec Elena, et il en était navré. Il y avait eu tant de souffrance et de désillusion dans ses yeux ! Mais, peut-être était-ce préférable, songea-t-il. A présent, Joanna savait à quoi s'en tenir. Il aurait aimé faire d'elle sa maîtresse. Mais si elle cherchait l'amour éternel, elle avait choisi le mauvais numéro. Les mots « amour » et « éternité » ne faisaient pas partie de son vocabulaire. Il vivait au jour le jour.

Joanna ouvrit la porte et, dès qu'elle l'aperçut, voulut la lui refermer au nez. Il inséra son pied dans l'entrebâillement.

— Je peux entrer ?

Elle regarda fixement son pied, puis rétorqua :

— Je ne semble pas être en mesure de t'en empêcher.

— J'aimerais vraiment te parler, Joanna.

— Entre, soupira-t-elle.

Puis elle lui tourna le dos et se dirigea d'un pas raide vers le séjour.

Il la suivit jusqu'au chevalet qui soutenait le portrait inachevé d'Elena.

— Tu as parfaitement capté la beauté naturelle de ma sœur.

— Nous n'avons guère avancé aujourd'hui, déplora Joanna. Il va falloir encore deux séances de pose supplémentaires afin que je puisse terminer ce tableau. Elena souhaite en faire cadeau à Alex pour son anniversaire.

— Un cadeau qu'il appréciera, assura-t-il.

Il observa le visage représenté sur la toile.

— Elena ressemble beaucoup à ma mère, telle que je me souviens d'elle lorsque j'étais enfant.

— Il y a une certaine ressemblance entre Elena et toi. Assez pour voir que vous êtres frère et sœur.

Elle recouvrit le portrait d'un tissu.

— Elena avait quinze ans quand j'ai appris son existence et que je l'ai vue pour la première fois, confia-t-il. Une cousine m'avait averti du fait que ma mère était mourante et je m'étais rendu à son chevet, à la réserve.

Il arpenta le séjour, observant les changements que Joanna avait apportés au lieu. Elle avait transformé un vieux bâtiment délabré en une maison chaleureuse et confortable.

Levant les yeux vers le portrait d'Annabelle Beaumont, accroché au-dessus du manteau de la cheminée, il songea au dessin au fusain représentant Benjamin, qui était en sa possession. C'était certainement Annabelle qui avait fait ce portrait saisissant.

Puis il remarqua le feu dans l'âtre et fit observer :

— Il fait trop chaud pour faire du feu.

— J'avais des déchets à brûler, répliqua Joanna.

Elle s'assit sur le canapé en cuir.

— Pourquoi es-tu venu ?

Il regarda de plus près les « déchets » que Joanna avait entrepris de détruire. C'était le carnet à dessin où figuraient tous les portraits de lui. Une boule se forma dans sa gorge. Elle devait vraiment le détester pour détruire aussi radicalement le fruit de son travail.

— Il serait peut-être préférable que tu retournes en Virginie, comme le souhaite ta mère, hasarda-t-il alors.

Elle se tourna vivement vers lui, les sourcils froncés.

— Pourquoi ?

— Pourquoi ? Eh bien… il me paraît évident que ça ne va pas fonctionner entre nous. Nos attentes sont trop différentes.

— Oh ! je vois ! Donc tu suggères que je rentre en Virginie, afin de m'éviter de m'humilier sous tes yeux.

— Bon sang, Jo, ce n'est pas ce que j'ai dit.

Il se laissa tomber dans le fauteuil, face au canapé.

— Cela nous évitera à *tous deux* de nous ridiculiser. C'est simple, je veux quelque chose de toi que tu n'es pas prête à donner, et tu veux de moi quelque chose que je n'ai pas en moi.

— Rien n'est jamais aussi simple.

— Si tu te décidais à repartir pour la Virginie, j'appellerais Simon Roarke afin qu'il t'accompagne jusqu'à Richmond en toute sécurité, quand tu seras prête à partir.

— Qui est Simon Roarke ?

— Il a longtemps travaillé pour Dundee Security. C'est un agent de premier ordre.

Il s'arrêta un instant et eut un sourire amer.

— Et puis ta mère l'apprécierait probablement davantage que moi. C'est un pur Ecossais-Irlandais. Je vais l'appeler et lui demander de prendre le premier vol.

— C'est inutile, répliqua sèchement Joanna. Je n'irai nulle part. Je reste ici, à Trinidad, au ranch Blackwood, et je te rappelle que tu t'es engagé à y demeurer pour assurer ma protection.

Elle sourit, relevant à peine le coin des lèvres, le triomphe étincelant dans ses yeux verts.

— Ta mère sera furieuse, Jo.

— Cela m'est totalement indifférent. Je suis juste navrée qu'Elena, Alex et toi deviez supporter sa visite. C'est une femme charmante au premier abord. Mais, en bonne politicienne, elle ne recule devant aucun stratagème pour arriver à ses fins.

— Incluant le fait de se montrer méprisante avec moi, j'imagine.

— Je ne m'inquiète pas pour toi.

Elle se leva.

— Tu as la peau dure, J.T. Je me soucie davantage pour Elena. Les éventuelles allusions de ma mère sur ton appartenance ethnique risquent de la blesser.

Elle se dirigea vers la porte d'entrée.

— Il me semble que cette discussion est close, non ?

Il se leva.

— Tu es bien pressée de me mettre à la porte, ironisa-t-il. Une question, cependant.

— D'accord, une question, concéda-t-elle avec un haussement d'épaules. Après quoi, tu t'en vas.

Dans l'âtre, remarqua-t-il, le bloc à dessin était à présent presque totalement consumé par les flammes.

— Pourquoi as-tu brûlé ton carnet de croquis ?

Sous le regard perçant de J.T., tous les muscles de Joanna se tendirent. Que pouvait-elle lui répondre sans mentir ? Il savait déjà combien sa phrase l'avait blessée. « Il n'y aura jamais rien de sérieux entre nous. » La destruction du carnet suffisait à révéler l'ampleur de sa désillusion.

— J'ai parfaitement compris où nous en étions, répondit-elle. Je ne suis pas Annabelle, et tu n'es pas Benjamin. Il n'y aura jamais de grand amour entre nous. Notre relation sera donc purement professionnelle.

— Tu es intransigeante, Joanna. Avec toi, c'est tout ou rien, n'est-ce pas ?

— Je le crains.

— Je maintiendrai un garde posté devant ta porte en permanence, et passerai régulièrement m'assurer que tu vas bien.

Il fit un pas vers elle, et sembla hésiter un moment. Mais elle ne bougea pas, et il se dirigea vers la porte d'entrée.

*
* *

Au même instant, le téléphone sonna, et elle se précipita en direction de l'appareil pour répondre. Debout sur le seuil, J.T. s'immobilisa et attendit.

— Allô ? fit-elle.

Il y eut un silence.

— Allô, répéta-t-elle.

— Bonjour, Joanna…

— Qui est à l'appareil ?

— Tu ne reconnais pas ma voix, ma jolie ?

— Non… non, pas du tout, répliqua-t-elle d'une voix blanche.

Mais c'était faux. Elle n'oublierait jamais cette voix à l'accent traînant du Sud, la voix d'un homme cultivé, doucereuse et légèrement efféminée.

— J'ai déjà prévenu Claire et Libby de ma prochaine visite. Je me réjouis de te revoir également bientôt, énonça l'homme, d'un ton sarcastique.

J.T. revint à l'intérieur de la maison et ferma lentement la porte derrière lui. Il observait Joanna et forma silencieusement les mots avec ses lèvres.

— Qui est-ce ? Plott ?

Elle opina de la tête, la peur au ventre. J.T. marmonna un juron.

— Qu'y a-t-il, Joanna ? la questionna Lenny Plott. Tu n'es sûrement pas surprise d'avoir de mes nouvelles. Tu savais que ce ne serait qu'une question de temps avant que je ne te retrouve. Et tu ne dois pas ignorer ce qui est arrivé à la pauvre petite Melody.

— Vous l'avez étranglée.

Lenny Plott se mit à rire, de ce rire sardonique qui lui rappelait tant d'atroces souvenirs.

— Je viendrai également bientôt te rendre une petite visite, la menaça-t-il.

— Je vous conseille d'éviter de vous approcher de moi,

l'avertit-elle. Cette fois, je vous abattrai avant que vous n'ayez le temps de lever la main sur moi.

Plott éclata de nouveau de ce rire effrayant, puis rétorqua :

— Ma petite Joanna, sache que j'ai transformé mon apparence au point que ma propre mère serait incapable de me reconnaître.

Sur ces mots, il coupa la communication. Joanna reposa le combiné sur son socle d'une main tremblante.

J.T. l'agrippa par les épaules.

— Que t'a-t-il dit ?

Elle lui rapporta les propos menaçants de Lenny Plott.

— Ecoute, Jo, il t'a dit ça pour t'effrayer encore davantage. Ce salaud joue avec tes nerfs.

— Il faut tout de suite appeler le lieutenant George pour l'informer, le pressa Joanna.

— Je vais aller l'appeler de mon bureau. Cela va aller, toute seule ici, le temps que je revienne ? s'inquiéta J.T., en exerçant une pression réconfortante sur son bras.

— Tim Rollins est dehors, lui rappela-t-elle. Et j'ai mon revolver.

Elle s'écarta de lui.

— Tu n'auras pas besoin de revenir.

— Là, tu te trompes. Etant donné que Plott sait désormais où tu te trouves, je vais devoir m'installer ici avec toi et assurer ta protection rapprochée à plein temps.

— Non ! s'écria-t-elle. Ce n'est pas nécessaire.

— La discussion est close. A partir de maintenant et jusqu'à ce que Plott soit capturé, je reste à tes côtés. C'est compris ?

Elle eut un hochement de tête résigné. Seigneur, comment sa vie avait-elle pu basculer à ce point ? Lenny Plott menaçait de nouveau son existence. Et J.T. Blackwood, cet homme qu'elle aurait à tout prix voulu tenir à distance, allait partager son intimité.

*
**

Joanna considéra le nécessaire de rasage posé sur le côté gauche de la table de toilette, dans sa salle de bains. Elle n'avait jamais partagé le quotidien d'aucun homme, pas même celui de Todd. Que J.T. dorme dans la chambre attenante à la sienne, qu'ils soient ensemble vingt-quatre heures sur vingt-quatre lui semblait inconcevable. Mais elle n'avait pas le choix. Dans l'océan de craintes et d'incertitudes qu'était devenue sa vie, J.T. représentait sa seule sauvegarde — l'unique rempart entre elle et un ennemi mortel.

Se forçant à détacher son regard du nécessaire en cuir, elle saisit son flacon de lait démaquillant. Tout en étalant le produit sur son visage, elle surprit son reflet dans le miroir. Ses yeux verts la fixaient, moqueurs. Elle était piégée dans une situation ambiguë. Elle rêvait d'une relation stable. J.T. ne voulait que du temporaire. Elle croyait à l'amour. Lui pas. Et sur le plan de sa sécurité, elle n'avait à présent pas d'autre choix que de lui faire confiance.

Après avoir essuyé le lait de son visage et s'être lavé les mains, elle décrocha son peignoir. Elle avait songé se coucher tôt, mais rester cloîtrée dans sa chambre, dans le seul but d'éviter J.T., n'était pas une solution. Elle avait sa vie personnelle à mener. Elle devait conserver un emploi du temps normal si elle ne voulait pas devenir folle. Elle devrait juste s'habituer à la présence de cet homme.

Quittant le sanctuaire de sa salle de bains, elle rejoignit le séjour. J.T. se tenait debout devant la cheminée, contemplant le portrait d'Annabelle Beaumont. Il était pieds nus, les pans de sa chemise déboutonnée retombant sur ses hanches. Avant qu'il ne se retourne, elle crut un instant entrapercevoir le véritable J.T. Blackwood. Un homme pensif, sombre et cependant vulnérable. Habité par un besoin désespéré d'amour.

Il prit quelque chose dans le fauteuil tendu de tissu écossais — une feuille de papier jauni — puis se tourna et la présenta de loin à Joanna.

— Qu'est-ce que c'est ? demanda-t-elle, en reconnaissant, comme elle s'approchait, une sorte de croquis.

— Tiens. Regarde.

Elle saisit délicatement la feuille par ses angles : c'était un bel Indien aux traits remarquablement audacieux.

— Benjamin Greymountain, n'est-ce pas ? devina-t-elle aussitôt.

Elle découvrait enfin à quoi ressemblait l'amant de son arrière-grand-mère. Il était vraiment aussi beau qu'Annabelle l'avait décrit.

— Oui. C'est lui, confirma J.T.

— D'où tiens-tu ce portrait ?

— De ma mère. Juste avant de mourir…

Il s'interrompit une fraction de seconde comme pour contenir une émotion, sa mâchoire se crispant brièvement.

— Elle m'a remis la bague de son grand-père et ce portrait de lui, en précisant que les deux objets étaient inséparables.

— Tu sais que c'est Annabelle qui a dessiné ce portrait, fit remarquer Joanna.

Elle étudia le portrait de Benjamin. Il existait une ressemblance entre J.T. et son ancêtre, une similarité dans les yeux, dans les pommettes, les lèvres pleines.

— Annabelle avait exécuté plusieurs portraits de Benjamin. Elle en parle dans son journal.

Elle contempla encore le précieux portrait.

— Voici donc celui qu'elle lui avait offert en souvenir. Elle avait détruit tous les autres avant de regagner la Virginie, préférant, écrivait-elle, ne conserver de lui que l'image gravée dans son cœur.

J.T. marmonna un sarcasme, et Joanna y répondit par un regard furibond. Se détournant, elle alla déposer respectueusement le portrait sur son bureau, devant la rangée de fenêtres.

— Ton arrière-grand-mère était décidément une grande romantique, ironisa J.T.

Il coinça ses pouces dans sa ceinture en cuir.

— Son mariage n'a pas dû être très heureux pour qu'elle idéalise à ce point une simple aventure d'été.

— Crois-moi, J.T., encore une fois, ce qu'Annabelle et Benjamin ont partagé ne se limite pas à une simple aventure d'été. C'est une histoire d'amour tragique.

— Je ne vois rien de tragique dans cette histoire, assura-t-il d'un ton léger.

Il s'approcha doucement derrière elle, mais elle ne se retourna pas. Tout en caressant les bords du portrait, elle répliqua :

— Parce que pour toi, être séparé à jamais de l'unique amour de sa vie n'est pas une tragédie ?

— Accordons-nous à dire que nous sommes en désaccord, suggéra-t-il.

— Si tu lisais son journal, tu changerais d'avis, répliqua-t-elle.

Elle sentait son souffle chaud sur ses cheveux. Si elle se retournait, la prendrait-il dans ses bras ? Elle pivota lentement sur ses talons et lui fit face.

— Aimerais-tu lire le journal d'Annabelle ?

— Non. Et tu ferais mieux d'enfermer ce truc dans un tiroir et d'oublier son existence.

Alors il la toucha. De façon hésitante. Tendrement. Il amena leurs mains entre eux, à hauteur de leur poitrine.

— Nous avons envie l'un de l'autre, Jo. Pourquoi devrions-nous nous priver du plaisir que nous pouvons nous apporter mutuellement ?

Il continuait à tenir ses mains dans les siennes. Elle baissa les yeux : l'argent de leurs deux anneaux brillait faiblement dans la lumière de la lampe. La tentation était grande. Mais il n'avait rien d'autre à lui offrir qu'une aventure. Et ensuite, que lui resterait-il ? Des souvenirs, lui souffla une voix intérieure. Mais des souvenirs ternis. Ils ne seraient pas auréolés de lumière, comme ceux d'Annabelle. L'amour avait fait toute la différence pour Annabelle.

— Accepterais-tu de conclure un marché avec moi ? proposa-t-elle soudain.

— Quel genre de marché ?

Il lui serra un peu plus les mains, puis les approcha de ses lèvres et en embrassa chaque doigt.

Elle frissonna.

— Tu ne souhaites rien d'autre, avec moi, qu'une brève aventure. Après quoi, nous reprendrions chacun notre route.

— Où veux-tu en venir ?

— Je veux que tu lises le journal d'Annabelle.

— Tu veux que je fasse *quoi* ?

Il lâcha ses mains, comme si elles l'avaient brûlé.

— Tu lis le journal intime d'Annabelle, du début à la fin, et je t'offrirai une chance de me convaincre de me donner à toi.

— Tu es sérieuse ?

Il rit, d'un rire profond et vigoureux.

— Seigneur, tu *es* sérieuse.

— Mon prix est-il trop élevé ?

Il la prit dans ses bras et, penchant son visage vers le sien, murmura contre ses lèvres :

— J'en lirais cent comme celui-ci, pour avoir une chance que tu t'offres à moi.

Elle le repoussa doucement et recula d'un pas.

— Mais pas ce soir. Cette journée a été trop éprouvante.

— Je patienterai.

N'était-elle pas en train de conclure un pacte avec le diable ? songea-t-elle.

— Tu affrontes la situation avec ta mère, reprit J.T. Et fie-toi à moi pour gérer la menace que représente Lenny Plott.

— J'aimerais tellement te faire entièrement confiance, J.T.

— J'aimerais être l'homme qui t'enseignera de nouveau la confiance.

Et j'aimerais être la femme qui t'apprenne à aimer, renchérit Joanna en son for intérieur.

8

Cela fait une semaine que nous sommes arrivés à Trinidad. Ernest est très heureux d'être ici, même s'il est terriblement incommodé par la chaleur. Lui et son assistant, Horace Grisham, ont déterré plusieurs objets d'un intérêt historique, sinon archéologique, d'origine espagnole — en fer, en cuivre, de verre et en porcelaine. Ernest affirme qu'ils ont été laissés par les Indiens navajos, lesquels avaient trouvé refuge ici après la révolte contre les Espagnols, à la fin du XVIIe *siècle.*

Les garçons se portent comme des charmes. Ils rient, courent et s'amusent comme il sied à des enfants de leur âge. A huit et douze ans, veiller sur eux n'est pas de tout repos. Mais ils sont la joie de mon existence, mes magnifiques fils.

Nous avons rencontré une personne des plus intéressantes, aujourd'hui. Un orfèvre navajo, et sans doute l'homme le plus beau que mes yeux n'aient jamais admiré. Il est arrivé à notre campement, monté sur son grand étalon appaloosa. Je dois dire que cheval et cavalier offraient une vision spectaculaire.

Son nom est Benjamin Greymountain. Son père est un membre du conseil tribal. Il était vêtu comme nous autres, Blancs, mais ses cheveux noirs, retenus par un bandana ceignant son front, lui arrivaient bien au-dessous des épaules. Il est jeune — je le soupçonne d'être plus jeune que moi d'une dizaine d'années.

Je n'ose guère l'admettre, au risque de passer pour une écervelée, même à mes propres yeux, mais au moment où mon regard s'est posé sur Benjamin Greymountain, j'ai cru percevoir un étrange roulement de tambour dans le lointain, et quand il m'a regardée, j'ai été envahie par les sentiments les plus troublants qui soient. J'ai un peu peur de ces sentiments. Je dois, bien sûr, les contrôler.

Benjamin nous a été envoyé par son père pour assurer notre protection et nous offrir ses services en qualité de guide, dans le cas où nous souhaiterions faire quelques excursions dans la région. Il semblerait que certains Indiens rejettent la présence des archéologues, qu'ils accusent de s'approprier leur patrimoine ancestral. M. Greymountain père cherche à éviter tout désagrément entre les membres de son peuple et nous.

Je ne peux m'empêcher de me demander comment je réussirai à affronter la présence quotidienne de ce jeune homme à nos côtés, durant les deux mois et demi à venir. Je dois me rappeler que je suis une femme mariée de trente-quatre ans, et mère de deux enfants. Mais le souvenir de ces yeux noirs posés sur moi, me dévorant presque, m'incite à penser que Benjamin a ressenti les mêmes émotions que moi.

— La mère de Joanna est arrivée, annonça Elena depuis le couloir. Tu ne viens pas l'accueillir ?

J.T. referma le journal intime d'Annabelle Beaumont. Un sentiment étrange lui serrait l'estomac. Pas étonnant que Joanna ait été comme envoûtée par les confidences de sa bisaïeule. Cette femme avait un style tout à fait captivant. Et elle semblait réellement avoir été attirée dès le premier regard par Benjamin Greymountain et avoir cherché à combattre cette attirance.

Elena, s'appuyant des deux mains aux montants de la porte, passa la tête à l'intérieur de la pièce.

— Eh bien, J.T., tu viens ou non ? J'aurais pensé que tu souhaiterais faire bonne impression à la mère de Joanna.

— Vas-y sans moi. J'arrive dans une minute.

— Joanna aurait besoin d'un peu de soutien moral, insista sa sœur. Elle attend dans le salon, en faisant les cent pas. Elle redoute la venue de sa mère. Celle-ci a toujours voulu régenter sa vie, et c'est une parfaite manipulatrice.

— Est-ce la première visite de Mme Beaumont ici, depuis l'installation de Joanna à Trinidad ?

— Non. Mais Joanna retourne en Virginie deux ou trois fois par an, précisa Elena en entrant dans le bureau de son frère.

C'était l'ancien bureau du vieux John Thomas, le domaine privé de J.T. Il l'avait très peu transformé, se contentant d'y ajouter les commodités modernes d'un ordinateur et d'un fax.

— Bien sûr, reprit Elena, avant aujourd'hui, aucune menace ne pesait sur la vie de Joanna. Je pense que sa mère est réellement inquiète.

— Sans doute, concéda-t-il, en s'asseyant au bord du grand bureau en chêne. Mais elle doit savoir que Joanna ne sera pas davantage en sécurité à Richmond qu'à Trinidad. Du moins… en ce qui concerne Lenny Plott.

— Qu'est-ce que tu insinues, mon frère ?

— Je soupçonne que la visite de Mme Beaumont se rapporte davantage à ma présence auprès de sa fille qu'au danger que représente pour elle l'évasion de Lenny Plott.

— Se passerait-il quelque chose entre toi et Joanna ? Tu sais que mon plus cher désir serait de vous réunir. Cependant… vous semblez vous entendre comme chien et chat.

— Pourquoi n'interroges-tu pas ton amie à notre sujet ?

— Je l'ai fait. D'après elle, tu ne serais que son garde du corps. Devant mes doutes, elle m'a suggéré de te poser la question.

Il éclata de rire, et sa sœur le dévisagea, bouche bée.

— Joanna et moi ne sommes pas tombés dans les bras l'un de l'autre. Du moins, pas encore, si c'est ce que tu souhaites savoir.

Il se leva, légèrement amusé.

— Ne t'avise pas de lui faire du mal, l'avertit Elena.

Elle enroula son bras autour du sien.

— Elle est exceptionnelle, tu sais ?

— Oui, je commence à m'en persuader, concéda-t-il.

Il entraîna sa sœur dans le couloir, mais des bruits provinrent du hall d'entrée. Elena l'arrêta un instant :

— J'aimerais que Mme Beaumont nous apprécie. J'ai prévu un dîner spécial pour elle, ce soir, dans la salle à manger.

— Viens, alors. Allons rencontrer la reine mère.

Avec un peu de chance, pensa-t-il, Mme Beaumont se retiendrait d'afficher le moindre préjugé, et ses soupçons concernant les intentions de cette femme seraient démentis.

Ils arrivèrent dans le salon. Alex y préparait un verre pour Mme Beaumont. Celle-ci était assise sur le canapé à côté de sa fille.

Joanna leur adressa un sourire forcé.

— Venez, que je vous présente à ma mère.

Elle tendit une main invitante vers Elena, qui s'élança dans leur direction.

J.T. resta dans l'encadrement de la porte, Helen Beaumont braquait son attention sur lui. Elle se redressa légèrement sur son siège et raidit les épaules, puis tourna la tête pour saluer Elena. Avec ses cheveux poivre et sel coupés au carré et son élégant tailleur rouge à la coupe impeccable, elle était l'incarnation de la réussite sociale.

— Maman, voici Elena.

Helen offrit sa main à Elena, qui répondit à la poignée de main ferme de la sénatrice.

— Je suis simplement ravie de vous rencontrer, ma chère. Joanna ne cesse de me chanter vos louanges et celles de votre Alex. Vous n'imaginez pas à quel point j'étais heureuse d'apprendre qu'elle s'était fait des amis dans cette contrée sauvage. En toute honnêteté, je ne pensais pas qu'elle choisirait de rester ici. Joanna est une citadine, vous savez…

— Eh bien, nous l'avons transformée en cow-girl, répliqua Elena, avec un sourire chaleureux. Nous sommes heureux qu'elle ait pris la décision de rester à Trinidad. Comme Alex, Joanna a trouvé en cette terre une source d'inspiration pour son art.

— Certes, s'exclama Helen. Je suis si fière de la réussite de ma fille. Bien sûr, avec un talent comme le sien, elle pourrait réussir n'importe où.

La porte de derrière s'ouvrit, puis se referma. J.T. posa un regard interrogateur sur Alex.

— C'est Willie qui apporte les bagages de Mme Beaumont, expliqua celui-ci.

— As-tu indiqué à Willie où les déposer ? demanda Elena.

— Pourquoi ? Suis-je supposée dormir ici ? s'étonna aussitôt Helen.

Elle se tourna vers Joanna.

— Ta maison ne comporte-t-elle pas deux chambres ?

— Vous serez installée très confortablement ici, avec nous, madame Beaumont, assura Elena. Notre maison est grande.

Helen redressa le menton, fixant sa fille avec incompréhension.

— Pourquoi est-ce que je ne séjourne pas chez toi ?

— Eh bien, maman, vois-tu… il n'y a simplement pas assez de place chez moi, en ce moment.

— Je crains de ne pas comprendre. J'ai délaissé mes activités dans le but d'être avec toi, Joanna.

Helen offrit à Elena, puis à Alex, son plus charmant sourire.

— Bien que j'apprécie beaucoup l'offre des Gregory de m'accueillir ici, je préférerais vraiment être avec toi.

— Maman, c'est impossible. C'est plus pratique ainsi. Sinon, mon garde du corps serait contraint de dormir sur le canapé du living.

— *Qui* devrait dormir sur le canapé ?

Entrant dans la pièce d'un pas nonchalant, J.T. lança :

— A moins que vous ne voyiez pas d'objection à ce que je partage le lit de Joanna.

Celle-ci tressaillit. Elena déglutit difficilement. Alex se couvrit la bouche pour dissimuler un gloussement.

— J.T. dort dans la seconde chambre, s'empressa d'expliquer Joanna. Il s'y est installé hier soir, après l'appel menaçant de

Lenny Plott. Il va rester auprès de moi vingt-quatre heures sur vingt-quatre, jusqu'à ce que Plott soit appréhendé.

— Je vois, fit Helen.

Après avoir brièvement lapidé J.T. du regard, elle reporta son attention sur sa fille.

— Puisque Plott sait où tu es, puisqu'il t'a retrouvée ici, au Nouveau-Mexique, où tu te croyais en sécurité, tu n'as plus aucune raison de ne pas revenir à la maison avec moi, argua-t-elle.

— Maman, remettons cette discussion à plus tard. S'il te plaît.

— Très bien, concéda Helen. Resteras-tu au moins assez longtemps pour me montrer ma chambre ?

— Voici, dit Alex, en tendant à Helen la vodka qu'elle avait demandée.

— Merci, Alex.

Elle en prit une gorgée, puis eut un sourire approbateur.

— Parfait, simplement parfait.

— Maman, je vais rester dîner ici avec vous, précisa Joanna. Elena a préparé un repas en ton honneur.

— Comme c'est gentil.

Le sourire calculé d'Helen revint en force, éclairant son regard gris d'acier et adoucissant ses traits acérés, nota J.T. Elle but une autre gorgée de son cocktail, puis se leva.

— Je suis affreusement lasse après mon voyage. Si tu me montrais ma chambre, ma chérie, suggéra-t-elle, et que tu restais un moment avec moi pendant que je me repose.

Joanna grimaça.

— Le dîner sera servi à 19 heures, indiqua Elena. Vous avez tout le temps de faire une sieste, si vous le souhaitez.

Helen gratifia tout le monde dans la pièce, et même J.T., d'un sourire gracieux. Puis, tenant sa vodka dans une main, elle glissa son autre bras sous celui de sa fille.

— Je me réjouis à la perspective de ce dîner. A tout à l'heure, donc.

Elle tira Joanna par le bras.

— Je serai avec maman pendant un petit moment, glissa Joanna à J.T., comme elles passaient devant lui.

— Je ne serai pas loin, assura-t-il, en évitant délibérément de croiser le regard de la sénatrice.

Dès qu'elles furent hors de portée auditive, Alex soupira.

— Eh bien, c'est un sacré numéro, non ? Je comprends pourquoi Joanna ne veut pas retourner en Virginie.

— Tu es médisant, le sermonna Elena.

— Médisant, mon œil, intervint J.T.

Croisant les bras sur sa poitrine, il ajouta :

— Mme Beaumont n'est pas venue ici pour apporter son soutien et sa compréhension à sa fille, mais pour semer la pagaille. Elle se moque de ce que souhaite Joanna, et surtout, elle ne tolère pas ma présence dans l'entourage de sa fille.

Les coins de la bouche d'Elena se soulevèrent.

— Il faut dire que tu l'as délibérément provoquée, en parlant de partager la chambre de Joanna.

— Je suis fortuné, protesta J.T. J'ai réussi socialement. J'ai toutes les qualifications en matière de protection des personnes. Quels peuvent bien être ses motifs d'aversion à mon égard ?

L'ébauche de sourire, sur les lèvres d'Elena, disparut.

— Tu es métis, J.T. Elle a peut-être des préjugés contre toi à cause de ton sang indien…

— Dans pareil cas, lâcha Alex, en passant un bras autour des épaules de sa femme, tu risques de regretter d'avoir prévu un dîner en son honneur, non ?

— Peu importe, répliqua Elena. C'est la mère de Joanna, et je tiens à me montrer aimable avec elle.

— Avertis-moi quand ce fichu dîner sera prêt, la pria J.T. Je serai dans mon bureau.

*
* *

Joanna se tenait debout dans la chambre de sa mère. Celle-ci noua la ceinture de sa robe de chambre de soie, puis s'assit au bord du lit et ouvrit les bras à sa fille.

— Viens, ma chérie.

Joanna obéit. Elle adorait sa mère — sa belle et brillante mère — mais trop souvent, son comportement la heurtait. Helen avait été une épouse et une mère parfaites. Mais quelle était la véritable part d'amour dans ce souci de « perfection », s'était souvent demandé Joanna ? Ne s'agissait-il pas avant tout de soigner les apparences ? L'opinion qu'on avait d'elle importait plus que tout pour Helen et, tout au long de son existence, elle s'était efforcée de se présenter, ainsi que sa famille, sous le meilleur jour possible.

Après l'avoir brièvement étreint dans ses bras, sa mère lui fit signe de s'asseoir sur le lit.

— Viens, et parlons comme nous avions l'habitude de le faire.

Joanna obtempéra, mais énonça de but en blanc :

— Il est inutile que nous discutions. Je ne retournerai pas en Virginie. Je reste au Nouveau-Mexique. C'est ici qu'est ma maison à présent.

— Mais Plott sait où te trouver.

— Lenny Plott me retrouvera où que je sois, tu le sais aussi bien que moi. Il en a les moyens. Je doute qu'il existe un endroit sur Terre où je puisse me cacher de lui.

— Qu'essaies-tu de me dire ?

Helen lui prit la main.

— Je risque, tôt ou tard, de me trouver de nouveau face à Lenny Plott. A ce moment-là, J.T. sera là. Je ne me sentirai en sécurité que s'il est à mes côtés.

— Ce n'est qu'un garde du corps, ma chérie. Nous pouvons en engager une demi-douzaine, si leur présence te rassure.

— Je n'ai confiance qu'en J.T.

— Que se passe-t-il entre cet homme et toi ?

Helen lui lâcha la main.

— Il t'a convaincue, j'ignore par quelle manipulation, que lui seul pouvait te protéger.

Joanna se leva, s'approcha de la fenêtre et fixa l'horizon lointain.

— C'est de cela qu'il s'agit, n'est-ce pas, maman ? Ta venue n'avait pas pour but de me protéger de Lenny Plott. Mais de m'éloigner de J.T. Blackwood. N'est-ce pas ?

— Je ne suis pas aveugle. Je suis parfaitement capable de voir ce qui, chez lui, pourrait attirer une femme. Mais ne vois-tu pas que ce n'est pas un homme pour toi ?

— De quoi as-tu peur exactement, maman ?

Pressant lentement ses paumes à plat sur le lit, Helen prit une profonde inspiration, comme pour contrôler sa colère.

— Je me suis renseignée sur le passé de J.T. Blackwood. Sans compter le fait que c'est un enfant illégitime et que sa mère était une Indienne navajo, ce type a toujours exercé des métiers violents. D'abord dans la marine, puis pour les services secrets. Et depuis six ans, il est à la tête d'une agence de sécurité et de protection rapprochée. C'est presque un tueur à gages. Toi qui, depuis ton agression, n'as plus supporté la proximité d'un homme, de quelle douceur crois-tu que celui-là soit capable dans une chambre à coucher ?

— Ma vie sentimentale ne te regarde pas.

Le dos toujours tourné à sa mère, elle enchaîna :

— Je sais que tu m'aimes et que tu souhaites le meilleur pour moi, maman. Et peut-être penses-tu réellement que J.T. ne m'apportera pas la douceur à laquelle j'aspire. Mais soyons honnêtes, veux-tu ? Tu es bien plus inquiète à l'idée que je fasse une mésalliance. Comment pourrais-tu expliquer cela à tes amis ? Oh ! Il peut être bienséant de défendre les minorités ou même de voter pour l'égalité raciale, d'avoir des amis et des collègues qui ne soient pas de purs Américains blancs. Mais tu ne tolérerais pas que ta fille puisse un jour épouser un homme qui ne soit pas issu de ton milieu social, n'est-ce pas ?

Serrant les poings, Helen se leva d'un bond.

— C'est à cause de ce journal ridicule qu'a écrit ton arrière-grand-mère! Il y a longtemps qu'on aurait dû brûler ce machin. Songer que cette femme a osé remplir un livre avec les détails de sa liaison adultère avec... avec un sauvage.

— Nous ne nous mettrons pas d'accord sur ce sujet, conclut Joanna.

Puis elle prit une profonde inspiration et fit face à sa mère.

— Ce n'est plus toi qui es responsable de ma vie, à présent. C'est moi qui choisis où je veux vivre. Pas toi. C'est moi qui décide qui je veux aimer.

— J'ignore ce qu'il t'est arrivé depuis que tu as quitté Richmond, répliqua Helen. Tu as toujours été une enfant si facile. Tu as toujours su faire les bons choix. Un fiancé en or, un emploi intéressant. Tu avais devant toi un avenir brillant.

— J'ai fait tout ce que tu voulais que je fasse, riposta Joanna. C'est toi qui prenais les décisions pour moi. Tu planifiais ma vie. Sauf que tu n'as pas planifié le fait que je croiserais sur ma route un monstre sanguinaire tel que Lenny Plott.

— Je donnerais n'importe quoi pour que ce ne soit jamais arrivé.

Des larmes embuèrent les yeux d'Helen.

Joanna alla vers elle et la prit dans ses bras.

— Je sais, maman. Mais c'est impossible. Ce drame a changé quelque chose en moi. Je suis différente à présent. Je suis plus forte. Je ne serai jamais plus ta gentille petite fille.

— Je ne veux que ce qui est le mieux pour toi.

S'écartant de Joanna, sa mère lui prit le visage dans ses mains.

— Je crois sincèrement que J.T. Blackwood n'est pas l'homme qu'il te faut.

— Laisse-moi en décider. Si je me suis trompée, je n'aurai personne d'autre à blâmer que moi-même.

*
* *

Ce dîner était enfin fini, se réjouit intérieurement Joanna en apportant dans la cuisine les assiettes sales. Elle avait oublié comment sa mère pouvait présider à une soirée, réclamant toute l'attention et jouant jusqu'au bout de son charme et de sa position sociale. Le temps qu'Elena et elle débarrassent la table et mettent de l'ordre dans la cuisine, sa mère ne commettrait peut-être pas un impair impardonnable devant J.T., espéra-t-elle.

Tout en plaçant les assiettes dans le lave-vaisselle, Elena remarqua d'un ton hésitant :

— Je crois que ta mère a aimé le dîner. Elle a dit qu'elle avait adoré le poulet aux épices et a affirmé s'être régalée avec la crème glacée maison.

— Personne ne pourrait trouver à redire à ta cuisine, lui assura Joanna. Si l'atmosphère du dîner a pu être entachée, c'est par moi et mon humeur maussade. Ou par J.T. Il n'a pas prononcé dix mots de la soirée.

— Il est convaincu que ta mère ne l'apprécie pas.

— Elle ne le connaît pas, mais elle croit le connaître.

Joanna disposa les verres dans le panier supérieur de la machine.

— Bien que j'ai moi-même l'impression de ne pas le connaître mieux. Il se comporte comme s'il était deux hommes différents. Chaque fois que nous sommes sur le point de nous comprendre, il se retranche et nous finissons par nous quereller.

— J.T. est *plusieurs* hommes à la fois, admit Elena. Il est, pour une part, l'homme que John Thomas Blackwood a fait de lui. Une autre part de son être est navajo. Et puis je pense qu'un troisième homme ne demande qu'à émerger, un homme en paix avec les deux autres pans de sa personnalité.

— J'avoue que je me sens multiple, moi aussi, soupira Joanna.

Elle mit le lave-vaisselle en route, puis ajouta :

— Une part de moi est encore la jeune femme convenable que ma mère a éduquée dans ce sens. Une autre, la femme indépendante et sûre d'elle que je suis devenue depuis que je vis à Trinidad. Mais une part plus sombre, hantée par la peur, a été créée en moi par Lenny Plott, et même par la trahison de Todd. En cinq ans, malgré tous mes efforts, je ne suis pas parvenue à me défaire totalement de ma colère et de mes craintes.

— Après une telle épreuve, la guérison ne peut qu'être longue, commenta Elena avec douceur.

— Je croyais l'avoir presque atteinte, jusqu'à ce que j'apprenne l'évasion de Plott. Je me suis alors retrouvée confrontée au passé et à la vérité. Malgré tout l'amour que j'ai en moi, ma confiance est encore trop fragile pour que je puisse me donner à un homme, corps et âme.

Elena lui passa son bras autour de la taille.

— Viens. Rejoignons les autres et voyons si ta mère et J.T. ont déjà sorti les couteaux.

Joanna rit, mais d'un rire forcé. Lorsqu'elles atteignirent l'extrémité du couloir, la voix de sa mère la stoppa net. Un doigt sur ses lèvres, elle retint Elena près d'elle.

— Joanna a toujours été très sensible, disait Helen. Elle a toujours détesté les conflits. Elle pleurait facilement quand elle était enfant.

— La sensibilité est un atout pour un artiste, plaida Alex. Nous ressentons tout plus intensément. N'est-ce pas ce qui nous permet de mettre notre âme à nu dans nos œuvres ?

— Sans doute.

Helen s'éclaircit la gorge.

— Mais une trop grande sensibilité peut entraîner faiblesse et vulnérabilité, ouvrant la porte à des blessures.

Joanna serra les dents. Quel était l'objectif de sa mère ? Ses conversations en apparence les plus innocentes cachaient toujours une manigance. Elena lui pressa la main.

— Ce ne peut pas être de Jo que vous parlez, intervint J.T.

Sa voix était plus dure que d'habitude, remarqua Joanna.

— Je crains que si, répliqua Helen. Elle était déjà fragile, trop sensible et naïve. Ensuite, elle s'est effondrée après cette horrible agression. Il a fallu plusieurs mois de thérapie, avant qu'elle ne se risque à sortir de la maison sans être accompagnée.

— N'est-ce pas là une réaction normale ? s'enquit Alex.

— Je suis persuadée que d'autres femmes auraient réagi différemment face à de telles expériences, affirma Helen.

— Jo n'est pas faible, lui opposa J.T. C'est une des femmes les plus fortes que je connaisse. Il est évident que vous ne connaissez pas la femme qu'est devenue votre fille.

— Vous vous trompez, monsieur Blackwood. Je connais ma fille beaucoup mieux que vous. Elle est toujours aussi fragile, sensible et vulnérable. Et si elle persiste à vivre dans ce monde de rêve qu'elle s'est créé, je crains qu'elle n'essuie un jour une terrible déception.

— Je crains de ne pas comprendre, avoua Alex. Joanna est une femme tout à fait sensée. Elle…

— Vous faites allusion à son intérêt pour le journal d'Annabelle Beaumont, intervint J.T. d'un ton bourru. Et de ma parenté avec Benjamin Greymountain.

— Il faut à Joanna un homme doté de la même sensibilité qu'elle, qui puisse lui offrir une vie protégée et heureuse. Un artiste, peut-être.

Le doux accent du Sud d'Helen se durcit.

— Je me doutais que cette lecture l'inciterait à faire l'expérience d'une aventure passagère avec quelque Indien autochtone. Puis qu'elle mesurerait vite la folie d'avoir échafaudé tout un rêve ridicule autour de la liaison adultère de sa bisaïeule.

Arrachant sa main à celle d'Elena, Joanna se rua dans le séjour.

— Rentre chez toi, maman ! Retourne diriger l'Etat de Virginie et laisse-moi en paix.

Le visage d'Helen se vida de toute couleur. Elle tendit la main vers sa fille.

— Joanna, ma chérie, je ne voulais pas que tu entendes. Je suis désolée. J'ai simplement pensé qu'il était préférable que M. Blackwood comprenne.

— Comprenne quoi, maman ? Que je suis une petite fille faible et sans défense, qui vit dans un monde de fantasmes ? C'est ce que tu viens de lui dire, n'est-ce pas ?

— Ne te vexe pas ainsi.

Helen fit un pas hésitant vers elle.

— Je m'efforce simplement de te protéger.

Joanna recula pour maintenir sa mère à distance.

— A ta façon plus ou moins subtile, tu suggérais à J.T. de ne pas s'approcher de moi, sous peine que je ne me brise s'il osait me toucher.

— Joanna, ma chérie, ne transformons pas cette conversation en une scène embarrassante, plaida Helen.

Joanna fut prise d'un rire hystérique.

— Non, nous n'allons pas faire une scène, n'est-ce pas ? Que penseraient les autres ? D'ailleurs, n'était-ce pas ton plus grand souci, de minimiser le scandale qu'avait entraîné mon agression ? Oh ! Tu avais le cœur brisé pour moi et tu m'as couvée en permanence de tes soins, mais je savais. Je savais ! Tu avais tellement honte. Honte du scandale. Honte que ta fille soit en première page des journaux pour une histoire aussi sordide. Honte face à tes amis. Honte que je n'aie pas la force de m'en sortir seule, sans une thérapie !

Sur ces mots, Joanna sortit en courant de la pièce.

J.T. darda son regard dans celui d'Helen.

— Appelez dès ce soir l'aéroport, madame Beaumont, et réservez un vol dans le premier avion demain pour Richmond. Alex veillera à ce qu'un des employés du ranch vous conduise à Santa Fe.

Sans un regard en arrière, il sortit à son tour. Il se rendit dans son bureau, y prit en hâte le journal d'Annabelle, le mit dans sa poche et se rua hors de la maison. Joanna était quelques mètres devant lui, au milieu de la cour, les bras resserrés autour de son buste.

— Joanna, appela-t-il.

— Va-t'en !

Pivotant sur ses jambes tremblantes, elle lui fit face.

— Laisse-moi seule.

— Je ne peux pas te laisser seule, Jo. Je suis ton garde du corps. Tu te souviens ?

— Oh ! c'est vrai ! Je t'ai engagé pour me protéger, parce que je suis si faible et fragile et sensible et…

— Cesse de dire des bêtises.

J.T. descendit les marches du porche et s'avança vers elle.

— Ta mère ignore qui tu es. C'est elle qui vit dans un monde fantasmé, un monde où elle peut tout contrôler.

— Elle a régenté toute ma vie. Et je l'ai laissée faire.

— Elle ne te contrôle plus, à présent. Tu prends tes propres décisions. N'est-ce pas ?

— Tu sais ce qui est le plus drôle, J.T ?

Elle l'observa, immobile, pendant qu'il s'approchait.

— Aussi différent que vous puissiez être, toi et ma mère, vous vous accordez sur un point.

— Lequel ? s'étonna-t-il, en s'arrêtant à un mètre d'elle.

— Vous pensez tous les deux que l'amour que décrit Annabelle dans son journal n'était que le fruit du fantasme d'une femme mariée, en manque d'exaltation.

— J'ai commencé la lecture de son journal, annonça-t-il. J'avoue ne plus savoir très bien quoi penser, à présent.

— Ne tente pas de me calmer avec des mensonges, John Thomas Blackwood.

— Personne ne m'appelle autrement que J.T. John Thomas était le prénom de mon grand-père, dont je n'utilise que les initiales.

— Tiens, tiens, on est sensible ? persifla-t-elle.

Il s'approcha et lui agrippa les épaules.

— Oui, Joanna, je peux être sensible sur certains points. Et c'est ta sensibilité qui me touche.

— Ah ! Ne sois pas gentil avec moi par apitoiement !

— Ce que je ressens pour toi ne ressemble nullement à de l'apitoiement.

Il approcha ses lèvres des siennes et l'embrassa. Elle répondit avec fougue à son baiser.

Puis, interrompant leur baiser, il murmura à son oreille :

— J'ai envie de te faire l'amour, mais je ne veux pas que tu acceptes par esprit de vengeance à l'encontre de ta mère.

— Si je fais l'amour avec toi, ce sera pour une seule et unique raison. Parce que, moi aussi, j'en aurai envie.

— Rentrons chez toi, suggéra-t-il. Je nous préparerai un verre, pendant que tu évoqueras pour moi les amours malheureuses d'Annabelle et de Benjamin.

— Tu ferais n'importe quoi pour me voir sourire, hein ? fit-elle remarquer d'un ton taquin.

— N'importe quoi, concéda-t-il, heureux de la voir sourire de nouveau.

— D'accord, rentrons. Et c'est toi qui me raconteras ta vie d'agent secret.

— Que t'arrive-t-il, Joanna ? Aurais-tu peur, si nous parlons de nos ancêtres, que nous ne mettions nos pas dans les leurs ?

Elle lui posa un doigt sur les lèvres.

— Chut…

Il déposa un baiser sur son front.

— Ce matin, j'ai lu le passage où Annabelle relate sa première rencontre avec Benjamin.

Elle le fixa droit dans les yeux :

— Le jour de notre rencontre, quand je t'ai vu, à cheval, j'ai cru entendre un roulement de tambour.

Sur ces mots, elle se détourna de lui et s'élança en courant à travers le jardin en direction de sa maison.

La rattrapant sur le perron, il la saisit par la taille.

— Tu mets les nerfs d'un homme à rude épreuve. Pourquoi diable a-t-il fallu que tu me dises une chose pareille ?

— Quelle différence cela fait-il ? Puisque tu ne crois à rien de tout cela.

— Je t'ai dit que je ne savais plus ce que je devais croire.

— Viens, rentrons, chuchota-t-elle.

Elle glissa sa main dans la sienne.

— Merci, J.T.

— De quoi ?

— De ne pas avoir accordé d'attention aux propos de ma mère. Son unique objectif était de te faire fuir.

— Je ne suis pas homme à fuir. J'ai pris un engagement auprès de toi, et je le tiendrai. Ne t'imagine pas débarrassée de moi. Je vais m'attacher telle une ombre à chacun de tes pas, ma douce.

Il l'entraîna dans la maison.

Pour la première fois de sa vie, il caressait l'idée d'aimer vraiment une femme.

9

Joanna s'éveilla en sursaut. Elle ne savait pas vraiment ce qui l'avait arrachée au sommeil, mais se souvenait vaguement d'avoir entendu la porte d'entrée s'ouvrir. J.T. était-il déjà debout ? Etait-il sorti ?

Elle se leva, enfila son fin peignoir de soie et se rendit dans le séjour. Le lampadaire, derrière le fauteuil, était allumé, et un livre ouvert était posé à l'envers sur le bras rembourré du siège. Elle tourna la tête : la porte était ouverte et les larges épaules de J.T. se découpaient à travers le panneau-moustiquaire. Debout sous le porche, il contemplait le ciel nocturne.

En se rapprochant du fauteuil et du livre, Joanna reconnut le journal intime d'Annabelle. J.T. en aurait-il lu un autre chapitre ? Elle le prit et le retourna.

Je devrais sans doute ressentir une honte immense pour avoir commis un péché aussi impardonnable. Mais je ne ressens que de la joie, une joie qui me submerge. Comment le fait d'aimer comme j'aime Benjamin pourrait-il être condamnable ? Je savais que notre amour serait consommé aujourd'hui. Il m'a emmenée dans une grotte isolée dans les montagnes, à l'écart du monde. J'étais bien plus nerveuse dans les bras de Benjamin que je ne l'avais été lors de ma nuit de noces, il y a près de seize ans. Il a perçu mon malaise, mes doutes, mes craintes. Il m'a rassurée avec des paroles que je ne comprenais pas, parce qu'il s'exprimait dans sa propre langue. Mais mon cœur en captait la signification.

Lorsque nous avons atteint les sommets du plaisir, ce fut comme si nous avions tous deux attendu ce moment toute notre vie. Benjamin semblait me connaître mieux que je ne me connais moi-même. Son instinct le guidait, lui soufflant chaque fois ce que je désirais. L'amour que nous avons partagé, je sais que je ne le partagerai avec aucun autre homme que lui. Benjamin. Mon Benjamin. Mon amant tendre, passionné, tu m'as appris le sens du mot « extase ».

Joanna referma le journal et le serra contre sa poitrine. J.T. en avait-il déjà lu plus de la moitié en une seule soirée ? Ou bien en avait-il sauté plusieurs passages jusqu'à celui-ci ?

Elle traversa la pièce, ses pieds nus effleurant silencieusement le plancher. Elle ouvrit la moustiquaire et sortit sous le porche, laissant le panneau se refermer dans un claquement. Mais J.T. ne tressaillit pas. Il devait l'avoir déjà entendue.

— Je t'ai réveillée ? demanda-t-il, sans se retourner.

— Peut-être. Je ne dormais pas profondément.

Il ne portait rien d'autre qu'un jean délavé. La lumière de la lune créait un doux jeu d'ombres sur son dos large et musclé, donnant à sa peau l'aspect du bronze. Joanna parvenait à peine à contenir son envie de le toucher. Il éveillait en elle une convoitise inédite, dont l'intensité l'effrayait au même degré que la force virile qui, en même temps, l'attirait chez lui.

— J'ignorais qu'il soit possible de désirer une femme comme je te désire, gronda-t-il, ses mains enserrant la rambarde. Si je n'étais pas en mission, j'irais me soûler jusqu'à l'oubli.

Joanna déglutit. Une vague de chaleur l'envahissait, une bouffée d'excitation mêlée à un sentiment d'euphorie. Elle tendit la main et toucha l'épaule de J.T. Il tressaillit, elle retira sa main.

— Tu as poursuivi la lecture du journal d'Annabelle, n'est-ce pas ?

Sa voix rendue rauque par l'émotion résonna avec étrangeté à ses propres oreilles.

— Oui, j'ai lu deux nouveaux chapitres et l'ai feuilleté en partie.

— Tu as découvert le passage où elle s'est donnée à lui pour la première fois…

Elle s'approcha de lui et posa sa main sur son dos dénudé, se retenant d'enlacer sa taille et de se serrer contre lui.

Il se retourna brusquement, ce qui écarta sa main.

— Je regrette d'avoir conclu ce marché avec toi, éclata-t-il. Je regrette d'avoir lu une seule page de ce maudit journal.

Elle leva les yeux vers les siens, et le temps fut soudain suspendu.

— C'est bouleversant, n'est-ce pas ?

De toute évidence, le récit d'Annabelle avait touché le cœur de J.T.

— Ils ont tous deux compris dès le début qu'ils n'avaient aucun avenir ensemble, soupira-t-elle.

Elle voulait l'entendre le dire. Qu'il reconnaisse la force des sentiments qui avait uni leurs arrière-grands-parents.

Au lieu de cela, il la saisit brusquement dans ses bras.

— Serais-tu prête, comme l'a fait Annabelle, à te lancer, au mépris de tous les risques, dans une aventure avec un homme qui n'a rien d'autre à t'offrir que le paradis dans ses bras ?

— Oui.

Oui. Si je l'aime, renchérit-elle en son for intérieur.

Elle lui glissa les bras autour de la taille et posa sa tête sur son torse.

— Je te veux, Jo. Je veux te porter jusqu'au lit et te faire l'amour toute la nuit.

— Je veux la même chose que toi, mais… j'ai peur.

— C'est toi qui prendras l'initiative de tout. Je ne ferai rien sans que tu l'aies exigé de moi.

Fermant en vain les yeux pour échapper à la tentation de sa beauté virile, elle prit une profonde inspiration.

— Bon sang ! tonna-t-il. Prends ton revolver avec toi, si cela te rassure.

Elle lui sourit à travers ses larmes.

— Tu me désires au point de risquer que je te tire dessus ?

— Oui, je te désire à ce point-là.

Elle alla puiser au fond d'elle le genre de courage dont avait été capable Annabelle Beaumont. Le courage d'oser aimer un homme qui ne lui promettait rien d'autre que l'instant présent.

— Alors, emmène-moi.

Il ferma et verrouilla en hâte la porte d'entrée, puis la souleva dans ses bras et la porta jusqu'à sa chambre.

Après l'avoir déposée sur le lit, il resta debout et attendit.

— Je suis entièrement à tes ordres. Quel est ton désir ?

— J'ai envie de te toucher.

Il s'assit au bord du lit.

— Comme ça, cela te va ?

Elle se rapprocha et, enlaçant sa taille, posa sa joue sur son dos.

— Tu es chaud.

Elle fit courir ses doigts sur sa peau, sur son ventre et son torse. Il frissonna, et elle immobilisa ses mains.

— N'arrête pas, murmura-t-il en posant doucement ses mains sur les siennes. J'adore sentir tes mains sur moi.

— Peux-tu… t'allonger et me laisser te regarder ?

Se glissant hors de son étreinte, il s'étendit sur le dos, leva les bras et croisa les mains sous sa tête.

— Comme ceci ?

Reculant sur le lit pour mieux le contempler, elle ramena ses genoux contre son buste et les entoura de ses bras.

— Tu es beau, J.T. Tu es le plus bel homme que j'aie jamais vu.

Il sourit.

— Et je suis tout à toi. A toi et à tes ordres.

— Je crois que tout ce pouvoir me donne un peu le vertige.

Elle examina chaque centimètre carré de son grand corps ferme. Lui demeura immobile, à la regarder le contempler. Elle fit courir ses doigts de son épaule à son aisselle. Fit glisser ses ongles sur son torse large et lisse. Lorsqu'elle frôla un téton tendu, il sembla retenir un gémissement.

Elle ne pouvait se méprendre sur la preuve manifeste, à l'intérieur de son jean — la preuve qu'il ressentait la même chose qu'elle. Son corps révélait son désir pour elle.

— Tu veux bien enlever ton jean ? demanda-t-elle.

— Tu m'aides ?

Il prit sa main, l'amena au-dessus de la fermeture Eclair du pantalon. Les doigts tremblants, elle en défit le bouton, puis baissa la fermeture.

Il tira sur les jambes du pantalon et le jeta par terre. Elle observait chacun de ses gestes, de plus en plus fascinée par son corps magnifique.

— Je devrais moi aussi enlever quelque chose, non ?

— Seulement si tu le souhaites, mon ange.

Elle inspira profondément, ôta son peignoir, puis laissa tomber le vêtement sur le sol et se rapprocha de J.T. S'allongeant à côté de lui, elle glissa une de ses jambes sur la sienne et lui embrassa la poitrine. Elle explora son corps, le caressant, l'embrassant, le découvrant.

— Caresse-moi, J.T. Je t'en prie, caresse-moi.

La soulevant au-dessus de lui, il l'assit sur son érection. Son sexe dur pulsait à travers le fin coton de son caleçon.

— Oh ! haleta-t-elle, tout son corps se contractant sous l'effet du désir.

S'accrochant à ses épaules, elle emprisonna ses hanches entre ses genoux.

— Tu aimes ça ? murmura-t-il, en entourant sa taille de ses mains.

— Oui…

Ses mains robustes et douces à la fois glissèrent de sa taille à ses fesses. Il la caressa à travers sa nuisette de soie.

— Puis-je t'embrasser ? susurra-t-il.

— Oui, embrasse-moi.

Lentement, très lentement, il la fit s'étendre sur lui. Elle inclina la tête et posa ses lèvres sur les siennes.

Elle les lécha, les mordilla, puis, sa langue se fraya un passage à l'intérieur de sa bouche. Après qu'elle eut initié la danse, J.T. suivit la cadence, participant pleinement.

Centimètre par centimètre, il fit remonter sa nuisette le long de ses hanches. Lorsqu'il glissa sa main sous la soie et qu'il caressa ses fesses dénudées, elle gémit et frissonna.

Il interrompit leur baiser, les laissant tous deux haletants. Comme elle se lovait contre lui comme une chatte, il enroula ses bras autour d'elle.

— Me laisseras-tu embrasser tes seins et ton ventre, et goûter la douce saveur de ton corps ?

Elle acquiesça dans un murmure.

Après lui avoir ôté sa nuisette, il la fit rouler sur le dos. Tout en déposant des dizaines de baisers sur son visage, il entoura ses mains de ses seins, caressant leur rondeur.

Elle sentit leurs pointes se resserrer, tandis qu'il prenait un téton entre ses dents, caressant l'autre entre son pouce et son index.

Elle se cambra.

— Oh ! J.T. je t'en supplie. Je n'en peux plus.

Il se dressa au-dessus d'elle et contempla son visage. Son regard descendit jusqu'à ses seins, ronds et pleins, aux pointes tendues par le désir.

Il embrassa son ventre. Elle gémit. Il déposa un sillon humide sur sa peau jusqu'à ce que ses lèvres rencontrent le triangle rouge entre ses jambes.

— Laisse-moi te caresser… là.

Il frotta son nez sur elle.

— Oui. Oui.

Il la caressa doucement, puis glissa ses doigts dans les replis chauds et humides de son corps. Elle trembla de façon incontrôlable pendant quelques secondes, puis détendit les jambes et le laissa les écarter lentement. Sa bouche chercha et trouva le cœur de sa féminité. Lorsqu'il l'embrassa à cet endroit, elle cria. Tandis que sa langue œuvrait inlassablement, elle se cramponna à ses épaules et gémit, son corps se tendant et se relâchant, jusqu'à ce qu'elle soit si serrée qu'elle se sente folle de désir. D'un dernier coup de langue, il lui fit franchir la limite, puis il remonta jusqu'à elle pour accueillir ses cris de plaisir dans sa bouche.

De longs frissons la parcoururent, tandis qu'une extase incroyable la submergeait. J.T. la prit dans ses bras et, les faisant roulant sur eux-mêmes, la positionna au-dessus de lui.

— J'ai envie de toi, Jo. J'ai tellement envie de toi.

— Oui. S'il te plaît. Maintenant, cria-t-elle, les derniers soubresauts du plaisir résonnant en écho dans tout son corps.

Il la souleva et, l'amenant sur lui, la pénétra. Elle étouffa un gémissement.

Puis elle bougea doucement, avec hésitation au début, peu sûre d'elle et de lui. Mais à mesure que l'élan en elle grandissait, elle s'abandonna à la passion et au désir animal qu'elle ne voulait plus contrôler. J.T. caressait ses hanches et ses fesses. Il honorait l'un après l'autre ses seins de la caresse de sa bouche. Il lui murmurait de douces louanges érotiques, et au moment où ils accédèrent au sommet du plaisir, il cria des mots inconnus d'elle :

— *Ayoi oosh ni.*

Le plaisir s'empara d'elle quelques secondes après lui. Elle murmura son nom une fois, deux fois…, dix fois. Elle l'aimait.

Il la tint dans ses bras, contre son corps mouillé de sueur. Elle se blottit contre lui, refusant de bouger, désirant qu'ils restent ainsi pour toujours. Heureuse, comblée et protégée du monde extérieur.

Il déposa des baisers le long de sa joue et de son cou, puis les couvrit avec le drap.

— Je ne peux pas rester sur toi, dit-elle. Je suis trop lourde.

— Ne bouge pas, répondit-il, en lui caressant la hanche. Endors-toi là, ma chérie.

Avec un soupir d'aise, elle se détendit et lui embrassa le torse.

— Qu'est-ce que tu m'as dit quand... juste au moment où... tu sais... ces mots étranges ? C'était du navajo ?

Il lui embrassa le sommet de la tête.

— Je n'ai plus parlé le *Saad* depuis mon enfance. Je n'ai aucune idée de ce que j'ai dit. Une phrase qui a surgi de ma mémoire, sans doute.

— Quelque chose de merveilleux ?

— Sûrement, puisque je te l'ai dit, à toi.

— Merci, J.T. Merci d'avoir été aussi patient et attentif. Merci d'avoir levé mes peurs et de m'avoir apporté un tel bonheur.

— C'est moi, Joanna, le plus heureux d'avoir été le premier pour toi depuis si longtemps.

Elle se lova contre lui comme si elle essayait de se fondre en lui, cherchant un refuge dans son grand corps puissant.

Il la serra avec force dans ses bras, l'enveloppant dans sa chaleur, la protégeant dans le havre de son étreinte.

Joanna se réveilla peu de temps avant l'aube dans les bras de J.T. Il la contemplait en silence.

Ils firent de nouveau l'amour, s'attardant sur chaque caresse, s'arrachant mutuellement tous les soupirs possibles. Il se montra aussi tendre, aussi doux et aussi passionné que la veille, et leur plaisir fut encore plus total. Comment aimer pouvait-il être aussi bon ? se demanda Joanna. Elle n'avait rien connu de tel avec Todd. A présent, elle savait vraiment ce qu'Annabelle et Benjamin avaient partagé.

Lorsqu'elle émergea pour la seconde fois du sommeil, elle se trouva seule dans le lit. Elle appela J.T. Il lui répondit depuis la cuisine, lui ordonnant de ne pas bouger. Elle attendit patiemment.

Quelques minutes plus tard, il entra dans la chambre, uniquement vêtu d'un caleçon et portant un plateau chargé de nourriture. Le cœur de Joanna s'emplit de chaleur à ce spectacle. Il posa le plateau au pied du lit, puis s'assit à côté d'elle.

— Le petit déjeuner est servi, annonça-t-il, en installant le plateau sur leurs genoux. Je nous ai préparé une magnifique poêlée d'œufs brouillés.

Joanna inspecta le contenu du plateau : une rose blanche était posée sur sa serviette.

— Tu as coupé une des précieuses roses d'Elena ! Elle va te tuer.

— Elle ne verra pas qu'il en manque une, répliqua J.T. avec un sourire espiègle.

Il tendit à Joanna un verre de jus d'orange.

Elle en prit une gorgée. Ses yeux s'écarquillèrent.

— Mmm… De l'orange fraîchement pressée. Décidément, tu as de multiples talents.

— Oh ! Tu n'as fait qu'en apercevoir quelques-uns, assura-t-il.

Comme pour illustrer son propos, il glissa sa main sous sa nuisette et la fit remonter à l'intérieur de sa jambe.

— Arrête.

Elle lui donna une petite tape sur la main.

— Ma mère sera bientôt debout, et je dois aller la voir. Sinon, nous la verrons arriver ici avec armes et bagages.

— J'avais presque réussi à oublier la présence de ta mère.

Amenant sa tasse à ses lèvres, il prit une grande gorgée de café noir et sucré.

— Jo ?

— Mmm ?

Elle termina son orange pressée.

— Hier soir, j'ai sommé ta mère de réserver un vol pour rentrer dès aujourd'hui en Virginie.

— Je parie qu'elle a adoré qu'on lui ordonne de décamper. Ce matin, elle doit être prête pour un véritable bras de fer.

— Veux-tu que j'affronte ta mère à ta place, si tu préfères ne pas la revoir ?

— Ne fais pas ça.

Elle lui posa la main sur l'épaule.

— Ne commence pas à assumer toutes mes batailles, spécialement pas contre ma mère. Je ne suis pas la créature fragile et sans défense qu'elle a dépeinte…

— Tu n'étais pas une créature fragile et sans défense, la nuit dernière, convint-il avec un sourire complice.

Il lui prit la main et la porta à ses lèvres.

— Tu es courageuse et forte. Et si belle. Mais je ne peux pas m'empêcher de vouloir te protéger, et pas seulement contre Lenny Plott.

Elle lui posa la main sur la joue et l'embrassa.

— Je t'en suis reconnaissante, mais il est pour moi essentiel d'assumer le contrôle de ma vie.

— Je comprends.

Il lui rendit son baiser.

Le plateau, toujours posé sur leurs genoux, glissa hors du lit et atterrit sur le sol dans un fracas.

Ils contemplèrent les œufs brouillés et les toasts échoués sur le plancher, et éclatèrent tous deux de rire. J.T. la prit dans ses bras, en la dévorant de baisers. Elle se frotta contre lui en gémissant, traversée par des frissons de plaisir.

Un coup sonore frappé à la porte interrompit leur étreinte. Ils se redressèrent dans le lit.

— Qui diable…, grommela J.T., en se levant.

Ramassant son jean au passage, il l'enfila tout en sortant de la chambre.

— Si c'est ta mère, je l'étrangle.

Joanna consulta le réveil.

— Ce ne peut pas être elle. Il n'est que 7 heures.

Le temps que J.T. atteigne l'entrée, il avait réussi à remonter la fermeture Eclair de son jean. Mais il était torse et pieds nus.

— Qui est là ? gronda-t-il à travers la porte fermée.

— J.T. ? appela une voix masculine, à l'accent du Sud. Ouvre-moi. J'ai à te parler.

J.T. déverrouilla la porte : c'était Dane Carmichael, son vieil ami du FBI.

— Que diable fais-tu ici ?

— J'ai des nouvelles importantes au sujet de ton affaire, répondit Dane. De mauvaises nouvelles.

— Entre, le pressa J.T., en maintenant la porte ouverte.

Obtempérant, Dane promena un regard autour du séjour.

— Où est Mlle Beaumont ?

— Elle n'est pas encore levée. Qu'as-tu à me dire de si important ? Et pourquoi ne m'as-tu pas appelé ?

— Claire Andrews a disparu.

— Quoi ? s'exclama une voix emplie d'angoisse.

J.T. se retourna : Joanna était debout à l'entrée du salon, une main crispée sur les revers de son peignoir au niveau de sa poitrine et l'autre, resserrée en forme de poing le long de son corps.

— Jo…

Il se précipita vers elle et, passant un bras autour de sa taille, la guida vers l'intérieur de la pièce.

— Qu'est-il arrivé à Claire ? demanda-t-elle. Lenny Plott l'a enlevée ?

J.T. la serrait contre son flanc, soutenant son corps tremblant.

— Bonjour, mademoiselle Beaumont. Je suis l'agent Carmichael, du FBI. Nous ignorons ce qui est arrivé à Mlle Andrews. Son compagnon, ne la voyant pas revenir de son travail hier, nous a contactés.

— Il l'a trouvée ! s'emporta Joanna. Il l'a kidnappée et…

Sa respiration devint rapide, frénétique.

— Il l'a tuée, acheva-t-elle. C'est ce dont il nous avait toutes menacées.

J.T. la prit dans ses bras, et elle enfouit le visage contre sa poitrine.

— Nous allons poster un de nos hommes à Trinidad, leur annonça Dane. Je suis ici pour planifier notre intervention. Nous savons, J.T., que tu peux assurer seul la protection de Mlle Beaumont. L'objectif de notre agent sera d'appréhender Plott. Nous escomptons bien attraper ce salaud avant qu'il ne s'approche du ranch.

— Envoie un de tes meilleurs hommes, le pria J.T. Je le considérerai comme une faveur personnelle.

— J'enverrai Landers, Hal Landers. Tu ne le connais pas. Il est nouveau au FBI, mais il est rapidement devenu l'un de nos meilleurs éléments.

Toujours cramponnée à J.T., Joanna se tourna vers Dane Carmichael.

— Lenny Plott a changé d'apparence. Comment votre agent pourra-t-il le reconnaître ? Plott pourrait parfaitement être en ville, et même arriver jusqu'au ranch, sans attirer l'attention.

— Landers va travailler en collaboration avec les autorités locales pour repérer tout étranger à la ville, expliqua Dane. Et dès qu'il aura pris ses quartiers à Trinidad, il se présentera au ranch.

— Agent Carmichael ? demanda Joanna.

— Oui, mademoiselle.

— Je vous en prie, dès que vous retrouverez Claire et… quoi qu'il soit arrivé, faites-le-moi savoir.

— Oui, mademoiselle. J'avertirai J.T.

Après quoi, Dane Carmichael prit rapidement congé.

A la minute où ils furent seuls, J.T. entraîna Joanna jusqu'au fauteuil près de la cheminée et la prit sur ses genoux. Elle se blottit dans ses bras et posa la tête sur son épaule.

— Claire est morte, énonça-t-elle dans un murmure.

Je le sais. Il va nous retrouver, Libby et moi. Mais laquelle d'entre nous sera la prochaine ?

— S'il te retrouve…

— *Quand* il me retrouvera, rectifia-t-elle.

J.T. lui souleva le menton et, rivant son regard au sien, assura :

— Quand il te retrouvera, je serai là.

Elle tenta de sourire, mais réussit à peine à incurver les lèvres. Elle ferma les yeux et poussa un long soupir. J.T. baisa ses paupières closes, la serrant dans ses bras, l'apaisant, la rassurant.

10

— Promets-moi de ne pas trop t'inquiéter pour moi.

Joanna déposa un baiser sur la joue de sa mère.

— Je suis en parfaite sécurité avec J.T., poursuivit-elle. Et puis des agents du FBI surveillent la ville dans le cas où Lenny Plott oserait s'y aventurer. Ce ne devrait être qu'une question de temps avant qu'il ne soit appréhendé.

Helen étreignit Joanna, puis, s'écartant d'elle, prit ses mains dans les siennes.

— J'aurais voulu rester auprès de toi, mais de trop nombreuses obligations m'attendent à Richmond. Et puisque tu refuses de rentrer à la maison avec moi …

A son tour, Joanna serra les mains de sa mère.

— Il est inutile que tu restes. Il est peut-être même préférable de mettre de la distance entre nous. Nous finirions, autrement, par nous quereller. Tu étais trop habituée à gouverner mon existence lorsque je vivais à Richmond. Mais je suis à présent capable de prendre moi-même mes décisions.

— Je persiste à croire que tu commets une erreur en t'impliquant avec M. Blackwood, soupira sa mère.

Sur ces mots, elle regarda brièvement en direction de J.T. qui se tenait sur le porche de la maison, observant et attendant son départ.

— Si avoir une liaison avec J.T. est une erreur, j'en serai seule responsable, maman.

— Je ne supporterais pas de te voir de nouveau souffrir…

— Tu ferais mieux d'y aller.

Joanna tira sa mère par le bras.

— Alex et Elena t'attendent dans la Jeep.

— Ce sont des gens charmants, fit remarquer Helen. Je suis heureuse que tu les aies pour amis. Mais les amis ne remplaceront jamais la famille. Ne l'oublie pas.

— Maman, si tu ne te mets pas en route, tu vas rater ton avion, la pressa Joanna.

Elle ouvrit la portière de la Jeep, aida sa mère à y monter. Puis elle se pencha vers elle et l'embrassa de nouveau.

— Je t'appellerai souvent pour te donner des nouvelles.

Puis elle referma la portière.

Comme la voiture démarrait, sa mère agita la main. Joanna suivit des yeux la Jeep jusqu'à ne plus distinguer qu'un petit sillage de fumée.

J.T. passa alors son bras autour de ses épaules.

— Viens, allons faire une virée à cheval et respirer l'air pur.

— Nous partons à cheval ?

— Le temps est superbe. Pas trop chaud. Alex et Elena ne rentreront pas de Santa Fe avant ce soir. Nous avons la journée pour nous.

— Et si l'agent Landers essaie de nous contacter ? s'inquiéta Joanna.

— Je prendrai mon portable. A présent, plus d'excuses, va vite te changer.

Elle lui décocha un regard furibond, puis se mit à rire.

— Où allons-nous ?

— J'ai une surprise pour toi.

Lui sortir de la tête que Claire Andrews avait disparu : tel était l'objectif de J.T. en proposant à Joanna cette sortie. Le risque était grand que Claire ait été enlevée par Plott. Peut-être même était-elle déjà morte assassinée. Il serait toujours assez tôt pour affronter cette tragédie, si on retrouvait son cadavre. Avec un peu de chance, les fédéraux mettraient la main sur Plott avant que ce dernier ne retrouve Libby, dans l'hypothèse où celle-ci serait la prochaine victime sur sa liste. Mais son principal souci consistait à protéger Joanna, jusqu'à ce que ce salaud soit remis derrière les barreaux.

— Pourquoi n'irais-tu pas préparer les chevaux pendant que je me change ? avança-t-elle. Je ne serai pas longue.

— Nous avons toute la journée. Rien ne nous presse, argumenta-t-il, en la suivant jusqu'à son porche.

Elle s'immobilisa et se tourna vers lui.

— Tu as *vraiment* l'intention de t'attacher à mes pas telle une ombre, n'est-ce pas ?

— Je ne veux prendre aucun risque s'agissant de ta sécurité.

L'air résigné, Joanna entra dans la maison. Il la suivit et attendit patiemment le temps qu'elle se change. Elle ressortit de sa chambre, chaussée de bottes, vêtue d'un jean et d'une chemise en coton, et son chapeau à la main. J.T. le prit et le lui posa sur la tête.

— Tu ressembles à une vraie cow-girl comme ça, ma belle.

Il l'embrassa, d'un baiser bref et fort qui n'exigeait rien en retour.

De retour dehors, il harnacha deux chevaux, Washington et une jeune jument nommée Playtime. Il vérifia son fusil, en attacha le fourreau à sa selle. Puis il rangea son Glock dans un des sacs de selle, avec deux lampes de poche, une gourde remplie d'eau et son téléphone portable. Enfin, il y ajouta une couverture pliée en quatre.

— Des lampes torches et une couverture, fit remarquer Joanna. Ta surprise commence à éveiller ma curiosité.

— Chut. Ne commence pas à poser de questions. Attends juste de voir.

Ils quittèrent assez vite la propriété des Blackwood pour pénétrer dans celle d'Elie Mahoney et, en moins d'une heure, ils atteignirent l'ancien site archéologique, situé au pied de la montagne.

Joanna avait reproduit sur la toile les couleurs éclatantes de cette terre des centaines de fois. Mais la beauté époustouflante des canyons de grès rouge, les rochers aux formes étranges, évoquant des champignons géants, et les peupliers dorés qui bordaient les ruisseaux lui donneraient toujours envie de prendre ses pinceaux.

Laissant leurs chevaux se reposer, ils se promenèrent main dans la main sur le site. Il y avait longtemps que la terre avait donné la plupart des trésors jadis enfouis ici, ne laissant que de rares découvertes fortuites aux archéologues qu'Elie autorisait occasionnellement à pénétrer dans sa propriété.

Joanna tenta de visualiser à quoi avait pu ressembler le campement installé par son arrière-grand-père en 1925. En fermant les yeux, elle pouvait presque sentir l'odeur des feux de bois. Presque entendre jouer les fils d'Annabelle, leurs cris, leurs rires. Presque voir un jeune Navajo monté sur son étalon appaloosa, contemplant la femme qui allait devenir le seul véritable amour de sa vie.

— Hé…

J.T. la poussa légèrement du coude.

— Où étais-tu ? Partie dans tes rêves ?

— J'essayais de me transporter mentalement dans cet endroit, l'été où Annabelle et son mari y sont venus.

— Avoue-le, tu étais en train d'imaginer la première rencontre d'Annabelle et de Benjamin ?

— Oui, bien sûr, admit-elle. Mais je m'interrogeais. Comment mon arrière-grand-père a-t-il pu être aussi aveugle ? Ne rien soupçonner, alors que sa femme entretenait une liaison amoureuse directement sous son nez.

— Peut-être l'a-t-il su, mais a-t-il choisi de se taire, avança J.T.

— Mais… pourquoi ?

— Il devait être conscient du fait que son épouse n'était pas éprise de lui. N'oublie pas qu'ils avaient une grande différence d'âge et que leur mariage avait été arrangé.

Tout en guidant leurs pas à travers l'ancien site, la main de Joanna toujours dans la sienne, J.T. conclut :

— Et il savait que sa femme n'abandonnerait jamais ses enfants.

— Donc tu penses que mon arrière-grand-père a subi en silence la trahison d'Annabelle.

— Réfléchis. Ce n'est pas dénué de sens.

— Peux-tu imaginer la charge émotionnelle et le niveau de tension qui ont dû alors saturer l'atmosphère ? s'écria Joanna, en frappant machinalement le sol du pied, soulevant de la poussière. On devrait presque encore le sentir dans l'air.

— Je suis convaincu que tu le ressens, n'est-ce pas, Jo ?

Il la fit pivoter sur elle-même, jusque dans ses bras.

— Mais n'oublie pas qu'il ne s'agit pas de *nos* vies. Tu n'es pas Annabelle. Je ne suis pas Benjamin.

— Oui, je sais. Les obstacles qui les ont séparés n'existent pas pour nous. Leur liaison était condamnée dès le départ, la nôtre ne l'est pas. Nous, nous sommes libres de faire ce que nous souhaitons de nos vies.

Le regard de J.T. s'adoucit, et il lui caressa la joue.

— Pour l'instant, j'aimerais te montrer la surprise que j'ai pour toi.

— Ah, oui, la surprise ! Où est-elle ? s'enquit Joanna, avec un enthousiasme juvénile.

— C'est à six kilomètres. Plus haut dans la montagne.

Il la ramena vers les chevaux, l'aida à monter en selle, puis guida leur escalade à flanc de montagne.

Lorsqu'il mit pied à terre et la souleva dans ses bras pour la faire descendre de Playtime, les sommets aux contours accidentés se dressaient très haut au-dessus d'eux, les pins ponderosas et les chênes blancs semblaient embrasser le ciel. Une solitude presque sacrée les entourait. Elle s'agrippa à lui, son cœur tambourinant à ses oreilles.

Il la remit sur pied, en la faisant doucement glisser contre lui. Puis il sortit deux lampes torches d'un des sacs de selle et lui en tendit une.

— Viens.

Elle ôta son chapeau et le suspendit au pommeau de sa selle. Puis elle suivit J.T. jusqu'à l'entrée d'une grotte partiellement dissimulée à la vue par un mur de broussailles.

— Regarde.

Il s'effaça pour la laisser passer.

Elle alluma sa lampe, en promena le faisceau à l'intérieur de la cavité rocheuse. Puis elle fit un pas hésitant en avant et retint son souffle. J.T. alluma sa torche à son tour, augmentant l'éclairage de la grotte, et pressa Joanna de s'aventurer plus loin.

Ils explorèrent ensemble la petite cavité rocheuse, jusqu'à ce que son plafond de grès, qui s'était abaissé graduellement, les empêche d'avancer davantage. A partir de là, la grotte se réduisait à un espace où seul un animal aurait pu ramper.

— Est-ce là que… ? demanda Joanna dans un murmure.

— Je le crois, répondit J.T.

— Comment se fait-il que tu connaisses cet endroit ?

— J'étais gamin quand je l'ai découvert. J'ai passé mon enfance à explorer ces montagnes, à cheval. Il était visible que cette grotte avait été utilisée comme une sorte de refuge. Ce n'est qu'en lisant le journal d'Annabelle que j'ai fait le rapprochement.

Joanna arrêta son faisceau lumineux sur une peau de bête encore étendue sur le sol. Annabelle et Benjamin s'étaient-ils enlacés sur ce lit de fourrure ? La lueur pâle de la torche se refléta sur les morceaux de verre cassés d'une vieille lampe à pétrole.

— Cliff et moi avons découvert cette grotte lors d'une de nos escapades dans la montagne. Son père était contremaître au ranch. Nous avons grandi ensemble. C'est nous qui, par maladresse, avons cassé cette lampe.

— C'était le refuge d'Annabelle et de Benjamin.

Elle se mordit la lèvre inférieure pour contenir son émotion.

— Oui, c'est probable, convint J.T., en lui posant doucement la main à la base des reins. Cet endroit était assez proche du campement et en même temps suffisamment isolé pour qu'ils puissent s'y rejoindre en toute quiétude.

— Dans son journal, Annabelle décrivait cette grotte comme un lieu confortable et chaleureux, s'étonna Joanna.

Elle continuait à explorer la caverne des yeux, balançant sa lampe d'avant en arrière.

— Il s'agit en réalité d'une cavité obscure en grès dur, creusée à flanc de montagne, et qui n'a rien de romantique, fit observer J.T.

— Mais pour eux, c'était un lieu magique. Le seul endroit sur Terre où ils pouvaient s'aimer.

Il posa sa lampe torche sur sa base, son faisceau créant des ombres pâles sur la voûte arrondie de la grotte.

— Je dois te montrer quelque chose qui, je pense, confirmera qu'il s'agit du lieu de rendez-vous de nos deux ancêtres.

Il lui prit doucement le menton dans la main.

— Reste ici. C'est dans mon sac de selle.

Elle opina et attendit son retour, le silence de la grotte faisant courir un frisson le long de sa colonne vertébrale.

— Voilà.

Il revint avec une couverture pliée sous son bras et un livre à la main.

— J'ai trouvé ce vieux bouquin ici et l'ai conservé. Enfant, je récupérais toutes sortes d'objets que j'accumulais dans ma chambre comme des trésors.

Il tendit l'ouvrage à Joanna, qui le prit, les mains tremblantes. La reliure était en lambeaux, et plusieurs pages avaient disparu, sans doute depuis longtemps.

J.T. étendit la couverture sur le sol, récupéra sa lampe torche et prit Joanna par le coude.

— Viens près de moi.

Ils s'assirent sur la couverture, et il dirigea le faisceau de sa lampe sur le livre qu'elle avait ouvert à la première page.

Elle lut une inscription manuscrite :

« A Benjamin. A toi pour la vie, A. »

— Ce n'est qu'un vieux livre de poésie, lâcha J.T. Je ne saurai jamais pourquoi un gamin de onze ans a gardé ça. Je l'ai déniché récemment au fond d'un tiroir, parmi d'autres reliques.

— Poèmes de Christina Rossetti, lut Joanna. Ce livre *a* appartenu à Annabelle. Elle y fait référence dans son journal.

— Regarde au milieu du livre, lui conseilla J.T.

Elle découvrit alors, soigneusement entremêlées et retenues par un ruban rouge, une mèche de cheveux noirs de jais et une autre d'un roux flamboyant. La surprise lui coupa le souffle, et ses yeux s'embuèrent d'émotion.

Refermant respectueusement le livre, elle le posa à côté d'elle sur la couverture et regarda J.T.

— Pour toi, ce n'est qu'un stupide fatras de sentimentalité ? Insérer des mèches de leurs cheveux, dans un livre de poésies dont elle lui fit présent, en souvenir d'elle ?

— Il y a soixante-dix ans, l'époque était peut-être plus romantique qu'aujourd'hui.

Il lui passa doucement la main dans le dos.

— Nous savons combien Annabelle Beaumont *était* romantique, reprit-il. Si Benjamin l'a vraiment aimée, ne penses-tu pas qu'il aura cherché à nourrir ses aspirations ?

— Ce que je pense, c'est que toi, tu sais trouver les moyens de détourner l'esprit d'une femme de ses problèmes.

Elle tenta de sourire, mais son effort échoua.

— C'est pour cela que tu as voulu me montrer cette grotte, aujourd'hui, enchaîna-t-elle, en lui caressant la joue du bout des doigts. Et ce livre. Tu cherchais à me faire oublier la disparition de Claire et les nouvelles menaces de Lenny Plott.

— De toute évidence, mon stratagème n'a pas fonctionné.

— Oh, si ! Il a fonctionné à merveille.

Il couvrit sa main de la sienne.

— Quelles chances, Jo, avions-nous de nous rencontrer, toi et moi ?

— Tu ne crois pas au destin, moi si, répliqua-t-elle.

Nous étions appelés à nous rencontrer, exactement comme Benjamin et Annabelle.

— Allons, cesse de nous comparer à…

— Je ne nous compare pas ! riposta-t-elle en dégageant sa main. Encore une fois, nous ne sommes pas condamnés à revivre leur histoire tragique.

— Et encore une fois, répliqua-t-il, je dis que cette histoire d'amour tragique et éternel n'a été conçue que dans les fantasmes d'Annabelle. Benjamin a sûrement continué sa route sans se retourner, épousé une autre femme avec laquelle il a partagé ses jours. Après tout, il a eu un enfant : le père de ma mère.

— Tu ignores vraiment tout de ton histoire familiale ! lui assena Joanna. Ton grand-père a véritablement coupé tous tes liens avec les Navajos.

— Certes. Je ne connais rien à l'histoire familiale de ma mère, mais je ne vois pas où tu veux en venir…

— Benjamin s'était marié très jeune. Il était déjà veuf et avait un fils de quatre ans quand lui et Annabelle se sont rencontrés. Sa femme était morte en couches, et il ne s'est jamais remarié. Je sais par Elena qu'il est mort de la tuberculose à l'âge de trente-huit ans.

— Je rends les armes, grommela J.T., avec un soupir exaspéré. Benjamin a regretté Annabelle jusqu'au jour de sa mort, et elle n'a aimé que lui aussi longtemps qu'elle a vécu. Tu es satisfaite ?

Joanna sourit.

— Tu ne le penses pas vraiment. Tu dis ça juste pour m'apaiser.

Elle noua ses bras autour de son cou.

— A ta manière bourrue, tu es très mignon, tu sais ?

— On m'a octroyé divers qualificatifs, mais jamais celui-là. Et cesse de voir autre chose dans mes paroles et mes actes que…

— Je sais. Je sais. Tu n'as rien d'autre à m'offrir que ta

protection et une aventure passagère. D'ailleurs, ajouta-t-elle avec un rictus malicieux, peux-tu me dire ce que tu avais exactement à l'esprit en m'amenant dans cette grotte ?

Elle se rapprocha davantage de lui et se pressa contre son corps.

— Tu savais que je voudrais que tu me fasses l'amour ici, dans le refuge d'Annabelle et de Benjamin.

Il s'éclaircit la gorge.

— Ne pense pas que je t'y ai amenée dans l'intention de…

Elle lui posa un doigt sur les lèvres.

— Pourquoi as-tu apporté une couverture ?

— Là, Jo, une fois de plus, tu interprètes mes actes de travers et…

Elle le fit taire d'un baiser et, le renversant sur la couverture, lui ôta son chapeau d'une chiquenaude. Puis, couvrant son corps du sien, elle lui sourit.

— Si je promets de plus rien interpréter et de renoncer un instant à croire qu'une magie similaire à celle qui a existé entre Annabelle et Benjamin existe entre nous, me feras-tu l'amour ? Tout de suite… ici même… dans cette grotte ?

Aussitôt, il la prit par les hanches et l'amena sur lui.

— Mon ange, je te ferais l'amour… n'importe où… et n'importe quand.

Elle avait rêvé de cet instant, mais n'osa pas le lui dire. Depuis le moment où elle avait ouvert pour la première fois le journal de son arrière-grand-mère, elle avait rêvé de venir un jour retrouver son propre amant dans l'endroit secret où Annabelle et Benjamin avaient consommé leur amour.

Elle embrassa le cou de J.T., puis s'étendit sur lui et posa la tête au creux de son épaule.

— Je suis heureuse de t'avoir rencontré. Je n'aurais jamais été la même femme avec aucun autre homme. Jamais.

Il la fit rouler sur le dos et lui déboutonna sa chemise. Elle frissonna en sentant ses doigts sur sa peau nue.

— Es-tu sûre de vouloir cela ?

— Absolument sûre.

A son tour, elle lui défit sa chemise et déploya ses mains sur son torse. Il retint son souffle, elle lui sourit.

— Je veux te faire confiance, J.T., me donner tout entière à toi, sans craindre que tu me fasses souffrir un jour.

Il défit l'agrafe de son soutien-gorge et fit glisser celui-ci, ainsi que sa chemise, le long de ses bras. Puis il contempla ses seins ronds et pleins, les enveloppa de ses mains.

— Je veux que tu saches que ce qui se passe entre nous en ce moment, le fait de nous donner ainsi de l'amour, me plaît énormément, murmura-t-il.

Emprisonnant la main de Joanna, dans la sienne, il l'amena jusqu'à la boucle de sa ceinture.

Alors, avec des gestes naturels et fluides, comme si elle les avait accomplis depuis toujours, Joanna déshabilla J.T., et il en fit autant avec elle.

Lorsqu'ils furent tous deux nus, étendus côte à côte sur la couverture, il la prit dans ses bras.

— Auras-tu peur si je ne suis pas aussi doux, cette fois-ci ?

Il la caressa. Elle s'accrocha à lui, soupirant sa réponse contre ses lèvres.

— Non. Je n'aurai pas peur. En cet instant, je ne me sens moi-même pas très douce non plus.

La passion avait été embrasée en elle par l'occasion de réaliser un rêve, de capturer pour elle-même une petite part de la magie qu'Annabelle avait connue.

Il dévora ses lèvres d'un baiser, et elle dévora les siennes. Il saisit ses fesses dans ses mains, lui soulevant les reins. Accrochée à son dos, elle enfonça ses ongles dans sa chair, se cambrant à sa rencontre. Elle enroula ses jambes autour de ses hanches, l'invitant à l'intérieur d'elle. Il la pénétra avec force. Elle malaxa ses fesses fermes en gémissant de plaisir.

Une vague de chaleur se propagea en elle comme si du métal en fusion avait afflué dans ses veines. Ses seins lui faisaient mal, leurs pointes tendues par le désir. Tandis qu'il bougeait en elle, son torse dur frottait ses tétons sensibles, envoyant des aiguillons de douleur et de plaisir au cœur même de sa féminité.

Sa respiration s'accéléra. Haletante, elle chercha l'air, tandis que le tumulte grandissait en elle, de plus en plus fort à chaque puissant coup de boutoir. Il lui donnait trop et en même temps, pas tout à fait assez. Il devait faire cesser son tourment, mais cela devait durer toujours !

Il intensifia la force et le rythme de ses coups de reins, la pressant par des paroles érotiques de répondre à ses besoins, lui indiquant ses intentions. Elle trembla, les premiers signes du plaisir la parcouraient.

A ce moment-là, il donna une série de coups de reins. Il poussa un cri animal, comme un cri de triomphe.

Elle fut secouée par de nouveaux spasmes de plaisir. Ses gémissements s'intensifièrent de plus en plus. Au dernier moment, il murmura des paroles en navajo. « *Ayoi oosh' ni.* »

Elle ne les connaissait pas, mais, au fond de son cœur, elle en saisissait le sens. C'étaient les paroles que Benjamin Greymountain avait murmurées à l'oreille d'Annabelle — clamant son amour pour elle.

Joanna nichée dans ses bras, J.T. resta étendu là, écoutant le doux son de sa respiration, tandis qu'elle dormait paisiblement, comblée et en sécurité. A son insu, cette femme superbe et aimante s'était insinuée sous sa peau, traversant la carapace dont il avait jusque-là soigneusement entouré ses émotions. S'impliquer aussi intimement avec elle était une folie, mais Seigneur, jamais il n'avait autant désiré une femme.

Elle attendait davantage d'un homme qu'il ne pouvait lui apporter. Il regrettait de ne pas être l'homme dont elle rêvait. Mais c'était impossible. Elle voulait faire de lui la réincarnation de Benjamin Greymountain. Elle aurait voulu qu'ils ressuscitent ensemble l'amour qu'Annabelle et Benjamin avaient emporté dans leurs tombes.

*
* *

Lorsque Joanna s'éveilla, ils firent de nouveau l'amour. Doucement, lentement, chacun d'eux apprivoisant le corps de l'autre avec leurs doigts, leurs langues, leurs yeux. Le soleil brûlant fondait dans le ciel de fin d'après-midi, nimbant la Terre d'une lumière dorée. Elle s'habilla sans hâte, prenant le temps de savourer leurs derniers instants de solitude dans ce lieu si spécial. Elle serra le livre de poésie d'Annabelle contre sa poitrine, une sombre tristesse s'installant dans son cœur. Serait-ce l'unique fois où J.T. et elle feraient l'amour dans cet endroit ? N'y avait-il aucun avenir pour eux ?

J.T. lui prit le livre des mains et le rangea dans le sac attaché à sa selle, puis il l'aida à remonter sur son cheval.

— Il est temps de rentrer. Elena et Alex doivent être de retour, à présent, même si Elena a certainement profité d'être à Santa Fe pour faire des tonnes d'emplettes.

Elle acquiesça d'un signe de tête. Oui, il était temps de retourner au ranch, vers la réalité et la menace qui pesait sur sa vie.

Ils ramenèrent Washington et Playtime à l'écurie et prirent le temps de soigner eux-mêmes leurs chevaux.

— Après une bonne douche, aimerais-tu que je nous fasse griller des steaks, ce soir ? lui proposa J.T. Nous pourrions appeler Alex et Elena, et les inviter à se joindre à nous.

— C'est une excellente idée.

Elle fit remonter le bout de ses doigts, en pianotant, le long du bras de son amant.

— Surtout celle de prendre une douche.

— Est-ce une invitation à ce que nous la prenions ensemble ?

Il enlaça sa taille et l'attira à lui.

— Après avoir fait l'amour dans une grotte isolée en pleine montagne, ce serait une autre expérience nouvelle pour moi.

Il fit descendre ses mains jusqu'à lui entourer les fesses.

— Je suis ravi d'être amené à partager toutes ces nouvelles expériences avec toi, chuchota-t-il en souriant.

Elle pénétra dans la maison, J.T. sur ses talons. S'immobilisant brusquement, elle eut une inspiration stupéfaite en découvrant l'état de son salon. J.T. poussa un juron.

— Tout est sans dessus-dessous, s'exclama Joanna. Qu'est-ce qui a pu… Oh ! Mon Dieu, non !

Il vint derrière elle, entoura son buste de ses bras et posa le menton contre sa tempe.

— Calme-toi, chérie.

— La pièce a été complètement saccagée !

Les coussins du canapé et du fauteuil avaient été jetés par terre, les lampes, cassées, et les tableaux, arrachés des murs. Se dégageant de l'étreinte de J.T., Joanna se dirigea vers le chevalet sur lequel reposait le portrait d'Elena.

— Ce n'est pas vrai ! se désola-t-elle.

Le tableau avait été recouvert d'une inscription en grandes lettres rouges :

« *JE REVIENDRAI.* »

J.T. agrippa Joanna par les épaules et ferma les yeux un moment, la rage bouillonnant en lui.

— Il est venu ici.

Joanna tremblait de tous ses membres.

— Il est entré chez moi ! Comment cela a-t-il pu arriver ? Comment se fait-il que personne ne l'ait ni vu ni arrêté ?

— Je l'ignore.

Il resserra son étreinte autour de Joanna, fulminant de colère contre Lenny Plott. Ce serpent avait réussi à tromper la vigilance de Dane Carmichael et Hal Landers, qui l'attendaient pourtant de pied ferme à Trinidad. A moins qu'il ne soit pas passé par Trinidad ? Il avait pu contourner la ville par le sud-ouest, puis par le nord, et reprendre ensuite vers le sud pour arriver ici.

J.T. réprima un juron. Il avait lu divers rapports de police sur Leonard Plott : c'était un pervers, mais certainement pas un imbécile. N'avait-il pas agressé une dizaine de femmes tout en échappant à la police pendant toutes ces années ? Si le compagnon de sa dernière victime n'était pas rentré à l'improviste à la maison, Plott n'aurait peut-être jamais été démasqué.

Leonard Plott était un animal dangereux qu'il allait falloir abattre tôt ou tard, songea J.T., les mâchoires serrées. Il voulait être celui qui presserait la détente.

— Je ne suis plus en sécurité ici, n'est-ce pas ? souffla Joanna.

Sans sortir de l'étreinte de ses bras, elle lui fit face.

Il la tint serrée avec force contre lui.

— Tant que ce criminel est en liberté, je ne suis en sécurité nulle part, ajouta-t-elle.

— Tu es en sécurité avec moi, lui assura-t-il. Tu es en sécurité en cet instant. Ici. Dans mes bras. Et je vais tout entreprendre pour que tu le demeures.

— Que vas-tu faire ? Il reviendra. Il persistera jusqu'à ce que…

— Ne le dis pas, mon ange. Ne le pense même pas. Si tu ne te sens plus en sécurité ici, nous trouverons un autre endroit.

— Un endroit où il ne pourra pas me retrouver ? Dieu du ciel, J.T. ! Je ne crois pas qu'un tel lieu existe.

11

— Nous allons mettre la main sur ce type. Ce n'est plus qu'une question de temps, assura Dane Carmichael.

— Le temps n'est pas de notre côté, maugréa J.T.

Il considéra d'un air sombre son ami du FBI et le sergent Landers, assis côte à côte sur le canapé en cuir de son bureau.

— Plott a déjà enlevé et assassiné une femme, et peut-être deux. Et aujourd'hui, il a pu s'introduire dans ma propriété et saccager la maison de Joanna, sans que quiconque n'ait soupçonné sa présence. Ce tour de force devrait nous indiquer à qui nous avons affaire, non ?

— A un criminel extrêmement intelligent et dangereux, renchérit Dane. Ce que nous savons depuis le début.

Il décroisa les jambes et se rapprocha du bord du canapé.

— D'autant plus dangereux, reprit-il, qu'il a accès à tous les fonds nécessaires pour poursuivre sa vengeance.

J.T. glissa un regard en direction de Joanna, qui était assise sur la chaise pivotante derrière son bureau. Il lui avait conseillé de ne pas assister à cette entrevue, mais elle avait insisté pour être présente, et il le comprenait. Après tout, c'était sa vie qui était en jeu. Elle hocha la tête : elle tenait bon, ils pouvaient poursuivre.

— Et le fait que Plott ait changé d'apparence vient encore nous compliquer la tâche, renchérit Landers. Il n'a pas eu le temps d'avoir recours à la chirurgie esthétique. Mais il peut s'être teint les cheveux. Porter des lentilles de contact…

— Nous avons diffusé sa photo un peu partout à Richmond,

dans l'espoir que quelqu'un l'identifie, ajouta Dane. Mais nous sommes toujours à la recherche désespérée d'une piste.

Il déploya sa longue silhouette et se leva du canapé.

— Un homme aussi fortuné que Plott peut obtenir toute l'aide qui lui est nécessaire et acheter le silence des gens.

— Sa mère prétend qu'elle n'a eu aucun contact avec lui, indiqua Landers. Mais le lieutenant George n'y croit pas une seconde. Malgré le fait que son fils soit un monstre, cette femme est prête à tout pour le protéger.

— Le FBI a-t-il envoyé des agents au Texas pour assurer la protection de Libby ? s'enquit Joanna. Je sais qu'elle n'a pas les moyens de payer un garde du corps. Pas plus que Claire.

— Nous prenons toutes les précautions concernant Mlle Felton, la rassura Dane. Et nous travaillons en étroite collaboration avec les autorités locales de Shelby, où elle demeure. Comme nous le faisons à Trinidad.

— Vous devez comprendre que nos moyens en effectifs sont limités, nuança Landers. Nous faisons tout ce qui est en notre pouvoir, mademoiselle Beaumont, et je peux vous assurer que nous allons nous emparer de Lenny Plott.

— Avant ou après avoir assassiné les quatre femmes qui avaient témoigné contre lui ? demanda-t-elle.

Sa voix était posée, ne trahissant aucune émotion, nota J.T. Mais ses poings étaient serrés par la tension.

Il alla se poster derrière elle et, agrippant à deux mains le dossier de la chaise pivotante, annonça :

— J'emmène Joanna. Nous quitterons le ranch à la première heure demain matin.

Landers se leva d'un bond du canapé

— C'est inutile, monsieur Blackwood. Dane va nous envoyer d'autres agents. Et puis nous sommes épaulés par la police locale et par le bureau du shérif du comté.

— Où penses-tu pouvoir conduire Mlle Beaumont où elle serait mieux en sécurité qu'ici ? s'enquit Dane.

Il y eut un silence. J.T. regarda tour à tour les deux hommes.

— Dans la réserve navajo. Elena et Alex sauront comment nous joindre.

— Etes-vous en train de nous dire, Blackwood, que vous projetez d'emmener Mlle Beaumont se terrer quelque part dans la réserve indienne ? s'insurgea Landers. Je vous le déconseille fortement, et si vous insistez pour…

— J'insiste, le coupa J.T.

Le rouge monta au visage de Landers, qui s'éclaircit la gorge.

— Dans ce cas, je vais, moi, devoir insister pour connaître vos coordonnées exactes. Il me faudra un plan d'accès et communiquez-moi les numéros où vous contacter.

— Dane a mon numéro de portable, lâcha J.T. Et la police tribale saura où nous trouver.

— Je ne vous comprends pas.

En deux enjambées nerveuses, Landers fut devant le grand bureau en chêne.

— Vous avez le FBI, ici, ainsi que les autorités locales, pour assurer votre sauvegarde. Et vous décidez d'emmener Mlle Beaumont au milieu de nulle part, en comptant sur la police tribale pour la protéger ?

— Vous en avez assez dit, indiqua Dane à son subordonné.

Landers lui jeta un regard oblique. Puis il ramena ses yeux sur J.T.

— Je ne voulais pas dire…

— Je me charge de protéger Mlle Beaumont, affirma sèchement J.T. Et j'attends du FBI qu'il fasse son travail et qu'il retrouve Lenny Plott.

Landers se tut, tandis que Dane Carmichael, après avoir salué Joanna, pria J.T. de les raccompagner à leur véhicule.

— Je reviens tout de suite, promit J.T., en exerçant une pression rassurante sur les épaules de Joanna.

Elle couvrit ses mains des siennes et les tapota de façon apaisante.

— Tâche de ne pas étrangler l'agent Landers avant qu'il ne quitte le ranch.

J.T. eut un petit gloussement.

— Ce sera dur, mais je ferai de mon mieux.

Lorsque J.T. fut sorti à la suite des deux hommes, Joanna posa ses coudes sur le bureau et mit son menton dans ses mains.

En l'espace de quelques jours, son existence avait été entièrement chamboulée. Ces dernières années, elle était parvenue à trouver la paix et le bonheur à Trinidad. Sa réussite en tant qu'artiste avait dépassé toutes ses espérances. Et après avoir rêvé tant d'années de rencontrer un homme digne de son amour, J.T. Blackwood avait surgi dans sa vie.

Mais, à présent, Lenny Plott, ainsi qu'il l'avait déjà fait par le passé, menaçait de détruire son bonheur.

— Joanna, ça ne va pas ?

Avec un sursaut, elle leva les yeux : Elena était sur le seuil de la porte.

— Si. Entre. J.T. ne va pas tarder à revenir. Il est allé raccompagner les agents du FBI à leur voiture.

Elena s'approcha. Se hissant à la force des bras, elle s'assit sur le plateau du bureau et tourna son attention vers Joanna.

— Je viens de parler au téléphone avec ma cousine Kate. Elle va préparer la maison de ma mère pour vous. Personne n'y a vécu depuis la mort de maman, mais elle et Ed veillent sur les lieux. Kate va l'aérer et la nettoyer régulièrement.

— Oui, tu as souvent évoqué ta maison au cœur de la réserve, se rappela Joanna. J'avais souhaité demander à Kate de me la faire découvrir lors de ma prochaine visite.

— Et, finalement, c'est là que tu vas te réfugier avec J.T.

Elena se pencha vers elle.

— Depuis que mon frère a quitté la réserve à l'âge de cinq ans, il n'y est retourné que trois fois. Quand maman était mourante. Puis pour ses funérailles. Et la dernière fois, pour me ramener au ranch.

— Se retrouver dans la maison qui l'a vu naître permettra peut-être à J.T. de se rapprocher de ses racines navajos, de même que j'y trouverai un refuge contre la menace que Lenny Plott fait peser sur moi.

Joanna prit les mains de son amie dans les siennes.

— Je suis amoureuse de ton frère, tu sais ? C'est arrivé malgré moi, mais c'est arrivé. Il ne m'a fait aucune promesse — autre que celle de me protéger.

— J.T. a peur d'aimer, expliqua Elena. Je sais qu'il nourrit une forme d'affection pour moi, mais… eh bien, la seule personne qu'il ait probablement aimée, c'est maman — quand il n'était encore qu'un tout petit enfant. Mais, après l'avoir arraché à sa mère, le vieux John Thomas Blackwood l'a persuadé qu'elle l'avait volontairement abandonné. J.T. a appris à détester notre mère et tout ce qui se rapporte aux Navajos. Cet homme a façonné mon frère en un être dur, froid et cynique, comme lui.

— J.T. doit se réconcilier avec son double héritage.

Sur ces mots, Joanna se leva et alla jusqu'à la fenêtre.

— Son drame, c'est qu'il ne s'accepte pas tel qu'il est, déclara-t-elle. Moitié Blanc. Moitié Navajo.

— S'il a quitté le Nouveau-Mexique, c'est parce qu'il ne se sentait accepté par aucune de ces deux communautés, ni appartenir à aucune d'entre elles, lui confia Elena. Dans la marine ou les services secrets, il était juste J.T. Blackwood. Un soldat. Un agent fédéral. Peu importaient ses origines. Il avait une fonction à remplir et s'en acquittait, point final.

— Mais sa vie personnelle est vide, Elena ! Bien qu'il ait hérité de ce ranch, il n'a pas de véritable foyer. Et même s'il éprouve une forme d'affection pour toi, comme tu le disais, il refuse toute idée de famille.

— Tu as su, en très peu de temps, découvrir la personnalité profonde de mon frère, dirait-on.

Elena sourit.

— J'étais convaincue que, si je parvenais à vous réunir, vous vous apporteriez mutuellement un renouveau bénéfique.

— Ah ! je n'en sais rien. Je pense parfois que J.T. et moi sommes au contraire néfastes l'un pour l'autre. Je suis éprise de lui. Mais une part de moi n'est pas encore capable d'accorder mon entière confiance à un homme. Et lui, il est incapable de s'engager et ne peut me faire aucune promesse d'avenir.

— Sois patiente avec lui, l'exhorta Elena. Si tu apprends à lui faire confiance, de son côté, il apprendra peut-être à t'aimer.

— Je ne suis peut-être pas la femme qu'il lui faut, soupira Joanna. Depuis mon agression, puis la désertion de Tom, j'ai le sentiment que la femme en moi a été dévastée. Et J.T. est si… si…

— Macho, lâcha Elena à sa place. Oui, mon frère est sans doute la virilité et le machisme incarnés. Mais je vais te dire le fond de ma pensée. Si J.T. ne parvient pas à t'aimer, il ne pourra aimer personne.

Alex entra à cet instant dans le bureau.

— Où est J.T ?

— Il raccompagne les agents du FBI. As-tu signalé à Benito que J.T. souhaitait emmener Washington et Playtime avec lui, demain matin ? demanda Elena.

— Oui. Ils seront tous les deux dans un van attaché à la Jeep de J.T. pour 8 heures, répondit Alex.

— Je vais devoir retourner chez moi pour faire mes bagages, intervint Joanna.

Elle redoutait cette perspective, même si, à la suite du saccage perpétré par Lenny Plott, de l'ordre avait été remis dans son séjour par Rita, l'épouse de Benito et aide-ménagère d'Elena.

— J'aimerais emporter du matériel de peinture, pour essayer de travailler un peu pendant mon absence du ranch. Dieu seul sait combien de temps nous resterons partis.

— Tout près de la maison de maman, précisa Elena, il

y a une vieille hutte qui devrait t'inspirer l'envie d'en faire quelques croquis. C'est la hutte où ont vécu mes arrière-grands-parents.

— Tu veux dire que c'est là qu'a vécu Benjamin Greymountain ?

Elena acquiesça.

— Tente de profiter de ce séjour forcé à la réserve pour pousser J.T. à s'ouvrir à notre héritage familial et à rencontrer les membres de notre clan, la pria son amie.

— Je te le promets.

En regagnant son bureau, J.T. y trouva Alex et Elena, en compagnie de Joanna. L'idée d'utiliser la réserve navajo comme refuge venait d'Elena. Mais c'était une très bonne idée. Bien sûr, même dans un lieu aussi isolé du monde que la réserve, la possibilité que Lenny Plott finisse par découvrir leur cachette ne pouvait être exclue.

Mais il était prêt à faire face à cette éventualité. Une part de lui — primitive, masculine, protectrice — était même impatiente d'affronter ce type. Par le passé, il lui était déjà arrivé de tuer, lorsque son devoir l'avait exigé, ne retirant évidemment aucun plaisir d'un tel acte. Mais s'il était amené à devoir éliminer Plott, il y prendrait assurément du plaisir.

— Alors, as-tu pris contact avec tes cousins ? s'enquit-il à l'adresse d'Elena.

— *Nos* cousins, rectifia sa sœur. Notre mère et celle de Kate étaient sœurs. Et ils ont des noms. Kate et Ed Whitehorn.

— Bon. As-tu pris contact avec Kate ?

— Oui. La maison de maman sera prête pour vous accueillir à votre arrivée, assura Elena. Je lui ai exposé la situation et…

— Que lui as-tu révélé exactement ? s'inquiéta aussitôt J.T.

— Tout ce qu'il y a à savoir ! Tu peux entièrement te fier à notre famille, J.T. Tu es un membre de notre clan. Jamais aucun d'entre eux ne te trahirait.

Elena dardait sur lui un œil noir, les mains plaquées sur les hanches.

— Et puis Kate et Ed apprécient beaucoup Joanna, renchérit sa sœur. Elle a logé chez eux chaque fois qu'elle se rendait dans la réserve pour sa peinture.

— Calme-toi, petite sœur, je ne voulais pas t'irriter. Je suis sûr que tes cousins — nos cousins — sont des gens parfaitement fiables. Mais plus le nombre de personnes sachant où nous nous trouvons, Joanna et moi, sera réduit, mieux ce sera.

— Kate et Ed élèvent des moutons, expliqua Elena, et Ed travaille également à la scierie. Leur habitation est isolée. Mais les voisins qui vivent le long de la route qui y mène ne pourront pas ignorer votre venue. Kate va donc aller leur demander à tous — ce sont pour la plupart des amis ou des membres de notre famille — de ne divulguer à personne votre présence dans la réserve.

— J'apprécie toute l'aide que tu nous apportes, assura Joanna en étreignant son amie. Espérons que le FBI capturera rapidement Plott et que nous serons tous délivrés de ce cauchemar.

— Tu auras J.T. pour te protéger, la rassura Elena en souriant à son frère. Et Ed ne sera pas loin, ainsi que Joseph, qui est très habile avec un revolver. Et tu sais aussi bien que moi que Joseph ferait n'importe quoi pour toi, Jo.

— Oh ! je lui avais promis de faire son portrait, se rappela Joanna, ainsi que celui d'un des enfants de Kate.

— Qui est Joseph ? s'enquit J.T. en fronçant les sourcils.

— C'est le frère cadet de Kate.

Elena repoussa une mèche de cheveux noirs de son visage.

— Joseph a toujours eu un faible pour Joanna.

— Elena ! s'écria celle-ci.

— C'est notre cousin germain, reprit Elena. Et donc également l'arrière-petit-fils de Benjamin Greymountain.

— Vraiment ? ironisa J.T.

Il connaissait sa sœur : elle cherchait à provoquer sa jalousie.

Mais Elena ne renchérit pas et, prenant Alex par le bras, se dirigea vers la porte.

— Bon, laissons Joanna et J.T. organiser leur départ. Jo, je vais faire préparer une chambre pour toi, pour cette nuit, lança-t-elle à l'intention de son amie.

Puis elle s'éclipsa avec Alex.

Une fois qu'ils furent partis, Joanna se tourna vers J.T.

— Je suis désolée. Elena ne s'est pas montrée très subtile.

J.T. se frotta pensivement le menton.

— Que s'est-il passé entre mon cousin Joseph et toi ?

— Que s'est-il… ?

Elle sourit, se mordit la lèvre inférieure, puis plaqua une main sur sa bouche comme pour se retenir de rire.

— Qu'y a-t-il de si amusant ? s'agaça J.T. Je t'ai simplement interrogée sur la nature de ta relation avec l'autre arrière-petit-fils de Benjamin Greymountain.

— Joseph et moi avons passé quelques soirées ensemble, lui confia Joanna. Sache que j'ai rencontré plusieurs hommes depuis mon installation au Nouveau-Mexique. Parmi lesquels Cliff Lansdell et Joseph. J'estime beaucoup Joseph, mais il ne m'attire pas.

— C'est un pur Navajo, comme Benjamin. Si tu recherchais un amant comme celui qu'a eu ton arrière-grand-mère, qu'est-ce qui ne te convenait pas chez Joseph ? Est-ce son physique qui te déplaît, manque-t-il d'intelligence ou…

Elle s'approcha de lui et lui plaqua un baiser sur la bouche. Puis, inclinant légèrement la tête sur le côté, elle le regarda dans les yeux.

— Joseph Ornelas est un homme séduisant, intelligent et gentil, et je le considère comme un ami, mais il ne s'exerce entre nous aucune magie. Pas de la façon dont elle s'exerce entre…

Elle ferma les yeux, et il la prit dans ses bras.

— Pas de la façon dont la magie s'exerce entre nous, murmura-t-elle.

Joanna repoussa les couvertures et bondit hors du lit. Inutile d'insister. Cela faisait deux heures qu'elle s'efforçait en vain de s'endormir. Le sommeil ne viendrait pas. Il lui était impossible de s'arrêter de penser, de s'angoisser. Cette nuit n'avait malheureusement rien à voir avec la précédente, quand J.T. l'avait faite sienne.

Sans prendre la peine d'allumer la lumière ni d'enfiler son peignoir, elle alla jusqu'au fauteuil près de la fenêtre et s'y laissa tomber. Ramenant ses pieds nus sous elle, elle soupira.

Le souvenir de la nuit où Lenny Plott avait déchaîné sa violence sur elle se rejouait dans son esprit. Elle avait lutté sans relâche pour mettre le passé derrière elle, pour se réconcilier avec le destin. Mais avec ce monstre de nouveau en liberté, elle ne pouvait s'empêcher de revivre l'horrible nuit où elle avait regagné son appartement, après avoir travaillé tard au musée.

N'y pense pas ! s'admonesta-t-elle. *Repousse ces souvenirs ! Ils appartiennent au passé. Ne laisse pas les menaces de Lenny Plott te faire revivre ce qu'il t'a fait subir. C'est ce qu'il veut — que tu te rappelles la terreur, la souffrance. Que tu aies à l'esprit la pensée que ce cauchemar peut se reproduire.*

Mais une telle chose n'allait pas arriver. Elle ne pouvait pas la laisser arriver ! Et J.T. avait fait la promesse solennelle de la protéger. Elle devait croire en lui et en sa capacité à assurer sa sauvegarde.

J.T., J.T., J.T.

Elle avait remis sa vie entre ses mains. Elle lui avait donné son cœur. Pourtant, elle ne pouvait pas avoir foi en un avenir avec lui, alors qu'il refusait de s'engager.

Serait-elle à l'abri de Lenny Plott dans la réserve navajo ? Ce dernier n'allait-il pas la retrouver, où qu'elle soit ? Et qu'adviendrait-il, si Plott la pourchassait jusque-là et qu'il se confrontait à J.T. ? J.T. pourrait alors être contraint à le tuer.

Elle frissonna, puis ramena ses genoux contre son buste et entoura ses jambes de ses bras. Une confrontation entre J.T. et son agresseur serait inévitable si le FBI n'appréhendait pas Plott avant qu'il ne retrouve sa trace. Que l'homme qu'elle aimait soit prêt à la défendre jusqu'à la mort lui plaisait, bien sûr. Mais une part d'elle aurait voulu tuer Plott de ses propres mains.

Comment des créatures telles que Leonard Plott pouvaient-elles s'incarner en un être humain ? Comment le destin pouvait-il transformer un homme en un monstre qui prenait un plaisir incommensurable à soumettre des femmes à sa cruauté ?

Joanna sentit son estomac se retourner et l'amertume envahir sa bouche. Elle se mit à trembler. Des larmes se rassemblèrent sous ses paupières.

A cet instant, la porte de sa chambre s'ouvrit lentement. Tournant vivement la tête, elle fixa la silhouette dressée sur le seuil, tout en se mordant les lèvres pour étouffer le bruit de ses sanglots. A travers les fins voilages, la lueur de la lune baignait la chambre d'une douce lumière.

J.T. regardait le lit vide.

— Jo ? murmura-t-il, en la cherchant des yeux dans la pièce.

Ravalant ses larmes, elle tenta de lui répondre, sans y parvenir. Il s'avança jusqu'au fauteuil où elle était prostrée et s'agenouilla devant elle.

— Mon ange. Pourquoi pleures-tu ?

Lui soulevant doucement le menton, il lui inclina le visage vers le haut. Elle s'écarta et baissa la tête, ses cheveux roux retombant dans sa figure.

— Je n'arrivais pas à dormir non plus, lui confia J.T., tout en lui repoussant les cheveux du front. J'avais trop envie d'être auprès de toi. De te tenir dans mes bras.

Enlaçant son buste, il l'attira contre lui.

— Parle-moi, Jo. Laisse-moi t'aider. A moins que tu ne souhaites que je te laisse seule… Dans ce cas, dis-le-moi.

— Reste… s'il te plaît… reste, le pria-t-elle à voix basse.

Il lui embrassa le visage, tout en lui murmurant des paroles réconfortantes et en l'encourageant à évacuer ses émotions.

Puis, lorsqu'elle fut épuisée d'avoir tant pleuré, il la souleva dans ses bras et la porta jusqu'au lit. S'adossant au mur, il la prit contre lui.

— Veux-tu me raconter ?

— Je croyais avoir dépassé tout cela, souffla-t-elle, en se blottissant contre lui. A l'époque, j'ai dû faire le récit de ce que j'avais subi à la police, puis au psychiatre désigné par le tribunal, au procureur, à mon propre thérapeute… Le pire a été de devoir entendre Lenny Plott détailler à l'intention du jury les sévices qu'il m'avait infligés, son regard sardonique braqué sur moi.

— Il t'a fallu beaucoup de courage.

— Je voulais le voir mort.

Elle se pressa contre lui en quête de réconfort.

— J'ai témoigné contre lui pour les mêmes raisons que Melody, Claire et Libby. Nous voulions qu'il paye pour ses crimes. Afin qu'aucune autre femme ne soit plus jamais sa victime. Maintenant, Melody est morte et Claire a disparu.

— Je sais. C'est inique, s'insurgea J.T.

— Il faut absolument que le FBI le neutralise avant qu'il… avant qu'il…

Il lui posa un doigt sur les lèvres.

— Chut, mon ange. Cela n'arrivera pas. Ils vont retrouver Plott.

Il fit descendre son doigt jusqu'à son menton.

— Mais s'il ne…, commença-t-elle.

— Tu sais que je serai là, la coupa-t-il.

— Je ne veux pas que tu sois contraint de le tuer.

Elle se dégagea de son étreinte, traversa la pièce et s'assit avec raideur sur le lit. Fermant les yeux, elle se replia sur elle-même et saisit ses coudes dans ses mains.

— Je voudrais le tuer de mes propres mains, marmonna-t-elle.

Après un silence, elle reprit :

— J'ai essayé de me défendre, tu sais ? Il aimait cela, que je me débatte. Il m'a frappée. Oh ! J.T., il m'a frappée avec une telle violence.

Elle ravala ses larmes, repoussant les émotions qui menaçaient de la submerger.

— D'abord, il m'a assené un coup de poing dans le ventre. La stupeur… et la douleur m'ont paralysée. Je me suis alors pliée en deux. Là, il m'a jetée par terre. Il m'a criblée de coups de pied.

Elle s'arrêta un instant, pour retrouver un peu de calme.

— Je me suis recroquevillée sur moi-même pour me protéger. Il m'a attrapée par les cheveux pour me redresser, et c'est là qu'il m'a frappée au visage, à coups de poing. Je… je crois que j'ai perdu conscience. Quand je suis revenue à moi, il s'acharnait toujours sur moi. A un moment, j'ai supplié Dieu de me laisser mourir. Puis il a appliqué la lame de son couteau sur mon cou. Il a entaillé ma chair. J'ai senti le sang couler… Je me suis alors vue mourir. Mais soudain, comme s'il avait enfin assouvi sa pulsion démente, il s'est relevé et s'est enfui de l'appartement. Et là, j'ai remercié Dieu de m'avoir laissée vivre, pour pouvoir un jour tuer ce monstre !

J.T. l'enveloppa doucement de ses bras. Délicatement, il lui embrassa la tempe, le front.

— Tu veux bien que je te tienne dans mes bras, Jo ? Que je t'y garde toute la nuit. Tu es en sécurité avec moi. Jamais, jamais je ne laisserai personne te faire de nouveau du mal.

Elle se laissa aller dans ses bras. Il pensait chacune des

paroles qu'il énonçait, elle le savait. Il pouvait lui apporter son réconfort et assurer sa sauvegarde contre la menace que représentait Plott. La tenir dans ses bras et la faire se sentir désirée et chérie. Mais il ne pouvait pas lui donner son amour.

12

J.T. n'était retourné que trois fois à la réserve navajo, depuis que le vieux John Thomas l'en avait arraché, à l'âge de cinq ans. La première fois, pour se rendre au chevet de sa mère mourante. Puis pour ses funérailles. Enfin, pour aller y chercher Elena et la ramener au ranch. Après toutes ces années, il était de retour sur la terre qui l'avait vu naître.

Mais il n'était pas dupe. En lui suggérant de conduire Joanna à la réserve indienne dans le but d'assurer sa protection, sa sœur avait également d'autres attentes. Elle espérait que ces moments au contact de ses racines ouvriraient son cœur et son esprit à l'héritage familial que son grand-père lui avait appris à rejeter et à mépriser.

Suivant les directives de Joanna, il conduisait le long de l'interminable route menant chez Kate et Ed Whitehorn. Enfin, il aperçut leur mobil-home, dont le métal étincelait sous le soleil matinal déjà chaud. Il gara la Jeep devant les enclos où Ed parquait ses moutons quand ils n'étaient pas dans les pâturages. Un petit garçon aux yeux noirs était assis sur la barrière, un agneau serré dans ses bras. L'enfant sauta à terre et courut vers la Jeep, en criant le nom de Joanna.

— C'est Eddie, le fils aîné de Kate et Ed, indiqua-t-elle. Il aide son père à s'occuper des moutons.

— Il semble terriblement jeune pour avoir de telles responsabilités.

J.T. ouvrit sa portière, contourna l'avant du véhicule et aida Joanna à descendre.

Le petit Eddie courut vers elle.

— Maman nous a dit que tu allais venir nous voir, avec le frère d'Elena.

Eddie dévisagea J.T., l'intérêt brillant dans ses yeux noirs.

— Es-tu vraiment mon cousin ? lui lança-t-il. Maman dit que oui, que tu es de notre clan. Mais si tu es le frère d'Elena, pourquoi est-ce que je ne t'ai jamais vu ?

Eddie portait un jean délavé et un T-shirt blanc. Ses cheveux noirs, qui lui arrivaient au menton, étaient retenus en arrière de son visage rond par une bande de tissu clair.

En regardant le garçonnet, J.T. se revit lui-même enfant. Quel aurait été son destin s'il était resté dans la réserve ? se demanda-t-il. Aurait-il aidé à prendre soin des petits troupeaux de moutons, les menant de pâturage en pâturage à cause de la rareté de la végétation ? Aurait-il été à l'école locale, comme Elena, où il aurait appris à lire et à écrire le *Saad,* le dialecte de sa mère ? Une langue qu'il avait oubliée, à l'exception de quelques mots ou phrases.

— Oui, Eddie, je suis ton cousin, acquiesça-t-il.

Joanna sourit à l'enfant, tout en caressant l'agneau dans ses bras.

— Tu n'as jamais rencontré J.T. parce qu'il vit loin d'ici, à Atlanta, en Géorgie, lui expliqua-t-elle.

A cet instant, la porte du mobil-home s'ouvrit à la volée, et une jeune femme potelée apparut sur le seuil. Elle portait un bambin sur sa hanche, et une petite fille avec de grands yeux marron s'accrochait à sa jambe.

— Joanna ! Et J.T. ! s'exclama Kate, en descendant les marches à leur rencontre.

Elle observa son cousin, l'éclat de son sourire se muant en douceur, et une lueur de curiosité étincelant dans son regard.

— Tu ne te souviens sûrement pas de moi. Nous nous sommes croisés brièvement aux funérailles de tante Mary. A l'époque, je n'étais encore qu'une adolescente.

J.T. lui tendit la main : elle ressemblait vraiment à Elena, elles auraient pu être sœurs.

Kate lui serra la main à son tour, puis réajusta la posture de l'enfant sur sa hanche.

— Tu as déjà rencontré Eddie, reprit-elle. C'est l'aîné. Cette jeune personne accrochée à ma jambe, c'est Summer. Elle est timide et réservée, comme son père. Et lui, c'est Joey, conclut-elle, en serrant son dernier-né contre elle.

J.T. ne put résister à l'envie de toucher le chérubin au teint cuivré. Il prit doucement le visage de l'enfant entre son pouce et son index. Une broussaille de cheveux et de grands yeux noirs brillants : Joey le regardait, rieur.

J.T. s'était toujours considéré comme sans famille jusqu'à ce qu'il ramène Elena au ranch. Cependant, à maints égards et par sa propre faute, assurément, Elena et lui ne formaient toujours pas une véritable famille. Il avait été un enfant solitaire. Avec pour principal enseignement de se suffire à lui-même et de ne rien attendre de quiconque. Compter sur les autres était un signe de faiblesse, lui avait appris son grand-père.

Cependant, au même titre qu'Elena, Kate et ses enfants faisaient partie de sa famille. Ils étaient ses cousins, issus du même clan que sa mère, et ils leur offraient un refuge à Joanna et lui.

Voulez-vous entrer déjeuner avec nous ? proposa Kate.

— Merci, répondit-il. Mais je préfère que nous nous rendions dès à présent à la maison de ma mère. Y a-t-il un enclos là-bas, où je pourrais parquer nos chevaux ?

Il désigna le van accroché à la Jeep.

Kate secoua la tête.

— Non, je suis désolée. Mais nous avons un petit enclos, ici. Tu peux y parquer tes chevaux. Eddie va t'accompagner.

J.T. se tourna vers Eddie, qui sourit d'une oreille à l'autre.

— Merci, répondit-il à Kate. Et puis, je m'attendais aussi à ce qu'un membre de la police tribale vienne nous accueillir.

— Oui, Joseph est là — à l'intérieur, précisa sa cousine. C'est sa voiture.

Elle désigna un pick-up rouge à la tôle rouillée.

J.T. suivit son geste : des plumes étaient accrochées au rétroviseur. De toute évidence, ce policier était encore attaché aux anciennes coutumes navajos, songea-t-il.

— Joseph, dis-tu ?

— Oui, mon frère, Joseph. Elena ne t'a pas dit qu'il faisait partie de la police tribale ? Il n'est pas en service en ce moment, mais dès qu'il a su que Joanna avait des problèmes, il a demandé à être ton contact dans la police locale.

— Joseph Ornelas ? J'ignorais qu'il appartenait à la police tribale.

— Quelqu'un aurait-il prononcé mon nom ?

Joanna se tourna au son de la voix masculine, et, nota J.T., elle sourit à l'homme qui s'avançait sur le seuil. Otant un grand tablier blanc, Joseph le posa sur la rambarde et rejoignit Joanna en deux grandes enjambées.

— C'est bon de te revoir, Joanna, s'exclama-t-il, en saisissant la jeune femme par les épaules.

Il fit descendre ses mains le long des bras de Joanna, puis prit ses mains dans les siennes.

— C'est bien que tu sois venue chez nous. Nous ferons tout notre possible pour te garder en sécurité.

J.T. s'éclaircit la gorge, fit un pas en avant et posa sa main sur l'épaule de Joanna. Il jaugea du regard Joseph Ornelas, son cousin, un Navajo et l'arrière-petit-fils de Benjamin Greymountain. Joseph mesurait plusieurs centimètres de moins que lui, mais son corps puissant et musclé lui conférait une belle stature.

Joseph le toisa à son tour. Puis J.T. fixa du regard les mains enlacées de Joseph et de Joanna. Dégageant alors ses mains de l'étreinte de Joseph, Joanna en couvrit celle de J.T., posée sur son épaule.

Joseph la regarda dans les yeux, hocha la tête et sourit.

— Restez déjeuner, proposa-t-il. Nous avons préparé un délicieux ragoût de mouton.

— J'adorerais rester, assura Joanna. Mais je laisse la décision à J.T.

Tout en tendant sa main à son cousin, Joseph insista.

— Viens donc déguster un bon repas avec nous, ce sera l'occasion de mieux nous connaître.

Les deux hommes échangèrent une poignée de main, et J.T. prit garde à ne pas exercer une pression trop forte qui aurait pu sembler contenir de l'agressivité.

— Kate vient de me rappeler que je l'avais rencontrée le jour des funérailles de ma mère, énonça-t-il. Etais-tu également là, Joseph ?

— Oui. Je n'étais guère plus âgé qu'Elena. J'étudiais déjà à l'université de la communauté navajo de Tsaile, mais je suis venu assister aux funérailles de tante Mary.

— Je suis désolé, soupira J.T. Je ne me souviens d'aucun d'entre vous.

Il ôta son Stetson, se passa une main dans les cheveux et remit son chapeau, puis ajouta :

— Je n'ai aucun souvenir précis de ce jour-là.

Excepté le sentiment de ne pas s'être senti à sa place. D'être un étranger. Sa mère, Mary Greymountain Neboyia, avait été une complète étrangère pour lui. Jusqu'à ce qu'Elena lui révèle la vérité, il avait cru que leur mère l'avait abandonné de son plein gré au vieux John Thomas. C'était l'un des nombreux mensonges que lui avait fait croire son grand-père. Mais, même à présent, en connaissant la vérité, le petit garçon empli de ressentiment et d'amertume à l'encontre de sa mère navajo, comme de son grand-père blanc, continuait à vivre en lui.

— Viens. Je vais t'aider à rentrer tes chevaux et à les panser, offrit Joseph. Puis nous déjeunerons. Après quoi, Joanna et toi pourrez vous rendre à la maison de tante Mary.

J.T. pressa l'épaule de Joanna.

— Cela te convient-il ?

Joanna acquiesça, puis s'éloigna de lui pour monter les marches du perron à la suite de Kate.

— Joanna ? appela Joseph.

— Oui ?

— Cette fois-ci, je te promets de trouver le temps de poser pour toi. Je te réserve mon prochain jour de congé.

— Super ! répliqua Joanna avec un sourire forcé et sans oser regarder J.T.

— Je t'emmènerai à Painted Canyon, reprit Joseph. Le paysage y est magnifique. Cela fera un très bel arrière-plan pour ton tableau.

— Joanna ne va nulle part sans moi, décréta J.T.

— Bien sûr, je comprends.

Joseph posa sa large main sur son épaule.

— Tu es son garde du corps.

— Viens vite, allons mettre la table, lança Kate à Joanna.

Une fois dans la cuisine, elle installa Joey sur sa chaise haute. Puis elle souleva Summer dans ses bras, lui tendit une petite casserole et une cuillère, et la posa par terre au centre de la pièce. Enfin, elle énonça de but en blanc :

— Tu es devenue la maîtresse de J.T. Blackwood, n'est-ce pas ?

— Pardon ? s'exclama Joanna, en rivant sur son amie des yeux écarquillés par la surprise.

— Je l'ai compris, et Joseph aussi l'a compris. Mon frère cherche délibérément à provoquer la jalousie de notre cousin, parce qu'il est déçu que ce ne soit pas lui que tu aies choisi.

— Kate, j'apprécie beaucoup Joseph…

— Mais tu aimes J.T., c'est ça ?

— Je parlerai à Joseph.

— Pour lui dire quoi ? Que ton cœur appartient à un autre ? Que, à l'encontre de la raison la plus élémentaire, tu t'es éprise d'un homme aussi dur qu'une pierre ?

— Tu as parlé avec Elena, subodora Joanna.

— Elena m'a fait comprendre que son frère était un

homme au tempérament dur et tourmenté. Mais elle espère, maintenant que tu es entrée dans sa vie, que tu parviendras à apaiser ses démons intérieurs.

— Je me demande s'il existe le moindre espoir, soupira Joanna. J.T. refuse de se confronter à qui il est en réalité. Un profond ressentiment à l'encontre de sa mère et de son grand-père continue à couver dans son cœur.

— Il n'y a peut-être en lui ni amour ni pardon possibles, augura Kate.

Elle sortit des assiettes d'un placard.

— Même si j'ai toujours souhaité que mon frère épouse une femme navajo, j'aurais aimé t'avoir pour belle-sœur. Joseph est un homme aimant. Il fera un bon époux et un bon père. Crois-tu pouvoir en dire autant de J.T. Blackwood ?

— Je n'en sais rien. Mais peu m'importe.

Joanna prit les assiettes des mains de Kate et les disposa autour de la table.

— Je l'aime et ne peux rien y changer.

Dehors, J.T. suivait Joseph.

— Nous pouvons nous rafraîchir ici, lui lança celui-ci en désignant un robinet extérieur.

Joseph ouvrit le robinet et aspergea plusieurs fois son visage en sueur, l'eau ruisselant le long de son cou brun cuivré et de son torse dur et musclé.

J.T. l'observa un moment, puis avança à son tour ses mains sous l'eau. Il se mouilla la tête et le visage, insistant sur l'endroit demeuré sensible, au niveau de sa tempe.

Joseph sembla remarquer son geste.

— J'ai su par Elena que tu avais failli perdre la vie, en recevant une balle destinée à un autre. Tu es un homme courageux, qui n'hésite pas à risquer sa peau pour sauver ses semblables.

— Je faisais mon devoir. Etant toi-même dans la police, je suis sûr que ce n'est en rien étonnant pour toi, supposa J.T.

Déboutonnant sa chemise, il laissa l'eau rafraîchir sa peau.

— Tu serais prêt à mourir pour protéger Joanna, n'est-ce pas ? reprit Joseph.

— Oui. Mais, là encore, tu ne dois pas en être surpris. J'ai le sentiment que tu serais prêt à faire la même chose.

— Notre Joanna est une femme à part, fit remarquer Joseph.

Puis il s'essuya le visage avec le pan de sa chemise.

— *Notre* Joanna ? releva J.T.

Joseph sourit.

— Tous les membres de notre famille, ici, dans la réserve, ont adopté Joanna. Elle voue un amour à cette terre et à notre peuple qui nous la rend attachante.

— Elle m'a confié que tu l'avais courtisée…

Tout en offrant son visage au soleil afin que sa chaleur sèche naturellement sa peau, il ajouta :

— Mais elle a assuré qu'il n'y avait rien de sérieux entre vous.

— C'est son choix, pas le mien, précisa Joseph.

Il ferma le robinet, puis se redressa et fit face à J.T.

— Qu'essaies-tu de me dire, cousin ? Qu'il y aurait entre *vous* quelque chose de sérieux ? Tu t'es engagé auprès d'elle ?

— Ma relation avec Joanna ne te regarde pas.

Tournant le dos à Joseph, il s'éloigna et acheva de reboutonner sa chemise.

— Attends, fit Joseph, en lui emboîtant le pas.

Il lui agrippa l'épaule. J.T. s'arrêta mais ne se retourna pas.

Joseph ôta sa main.

— Joanna mérite un homme qui n'aura pas peur de l'aimer. Un homme qui l'épousera et lui fera des enfants. Peux-tu lui apporter ce à quoi elle est en droit d'aspirer ?

Tous les muscles de J.T. se tendirent.

— Joanna est à moi. C'est tout ce que tu as besoin de savoir…, cousin.

Sur ces mots, il traversa la cour, monta les marches du

seuil et, sans s'être retourné une seule fois, entra dans le mobil-home.

Joanna fixa la route devant elle, songeuse. J.T. conduisait, les menant à la vieille maison de Mary. Le repas chez Kate et Ed avait été sympathique, mais il s'était certainement passé quelque chose avant entre J.T. et Joseph. Celui-ci avait animé la conversation, mais J.T. était resté silencieux et en retrait, ne s'exprimant que par monosyllabes. Et depuis leur départ de chez Kate et Ed, il ne lui avait pas décroché un seul mot. Elle s'était gardée d'entamer la conversation, se défiant de ce qu'il pourrait répondre.

Une petite maison de bois apparut devant eux. La peinture en était tout écaillée. Plusieurs lattes du porche avaient pourri. La maison était inoccupée depuis la mort de Mary, se souvint Joanna, mais Elena ne pouvait pas se résoudre à s'en séparer.

J.T. sortit du véhicule, mais ne l'aida pas à en descendre. L'ignorant, elle contourna l'arrière de la Jeep pour aller baisser le hayon arrière. Il lui agrippa la main.

— Laisse les bagages. Je les prendrai plus tard.

Il sortit la clé de la maison de sa poche, puis l'entraîna à sa suite en direction du porche.

Elle regimba, enfonçant ses talons dans le sol.

— Que t'arrive-t-il ? Quel est le problème ?

— Rien que tu ne puisses résoudre, ma belle, énonça-t-il dans un grondement sourd.

Elle le regarda sans comprendre.

L'attirant brusquement dans ses bras, il la fixa avec une intensité qui lui coupa le souffle. Puis, leurs regards toujours rivés l'un à l'autre, il la souleva dans ses bras, la porta jusqu'au petit porche, déverrouilla la porte et l'ouvrit d'un coup de pied.

Bien que la maison ait été nettoyée récemment, une forte odeur de renfermé y régnait. Le soleil de l'après-midi baignait le petit espace d'une lumière dorée à travers les fenêtres du salon, privées de rideaux.

J.T. posa Joanna sur ses pieds — lentement, lui faisant sentir au passage chaque centimètre de son corps dur et puissant. Jamais elle ne l'avait vu sous l'emprise d'une telle passion et d'une telle rage.

— J.T. ?

— Chut. Ne dis rien. Je te veux, Jo. Je te veux, maintenant.

Il couvrit sa bouche de la sienne, s'en emparant avec voracité, la consumant de désir.

Tremblante, elle était incapable de contrôler la façon dont son corps s'abandonnait. Il n'y aurait aucune douceur dans celle dont il allait lui faire l'amour, elle le sentait. Et pourtant, elle n'avait pas peur, comprenant instinctivement que, cette fois-ci, c'était à elle de donner. Quoi qu'il arrive à J.T., elle et elle seule pouvait apaiser sa souffrance.

Dans sa hâte à la déshabiller, il fit sauter deux boutons de son chemisier qu'il ouvrit d'un coup sec. Puis, enfouissant son visage contre sa poitrine, il dégrafa son soutien-gorge en dentelle et le fit glisser le long de ses bras en même temps que le chemisier.

Tandis qu'il lui déboutonnait son jean et en baissait la fermeture Eclair, elle œuvra fiévreusement à faire de même avec le sien. S'embrasant soudain, sa passion et son désir attisés par ceux qui animaient J.T., elle le voulait en elle immédiatement. Elle voulait lui donner du plaisir, l'accueillir en elle et ne faire qu'un avec lui.

Dès qu'elle fut débarrassée de son jean, il la ramena contre lui et, s'adossant au mur, banda tous ses muscles. Ses seins s'écrasèrent contre son torse dur. Elle cria. Ses tétons se tendirent douloureusement.

Il emprisonna ses fesses dans ses mains, pétrissant sa chair ferme, la pressant contre son érection. Puis il l'embrassa, introduisant sa langue dans sa bouche.

— Je t'aime, J.T.

Elle arracha ses lèvres aux siennes et murmura contre sa gorge.

— Toi. Uniquement toi.

Libérant son sexe de son caleçon, il la souleva, enroula les jambes de la jeune femme autour de ses hanches et la pénétra d'un puissant coup de reins. Accrochée à ses épaules, elle cria de plaisir, envahie par une sensation inconnue. C'était le paradis et l'enfer. Le plaisir et l'agonie combinés. Le bonheur et le tourment. La promesse de l'extase grandit en elle, intensifiant la douleur sauvage, au cœur de son être.

Tout en tenant ses hanches, J.T. la faisait aller et venir sur lui, la possédant encore et encore ! Et tout du long, elle lui donna tout ce qu'elle avait à donner.

Une passion égalant celle de J.T. faisait rage en elle, menaçant de la consumer par sa force incroyable. Elle était une femme dans toute sa puissance, à qui il revenait de provoquer l'extase chez l'autre ou de la lui refuser.

J.T. explosa. Le flux de son plaisir se répandit en elle, provoquant des spasmes si intenses qu'elle crut mourir de plaisir.

Exténués, mouillés de sueur, ils s'accrochaient l'un à l'autre, leurs lèvres se cherchant et se trouvant pour un ultime contact.

Il la reposa sur ses pieds, mais continua à la tenir dans ses bras, caressant son dos nu.

— Je suis désolé si…

Elle le fit taire d'un baiser rapide, passionné, puis s'écarta de lui et sourit.

— T'ai-je donné ce que tu attendais ? s'enquit-elle.

— Tu le sais bien, petite chatte.

Il frotta sa joue contre la sienne.

— Tu ne m'en veux pas de t'avoir prise avec une telle impatience ? Je ne supporterais pas que…

— Comment pourrais-je te reprocher d'avoir si désespérément besoin de moi ? Crois-tu que je n'ai pas deviné ce qui se passait en toi ?

— Et que penses-tu qu'il se passait en moi ?

— Le besoin, purement et simplement, de poser une revendication. Je suppose que tu as signifié à Joseph que j'étais ta chasse gardée…

— Voyons, ne me prête pas des propos…

— Donc tu as signifié à Joseph que j'étais ta chasse gardée. Mais il t'a ensuite fallu me prouver à quel homme j'appartenais.

— Tu m'apparentes à un mâle en rut, ombrageux et jaloux.

Elle lui caressa la joue du bout des doigts.

— Non, mon amour, tu es un simplement un homme qui refuse de laisser un autre lui ravir sa femme.

La saisissant par les épaules, il laissa son regard s'attarder sur chaque courbe de son visage et de son corps.

— Pourquoi moi et pas lui ? Il est également le descendant direct de Benjamin Greymountain. C'est le genre d'homme qui pourrait t'offrir tout ce que tu désires. Le mariage. Des enfants. La promesse d'un amour éternel.

— Une part de moi regrette peut-être que cela ne puisse pas être Joseph, concéda-t-elle dans un murmure.

Les doigts de J.T. s'enfoncèrent dans sa chair.

— Pourquoi pas lui ? Dis-moi. Aide-moi à comprendre.

— Comment pourrais-je t'aider à comprendre ce que je ne m'explique pas moi-même ? Joseph n'a jamais ému mes sens comme tu le fais. Son baiser était agréable, sans plus.

— Il t'a embrassée ?

— A l'instant où tu m'es apparu, monté sur Washington, je me suis brusquement sentie vivante.

Elle lui caressa le cou, puis l'épaule, agrippant son bras à ses muscles tendus.

— Et j'ai entendu les tambours, ajouta-t-elle. Les tambours qui avaient jadis résonné aux oreilles d'Annabelle.

L'incrédulité voilait le regard de J.T.

— Tu ne les avais pas entendus quand tu as connu Joseph ?

— Non. Jamais avant toi.

A ces mots, une pure satisfaction, non déguisée, éclata dans le visage de J.T.

— Ne comprends-tu pas qu'une bouffée d'émotion m'envahit chaque fois que tu poses les yeux sur moi ? reprit-elle. Que je suis proche de l'évanouissement chaque fois que tu me touches ? Et que, quand tu me fais l'amour, je meurs du plaisir de t'avoir en moi ?

— Tu ne devrais jamais dire de telles choses à un homme. Regarde ce qu'il en résulte.

Elle baissa les yeux, découvrant la manifestation de son émoi.

— Qu'est-ce que je te fais ressentir, J.T. ?

Elle fit glisser sa main le long de son torse, sur son ventre, puis elle prit son érection dans sa paume.

Il inspira vivement.

— Tu me donnes l'impression que j'ai vingt ans.

Couvrant sa main de la sienne, il la guida le long de son sexe. Mais, très vite, il interrompit sa caresse.

— C'est trop. Je ne peux en supporter davantage. Trouvons un lit, avant que je ne te prenne une nouvelle fois debout.

Il ferma la porte d'entrée dans un claquement, la verrouilla, puis souleva Joanna dans ses bras. Il franchit la première porte sur sa gauche, et ils se trouvèrent dans une petite pièce sombre. Un vieux lit en fer les attendait, les couvertures rabattues. Un bouquet de fleurs sauvages trônait sur la commode, dans un vase en céramique.

Il déposa Joanna sur le lit, se dévêtit, puis la contempla.

— Chaque fois que je te regarde, je tremble intérieurement tellement je te désire.

Il se mit sur le lit, à califourchon au-dessus d'elle. Quand son sexe dur rencontra sa chair douce, elle cria.

— Quand nos corps se touchent, j'ai l'impression de me dissoudre en millions de particules, souffla-t-elle.

Il lui écarta les jambes et la pénétra lentement.

— Et quand je suis en toi, que je te fais l'amour…

Il plongea en elle, puis se retira, pour s'enfoncer encore plus profondément et avec plus de force.

— Je meurs littéralement de plaisir, acheva-t-il.

Debout devant la petite maison de bois, J.T. fixait les rochers aux formes monolithiques qui se détachaient au loin sur le ciel matinal, bleu et pur, et pensait à sa mère. Elle avait été élevée dans une famille navajo traditionnelle. Son idylle avec le fils d'un fermier blanc avait brisé le cœur de ses parents.

Il n'avait conservé de ses grands-parents maternels qu'un souvenir confus. Il croyait se rappeler une voix lui fredonnant des berceuses quand il était un petit enfant. Celle de sa grand-mère, peut-être, dont Elena avait témoigné qu'elle chantait pour elle.

Il lança un regard derrière lui, vers la maison. Joanna était-elle réveillée, ou dormait-elle encore, nue, chaude, imprégnée de son odeur ? Il n'avait jamais partagé la vie d'une femme. Il avait systématiquement repoussé cette idée. Ses liaisons avaient toujours été brèves, sans lendemain. Mais Joanna était différente des autres femmes qu'il avait connues. Elle éveillait en lui des sentiments inconnus. Ressentir dans ses tripes la morsure de la jalousie était nouveau pour lui. Qu'un autre homme puisse toucher Joanna le mettait en fureur.

Le café qu'il avait mis en route était peut-être prêt. Une dose de caféine serait la bienvenue. Il se passa une main sur la mâchoire. Après en avoir bu une première tasse, il pourrait prendre une douche et se raser. La petite maison comportait une minuscule salle de bains, avec un simple bac à douche. L'idée de partager une douche avec Joanna..., de lui faire de nouveau l'amour, se fit jour dans son esprit.

Le seul fait de penser à elle le fit se durcir. Enfer ! Se promener, à trente-sept ans, en état de demi-érection en quasi-permanence, à cause d'une adorable rousse, était insensé.

Il inspira l'air frais du matin. Levant les bras, il étira les muscles de ses bras, de son dos et de sa taille. Une hutte en pierre et au toit de terre, à une cinquantaine de mètres de l'habitation, attira son attention. Sûrement la hutte où sa mère était née, d'après ce que lui en avait dit Elena. Mary avait-elle, comme sa grand-mère et sa propre mère avant elle, tissé des tapis aux motifs compliqués, abritée du soleil sous le petit auvent dont il entrapercevait les vestiges ?

Un nuage de poussière, à près d'un kilomètre sur la route, l'interrompit dans ses pensées. Un véhicule approchait. Il s'agissait certainement d'un membre de la famille, mais il ne voulait prendre aucun risque. Il ouvrit la Jeep, sortit son fusil du compartiment arrière et se retourna pour attendre le nouveau venu.

A cet instant, la porte de la maison s'ouvrit derrière lui, et Joanna en sortit.

— J.T. ?

Tournant vivement la tête, il la contempla. Elle portait, pour tout vêtement, sa propre chemise trop grande pour elle et qu'elle n'avait pas pris la peine de boutonner.

— Retourne à l'intérieur, mon ange. Et habille-toi.

— Il y a un problème ?

— Sans doute pas, mais tu ne voudrais pas accueillir notre premier visiteur dans cette tenue, n'est-ce pas ?

Tandis que Joanna suivait son conseil, il attendit que le nuage de fumée se rapproche. C'était la camionnette de Joseph Ornelas. Que diable voulait ce type ?

Joseph immobilisa son véhicule derrière la Jeep. Puis, un sourire aux lèvres, il en descendit et, se dirigeant vers J.T., le gratifia du salut navajo.

— *Ya at eeh.*

— Tu es bien matinal, fit remarquer J.T., avec un regard furibond.

— J'ai des nouvelles — officielles — pour Joanna. Elle dort encore ?

Il lança un coup d'œil en direction de la maison

— Quel genre de nouvelles ? Il s'agit de Plott ?

— D'une certaine manière.

Le regard de Joseph se posa sur la porte, derrière J.T.

— Ah, te voilà, *nizhoni*. J'ai de bonnes nouvelles pour toi.

J.T. se retourna.

Voilà pourquoi son cousin avait complimenté la jeune femme par ce mot… *Nizhoni* : « beauté ». Elle était superbe, avec ses cheveux attachés à la hâte en une queue-de-cheval, des boucles rousses entourant son visage sans fard, et cet ample caftan à rayures qui dissimulait les formes pulpeuses de son corps — le corps qu'il connaissait si bien.

Enserrant l'épaule de Joseph, J.T. se pencha vers lui et murmura :

— Quelles que soient les nouvelles destinées à Joanna, bonnes ou mauvaises, elles passent d'abord par moi. Tu as mon numéro de portable. A partir de maintenant, sers-t'en.

— Quelles nouvelles ? demanda Joanna, en se précipitant avec enthousiasme à la rencontre de Joseph.

J.T. lui jeta un regard noir, et elle s'arrêta brutalement en chemin.

Joseph se dégagea de l'étreinte de son cousin.

— Claire Andrews a été retrouvée. Elle est vivante.

— Oh ! Dieu merci.

Sans réfléchir, Joanna lança ses bras autour de Joseph et l'étreignit.

Tout en lui rendant son étreinte, il échangea un regard embarrassé avec J.T. par-dessus l'épaule de la jeune femme. Elle s'écarta de Joseph, prit la main de J.T. et lui sourit. Il essuya tendrement les larmes de bonheur qui coulaient sur ses joues.

— Entre, Joseph, et raconte-nous tout, proposa Joanna. Prends un café avec nous.

Joseph hésita, jusqu'à ce que J.T. renchérisse du bout des lèvres :

— Oui, viens prendre un café avec nous, cousin.

Joseph les suivit dans la maison et jusque dans la cuisine.

— Comment Claire a-t-elle réussi à échapper à Lenny Plott ? demanda Joanna, en sortant trois tasses en faïence.

— Plott ne l'a jamais enlevée, répondit Joseph.

— Quoi ? s'exclamèrent J.T. et Joanna à l'unisson.

— Il semblerait qu'après avoir été avertie de l'assassinat de Melody Horton, elle ait paniqué et pris la fuite, sans même en informer sa famille. Puis, une fois calmée, elle a appelé sa mère afin de la rassurer. Cette dernière a aussitôt informé le FBI que sa fille s'était réfugiée en Californie, mais qu'elle refusait de communiquer ses coordonnées à qui que ce soit.

— Mais Lenny Plott découvrira où elle se cache, s'alarma Joanna. Ne voit-elle pas qu'elle a besoin de protection ?

Elle souleva la cafetière et versa le liquide chaud et noir dans les tasses.

— Si le FBI peut la retrouver, Plott aussi, conclut-elle.

J.T. lui caressa la joue du dos de la main.

Il devinait son inquiétude et déplorait de ne pouvoir l'apaiser. Tout ce qu'il pouvait faire, c'était veiller sur elle et attendre. Au niveau le plus primitif de son être, il était non seulement prêt, mais même impatient de se confronter au monstre qui avait si odieusement brutalisé Joanna.

13

J.T. arriva derrière Joanna, l'enlaça et, l'attirant contre lui, murmura :

— *Ayoigo shil hozho.*

Elle se laissa aller contre son torse, inclina la tête en arrière.

— Que viens-tu de me dire ?

Il enfouit le nez dans son cou et y déposa un baiser.

— Je croyais qu'Eddie nous donnait des cours de *Saad.* N'as-tu pas écouté en classe ? Je t'ai dit que j'étais heureux.

Le petit Eddie Whitehorn avait paru consterné en apprenant que J.T. ne parlait pas le *Saad.* Depuis lors, il se faisait une fierté de le lui enseigner quotidiennement.

En contemplant Joey, endormi dans le lit d'enfant, un pouce dans sa bouche ouverte, J.T. ressentit un pincement au cœur inhabituel. Jamais il n'avait songé à avoir des enfants. Mais, récemment, en côtoyant les enfants de Kate et Ed et en voyant Joanna avec eux, les entourant si naturellement de son affection, il avait commencé à imaginer avoir une famille à lui. Quelle sorte de père serait-il ? Il n'avait connu aucun exemple de figure parentale, autre que celle incarnée par son grand-père.

— Aurais-tu oublié que pendant qu'Eddie t'enseigne le *Saad,* je suis occupée à peindre ? chuchota Joanna.

— Comment l'oublierais-je, alors que je suis l'infortuné modèle de ce fichu tableau ?

Joanna l'entraîna à pas de loup hors de la chambre, ne refermant qu'à moitié la porte derrière eux. Une fois dans le salon, elle suggéra, en lui glissant un bras autour de la taille :

— Si tu veux arrêter, je peux demander à Joseph de poser pour moi. Il me l'a proposé.

— Oublie ça.

J.T. la prit dans ses bras, couvrant son visage et son cou de petits baisers chauds.

— Tu ne peindras aucun autre homme que moi, nu.

— Tu peins J.T. tout nu ?

Eddie, les yeux arrondis par la surprise, se tenait sur le seuil de la cuisine, sa sœur à ses côtés.

Joanna s'était portée volontaire pour garder les trois enfants d'Ed et Kate, afin que ces derniers puissent profiter d'une entière journée en ville. J.T. s'était tout d'abord opposé à cette idée, par mesure de prudence. Mais il avait fini par céder devant l'insistance de Joanna.

— N'étiez-vous pas tous les deux dehors en train de jouer ? grogna-t-il à l'adresse des deux enfants.

— Oui, mais Summer a eu soif.

Eddie, suivi de sa sœur, s'avança vers J.T. et leva les yeux vers lui.

— Si Joanna a le droit de te voir tout nu, est-ce que tu as aussi le droit de la voir toute nue ?

Joanna se couvrit la bouche, pouffant de rire derrière sa main. J.T. s'éclaircit la gorge. Comment était-il censé répondre à la question d'Eddie ?

Joanna vint à son secours.

— Tu sais que je suis une artiste, n'est-ce pas, Eddie ?

L'enfant acquiesça.

— Et alors ?

— Eh bien, dans les écoles d'art, il arrive que les étudiants dessinent des modèles qui ne portent pas de vêtements. C'est la meilleure façon d'apprendre à représenter le corps humain.

— Ah oui ?

Une moue déforma la bouche d'Eddie. Il se gratta la tête et poussa un soupir dubitatif.

— Alors, plus tard, si je vais à l'université de la communauté navajo de Tsaile, je verrai des gens tout nus ?

J.T. adressa à Joanna un mince sourire, comme pour lui dire : « C'est toi qui as commencé. Va jusqu'au bout. »

Les pleurs de Joey épargnèrent à Joanna l'embarras de devoir répondre.

— Je vais le chercher, dit-elle.

— J'ai faim, gémit Summer. Quand est-ce qu'on dîne ?

— Va chercher Joey, conseilla J.T. Je m'occupe de ça.

— On peut avoir de la crème glacée ? demanda Eddie.

— Un fruit, cria Joanna depuis le couloir. Une pomme chacun, mais pas de crème glacée avant l'heure du dessert.

— Ah…, grognèrent à l'unisson les deux enfants dépités.

J.T. leur lança une pomme à chacun, puis leur fit signe de le suivre à l'extérieur. Comme il s'asseyait sur les marches du perron, Summer grimpa spontanément sur ses genoux et Eddie s'installa à côté de lui.

— Raconte-nous une histoire, J.T., demanda Summer.

Il se sentait incapable de résister à l'expression de ses grands yeux marron, mais dut néanmoins admettre :

— Je crains de ne connaître aucune histoire. Et toi, Eddie, connais-tu une histoire que tu pourrais nous raconter ?

— Comment ça, tu ne connais même pas l'histoire d'Asdza Naadleehe ? s'étonna Eddie.

— Qui était cette Asdza…

— La mère créatrice de notre peuple. J.T., tu ne sais vraiment rien, hein ? Tu ne parles pas notre langue et tu ne sais pas qui est Asdza Naadleehe.

— Parle-moi d'elle, veux-tu ?

Eddie se fit une joie de raconter le mythe de la mère créatrice, de son époux, le soleil, et de leur progéniture. J.T. l'écouta avec intérêt, il avait vraiment envie de connaître les légendes navajos. Après tout, il appartenait pour moitié à ce peuple, songea-t-il.

Plusieurs heures plus tard, après le coucher du soleil et peu avant que les enfants n'aillent se coucher, Eddie et J.T. prirent soin des animaux. Une fois seuls, J.T. et Joanna s'effondrèrent sur le canapé du salon et se regardèrent.

— Les enfants peuvent être épuisants, n'est-ce pas ? fit observer J.T., avec un profond soupir de lassitude.

— Oh, oui ! convint Joanna.

— Ils réclament des réponses à tout. Comment diable Kate et Ed y arrivent-ils ?

— Comme la plupart des parents. Ils font de leur mieux.

Elle ôta ses chaussures. Puis, se calant à une extrémité du canapé, elle leva les jambes et les lui posa sur les genoux. Il se mit à lui masser les pieds. Elle soupira d'aise.

— J'aimerais avoir des enfants, un jour, confia-t-elle.

— Vraiment ?

Il lui caressa les chevilles.

— Mmm, fit-elle en guise d'acquiescement. Et toi ?

— Je ne ferais sûrement pas un bon père.

— Pourquoi dis-tu…

La sonnerie du téléphone l'interrompit. Elle tressaillit, retenant un petit cri.

— Ce n'est rien, ma douce. Ce n'est que le téléphone.

Déplaçant doucement les pieds de Joanna, il se leva et s'empara de son téléphone portable.

— Blackwood. Oui. Quand cela a-t-il eu lieu ? Elle est saine et sauve ? Et Plott ?

Joanna bondit du canapé et se précipita vers J.T. Le tirant par le bras, elle s'enquit :

— Qui est-ce ?

— Ne quitte pas une seconde, demanda J.T. à son interlocuteur. C'est Dane Carmichael, indiqua-t-il à Joanna.

Glissant un bras autour de sa taille, il l'attira contre son flanc, tandis qu'il terminait sa conversation. Puis il reposa le téléphone et embrassa Joanna sur le front.

— Que se passe-t-il ? s'enquit-elle.

— Plott a retrouvé Libby Felton.

Joanna déglutit difficilement.

— Oh, non ! L'a-t-il…

— Elle va bien, mais est en état de choc. L'agent du FBI assigné à sa protection a reçu plusieurs balles, mais Libby est sauve.

— Est-il… mort ?

— Non. Il est à l'hôpital, dans un état critique.

— Quand… quand est-ce arrivé ?

— Ce matin, avant l'aube.

— Plott s'est échappé, n'est-ce pas ?

— Oui.

— Il ne retournera pas s'attaquer à Libby avant un moment, avança Joanna. Il va se débrouiller pour sortir du Texas. Retrouver la trace de Claire lui prendra un certain temps, ce qui signifie… ce qui signifie qu'il va revenir au Nouveau-Mexique. Il ira directement au ranch.

— Aucune des rares personnes qui savent où nous sommes ne le divulguera à Plott, la rassura J.T.

— Il le découvrira. D'une façon ou d'une autre, il trouvera le moyen de me localiser.

— Dan va appeler d'autres agents en renfort. Le FBI interviendra en force à Trinidad. Plott n'a aucune chance de passer entre les mailles de leurs filets.

— Dieu t'entende.

J.T. l'espérait aussi. Et quels que soient les doutes qui le taraudaient, il les garderait pour lui. Tout en rendant le quotidien de Joanna aussi normal que possible, il allait quant à lui se préparer au pire.

Depuis sa tentative de kidnapping sur Libby, Lenny Plott semblait avoir disparu. Mais ce n'était qu'une question de temps avant qu'il ne se manifeste, Joanna le savait.

Jour après jour, trompant l'attente, elle s'était installée dans une sorte de routine. Tous les matins, J.T. et elle partaient explorer les alentours à cheval, faisant au passage la connaissance de leurs voisins — tous des membres du clan des Bitter Water, auquel avait appartenu Mary Greymountain Neboyia. Et chaque jour, Eddie donnait une leçon de *Saad* à J.T.

Le portrait de J.T. prenait forme. Joanna avait refusé de le lui montrer, craignant sa réaction lorsqu'il découvrirait l'homme qu'elle avait représenté. Un homme dans toute sa nudité primitive, rude et sauvage, à l'image du paysage qui l'entourait.

Et ils s'aimaient. Chaque matin, lorsqu'ils s'éveillaient l'un à côté de l'autre. Au milieu de la journée, quand le besoin de se toucher devenait incontrôlable. Et la nuit, lorsque les fantômes de leurs aïeux planaient dans l'obscurité.

Chaque soir, Joanna lisait à J.T. quelques passages du journal d'Annabelle.

Ce soir-là, comme tous les autres soirs, ils étaient assis sur le canapé élimé. Elle s'était calée entre ses jambes puissantes et lisait pour lui. Il ne portait rien d'autre que son jean, et elle, son caftan à rayures. La joue posée contre la sienne, il lui embrassait de temps en temps la tempe.

Le fils de Benjamin est souffrant — il ne s'agit de rien de sérieux, Dieu merci — mais Benjamin est allé voir son enfant chez sa belle-mère, qui l'élève. J'ai été étonnée de constater à quel point la société navajo est basée sur le matriarcat. Les enfants y naissent dans la tribu de leur mère. Et dans le cas où un homme perd son épouse, il doit confier l'enfant à l'éducation de sa belle-mère.

Cela fait quatre jours que je n'ai pas vu Benjamin, et cet éloignement me met à l'agonie. Comment vais-je pouvoir survivre, lorsque le temps sera venu de nous séparer pour toujours ? Benjamin est devenu aussi essentiel à ma vie que l'air que je respire. Cependant, même en connaissant non seulement l'extase, mais aussi la souffrance qu'engendre l'amour véritable, je ne nourris aucun regret. La véritable tragédie aurait été de mourir un jour sans avoir connu cette joie pure.

Si l'état de son fils s'améliore, nous nous rejoindrons demain dans notre abri secret. J'ai un présent pour lui —

un recueil de poésies, de mon auteure préférée, Christina Rossetti. Et je veux couper une mèche de ses longs cheveux noirs. J'en ferai une tresse avec une mèche de mes propres cheveux, qu'il gardera en souvenir de notre amour.

Joanna frissonna.

J.T. lui prit le livre des mains et le posa sur le bout de canapé, puis éteignit la lumière, plongeant le salon dans une demi-pénombre, avec pour seul éclairage la lueur diffuse provenant de la chambre.

— Tu as déjà lu ce journal à maintes reprises, murmura-t-il. Pourquoi le relire encore tous les soirs à haute voix ?

Elle posa la tête sur son torse, ferma les yeux et soupira.

— Mais je ne te l'ai jamais lu à toi. Je voudrais tant que tu t'imprègnes de l'histoire tragique d'Annabelle et de Benjamin. Que tu ressentes les mêmes choses que moi.

— J'ai déjà admis que je m'étais trompé.

D'un ton sec, il ajouta :

— Et même si leur histoire a été tragique, nous ne pouvons pas transformer le passé. Annabelle et Benjamin sont morts et enterrés, et leur grand amour avec eux.

— Alors, ce qui existe entre nous mourra aussi. La vie nous séparera, comme elle les a séparés.

Se dégageant des bras de J.T., elle se leva du canapé.

— Jo ?

Elle courut en direction de la porte, la déverrouilla et en saisit la poignée.

— Quand Plott sera soit éliminé, soit de nouveau derrière les barreaux, tu repartiras à Atlanta. Moi, je resterai ici, au Nouveau-Mexique. Et quand, occasionnellement, tu reviendras au ranch, je fuirai, parce que…

Elle ravala les sanglots bloqués dans sa gorge.

— Te voir me sera insupportable.

Sur ces mots, elle ouvrit la porte à la volée et plongea dans la nuit fraîche et étoilée.

*
* *

J.T. s'élança à sa poursuite, se reprochant d'avoir heurté ses sentiments. Il comprenait son désarroi. Elle avait raison : ce qu'ils partageaient ne pouvait pas durer toujours. Elle recherchait l'amour éternel, il ne pouvait lui offrir que l'instant présent.

— Jo, arrête-toi. Je t'en prie. Tu vas te blesser.

Elle continua à courir jusqu'à ce qu'il la rattrape et l'emprisonne dans ses bras. Elle voulut se dégager, mais il la renversa sur le sol, s'assit à califourchon sur elle et lui bloqua les bras au-dessus de la tête.

— Je déteste te voir souffrir.

Il tenta de l'embrasser. Elle détourna le visage.

— Accepte ce qui existe entre nous. C'est tout ce que je peux t'offrir. Mais c'est réel. Magique. Passionné.

Tournant son visage vers lui, elle riva son regard au sien, la clarté de la lune projetant des ombres dorées sur ses traits.

— Si tu t'y autorisais, tu pourrais m'offrir bien davantage, maugréa-t-elle. Mais tu as peur. Tu as tellement peur d'oser m'aimer comme ton cœur aspire à le faire.

Il pressa sa virilité contre elle.

— Pourquoi cela ne te suffit-il pas ? C'est si bon… si parfait.

— Oh ! J.T., je t'aime. Je t'aime tellement.

Elle se cambra à sa rencontre.

Il grogna, puis prit sa bouche avec voracité. Se tordant sous lui, elle enfonça sa langue dans sa bouche, engageant un duel avec la sienne. Relâchant son étreinte autour de ses poignets, il ouvrit son caftan, le fit glisser le long de ses épaules et de ses bras, laissant la soie douce du vêtement sous son corps dénudé.

Elle toucha son torse, passant son autre main dans ses cheveux noirs. Se dressant juste assez pour saisir la languette de sa fermeture Eclair, il ouvrit son jean, le baissa et, s'en débarrassant d'un coup de pied, le jeta sur la terre battue.

— Voici la magie, Jo.

Il lui souleva les hanches et plongea en elle.

— Voici l'extase.

— Oui. Oui, souffla-t-elle.

Il roula sur lui-même et, couchant son propre corps sur la terre dure et poussiéreuse, amena Joanna au-dessus de lui. Ils s'unirent à même le sol, sous les étoiles : un homme et une femme unis en un rituel primitif, le plus instinctif que la nature ait jamais inventé, songea-t-il. Chacun d'eux se donnant et prenant à égalité, puis partageant le plaisir bouleversant qui finit par les submerger.

Ensuite, délaissant leurs vêtements échoués par terre, il prit Joanna dans ses bras et la porta jusqu'au lit qu'ils partageaient, à l'intérieur de la maison.

Ils restèrent étendus en silence l'un à côté de l'autre, écoutant leurs deux cœurs battre à l'unisson, jusqu'à ce qu'ils s'endorment.

Plusieurs heures plus tard, J.T. se réveilla, dégagea doucement l'étreinte de ses bras autour de Joanna et se glissa hors du lit. Entrant dans le living, il se tint un moment debout dans l'obscurité. Puis il alluma une petite lampe et s'avança jusqu'au chevalet posé dans un angle de la pièce. Il souleva lentement le tissu qui recouvrait le tableau. Il ferma presque aussitôt les yeux, sous le choc. Voilà donc comment Joanna le voyait. S'il avait jusqu'ici rejeté l'idée qu'elle puisse l'aimer, il ne pouvait ignorer la preuve qui s'était brièvement offerte à son regard.

Rouvrant les yeux, il fixa l'homme superbe et empreint de noblesse qu'elle avait représenté. Des cheveux raides et noir de jais lui arrivant jusqu'aux épaules. Une peau brillante, couleur de cuivre, tendue sur des muscles fermes et bien développés. Un homme sans âge et hors du temps. Un homme d'hier, d'aujourd'hui et de demain. Un homme accompli, vu à travers les yeux de l'amour.

Il n'était pas digne de l'amour de Joanna. Si pur et si ardent. Si profond, qu'elle parvenait à voir en lui l'homme qu'il aurait souhaité être. Avait-il le courage d'accueillir cet amour ? Avait-il la force de devenir celui qu'elle attendait ?

14

Rita Gonzales entendit la sonnerie de la porte d'entrée et grommela de mécontentement.

Qui pouvait venir déranger les gens aussi tôt ?

Appuyant le balai-serpillère contre le comptoir de la cuisine, elle essuya ses mains grassouillettes sur son tablier et se dandina jusqu'au couloir. La sonnerie retentit de nouveau.

Elle regarda par l'œil de la porte de bois massif. Un homme grand, aux cheveux bruns et avec une fine moustache, se tenait sur le porche. Elle ne le connaissait pas. Elle entrebâilla la porte afin de mieux observer le nouveau venu.

L'homme lui sourit et la salua d'une légère inclinaison de tête.

Elle aima son sourire, et son apparence soignée lui plut. Au ranch et même à Trinidad, elle n'était pas habituée à voir des hommes en costume-cravate.

— Bonjour, madame. Pardon de vous déranger à une heure aussi matinale. J'aimerais voir M. et Mme Gregory.

Il sortit une carte plastifiée de la poche de sa veste et la lui montra.

— Je suis Eugène Willis, un des agents du FBI travaillant avec Dane Carmichael, à Trinidad.

— Oui, l'agent Carmichael est venu plusieurs fois ici, acquiesça Rita. Mais je suis désolée, Elena et Alex sont partis pour affaires à Santa Fe.

— Oh ! Quel dommage… J'ai des nouvelles pour

Joanna Beaumont, et j'espérais qu'ils pourraient m'indiquer comment entrer en contact avec elle.

— Votre M. Carmichael sait comment joindre Joanna et J.T.

Elle considéra l'homme d'un œil suspicieux.

— Oui, nous avons tenté de les appeler par téléphone, mais la communication ne passe pas. M. et Mme Gregory connaissent peut-être un autre numéro où les joindre.

— J.T. doit avoir un problème avec son téléphone…

— Son téléphone portable ? Oui, c'est ce que je pense.

— Pourquoi M. Carmichael n'appelle-t-il pas la police tribale ? suggéra Rita. Le cousin de J.T., Joseph Ornelas, est policier. Il pourra leur communiquer personnellement le message.

— Oui, convint Willis. Le temps que je rejoigne Dane, je suis sûr qu'il aura pensé à les appeler. Nous avons une excellente nouvelle à communiquer à Mlle Beaumont, c'est pourquoi nous aimerions la joindre au plus vite.

— Quelle est cette bonne nouvelle ? voulut savoir Rita.

Elle ouvrit entièrement la porte et s'avança sur le porche.

— Nous avons capturé Lenny Plott, ce matin, peu avant l'aube, à Trinidad.

— Oh ! mon Dieu ! Ça, c'est une bonne nouvelle !

Rita pointa son index grassouillet vers le visage de Willis.

— Assurez-vous bien que ce sale type ne s'échappe plus.

Willis sourit.

— Oui, madame, c'est exactement ce que nous allons faire.

— Et dites à M. Carmichael d'appeler la police tribale et de demander Joseph Ornelas, répéta Rita.

Puis elle claqua des doigts, traversée par une idée.

— J'y pense, Kate Whitehorn, la cousine d'Elena, saura sûrement où contacter J.T. et Joanna. Joanna a séjourné plusieurs fois chez les Whitehorn.

— Ah, Kate Whitehorn. Bien. Merci, madame. Et

pensez bien à communiquer la bonne nouvelle à M. et Mme Gregory, quand ils rentreront de Santa Fe.

— Bien sûr, se réjouit Rita.

Eugène Willis repartit au volant de sa berline grise, et presque au même moment Cliff Lansdell arriva de la direction opposée, à bord de son pick-up. Il s'arrêta devant la maison.

— Qui était-ce ?

— Un agent du FBI. Un certain Willis, précisa Rita. Ils ont attrapé l'homme qu'ils recherchaient, ce Lenny Plott. Mais ils n'arrivent pas à joindre J.T. pour lui communiquer la bonne nouvelle. Je lui ai conseillé d'appeler la police tribale.

Cliff ouvrit vivement sa portière, bondit hors de son véhicule et se précipita vers elle.

— Rita, cet homme t'a-t-il montré sa carte ?

— Quoi ?

— T'a-t-il montré la preuve qu'il était un agent du FBI ?

— Oui. Il m'a montré sa carte et sa photo. C'était lui. Avec une moustache noire et tout ça. Et c'était bien son nom. Eugène Willis.

Cliff poussa un soupir de soulagement.

— Bon. Bon.

— Je n'aurais parlé à personne qui ne soit pas de la police, s'agaça Rita.

Elle plaqua ses mains sur ses hanches larges.

— De toute façon, je ne lui ai rien dit qu'il ne sache déjà. Le FBI sait que Joanna est dans la réserve navajo.

— Mais, sauf Elena et Alex, personne d'extérieur à la réserve ne connaît l'endroit exact où J.T. a emmené Joanna, précisa Cliff. Pas même le FBI.

— Je suis bien contente que cet horrible type retourne en prison, déclara Rita. Joanna n'aura plus de raison d'avoir peur, elle pourra retrouver sa maison.

*
* *

Joanna referma le sac de selle où elle venait de glisser son carnet à dessins et ses crayons.

— Par chance, il ne fait pas trop chaud, aujourd'hui, fit-elle remarquer.

Elle ajusta son chapeau et en resserra les cordons sous son menton, puis ajouta :

— Nous pourrons peut-être rester dehors plus longtemps qu'hier, afin que je termine ces croquis.

— Si tu veux, concéda J.T. avec un sourire.

Il rangea son Glock dans une des deux sacoches et glissa son fusil Remington dans son fourreau. Tapotant sa poche de poitrine, il s'assura d'avoir son téléphone portable. Enfin, il grimpa sur Washington.

— Nous devons dire à Kate si nous participerons à la réunion de famille qu'elle organise ce week-end, l'informa Joanna. Elle aimerait beaucoup que nous y assistions. Ce sera l'occasion de rencontrer d'autres membres de ton clan.

— J'en ai déjà rencontré plus que je ne peux en compter, répliqua-t-il, en lançant Washington au petit trot. Notre clan semble inclure tous les habitants des environs, et des cousins éloignés jusqu'au dixième degré.

J.T. s'était-il rendu compte qu'il venait de dire « notre clan », en parlant du clan des Bitter Water ? se demanda Joanna. Il commençait à créer des liens avec le peuple navajo et prenait plaisir à suivre les cours de *Saad*, même les leçons d'histoire que lui donnait Eddie.

Elle poussa Playtime au trot, au côté de Washington.

— Kate a besoin de notre réponse avant ce soir.

— Nous sommes ici pour te mettre à l'abri du danger, Jo. Pas pour que je fasse la connaissance de tous les membres du clan des Bitter Water.

— Il n'y a aucune contre-indication ni aucun danger, pendant que nous sommes ici, à ce que nous y ayons une vie sociale. Personne ici ne révélera l'endroit où nous nous cachons.

— Tu es aussi déterminée qu'Elena à ce que je me rapproche de mon héritage navajo, dirait-on ?

— Je ne pense pas que tu puisses être heureux, tant que tu n'auras pas surmonté le complexe causé par le fait d'être pour une part natif américain et pour l'autre, anglo-irlandais.

— Tu commences à parler comme un psychiatre.

— C'est peut-être parce que j'ai moi-même suivi une thérapie pendant plusieurs mois, après mon agression. Sans cette thérapie, je n'aurais sans doute jamais pris conscience de la domination que ma mère exerçait sur moi, ni pu m'en libérer.

Ils chevauchèrent durant plusieurs kilomètres sous le chaud soleil de l'après-midi. Des yuccas, des créosotes et des acacias mexicains parsemaient le paysage. Et les couleurs étaient vives et pures, nota Joanna ; la terre elle-même était d'un rouge éclatant.

Lorsqu'ils atteignirent Painted Canyon, J.T. chercha l'endroit qu'elle avait choisi quelques jours auparavant. Il repéra l'énorme rocher où elle aimait s'asseoir pour contempler le plateau en contrebas.

Il l'aida à descendre de cheval et à prendre son matériel, puis étendit une couverture pour qu'elle s'assoie.

— Je vais aller explorer les alentours, annonça-t-il. Je ne serai pas loin et garderai tout du long un œil sur toi.

— Oui. Me regarder dessiner doit finir par être ennuyeux.

Il lui prit le visage dans ses mains, l'attira à lui et la gratifia d'un baiser sonore.

— Je ne m'ennuie jamais quand je suis auprès de toi. Mais si je reste, je risque d'être tenté de te distraire.

Elle sourit et frotta son nez contre le sien.

— C'est un risque, en effet.

Il la lâcha doucement.

— Va, lui dit-elle.

J.T. grimpa plus haut le long du canyon. Pour un peu, il aurait pu toucher le ciel !

Il jeta un regard vers Joanna : elle était occupée à croquer le paysage. Des cris lui parvinrent alors :

— A l'aide. Au secours. A l'aide !

C'était la voix du petit Eddie. J.T. sentit le rythme de son cœur s'accélérer.

— Eddie ?

— Au secours ! Au secours !

— Où es-tu, Eddie ?

— Là ! Je suis là, en bas.

— Où ça ?

— J.T., c'est toi ?

— Oui, Eddie. Continue à parler pour que je te trouve.

Il ne tarda pas à localiser son jeune cousin. L'enfant était recroquevillé au fond d'un ravin, entre deux formations de grès escarpées, un agneau serré dans ses bras.

— Seigneur, mon garçon, comment es-tu arrivé là ?

Le dénivelé devait approcher six mètres, jaugea-t-il.

— Je cherchais deux agneaux qui s'étaient perdus hier, répondit le garçonnet. Ne le dis pas à maman. Elle m'a interdit de venir ici, tout seul.

— Comment diable es-tu descendu jusque-là ?

— Je ne sais pas. J'ai vu l'agneau. Je me suis laissé glisser. Mais je n'arrive pas à remonter et à le porter en même temps. Et… je… je me suis fait mal à la cheville.

— Ne bouge pas, lui ordonna J.T. Je viens te chercher.

Il appela Joanna. Dès qu'elle leva les yeux vers lui, il agita le bras pour lui faire signe de le rejoindre. Elle posa son carnet et son crayon, se leva et escalada la pente en hâte.

— Que se passe-t-il ?

— Eddie est au fond de ce ravin. Il a retrouvé un agneau égaré, mais s'est blessé à la cheville et ne peut plus remonter.

— Oh ! mon Dieu !

J.T. sortit son téléphone portable de sa poche et le lui tendit.

— Appelle Kate pour l'avertir. Dis-lui que nous lui ramenons Eddie.

Il agrippa le poignet de Joanna.

— Ensuite, va chercher mon fusil et garde-le près de toi jusqu'à mon retour. Je vais descendre les chercher, lui et son agneau.

— Ton fusil… Que veux-tu qu'il m'arrive ici, durant les quelques minutes qu'il te faudra pour secourir Eddie ?

D'un geste, elle désigna l'immensité désertique autour d'eux.

— Je préfère ne commettre aucune imprudence. Va chercher le fusil. Fais-moi plaisir.

— D'accord. J'irai dès que j'aurai parlé à Kate.

Dane Carmichael termina la dernière bouchée de son sandwich, puis prit une gorgée du breuvage noir et corsé qu'on servait au Trinidad Café. Il espérait vraiment pouvoir ficeler cette maudite affaire au plus vite. Il n'avait pas eu une nuit de sommeil décente en une semaine. Une chose était sûre : Lenny Plott allait revenir à Trinidad et ce, peut-être très prochainement. Sa tentative de kidnapping sur Libby Felton avait échoué, il n'avait probablement pas encore réussi à retrouver la trace de Claire Andrews, sa prochaine cible risquait donc d'être Joanna Beaumont.

Ses agents, aidés des autorités locales, avaient bloqué pratiquement tous les accès à la ville. Une mouche n'aurait pas pu s'y introduire sans se prendre dans les mailles resserrées de leurs filets.

Comme il tendait la main vers son addition, l'un de ses agents, Jim Travis, se glissa sur la banquette du box face à la sienne.

— Il faut que je vous parle. Mais j'aimerais que ce

que je vais vous confier reste officieux, du moins pour le moment.

— Quel est le problème ? demanda Dane.

— C'est au sujet d'Eugène Willis.

— Oui, eh bien ?

— Il a rencontré une fille le jour de son arrivée à Trinidad et n'a pas pu se retenir de fricoter avec elle. Vous connaissez Willis. C'est un homme à femmes.

— Le maudit crétin !

Dane froissa son billet en boule, dans son poing fermé.

— J'ignore pourquoi Willis n'a pas été licencié depuis longtemps, gronda-t-il. Mais s'il sabote le travail pendant qu'il est sous mon commandement, il n'y coupera pas.

— Oui, je sais, j'ai tenté de l'avertir que vous n'étiez pas le genre d'homme à plaisanter, mais… Eh bien, ce matin, Willis est parti nous chercher deux cafés et n'est jamais revenu. Il a dû aller retrouver cette fille, vu qu'il avait…

— A quelle heure, ce matin ?

— Aux alentours de 6 heures.

Dane jeta un coup d'œil à sa montre.

— Il est midi et demi.

— J'ai d'abord essayé de le retrouver avant de…

— Je ne veux aucune explication. Vous n'êtes plus sur l'enquête, et Willis non plus. En fait, si cela ne tenait qu'à moi, vous seriez tous deux virés sur-le-champ du FBI.

Joanna referma le téléphone portable de J.T., le glissa dans la poche de sa chemise, puis redescendit en direction des chevaux. Elle prit le Remington de J.T. dans le fourreau attaché à sa selle. Elle tirait assez bien au revolver, mais n'était pas habituée au contact d'un fusil.

Elle escalada une nouvelle fois la pente du canyon et regarda au fond du ravin : J.T. progressait prudemment en direction d'Eddie.

— J'ai eu Kate, cria-t-elle à son adresse. Elle était

morte d'inquiétude. Cela fait plusieurs heures qu'Eddie a disparu. Elle avait déjà alerté plusieurs membres du clan qui se sont lancés à sa recherche.

— Tu as pris mon fusil ? lui demanda J.T.

Elle brandit le Remington.

J.T. choisissait précautionneusement où poser le pied à chaque pas. Ces ravins abrupts étaient très dangereux. Eddie avait sacrément de la chance de ne pas s'être blessé plus grièvement.

Tout à coup, un bruit de crécelle caractéristique se fit entendre. J.T. fouilla du regard l'espace autour de lui. Un serpent ondulait près du bout de la botte d'Eddie. Le garçonnet l'avait également vu ; il pâlit.

— J.T..., appela Eddie d'un ton implorant.

— Chut. Ne parle pas. Ne bouge pas.

Glissant sa main dans sa poche, il prit son couteau et le sortit, sans quitter le serpent des yeux, lequel s'enroulait à présent autour de la jambe du petit garçon.

— J.T., gémit l'enfant, terrifié.

— Chut...

Il ouvrit son couteau.

Un aigle, au-dessus de leurs têtes, s'éleva dans les airs. Le crotale rampa le long de la jambe d'Eddie, puis atteignit son bras.

Joanna se pencha au bord du talus escarpé.

— Qu'est-ce qui vous prend si longtemps ?

Des larmes embuaient les yeux bruns d'Eddie. J.T. jaugea la distance qui le séparait de l'enfant. Il était expert au tir, mais, avec un couteau, il était un peu rouillé. S'il ratait sa cible, il risquait de blesser Eddie.

Le serpent s'enroula sur lui-même, prêt à attaquer. Eddie cria. J.T. lança le couteau. La lame transperça le reptile. Eddie lâcha l'agneau et empoigna son bras. A cette vue, J.T. se rua vers l'enfant, souleva le serpent mort par le manche du couteau et le jeta contre le mur du canyon.

— Il t'a mordu ?

J.T. écarta la main d'Eddie de son bras.

— Bon sang !

— Est-ce que je vais mourir ?

La lèvre inférieure du petit garçon tremblait. Des larmes se mirent à couler sur ses joues poussiéreuses.

— Non, tu ne vas pas mourir, le rassura J.T. Mais il va falloir te faire rapidement une piqûre pour neutraliser l'effet du venin. Nous allons laisser l'agneau ici. J'enverrai quelqu'un le chercher.

— Tu promets.

J.T. hocha la tête.

— Viens, Eddie…

J.T. s'accroupit.

— Grimpe sur mon dos.

L'enfant obtempéra.

— Joanna ! appela J.T.

— Oui, J.T. ?

— Eddie s'est fait mordre par un serpent à sonnettes. Appelle Kate. Dis-lui de contacter la clinique pour qu'ils se procurent au plus vite de l'antivenin, et va préparer les chevaux !

Joanna cala le fusil sous son bras, le canon vers le sol. Elle sortit le téléphone de sa poche. Ses mains tremblaient si fort que lorsqu'elle tenta de composer le numéro, l'appareil tomba par terre. Comme elle se penchait pour le ramasser, le moteur d'un véhicule approcha.

Se redressant, elle regarda la route en contrebas : un nuage de poussière rouge s'en éleva, puis s'éclaircit, révélant une berline grise.

La voiture s'arrêta dans un crissement de pneus à quelques mètres de l'endroit où les chevaux étaient attachés. Playtime hennit. Un homme de haute stature, aux cheveux bruns et vêtu d'un costume, sortit de la voiture.

Washington se dressa sur ses pattes arrière, puis frappa le sol de ses sabots.

— J.T. ! s'écria Joanna. Il y a quelqu'un. Un homme dans une voiture grise.

— Tiens-le en joue avec le fusil jusqu'à ce que je sois remonté, lui ordonna J.T.

L'homme agita la main à l'adresse de Joanna, tout en commençant à gravir la pente dans sa direction. Elle glissa le téléphone dans sa poche et braqua le fusil sur lui.

— Ne tirez pas, madame, je suis un agent du FBI. Mon nom est Eugène Willis.

Il continua à avancer.

— Si vous m'y autorisez, je peux vous montrer ma carte.

— Qui vous envoie ?

— Dane Carmichael. Vous êtes Joanna Beaumont, n'est-ce pas ?

— Ou… oui, répondit-elle sur un ton hésitant.

— Eh bien, dans ce cas, j'ai une excellente nouvelle pour vous.

— N'approchez pas davantage. Sortez votre carte et faites-le très lentement.

— Oui, madame.

Willis sortit prudemment sa carte, la leva bien en évidence, puis avança de quelques pas.

Le soleil se refléta sur le badge de l'agent fédéral. Joanna cligna les yeux.

— Quelle nouvelle avez-vous à me communiquer ?

— Nous avons arrêté Lenny Plott. Il a été emmené en garde à vue ce matin. Dane Carmichael m'a personnellement envoyé pour vous l'annoncer.

Joanna poussa un profond soupir.

— Dieu merci. Ecoutez, monsieur…

— Willis, madame. Eugène Willis.

— Monsieur Willis, nous avons ici un enfant qui est

tombé dans un ravin et qui s'est fait mordre par un serpent venimeux.

— Je vais vous aider. Nous pouvons utiliser ma voiture, offrit l'homme, en continuant à avancer vers elle.

— Merci.

Se tournant sur le côté, elle cria à l'intention de J.T. :

— Le FBI a capturé Lenny Plott. Cet homme est un agent du nom d'Eugène Willis. Il peut nous conduire jusque chez Kate.

Joanna ressortit le téléphone de la poche de sa chemise. Tout en commençant à composer le numéro de Kate avec son pouce, elle baissa le fusil et en appuya le manche sur sa hanche.

A cet instant, Willis fondit sur elle et lui arracha l'arme. Lui faisant opérer une brusque volte-face, il plaqua Joanna contre lui, le canon de l'arme appuyé en travers de son cou.

— Lâche ce téléphone, la pressa-t-il. Ou je te brise le cou.

Dane Carmichael entra en trombe dans le poste de la police d'Etat de Trinidad.

— Qu'y a-t-il de si urgent qui ne pouvait pas attendre ? s'écria-t-il.

— Un employé municipal a découvert le cadavre d'un homme dans une benne à ordures, répondit Macmillan, le chef de la police.

— Ne me tenez pas en haleine, le pria Dane. J'en déduis que l'identité du cadavre est en rapport avec mon enquête.

— En effet, si cet homme est bien qui nous croyons. Il n'avait aucun papier d'identité sur lui. Son portefeuille a disparu. Mais nous avons trouvé une clé de motel.

— Une clé de motel ?

— Oui. A Trinidad, il n'y a que deux motels. Il ne nous a pas été difficile de découvrir l'origine de la clé. Il semblerait qu'elle provienne du Tumbleweed, et que la chambre ait été réservée au nom d'un de vos agents.

— Laissez-moi deviner. Eugène Willis ?

— Ouais.

— Vous avez besoin de moi pour identifier le corps ? supposa Dane.

— Ouais, grogna Macmillan.

15

— Joanna ? appela J.T. depuis le ravin, en contrebas.

— Réponds à Blackwood que tout va bien.

L'homme pressa le fusil sur la gorge de Joanna avec davantage de force.

— Sinon, dès que lui et le gamin seront dans ma ligne de tir, je les descends, l'avertit-il.

Il écarta le canon du fusil d'un demi-centimètre. Joanna chercha l'air, haletante. Sa gorge était douloureuse. Elle s'humecta les lèvres. Malédiction ! Comment avait-elle pu être aussi imprudente ?

— Joanna ! Que diable se passe-t-il ? cria J.T. au loin.

— Ne fais rien que tu risquerais de regretter, lui conseilla son ravisseur. Sinon, je les abats tous les deux.

— Tout va bien, cria Joanna d'une voix tremblante à l'adresse de J.T. Je suis juste sous le coup de… de l'émotion de l'arrestation de Plott.

— Bonne petite, lui murmura l'homme à l'oreille. Maintenant, nous allons faire une petite promenade, toi et moi. Dépêchons-nous, si tu ne veux pas mettre tes amis en danger.

Elle ne lui opposa pas la moindre résistance. Lorsque J.T. s'extrairait du ravin avec Eddie, il serait désarmé. Tous deux seraient alors des cibles vivantes.

Leonard Plott, déguisé en agent du FBI ! Et elle ne l'avait pas reconnu. Avec ces cheveux noirs, cette moustache et ces lunettes de soleil dissimulant ses yeux. Elle s'était crue en sécurité dans la réserve. Comment ce sadique avait-il retrouvé sa trace ? Qui l'avait renseigné ?

Le téléphone portable qu'elle avait laissé tomber à terre sonna. Tout en continuant à la tenir d'une seule main contre lui, Plott cala le fusil sous son bras et se saisit du téléphone. Ils fixèrent tous deux l'appareil.

Plott l'ouvrit et le colla contre l'oreille de Joanna.

— J.T. ? fit la voix de Joseph Ornelas. Ecoute, Plott a tué un agent du FBI du nom d'Eugène Willis et a pris son identité. Il porte une moustache et une perruque noire et il sait que Joanna se cache dans la réserve. Ne la quitte pas un seul instant des yeux. Je suis en chemin. Dane Carmichael nous rejoint en hélicoptère.

Arrachant le téléphone de l'oreille de Joanna, Plott en pressa le bouton d'extinction.

Il la traîna ensuite jusqu'à la voiture, ouvrit la portière et la poussa violemment à l'intérieur de l'habitacle.

— Si tu ne veux pas mourir tout de suite, je te conseille de ne pas bouger.

Au loin, J.T. l'appelait, sa voix tendue par l'inquiétude. Il avait compris qu'il se passait quelque chose.

Plott ouvrit le coffre, y jeta le fusil et le téléphone, puis il sortit le 9 mm d'Eugène Willis du holster qu'il portait à l'épaule. Il ouvrit la portière du conducteur, monta dans le véhicule et démarra le moteur.

— Je n'avais pas espéré ce que soit aussi facile.

Il fit vivement marche arrière, tourna le véhicule et s'éloigna de Painted Canyon.

— J'avais pensé devoir d'abord éliminer Blackwood pour t'atteindre. Ou, même, être obligé de te tuer à distance. Mais cela n'aurait pas été aussi amusant, n'est-ce pas, ma jolie ?

La menace dissimulée derrière le ton doucereux de sa voix glaça Joanna, la ramenant vers cette nuit d'épouvante, cinq ans auparavant. La nausée lui souleva l'estomac. La bile monta dans sa gorge. Elle serra les poings. Elle n'avait pas d'autre choix que de partir avec lui. Elle devait protéger J.T. et Eddie. Mais quel que soit le sort qu'il lui réservait, elle allait se battre — fût-ce jusqu'à la mort.

Tandis qu'ils s'éloignaient de Painted Canyon, elle pria pour que J.T. sauve d'abord Eddie, puis pour qu'il les retrouve, elle et Plott, et qu'il l'arrache aux griffes de son ravisseur avant qu'il ne soit trop tard.

Alors qu'il atteignait le haut du ravin dont il avait extrait Eddie, J.T. sentit la peur lui nouer l'estomac. Joanna ne répondait pas à ses appels, et le véhicule venait de redémarrer. Il risqua un regard prudent au-dessus du talus et examina les alentours, puis s'avança à découvert. Au loin, un nuage de poussière épaisse tournoyait dans l'air. Sa gorge se serra. De toute évidence, l'homme qui avait approché Joanna n'était pas un agent du FBI, mais Leonard Plott.

— Où est Joanna ? demanda Eddie. Est-ce qu'elle a appelé maman ?

— Non, Eddie, je ne crois pas qu'elle ait eu le temps d'appeler Kate.

— Où est-ce qu'elle est allée ?

— Elle est partie avec… avec l'agent du FBI.

Que diable allait-il faire ? L'enfant qu'il tenait dans ses bras ne survivrait pas s'il ne recevait pas rapidement une injection d'antivenin. Cependant, s'il laissait plus d'une tête d'avance à Plott, il n'arriverait peut-être pas à temps pour sauver Joanna d'une mort certaine.

Il porta Eddie jusqu'aux chevaux, monta sur Washington et assit précautionneusement son jeune cousin devant lui. Lorsqu'il lança l'étalon au galop, Playtime suivit. Le soleil brûlant étincelait dans le ciel. De la poussière se soulevait autour des sabots des chevaux.

Surtout ne pas penser… Il ne devait pas s'autoriser à penser, au risque de devenir fou, à ce qu'était en train de vivre Joanna. Il devait agir et il savait ce qu'il avait à faire —

ce que Joanna souhaiterait qu'il fasse — avant tout, mettre Eddie hors de danger.

Tout en chevauchant son étalon à bride abattue à travers la montagne, il conclut un marché avec le Tout-Puissant. *Protégez-la jusqu'à ce que je puisse la secourir, et je ferai tout pour devenir l'homme qu'elle attend. Protégez-la. Je Vous en supplie. Je ne lui ai même pas dit que je l'aimais.*

Il s'était égaré ! Bon sang. Tout, dans ce maudit coin perdu, se ressemblait. Tout. Les chemins de terre. Les rochers. Les canyons. Les arbustes et les buissons.

Ces espaces et ce ciel infinis, tout autour de lui. Et un véhicule avec un réservoir aux trois quarts vide. Il devait trouver un endroit, à l'abri, où emmener Joanna et y accomplir sa vengeance, avant de pouvoir retrouver son chemin hors de ce trou à rats. S'il perdait trop d'instants précieux à chercher la route par laquelle il était venu, il serait à court d'essence, et Blackwood aurait le temps de rassembler des renforts et de le prendre en chasse.

Repérant soudain un chemin de terre sur sa gauche, il ralentit, pour s'y engager, à l'abord du virage. Joanna en profita pour ouvrir sa portière et sauter hors de la voiture. Il n'eut le temps que d'agripper le dos de sa chemise, dont le coton se déchira au moment où elle s'extrayait du véhicule.

Il jeta un bref regard dans son rétroviseur : elle atterrit sur le sol, roula plusieurs fois sur elle-même, puis se redressa, haletante, sur les genoux.

Il pila, en jurant.

Il ouvrit sa portière, descendit du véhicule et, d'un pas furibond, contourna le coffre arrière. D'une main rageuse, il arracha la perruque noire qui dissimulait ses cheveux blonds et la jeta par terre.

A ce moment-là, Joanna se redressa et se mit à courir.

— Où penses-tu aller comme ça, Joanna ? Inutile de courir. Tu ne m'échapperas pas.

Mais elle ne s'arrêta pas, et il dut se lancer à sa poursuite. La sueur commençait à coller à sa chemise — la chemise d'Eugène Willis, légèrement trop étroite pour lui. Il jura dans sa barbe. Il allait lui faire regretter de le forcer à courir.

Elle continua à foncer droit devant elle, sans se retourner. A un moment, elle trébucha, mais ne tomba pas. Il accéléra son allure. Sur le point de la rattraper, il s'apprêtait à empoigner ses longs cheveux roux. Mais, à la dernière fraction de seconde, elle le distança.

Haletante, en sueur et des mèches de cheveux plaquées sur le visage, elle poursuivit sa course. Il tendit de nouveau la main. Cette fois, il s'empara d'une poignée de ses cheveux. Elle hurla et opéra une brusque volte-face, visiblement prête à lutter. Fonçant alors sur elle, il la renversa par terre et, la plaquant au sol, l'emprisonna sous son poids.

Il sourit à sa proie.

— Quand apprendras-tu enfin qu'on n'échappe pas à Lenny Plott ?

J.T. avait parcouru moins de trois kilomètres depuis Painted Canyon. Des nuages de poussière apparurent au loin, accompagnés de grondements de moteurs. Quelques instants plus tard, une camionnette, un 4x4 et une voiture de police l'entourèrent. Joseph Ornelas sauta hors du véhicule de patrouille et courut à sa rencontre. Plusieurs hommes descendirent du plateau de la camionnette. Et Kate surgit hors du 4x4 conduit par son voisin, Peter Yazzi.

— Plott a kidnappé Joanna, leur cria J.T. Il a une bonne longueur d'avance. Il faut le prendre en chasse.

Il mit d'abord pied à terre, puis prit doucement Eddie dans ses bras pour le faire descendre du cheval.

— Il a été mordu par un crotale et s'est blessé à la cheville. Il faut le transporter de toute urgence à la clinique.

Kate, ouvrant ses bras, se précipita vers J.T., qui lui tendit son fils.

Peter Yazzi arrivait derrière elle.

— Nous allons prendre soin d'Eddie. Partez vite secourir Joanna.

— Peter ! lança Joseph. Je vais avertir la clinique par message radio pour qu'une équipe vous réceptionne à l'entrée des urgences avec le sérum antivenin.

Puis il se tourna vers J.T.

— Monte avec moi dans la voiture de patrouille. Je vais tout de suite communiquer notre position à Carmichael.

Joseph s'adressa à l'un des hommes qui attendaient près de la camionnette.

— Donnie, ramène ces chevaux à la réserve. Les autres, suivez-nous. Mais restez derrière nous et, surtout, ne prenez aucune initiative. Attendez mes ordres.

J.T. récupéra son Glock 9 mm et son holster dans la sacoche accrochée à sa selle, attacha le holster à son épaule puis s'avança vers la voiture de police.

Le jeune Donnie grimpa sur Washington et partit au trot, Playtime suivant naturellement le mouvement. J.T. se glissa sur le siège passager de la voiture de patrouille. Joseph y monta à son tour, démarra et se tourna vers J.T., qui lui indiqua :

— Plott a pris vers l'ouest à partir de Painted Canyon.

Plott poussa un grognement. Joanna cherchait à se dégager, mais plus elle s'y efforçait, et plus il pèserait de tout son poids sur elle.

Comme elle tentait de libérer un de ses bras, il lui saisit le visage, compressant ses joues vers l'intérieur. Il lui souleva la tête à quelques centimètres du sol, puis, à trois reprises, la frappa contre la terre dure. Joanna cria.

Lâchant son visage, il desserra sa cravate, la dénoua et l'ôta. Pendant ce temps, Joanna réussit à dégager son bras, mais il se redressa à califourchon au-dessus d'elle et lui saisit les deux poignets. Elle voulut relever le genou et lui donner un coup. Mais, au même instant, il s'assit sur elle, lui coupant le souffle.

Il lui attacha les poignets avec la cravate de soie, se leva et, tirant d'un coup sec sur ces liens improvisés, remit sa proie sur ses pieds.

— Viens, ma jolie, trouvons-nous un endroit plus tranquille.

Joanna lui décocha alors un violent coup de pied. Il la gifla et lui tordit les poignets. Elle renchérit par deux autres coups de pied. Il resserra son étreinte autour de ses poignets et, brusquement, lui enfonça son genou dans le ventre.

Terrassée par la douleur, elle tomba à genoux. Il attrapa alors les deux extrémités de la cravate. D'un coup de pied dans le dos, il la projeta à plat ventre, puis la traîna derrière lui jusqu'à la voiture.

Une fois là, il la releva d'un geste brutal et la plaqua contre l'aile du véhicule. L'y maintenant d'une main, il lui arracha sa chemise de l'autre et la déchira en plusieurs bandes à l'aide de ses dents. Puis il la poussa à deux mains à l'intérieur de l'habitacle, où elle s'affaissa telle une poupée de chiffons. Il lui attacha les pieds avec les lambeaux de sa chemise, ferma la portière et la verrouilla.

Une fois monté dans la voiture, il resta assis plusieurs minutes, en la fixant. Elle était morte de peur. La terreur se lisait dans ses yeux. Il sentait l'odeur délicieuse qui imprégnait sa sueur. Quel que soit le courage qu'elles s'efforçaient d'afficher, toutes succombaient à la peur, tôt ou tard. Joanna Beaumont savait ce qu'avoir peur de lui signifiait. Il lui avait fait endurer des souffrances qu'elle n'avait pas pu oublier. Et il se délectait à l'avance à l'idée de les lui infliger une dernière fois avant de la tuer.

Mais il devait trouver un lieu où se dissimuler avec elle, avant que Blackwood ne les rattrape. Il existait sûrement un endroit tranquille quelque part, dans ce maudit désert.

*
* *

— Nous les retrouverons, lui assura Joseph en conduisant. Plott ne connaît pas le désert. Il a toutes les chances de s'y égarer.

— Oui, eh bien, cette pensée n'est pas spécialement rassurante, s'alarma J.T.

Il aurait voulu hurler sa colère, hurler à s'en déchirer les poumons, du haut du sommet le plus élevé de la réserve. Il aurait voulu frapper quelqu'un. Il ne pourrait contenir beaucoup plus longtemps la rage et la terreur qui l'envahissaient.

— Si Plott n'arrive pas à retrouver son chemin, reprit-il, il sera hors de lui et s'en prendra encore plus violemment à Joanna.

— Ferme ton esprit à ces pensées, d'accord ? l'admonesta Joseph.

Tout en parlant, il serra le volant avec une telle férocité que les jointures de ses doigts blanchirent, nota J.T.

— Comment le pourrais-je ? s'emporta-t-il. J'avais fait le serment à Joanna de la protéger. De ne jamais laisser Plott l'approcher. Et vois ce que j'ai laissé survenir.

— Cesse de te fustiger. Qu'étais-tu supposé faire ? Laisser Eddie mourir au fond de ce ravin ? Et puis crois-tu une seconde que tu les aurais rattrapés, à cheval ?

J.T. déglutit. Il n'avait pas pleuré depuis l'âge de cinq ans — depuis le jour où il avait été arraché aux bras de sa mère. Un homme ne pleurait pas, ne montrait pas ses émotions. Le vieux John Thomas lui avait enseigné qu'un vrai homme ne *ressentait* même pas d'émotion.

Mais à présent, les larmes lui brûlaient les paupières. *Mon Dieu, je vous en supplie, je vous en supplie.*

— Regarde par là, lança Joseph. Grâce au ciel, ce dingue n'essaye même pas de dissimuler ses traces. Regarde, on dirait qu'il a tourné sur la piste qui mène à la vieille mine.

Joseph arrêta son véhicule de patrouille et alla examiner les traces de pneu dans la terre. Lorsque J.T. en sortit à son tour, la camionnette, remplie d'une demi-douzaine d'hommes — tous des voisins ou des membres du clan —, s'arrêta derrière eux.

— Une voiture est passée par là récemment, affirma Joseph. Si Plott a emprunté cette route, nous le tenons. Il n'a aucun autre moyen de repartir que celui par lequel il est arrivé.

J.T. promena son regard autour de lui. Combien de temps s'était-il écoulé depuis que Plott et Joanna étaient passés par là ? Assez de temps pour qu'il l'ait frappée ? Pour qu'il l'ait martyrisée ? Assassinée ?

Un amas de poils noirs traînait sur le sol. Il s'en approcha et le ramassa.

— Regarde ! Une perruque noire.

Joseph la lui prit des mains.

— C'est la perruque de Plott.

Il fit signe aux hommes rassemblés dans la camionnette.

— Il se dirige vers l'ancienne mine d'uranium. Restez derrière nous et n'entreprenez rien sans mon ordre.

— Dès l'instant où il comprendra qu'il ne sortira pas vivant de ce guêpier, il tuera Joanna, ajouta J.T. d'un ton angoissé, en suivant Joseph vers le véhicule de patrouille. Il ne faut surtout pas que nous fassions irruption en force dans la mine.

— Vieux, tâche de réfléchir avec ton cerveau plutôt qu'avec ton cœur, l'exhorta son cousin.

Joseph lança la perruque sur le siège arrière, puis se glissa derrière le volant, ajoutant, comme J.T. remontait en voiture :

— Il a l'intention de la tuer, de toute façon. S'il sait que nous l'avons coincé, il se peut qu'il accepte de marchander pour avoir la vie sauve.

J.T. soupira. Oui, il réfléchissait de travers, certainement pas comme un professionnel. Mais il n'avait pas franchement envie de le reconnaître. Avec un grincement de dents, il secoua la tête afin de se ressaisir.

— A quelle distance se trouve cette mine ? s'enquit-il.

— A environ trois kilomètres plus haut, dans ces collines.

Joseph mit le contact et enclencha une vitesse.

— Elle est abandonnée depuis plusieurs années. La contamination radioactive avait provoqué de nombreux cancers mortels chez les ouvriers.

— Il va l'emmener à l'intérieur de la mine, supposa J.T.

Mais il se parlait davantage à lui-même qu'à Joseph.

Il visualisa le visage de Joanna, ses yeux verts terrifiés, et un flot de bile monta dans sa gorge.

Il allait mettre Plott en pièces. Et si ce dingue avait touché à un cheveu de Joanna, il prendrait plaisir à le tuer lentement.

Ils atteignirent enfin la mine désaffectée. Un véhicule était arrêté devant l'entrée du site, les deux portières de devant ouvertes. Les rayons obliques du soleil de fin d'après-midi se reflétaient de façon aveuglante sur le pare-brise du véhicule. C'était la berline grise, recouverte de poussière, d'Eugène Willis.

Joseph freina brutalement, ouvrit sa portière et bondit hors de la voiture de patrouille. Ravalant son angoisse, J.T. en descendit à son tour et leva les yeux vers l'entrée de la vieille mine abandonnée.

— Y a-t-il une autre issue que celle-ci ?

— Oui, à l'arrière.

— Plott risque donc d'essayer de s'échapper par là.

— Il ignore forcément l'existence de cette issue. Il lui faudrait plusieurs heures, voire plusieurs jours, pour la découvrir, estima Joseph. Et puis où irait-il ? Je te l'ai dit, il n'y a qu'un chemin pour sortir de ce canyon.

— Il va nous falloir des lampes torches, fit remarquer J.T. tout en vérifiant son revolver.

— J'en ai deux dans la voiture, indiqua Joseph, et ils en ont sûrement aussi, si nécessaire, ajouta-t-il en indiquant les hommes qui sortaient de la camionnette.

— Montre-moi l'accès par l'arrière. Je vais m'introduire seul dans la mine. Compris ?

J.T. s'attendait à un refus net de Joseph, mais son cousin se contenta d'opiner de la tête.

— Si tu parviens à attirer l'attention de Plott et à faire diversion de ce côté-ci, je devrais réussir à m'approcher de lui subrepticement, ajouta J.T.

C'était peut-être leur seule chance d'arracher Joanna — saine et sauve — aux griffes de Leonard Plott.

16

Un silence inquiétant régnait dans la mine désaffectée. Les yeux de Joanna s'étaient accoutumés à la pénombre. Grâce au ciel, Plott ne l'avait pas entraînée très loin à l'intérieur. De faibles rais de lumière provenaient de l'entrée. Gisant sur le sol, où son ravisseur l'avait jetée, elle luttait intérieurement pour rassembler son courage.

Si elle avait eu une chance de s'échapper par là, elle aurait tenté de ramper en direction de la lumière. Mais Plott lui en bloquait l'accès, et si elle tentait de s'enfuir dans le sens opposé, elle se retrouverait perdue, dans l'obscurité totale.

Plott promena la lampe torche autour d'eux.

— N'est-ce pas un endroit approprié pour mourir ? Cela ressemble déjà à une tombe, tu ne trouves pas ?

Joanna frissonna à cette pensée. Allait-elle vraiment périr ainsi ? Ne pouvait-elle rien entreprendre pour sauver sa peau ?

Plott se laissa tomber à genoux près d'elle et braqua le faisceau de la lampe sur elle.

Joanna ne bougea pas un seul muscle, ne respira même pas pendant quelques secondes.

— Avant de t'achever, je vais m'amuser un peu, ma jolie. Comme la dernière fois, tu te souviens ?

Son rire diabolique se répercuta en écho contre les parois rocheuses de la mine.

Puis il se pencha pour poser la lampe par terre. Joanna, en désespoir de cause, redressa le buste et, levant ses bras toujours attachés, abattit sur lui une pluie de coups. Mais, redressant aussitôt le buste, il repoussa ses mains et la gifla violemment.

Une lueur meurtrière étincela dans ses prunelles bleu perçant. Joanna frissonna de terreur.

Sans la quitter des yeux, il se releva, ôta sa veste et retroussa les manches de sa chemise, comme pour mieux se préparer à frapper. Joanna distinguait à peine les contours de sa silhouette dans la pénombre. Il détacha le holster de son épaule et le posa par terre, à côté de la torche. Elle concentra toute son attention sur le revolver. Si seulement elle avait eu un moyen de s'en emparer…

Puis Plott sortit un couteau à cran d'arrêt de la poche de son pantalon. Le même que celui avec lequel il l'avait jadis menacée, jusqu'à enfoncer la pointe dans la chair de son cou et y pratiquer une entaille. Il l'ouvrit d'un coup sec.

— Nous avons si peu de temps pour vraiment nous amuser, déplora-t-il.

S'agenouillant de nouveau à côté d'elle, il approcha la lame de son visage.

— Ce sont tes derniers instants, ma jolie. Mon visage sera le dernier que tu verras. Et la douleur que je vais te faire endurer sera la dernière sensation que tu emporteras dans la tombe.

— Non ! hurla Joanna, son cri résonnant dans les cavernes de la mine désaffectée.

J.T. sursauta. Ce cri…, c'était Joanna !Au même instant, le faisceau lumineux d'une lampe torche, posée sur le sol, apparut ! Mais il se retint de voler instantanément à son secours et s'immobilisa. Il écouta son instinct et ses années d'entraînement. Vérifia son revolver.

Il devait prendre Plott par surprise. C'était sa seule chance de le neutraliser. Une sorte de grondement lointain résonna… Des voix d'hommes, lui sembla-t-il. Que diable… ? Il s'agissait d'un chant scandé en langue navajo.

Un roulement de tambour se mêlait aux voix. L'image de combattants aux visages couverts de peintures de guerre, prêts à livrer bataille, lui vint à l'esprit.

Alors, il comprit. Joseph Ornelas était un fin renard. Les chants et le tambour allaient non seulement faire diversion en attirant l'attention de Plott, mais ils avaient toutes les chances de lui flanquer la trouille. C'était l'occasion pour lui de frapper. Il devait agir vite et silencieusement.

Tendant brusquement l'oreille, Lenny Plott releva la tête et la tourna de droite à gauche.

— Tu entends ça ?

Des chants et des roulements de tambour parvenaient aux oreilles de Joanna.

— Ils nous ont trouvés, se réjouit-elle. J.T. n'est pas seul. Vous ne vous en sortirez jamais, à présent.

— Tais-toi ! J'ai besoin de réfléchir.

— Avez-vous idée de ce que ces hommes vont vous faire si vous me tuez ?

Joanna se retint de hurler à J.T. de venir la secourir. Etre la proie de ce monstre une seconde de plus lui était insupportable. Mais elle s'empêcha de céder à la panique.

— J'ai dit : tais-toi !

Saisissant Joanna par les poignets, Plott se releva d'un bond et la remit brutalement sur ses pieds.

— Nous allons nous enfoncer dans la mine. S'ils tentent de nous suivre, j'ai suffisamment de balles pour en descendre quelques-uns avant qu'ils ne mettent la main sur moi.

Comme il se penchait pour ramasser le 9 mm et la lampe torche, Joanna se jeta de toutes ses forces contre son dos. La soudaineté de l'impact projeta Plott face contre terre. Bien que ses poignets soient entravés, Joanna tendit les bras au maximum pour tenter de lui prendre le revolver. Il la repoussa avant qu'elle n'y parvienne.

— Tu ne sais pas quand arrêter, n'est-ce pas, ma jolie ? gronda-t-il, en se redressant et en braquant le revolver sur elle.

Il eut un sourire sardonique.

— Finalement, ces balles seront peut-être toutes pour toi, avant que ces sauvages ne viennent me mettre en pièces.

A cet instant, un rugissement de fureur déchira l'air. Joanna releva la tête : une silhouette imposante se dressait derrière Lenny Plott. Elle retint son souffle. J.T. ! Elle se mordit la lèvre inférieure pour s'empêcher de crier son nom.

Le 9 mm toujours serré dans sa main, Plott fit soudain volte-face.

Les deux hommes, armes au poing, se défièrent durant une fraction de seconde, dans la pénombre.

Avec un sourire sarcastique, Plott baissa son arme, la pointant vers la tête de Joanna, ramassée à ses pieds.

— Si vous tirez, elle mourra.

Dès l'instant où Plott ramena son attention sur J.T., Joanna commença à reculer lentement sur les fesses, progressant centimètre par centimètre sur la surface rocheuse. Surprenant sa tentative, Plott fit un geste brusque pour la retenir. A ce moment-là, J.T. se jeta sur lui. Les deux hommes roulèrent au sol, chacun s'accrochant à son arme. Rampant tant bien que mal en arrière, Joanna s'écarta d'eux. Amenant alors ses poignets entravés jusqu'à sa bouche, elle mordit dans le tissu de soie et commença à défaire le nœud.

Puis elle leva les yeux. Dans la pénombre, les silhouettes des deux hommes se redressaient sur leurs pieds. Des poings heurtaient la chair, il y eut des grognements et des jurons, puis le bruit d'un objet en métal heurtant la paroi rocheuse, et ensuite, un autre, heurtant le sol. Un coup de feu éclata dans l'obscurité.

Aucun des deux hommes ne s'effondra au sol, mais elle n'avait aucun moyen de savoir si l'un d'entre eux avait été touché ou non.

Leurs deux silhouettes, poursuivant leur lutte acharnée,

s'enfonçaient chaque instant davantage à l'intérieur du tunnel, s'éloignant d'elle. Tirant un dernier coup sur le nœud, elle parvint à défaire complètement ses liens. Elle s'attaqua aussitôt aux bandes de tissu qui entravaient ses chevilles.

Une fois délivrée, elle récupéra en hâte la lampe torche que Plott avait posée par terre et en dirigea le faisceau vers l'intérieur de la mine. Mais Plott et J.T. étaient déjà presque hors de vue. Elle le promena tout autour d'elle sur le sol, à la recherche des revolvers. Le canon du Glock 9 mm de J.T. se refléta dans la lumière, elle s'empressa de le ramasser.

L'arme serrée dans sa main et guidée par la faible lueur de lampe, elle s'enfonça à son tour dans le boyau de la mine. Une dizaine de mètres plus loin, J.T. propulsait son adversaire contre une poutre de soutènement. Si seulement elle avait été plus près d'eux, elle aurait pu tirer. Mais à cette distance, elle craignait de toucher J.T.

Tout à coup, un grondement résonna dans la mine, immédiatement suivi d'un terrible fracas. Joanna braqua la torche en direction du bruit, puis des deux hommes. Plott, le poing levé, prêt à frapper, s'était immobilisé et fixait l'espace au-dessus de lui.

Elle dirigea ensuite le faisceau lumineux vers le plafond de la mine. Les lourdes poutres étaient en train de se fendre, et elle hurla. Au même instant, d'énormes segments de bois pourri chutèrent du plafond sur Plott et J.T., les renversant au sol. Joanna se précipita vers J.T. Il ne bougeait plus.

Mon Dieu, je vous en supplie, ne le laissez pas mourir !

Elle s'approcha de lui, il gémissait. Elle dirigea brièvement son regard vers Plott, qui semblait inconscient. Elle s'agenouilla alors au-dessus de J.T. Elle coinça le manche de la lampe dans son soutien-gorge. Puis, appuyant sur le sol sa main droite toujours serrée autour du revolver, elle se pencha vers lui.

— J.T. ?

Elle le tourna sur le côté : son visage était ensanglanté.

Il gémit de nouveau. Elle essuya son visage avec sa paume, l'appela une nouvelle fois. Il battait très légèrement des paupières.

A ce moment-là, une douleur fulgurante remonta de sa main droite jusque dans son bras. Elle baissa les yeux sur sa main : un pied l'écrasait contre le sol dur. Puis elle releva la tête : la haute silhouette de Lenny Plott était dressée au-dessus d'elle. Elle tenta de resserrer ses doigts autour de la crosse du revolver, mais la bataille était perdue d'avance. Plott se pencha, souleva sa main engourdie par la douleur, puis récupéra l'arme. Le cœur de Joanna se mit à battre frénétiquement. Comme J.T. gémissait, puis ouvrait les yeux, son ravisseur la releva d'un coup sec et la plaqua devant lui. Elle eut juste le temps d'agripper la lampe qu'elle avait coincée dans son soutien-gorge.

Plott allait la tuer, maintenant, puis il tuerait J.T. Elle chercha désespérément un moyen de l'en empêcher. Mais, même si elle parvenait à le frapper à la tête avec la torche, le coup ne suffirait probablement pas à l'assommer.

— Lâche-la, Plott, gronda J.T.

— Tu n'es pas en position de force, siffla Plott.

Au même instant, un coup de fusil retentit. Une balle percuta la paroi, juste derrière la tête du criminel.

— Mais moi, si !

La voix grave de Joseph Ornelas retentit dans le silence de la mine obscure.

— Je la tuerai ! hurla Plott. Restez où vous êtes ou je lui mets une balle dans la tête.

— Fais ce qu'il dit, s'écria J.T.

— Oui, vous feriez mieux de l'écouter, renchérit Plott.

Utilisant Joanna comme bouclier, il recula plus loin à l'intérieur de la mine. Joanna lança la lampe torche vers J.T., privant son ravisseur d'éclairage. Plott l'invectiva, mais il continua à battre en retraite, s'enfonçant dans l'obscurité.

J.T. se redressa sur les genoux et, s'emparant de la torche, se releva en titubant. Il fit signe à Joseph de le rejoindre, puis se lança à la poursuite de Plott.

Joanna n'allait pas se résoudre à mourir sans combattre. Se retournant dans l'obscurité contre son assaillant, elle se dégagea de son étreinte d'un geste brusque et se mit à le bombarder de coups de poing. Il tenta de la ramener contre lui, mais elle lui échappa. Il lui enserra le bras, plantant ses doigts dans sa chair. Elle cria de douleur.

Comme il la retournait vers lui, elle s'arc-bouta contre son torse, le repoussant de toutes ses forces. Il trébucha en arrière, mais il emprisonnait toujours son bras.

Soudain, il bascula dans un puits ouvert et poussa un hurlement, lâchant *in extremis* le bras de Joanna. Celle-ci s'accrocha de justesse à un morceau de poutre qui saillait de la paroi rocheuse.

Au même instant, le corps de Plott s'écrasa au fond du puits avec un bruit mat.

Les pieds pendant au-dessus du vide, Joanna luttait pour s'accrocher des deux mains à la poutre.

— Joanna ! cria J.T.

Il passa la torche à Joseph, puis se laissa tomber à genoux au bord du puits.

Joseph dirigea aussitôt le faisceau lumineux de la lampe à l'intérieur du puits. Joanna leva alors vers J.T. des yeux agrandis par la terreur.

— Tiens bon, ma chérie. Je vais te hisser jusqu'à moi.

Se couchant sur le ventre, il se pencha au-dessus du vide et tendit au maximum sa main vers Joanna, mais il ne pouvait l'atteindre.

— Joanna, il va falloir que tu lâches la poutre d'une main et que tu la tendes vers moi.

— Non ! Je ne peux pas ! Si… si je lâche cette poutre, je tombe.

Ses paumes étaient moites de sueur. Et si sa main glissait ? Si elle lâchait prise ?

— Tu ne tomberas pas, ma chérie. Je suis là. Regarde comme nos mains sont proches…

Il agita les doigts de sa main droite comme pour l'inciter à s'y agripper.

— Vois comme atteindre la mienne sera facile.

Et si elle lâchait la poutre et qu'il ne parvenait toujours pas à l'atteindre ? s'affola Joanna. Ou s'il réussissait à attraper sa main, mais qu'elle lui échappait ?

— Je ne peux pas, J.T. Je t'en supplie. Je ne peux pas lâcher cette poutre.

— Elle a trop peur pour pouvoir réfléchir, murmura Joseph.

— Joanna, tiens bon. Je vais me pencher davantage pour t'atteindre. Joseph, ajouta-t-il à l'attention de son cousin, il faut que tu diriges la lumière sur elle, mais également que tu me retiennes pour éviter que je ne bascule à mon tour dans le vide.

— J.T., ne risque pas ta vie, cria Joanna. Va chercher une corde ou…

Dans un grincement, la poutre à laquelle elle s'accrochait de toutes ses forces se détacha très légèrement de la paroi, faisant tomber une pluie de sédiments rocheux sur sa tête.

— J.T. !

— Donne-moi la main, Jo, maintenant !

Il se pencha davantage au-dessus du puits.

— Fais-moi confiance. Donne-moi ta main.

Joanna fixa la main de J.T. et l'anneau en argent et turquoises de Benjamin Greymountain à son doigt. Le symbole d'un amour éternel.

Frappant la roche de sa paume, J.T. l'exhorta à l'écouter :

— Tu ne peux pas tenir beaucoup plus longtemps. Si tes mains glissent, tu tomberas.

— Je sais ! Je sais ! haleta-t-elle. J.T., ne me laisse pas mourir.

— Je vais m'avancer davantage au bord du puits.

— Non ! Ne fais pas ça ! Tu tomberais.

Il se pencha un peu plus.

— Ne fais pas ça, le supplia-t-elle.

— Mon amour, ne comprends-tu pas ? Toi morte, je n'aurai aucune raison de vivre. Soit nous ressortons tous les deux de cette maudite mine, soit nous mourrons ensemble.

Joanna ferma les yeux. Sa seule chance de protéger J.T. et peut-être d'échapper elle-même à la mort consistait à placer toute sa confiance en lui.

Elle fit d'abord lentement glisser sa main droite vers le bord de la poutre. Puis, la lâchant, elle tendit le bras vers le ciel. J.T. s'empara de son poignet et l'attira vers lui.

— Bravo, ma chérie.

Lâchant complètement la poutre, elle laissa J.T. la hisser hors du puits à la force de ses poignets.

Lorsqu'ils furent tous deux à genoux l'un en face de l'autre, il l'étreignit passionnément. Elle s'accrocha à lui en sanglotant.

Les yeux embués de larmes, il l'aida à se mettre sur ses pieds, puis la reprit dans ses bras.

— C'est fini. Tu es saine et sauve. A l'abri, dans mes bras… pour toujours.

Elle posa la tête sur son épaule et ferma les yeux.

— Il est mort, n'est-ce pas ? Vraiment mort ?

— Oui, on ne peut plus mort, assura Joseph.

Il dirigea la torche vers le fond du puits.

— Si tu veux en être sûre, tu peux regarder. Mais je te préviens, le spectacle n'est pas très joli.

— Ne regarde pas si tu ne le souhaites pas, recommanda J.T.

— Je veux le voir, décréta Joanna. J'ai besoin de le voir mort.

Maintenue dans les bras puissants de J.T., elle fouilla du regard le fond du puits. Il était si profond que le faisceau de la torche l'éclairait à peine, mais elle réussit à distinguer le corps inanimé de Plott, empalé sur un rocher en forme de pique.

— Mon Dieu ! s'exclama-t-elle, avec un frisson d'horreur.

— Oui, renchérit Joseph en hochant gravement la tête. Il semblerait que le Grand Esprit se soit chargé de rendre justice.

— Sortons vite d'ici, suggéra J.T. Le lieu n'est pas sûr.

Accrochée au cou de J.T., Joanna remercia le ciel de les avoir tous deux épargnés, tandis qu'il la portait hors de la mine et vers la lumière.

Plissant les yeux pour se protéger de l'assaut aveuglant du soleil, elle distingua les hommes navajos qui attendaient, postés devant l'entrée de la mine.

J.T. l'amena jusqu'à la voiture de patrouille, ouvrit la portière arrière et l'assit à l'intérieur de l'habitacle.

— Nous allons d'abord te conduire à la clinique afin qu'un médecin t'examine. Puis nous passerons une dernière nuit dans la réserve — le FBI va sûrement vouloir tous nous interroger. Mais dès demain, je te ramène à la maison, dans mon ranch. Et dès qu'Elena et toi aurez pu organiser des noces, nous nous marierons !

— Quoi ?

Elle le dévisagea avec incrédulité.

J.T. contempla Joanna, assise à côté de lui : son visage était souillé de terre, et les larmes y avaient laissé des trainées noires. Il songea à son arrière-grand-père. Si les sentiments de Benjamin Greymountain pour Annabelle avaient été aussi profonds que ceux qu'il portait à Joanna, il ne l'aurait jamais laissée partir. Lui, il ne laisserait jamais partir Joanna. Rien au monde ne pourrait les séparer. Ils allaient vivre pleinement l'amour qui les unissait, un amour rare, qui ne se rencontre qu'une fois dans une vie.

— Nous nous marierons dès que possible, décréta-t-il.

— Est-ce là ce que tu appelles une demande en mariage ?

— C'est tout ce que tu tireras de moi.

Il approcha une main tremblante de son beau visage.

— Je ne suis pas très romantique, mon ange, mais cela, tu le sais déjà. Et dans le rôle d'époux, je ne suis sans doute pas une très bonne affaire non plus, mais j'ai le sentiment que tu me transformeras sans trop de mal. Le temps que nous ayons des enfants, tu auras sûrement réussi à me domestiquer.

— J.T. Blackwood, tu es sans aucun doute l'homme le plus irritant, le plus exaspérant qui…

— Cela signifie-t-il que tu acceptes de m'épouser ?

Joseph tapa à la fenêtre de la voiture. J.T. le chassa d'un geste. Mais son cousin ouvrit la portière et glissa sa tête, puis son pied botté, à l'intérieur de l'habitacle, en lui montrant son téléphone portable.

— Je viens de parler à Kate. J'ai pensé que tu serais heureux d'apprendre qu'Eddie est sauvé. Mais pas à l'abri de la fessée de sa vie que sa mère risque de lui administrer.

— Après ce qu'il a traversé, je doute qu'elle ait le cœur de le frapper, plaida Joanna.

— Cette expérience suffira peut-être à lui enseigner à ne plus s'aventurer seul, aussi loin, renchérit J.T.

Puis, d'un signe de tête, il congédia Joseph. Avec un sourire, son cousin referma la portière du véhicule.

— Il y a une chose à laquelle j'aspirerais, au-delà d'une demande en mariage de ta part, reprit Joanna.

Elle l'embrassa doucement sur les lèvres, son souffle se mêlant au sien.

— Dis-moi quoi, et tu l'auras, promit-il.

— Ne te hâte pas trop d'accepter, sans être sûr d'en être capable.

— Si tu ne le dis pas, tu ne le sauras pas, argua J.T.

— Très bien.

Elle redressa la tête et plongea ses yeux dans les siens.

— Une déclaration d'amour.

— Une quoi ?

— Une déclaration d'…

— Oui, j'ai entendu, grommela J.T. en secouant la tête.

Il la dévisagea de nouveau.

— Au cours des heures qui viennent de s'écouler, je

n'ai pas cessé de le répéter dans ma tête. « Je suis fou de Joanna. Je l'aime plus que tout au monde. Si elle meurt, je ne voudrai pas lui survivre. » Je me suis répété ces phrases de si nombreuses fois que j'ai simplement dû oublier que je ne te les avais pas dites.

— Je crois que tu viens de le faire.

Il prit sa main droite dans la sienne et entrelaça leurs doigts, rapprochant les deux anneaux assortis sous leurs regards émus.

— Oui, je crois que je viens de le faire.

Il la regarda amoureusement.

— *Ayoi oosh ni*, Joanna.

Et cette fois-ci, il saisissait exactement le sens de ces paroles.

Je t'aime.

Il entoura de sa main la nuque de Joanna et couvrit sa bouche avec la sienne. Elle lui appartenait, mais parce qu'il l'aimait.

Au loin, des tambours résonnèrent. Ou était-ce une impression ?

Epilogue

Richmond, Virginie

Juin 1965

Je vais bientôt rejoindre Benjamin, mon bien-aimé. Les années qui nous ont séparés vont soudain se volatiliser. Il ne s'est pas passé un jour sans que je pense à lui, sans que je le désire, sans que je l'aime au-delà de toute raison. Même si le temps qui nous a été accordé ensemble a été bref, je ne renoncerais pas à un seul de ces précieux instants pour une vie tout entière avec un autre homme. J'ai vécu ma vie de la seule façon possible à mes yeux. Benjamin a compris que je ne pouvais pas abandonner mes fils. Et une fois qu'ils ont été élevés, Benjamin avait quitté ce monde. Si j'ai un regret, c'est que nous n'ayons pas eu d'enfant ensemble. Un enfant aurait rendu notre amour immortel.

Joanna essuya les larmes de ses yeux, émue à la lecture de la dernière page du journal d'Annabelle Beaumont. Emue comme toutes les fois où elle avait refermé ce précieux cahier, depuis le jour où elle l'avait découvert dans le grenier de la maison familiale. Du bout des doigts, elle suivit les contours élégants de l'écriture de son arrière-grand-mère. Là, à la fin de la page, Annabelle avait retranscrit avec netteté une strophe de son poème favori de Christina Rossetti, qui s'achevait ainsi :

Parle tout bas, penche-toi vers moi en rêve, mon bel amant
Comme il y a si longtemps, mon amour, si longtemps

Joanna referma le journal et le rangea à l'intérieur du bureau. Puis elle éteignit une par une les lumières du salon de la nouvelle maison qu'elle et J.T. avaient fait bâtir peu après leur mariage, sept ans auparavant.

S'arrêtant un instant devant la cheminée, elle leva les yeux vers son tout dernier tableau — une huile sur toile représentant ses trois enfants. Elle l'avait suspendu entre ses deux portraits préférés : celui de son arrière-grand-mère et le portrait au fusain de l'arrière-grand-père de J.T.

Ces trois enfants étaient le précieux résultat de l'amour qui les unissait, J.T. et elle. Un amour qu'au fond de leur cœur, ils savaient partagé avec leurs ancêtres.

John Thomas, âgé de six ans, avec ses cheveux noirs, ses yeux verts et son grand corps solide aux proportions déjà aussi longues et minces que celles de son père, était l'aîné. Puis venaient les jumeaux, Annabelle et Benjamin, qui avaient eu trois ans la semaine précédente, encore potelés comme des chérubins. Un foisonnement de boucles rousses encadrait leurs petits minois bruns, qui possédaient les traits navajos puissants de leur père.

Joanna éteignit la dernière lampe, longea le couloir et, s'arrêtant devant la chambre de John Thomas, ouvrit la porte et contempla l'enfant endormi. Chaque fois que ses yeux se posaient sur lui, son cœur s'arrêtait toujours un instant de battre. Il était si beau, si absolument parfait. Elle atteignit la porte suivante, s'arrêta de nouveau et pénétra dans la chambre des jumeaux.

Ses précieux petits. Annabelle et Benjamin. Nés d'un amour qui vivrait éternellement. Elle remonta doucement la couverture qu'Annabelle avait repoussée jusqu'au bout du lit, puis ressortit de la chambre sur la pointe des pieds.

Elle longea de nouveau le couloir et ouvrit la porte de la suite qu'elle occupait avec son époux, lequel était étendu nu au centre du lit. Elle fit glisser son peignoir de soie le long de ses épaules et le laissa tomber silencieusement autour de ses pieds.

Puis, s'approchant du lit à colonnes, elle contempla J.T., s'imprégnant de chaque centimètre de son corps viril, offert à ses yeux dans la splendeur de sa nudité.

Il lui ouvrit aussitôt ses bras.

— Viens chevaucher ton étalon, ma cow-girl.

Elle monta sur le lit et rampa jusqu'à lui.

— Après t'avoir chevauché sept longues années durant, j'aurais imaginé t'avoir dressé, depuis le temps, susurra-t-elle avec un sourire taquin.

Il l'attira sur lui et se pressa contre elle, la faisant soupirer d'aise.

— Essaye encore, murmura-t-il.

Elle s'y employa sur-le-champ.

Le 1er avril

Black Rose n°293

Dans l'ombre du mystère - Nora Roberts

Série *Le secret des diamants 2/3*

Quand il arrive chez Stella O'Leary, Jack ne s'attend pas à découvrir que la femme qu'il est censé envoyer en prison est une superbe rousse aux jambes interminables, pour laquelle il ressent aussitôt un désir fulgurant... Très vite, il acquiert la certitude que cette fille n'a vraiment rien de la meurtrière qu'on lui a décrite, et qu'ils ont été tous deux victimes d'un coup monté. Prêt à tout pour découvrir qui les a ainsi manipulés, Jack décide d'éclaircir le mystère qui entoure Stella...

Un rôle bien trop troublant - Debra Webb

Nous avons besoin de vous pour une mission relevant de la sécurité nationale. Si vous acceptez, vous vous ferez passer... pour ma femme.

Les yeux noirs que l'agent John Logan darde sur Erin tandis qu'il attend sa réponse la tétanisent. Bien sûr, elle va dire oui ; John ne lui a-t-il pas promis qu'en échange de sa collaboration, il la blanchirait des accusations de fraude dont elle est la victime ? Pourtant, elle est terrifiée. Car en plus de risquer sa vie, elle va devoir feindre d'être l'épouse de cet homme incroyablement séduisant et le côtoyer de jour... comme de nuit. Et, pour elle, c'est peut-être *là* que réside le véritable danger.

BLACK *ROSE*

Black Rose n°294

Une mère prise au piège - Cassie Miles

Suspecte. Fiona tente de retenir la colère qui gronde en elle depuis que la police l'a accusée de complicité dans l'enlèvement de sa richissime voisine. Nicole est son amie, bon sang ! Parce qu'elle tient à prouver son innocence, mais aussi – et surtout – parce qu'elle veut préserver Abby, sa fille de quatre ans, des terribles rumeurs dont elle fait l'objet, Fiona décide de faire appel à Jesse Longbridge, un privé ayant déjà travaillé pour son défunt mari. Un homme dont elle redoute la présence chez elle. Car chaque fois qu'elle le regarde, elle sent vibrer au fond de son cœur des émotions refoulées depuis trop longtemps...

Seule face aux menaces - B.J. Daniels

Une propriété immense, dominée par une superbe demeure victorienne... Dulcie peine encore à croire que, désormais, tout cela lui appartient. Qui était Laura Beaumont ? Et pourquoi a-t-elle fait d'elle son unique héritière, alors qu'elles ne se connaissaient pas ? Des questions que Dulcie est venue élucider sur place, à Whitehorse. Visiblement, sa présence en ville n'est pas pour plaire ; en témoignent les menaces qu'elle a reçues sitôt arrivée et le silence dans lequel tous, ici, semblent s'être enfermés. Tous, sauf Russell Corbett, son plus proche voisin. Le plus troublant aussi. Et le seul à lui avoir proposé son aide...

Un dangereux témoignage - Lena Diaz

– Vous êtes prête ?

Alors que les évènements des derniers jours se bousculent dans sa tête, Jessic se sent gagnée par une étrange impression de vertige. Si elle est prête ? A quitte New York ? A changer d'identité et repartir de zéro ? A vivre dans la peu constante que Richard DeGaullo, le baron de la mafia contre lequel elle vient d témoigner, ne la retrouve et ne la supprime ? Non, elle n'est pas prête. Hélas, ell le sait, elle n'a pas le choix : elle devra suivre le marshal Ryan Jackson, l'homm magnétique qui a été assigné à sa protection, et lui confier sa vie.

– Je suis prête.

La mission de sa vie - Mallory Kane

La culpabilité. Deke vit avec depuis que Mindy, son ex-femme, a été enlevé par le dangereux criminel qu'il traque depuis des années. La culpabilité.. ainsi que la peur au ventre qu'il arrive malheur à Mindy. Car comment s pardonnerait-il de n'avoir pas su protéger la seule femme qu'il ait vraimen aimée ? Mais, tandis qu'il s'efforce de remonter la piste de Mindy, Deke ignor encore qu'une nouvelle épreuve l'attend. Une épreuve qu'il n'a pas pu s préparer à affronter : Mindy n'est pas seule en danger ; avec elle, il y a u bébé ; celui qu'elle porte. Celui dont elle n'a jamais parlé à Deke – le leur.

Hors série

Enigme à Conja Creek - Carla Cassidy

Il paraît qu'il a tué sa femme... Ces paroles, entendues dans un café sur l route de Conja Creek, résonnent dans la tête d'Amanda tandis qu'elle s'avanc vers Sawyer Bennett. Se peut-il que cet homme, qui vient de l'engager pou tirer Mélanie, sa fille de huit ans, du mutisme dans lequel elle s'est réfugié depuis la mort de sa mère, soit un meurtrier ? Amanda se refuse à y croire Pourtant, elle le sait, elle devra se méfier de lui. Car elle s'apprête à le côtoye de près dans l'atmosphère brûlante de ce coin de Louisiane isolé...

La rançon du passé - Merline Lovelace

Lorsque Nick Jensen, son patron, l'invite à passer la soirée avec lui, l'agen Mackenzie Blair hésite à accepter. Ne s'est-elle pas juré de ne plus jamai s'engager dans une relation amoureuse ? Pourtant, quand au cours du dîne deux hommes manquent d'assassiner Nick, Mackenzie comprend qu'il es trop tard : elle est tombée amoureuse de lui... Résolue à découvrir qui en veu à son supérieur, elle décide d'enquêter sur Nick... et découvre que celui-ci un passé trouble, et bien des secrets à cacher.

L'ange de la nuit - Jan Hambright

Une femme tout de blanc vêtue. Comme un ange au milieu des flammes.. Chargé d'enquêter sur une série d'incendies survenus à Montgomery, e Alabama, Kade Decker n'en revient pas : la même jeune femme apparaît su toutes les vidéos tournées sur les lieux du drame. A l'affût d'un indice, repasse en boucle ces images qui le fascinent : qui est cette étrange beauté La criminelle qu'il recherche ? Persuadé en tout cas qu'il tient là une des clé de l'énigme, Kade décide de tout mettre en œuvre pour la retrouver...

BLACK ROSE

A paraître le 1er mars

Best-Sellers n°599 • historique

Le tourbillon des jours - Susan Wiggs

Londres, 1815

Rescapée d'un terrible incendie, Miranda a perdu la mémoire : pour tout souvenir du passé, il ne lui reste qu'un médaillon où est gravé son prénom. Perdue dans une Angleterre tout juste libérée de la menace napoléonienne, elle ne reconnaît ni le décor qui l'entoure, ni le visage des deux hommes qui prétendent tous deux être son fiancé. Auquel doit-elle faire confiance ? Et que signifient ces images fugitives et incompréhensibles qui surgissent parfois dans sa mémoire ? Résolue à comprendre ce qui lui est arrivé, et à retrouver son identité, Miranda se lance alors dans une quête éperdue qui va l'entraîner dans la plus folle – et inattendue – des aventures…

Best-Sellers n°600 • suspense

Un cri dans l'ombre - Heather Graham

Des corps en décomposition, cachés sous des branchages et de vieux emballages… Face à l'atrocité des clichés étalés devant elle, Kelsey O'Brien ne peut s'empêcher de pâlir. Des cadavres, elle en a pourtant vu des dizaines au cours de sa carrière d'agent fédéral. Mais la mise en scène sordide choisie par le tueur en série qui sévit depuis quelques mois à San Antonio fait naître en elle un puissant sentiment de dégoût et de révolte. Et puis, qui sont ces jeunes femmes qui ont été sauvagement assassinées, et dont personne n'a signalé la disparition ? Autant de questions qui obsèdent Kelsey et la poussent à accepter d'intégrer la célèbre équipe de l'inspecteur Jackson Crow, et de mettre à son service le don qu'elle a jusqu'ici toujours voulu garder secret : celui de communiquer avec les morts… Un don qui, elle le comprend bientôt, pourrait bien la rapprocher malgré elle de Logan Raintree, ce policier aussi introverti que taciturne avec lequel elle est obligée de collaborer...

Best-Sellers n°601 • suspense

Kidnappée - Brenda Novak

Un déchirement absolu, irréductible. C'est ce que ressent Zoé Duncan depuis que Samantha, sa fille adorée, a disparu. Déchirement, révolte aussi. Car elle refuse de croire un instant à une fugue, hypothèse que la police de Sacramento s'obstine pourtant à avancer. Certes, Sam traverse une crise d'adolescence difficile, mais elle ne serait jamais partie comme ça. Cela n'a pas le moindre sens.

Persuadée que quelque chose de grave est arrivé à sa fille, Zoé est prête à tout pour la retrouver. Même si elle doit pour cela perdre son nouveau fiancé, son travail, sa splendide maison de Rocklin. Même s'il lui faut revenir sur son passé douloureux et dévoiler ses secrets les plus intimes à Jonathan Stivers, le détective privé à la réputation hors du commun qu'elle a engagé. Jonathan, le seul homme qui a accepté de se lancer avec elle dans cette bataille éperdue pour sauver Sam – et où chaque minute qui passe joue contre eux.

Best-Sellers n°602 • thriller

La petite fille qui disparut deux fois - Andrea Kane

Il aurait suffi qu'elle tourne la tête… Elle aurait alors aperçu, dans une voiture, sa petite fille qui luttait pour échapper à son ravisseur. Mais Hope n'a rien vu de tout cela car elle ne pensait qu'à une chose : rentrer à la maison où, pensait-elle, l'attendait son petit ange.
La juge aux affaires familiales Hope Willis de White Plains n'a désormais plus qu'une raison de vivre : retrouver sa fille Krissy, cinq ans, qui vient d'être enlevée. Aussi, luttant contre le désespoir et refusant d'envisager le pire, elle décide de faire appel à la profileur Casey Woods et à son équipe peu conventionnelle de détectives, les Forensic Instincts – des enquêteurs privés réputés pour leur ténacité et leurs succès dans des affaires particulièrement délicates.
Très vite, alors que des secrets du passé refont surface, Hope comprend que le temps est compté et que le sort de Krissy se joue sans doute à très peu de choses. A un détail jusqu'alors passé inaperçu, au passé trouble de sa propre famille… Quoiqu'il en soit, elle va la retrouver, dût-elle pour cela tout perdre et affronter l'inconcevable.

Best-Sellers n°603 • roman

Rencontre à Seattle - Susan Andersen

Depuis qu'elle a croisé l'inspecteur Jason de Sanges, Poppy Calloway n'arrive pas à chasser cet homme de ses pensées. Il faut dire que dans le genre beau flic ténébreux et incorruptible, il est tout simplement irrésistible. Si bien que quelques mois plus tard, lorsqu'elle apprend qu'elle va devoir travailler avec lui à la réinsertion de jeunes de son quartier, elle sent un trouble intense l'envahir… avant de déchanter devant les manières glaciales de Jason. Loin d'être un héros chevaleresque, comme elle l'avait pensé, c'est un homme froid et cynique, dont le caractère est à l'exact opposé du sien ! Comment va-t-elle réussir à collaborer avec Jason, qui non seulement a le don de la mettre systématiquement hors d'elle, mais qui, en outre, semble pertinemment conscient de l'effet incroyable qu'il a sur elle ?

Best-Sellers n°604 • historique

La rose des Highlands - Juliette Miller

Ecosse, XIIIe siècle
Roses est révoltée. Comment le seigneur Ogilvie a-t-il osé utiliser la force pour tenter d'abuser d'elle ? Elle qui travaille depuis toujours au château est désormais contrainte à la fuite. Une fuite dans la lande glaciale au cours de laquelle elle aurait sans doute péri, si un mystérieux highlander ne lui avait porté secours et donné refuge… dans la forteresse qui appartient au clan ennemi de celui des Ogilvie.
Dès le début, Wilkie MacKenzie, qui possède toute l'autorité et la noblesse d'un grand seigneur, se conduit comme tel avec elle. Pourtant, Roses sent que sa présence dérange les autres membres du clan. Pire, qu'elle représente un danger pour eux : n'est-il pas évident que le seigneur Ogilvie va vouloir la récupérer, par les armes s'il le faut ? Mais si elle se sent la force de faire face à cette hostilité, et à cette menace, Roses ne sait si elle pourra cacher les sentiments brûlants que lui inspire Wilkie, alors que celui-ci va bientôt devoir se choisir une épouse de son rang…

Composé et édité par les
éditions HARLEQUIN

Achevé d'imprimer en Italie (Milan)
par Rotolito Lombarda
en février 2014

Dépôt légal en mars 2014